AUX ÉTUDIANTS

DOULEURS ET DEVOIR

DE

L'HUMANITÉ

PAR

EUGÈNE AUDET

Docteur en Médecine.

———

Et je croyais entendre une voix inconnue,
Dans ce vaste réveil chanter la liberté
De la nature entière et de l'humanité.

SENLIS

IMPRIMERIE ET LITHOGRAPHIE ERNEST PAYEN

11, place de l'Hôtel-de-Ville, 11

1880

DOULEURS ET DEVOIR

DE

L'HUMANITÉ

AUX ETUDIANTS

DOULEURS ET DEVOIR

DE

L'HUMANITE

PAR

EUGÈNE AUDET

Docteur en Médecine.

Et je croyais entendre une voix inconnue,
Dans ce vaste réveil chanter la liberté
De la nature entière et de l'humanité.

SENLIS
IMPRIMERIE ET LITHOGRAPHIE ERNEST PAYEN
11, place de l'Hôtel-de-Ville, 11

1880

PRÉFACE SOCIOLOGIQUE

———

Au moment de soumettre à l'esprit de chacun ce premier ouvrage de ma vie, qui doit marquer le sillon de tout mon avenir, j'éprouve l'émotion de l'homme engagé pour la première fois sur un pont qui tremble à chacun de ses pas; son esprit calme sa crainte et le pousse en avant, son instinct le fait frissonner. De même, en entrant avec ce premier travail au milieu de la discussion des hommes, mon esprit qui m'a soutenu pendant mes longues veilles, me soutient encore seul pour aller en avant. Jusqu'ici, j'ai marché confiant, n'écoutant que l'écho de mes propres paroles; aujourd'hui, je dois mettre ma pensée en contact avec la pensée de l'humanité, et mon instinct me dit que le pont est tremblant, que je serai bien seul dans un monde qui regarde encore en arrière et que je suis à peine un homme pour parler comme un vieillard. J'ai suivi mon esprit et je le suis encore, et nous irons tous deux marchant vers l'avenir, heureux si mes paroles ont éveillé un écho sympathique

I

dans quelques esprits déjà préparés à m'entendre. Je crains
et cependant cette œuvre doit paraître; et, puisqu'elle vient
se placer au milieu du débat entre l'homme et l'Eglise, ou
plutôt entre l'esprit scientifique et l'âme théologique, je dois
définir toute ma pensée et mon but, afin que la passion ne
puisse pas transformer cet ouvrage de pure philosophie en
une œuvre de combat.

Je sais bien que chaque parti saisira cette œuvre, l'un pour
la défendre et l'autre pour l'attaquer : d'un côté je serai
accusé de ruiner la morale et de saper les bases de la société,
entendues suivant le système théologique; de l'autre, je serai
le champion de la nouvelle évolution mentale. Dans mon
étude, je me place au point de vue complètement positif, et je
sépare la religion, hiérarchisée sous une forme dynamique,
de la religion au point de vue d'un Etre supérieur, que je
considère comme le vrai sentiment religieux, tandis que la
première n'est qu'un instrument de commandement à mettre
à côté de la royauté ou de toute autre expression du pouvoir
terrestre dans le développement de l'humanité.

Par conséquent, je m'attache surtout à la question de
divinité, laissant bien loin au-dessous de moi la question
d'Eglise, qui subit des évolutions terrestres, sans que la loi
supérieure soit modifiée.

Aujourd'hui, le combat est entre l'esprit humain, élevé par
la connaissance positive, et l'âme, expression de la croyance
divine, appliquée au monde qui nous entoure; or mon
ouvrage s'attache à développer simplement les différentes
évolutions au point de vue philosophique, sans toucher en
quoi que ce soit à la question d'origine ou de fin, qui, vue
nécessairement d'une manière subjective, tant que la connaissance n'est pas arrivée à dominer ce point, est contraire
à l'esprit de la méthode positive. Assurément, je sais bien

qu'en étudiant les évolutions de la loi divine, j'apporte mon travail au camp libéral, qui lutte contre l'idée de Dieu dans ses rapports humains; en effet, s'il est une croyance supérieure vraie, en dehors de la pensée humaine, elle doit être toujours semblable à elle-même; or, montrer une évolution, c'est montrer son étroite connexité avec l'esprit humain, et en même temps établir qu'il est possible que cette idée puisse se séparer de lui pour revenir à son domaine lointain, laissant l'homme sur terre libre et appuyé sur la seule connaissance.

Quoiqu'il en soit, je ne veux pas faire une œuvre de combat, car je crois que la doctrine positive n'est réellement possible et acceptable que comme couronnement d'un travail philosophique considérable, et les religions qui ont eu leur utilité dans les âges, ont à chaque instant leur utilité dans la hiérarchie intellectuelle du monde, qui présente chaque jour les âges du passé. On ne peut demander une modification philosophique que par un travail lent d'instruction préparatoire; mais ce n'est pas par une œuvre où la science est montrée à l'état adulte, que l'on peut chercher à faire des adeptes; car, celle-ci ne s'adresse qu'à ceux qui sont déjà préparés, et une telle œuvre de sa nature reste une causerie philosophique en un langage où l'imagination se donne carrière parmi des faits constatés, qui ont, à côté de la grandeur inséparable de toute question qui se rapporte à l'Esprit humain, la beauté qui se rattache à la discussion de la vérité.

D'un autre côté, dans cet ouvrage, je veux marquer pour la philosophie positive un pas à faire pour l'avenir, et je dois, avant tout, et pour le lecteur et pour mon livre, établir bien clairement le but que je veux atteindre. Donc, il se présente à moi deux questions que je dois étudier d'abord et mettre aux premières pages : je dois dire à qui ce travail

s'adresse et quel but je veux atteindre au point de vue philosophique.

A qui je m'adresse.

La société est constituée sur certaines bases, produits
naturels de l'évolution des peuples, qui paraissent inébran-
lables et qui cependant changent chaque jour; et tout
homme, qui vient jeter une idée nouvelle au milieu de ce
cercle qui paraît tourner, est accusé d'être novateur et de
méditer la ruine de l'humanité, simplement parce qu'il veut
la faire marcher et provoquer une évolution naturelle vers
un ordre supérieur.

Chaque société dans l'histoire est novatrice pour celle qui
l'a précédée, et de l'histoire, il résulte que l'humanité
marche d'un pas continu vers un ordre de choses naturel, dont
nous pouvons, grâce à la situation privilégiée que nous occu-
pons au milieu des âges éloignés de l'enfance des peuples,
entrevoir les résultats. Nous ne pouvons pas voir les résultats certains, parce que chaque jour apporte de nouvelles
découvertes dont l'esprit ne peut mesurer les conséquences ;
mais nous pouvons voir la marche, et la marche suffit pour
dire : que l'humanité, au point de vue philosophique, tend
à se rapprocher de la forme positive; que la période cartésienne n'est en réalité qu'un dernier effort de la philosophie
théologique, s'affaissant sous l'influence de la raison, mais
arrêtée dans un état de transition, la métaphysique; et que
cette évolution méthaphysique, abandonnant le monde supérieur à des lois, et se retranchant dans la pensée humaine
pour défendre la conception divine, n'est qu'un pas vers une
évolution positive qui a tout soumis à des lois, même l'esprit
humain, et séparé l'homme de la divinité.

Nous pouvons donc, laissant de côté les hommes sans instruction philosophique, qui ne nous intéressent que comme
partie constituante de la société dans la couche inférieure,

diviser la société connaissante en deux classes : les hommes qui ont par la science franchi l'époque métaphysique, et les hommes qui sont encore aux diverses époques de l'âge théologique, soit l'âge théologique pur, soit l'âge méthaphysique, qui n'en est qu'un dérivé, ou plutôt se présente comme un compromis entre l'époque théologique et l'époque positive.

J'ai parlé de la partie ignorante de la nation, qui représente un âge très inférieur et pourtant proportionnellement progressif sur les âges anciens des classes inférieures; et, si autrefois c'était la matière humaine, aujourd'hui c'est le peuple de l'agriculture et de l'industrie, l'homme qui raisonne, mais qui n'a pas oublié la loi du travail.

Considéré au point de vue de l'esprit humain, le peuple ouvrier est à peine au-dessus de l'âge fétichique, surtout dans la religion catholique, un peu moins dans la religion protestante, qui a eu pour résultat une éducation plus complète de la masse populaire; mais cependant, il trouve partout sa principale sauvegarde dans le travail, et il ne voit la conception philosophique que comme une abstraction lointaine dont il ne peut suivre les effets et les rapports exacts avec la conception divine. Dans ce travail, c'est sa cause que je défends, et je dois m'adresser surtout aux hommes que la connaissance a mis à la tête des évènements, à la classe instruite, celle qui forme les époques théologiques, métaphysiques et surtout positives.

Les hommes de l'âge positif, ceux de l'âge à venir, pourrais-je dire presque, tant cette doctrine est encore concentrée dans quelques esprits aussi rares que convaincus et éclairés, ces hommes, dis-je, me comprendront, et leur opinion marche avec la mienne. Je n'ai rien à leur apprendre, et je serai heureux si j'ai mérité leur approbation, et si j'ai exposé exactement toute leur doctrine, en attendant que je puisse faire un pas, non certainement vers une évolution supérieure, car je crois qu'il ne peut pas en exister, mais vers une évolution plus concrète et en même temps plus générale : c'est le but que je me réserve de remplir dans le travail qui doit être le complément de cette œuvre, ou plutôt le corps scientifique de ma pensée.

Quant aux hommes qui sont stationnaires dans l'âge métaphysique et surtout théologique, et qui ne voient leur appui moral que dans le ciel, ce n'est certainement pas à eux que je puis m'adresser ; ils ne me comprendront pas et me traiteront en ennemi, car ils placent le centre du mouvement dans l'infini, non-seulement pour les hommes, mais pour la marche de tout l'Univers, tandis qu'avec la loi positive, je mets sur terre les lois de la vie, parmi les hommes les lois de la société, et dans l'homme la loi de son existence individuelle. Je ne puis que leur demander la justice, en les priant d'élever leur esprit par la connaissance humaine, et de ne pas se laisser emporter au ciel par le langage, qui n'est que la formule d'abstraction de l'esprit, et ne doit réellement servir que comme dernier terme de la connaissance mentale, afin d'exprimer des faits de connaissance pure. Quand le langage ne sert qu'à exprimer des vues de l'esprit, comme cela a eu lieu pendant la période spiritualiste grecque et la renaissance philosophique jusqu'à nos jours, c'est une fantaisie continuelle où la forme est parfaite, mais où le fond et la règle font complètement défaut; et alors l'esprit humain suivant ce guide ailé et aveugle, se heurte à toutes les aberrations philosophiques qui forment l'histoire de l'esprit humain, passant d'un système à un autre sans jamais trouver une base solide.

Une seule fois, l'Europe, dans toutes ses classes, s'est trouvée à un même niveau, c'est quand l'idée de foi a régné sur les vainqueurs et les vaincus de l'Occident, et de cette

union morale sont sorties les croisades ; mais cette harmonie
n'a été qu'un jour dans l'histoire évolutive, et alors ont commencé le réveil de l'esprit et la descente vers la terre de la
croyance divine, pour arriver à l'époque de transition métaphysique, produite surtout par l'application des principes
positifs de Bacon.

Aujourd'hui d'un côté nous avons sous nos yeux, une philosophie qui tombe, et de l'autre, une philosophie qui s'élève ;
et, entre ces deux limites, il y a un abîme à franchir. Il faut
changer le principe du mouvement, par conséquent changer
complètement la forme de son esprit, et un homme difficilement peut descendre du ciel pour tomber sur la terre et
remonter à l'homme. C'est dans cet espace noir entre les
deux principes que se trouve celui qui a perdu le ciel de vue
et vit en proie au vide philosophique, ne voyant au-dessus
de son front aucun lien imposant qui puisse régler sa con-
duite. Il ne suffit pas qu'un principe de loi paraisse se cacher
dans les nuages pour qu'il ait une puissance considérable ; je
crois plutôt le contraire, et c'est le propre de la philosophie
positive de prouver que la loi du fonctionnement humain
peut fournir une règle qui parle assez haut pour que personne ne rougisse de s'incliner devant elle, et cependant
cette règle est complètement humaine, appliquée à des intérêts humains.

La loi divine est bonne pour un peuple chez qui la foi
ignorante tient lieu de raison (et quand je dis qu'elle est
bonne, je veux dire qu'elle a de la puissance) ; mais à mesure
que la raison se développe par la connaissance, la loi divine
pâlit, et nous trouvons aujourd'hui toute une classe d'hommes
qui ne voient plus la loi supérieure, parce que la raison refuse
la croyance, mais qui, retenus par leur premier état,
n'ont pu arriver jusqu'à la conception d'une loi générale
embrassant toute l'humanité et la mettant en présence d'elle-

même hors de la main de la divinité. Je ne veux pas parler de ces hommes imprudents qui, sans connaissance réelle, concluent à la négation de la divinité : Tous les siècles humains ont vécu, depuis que l'histoire vit, par cette conception divine, et certainement il ne faut pas conclure imprudemment à la négation et surtout à la suppression sociale de ce grand moteur de l'humanité. En établissant l'histoire et le développement de l'esprit humain, je serai amené à démontrer l'évolution de l'idée religieuse, mais la philosophie positive, fille du fait, ne peut pas encore s'attacher directement à la preuve de la cause première ou bien finale; elle ne peut aller jusqu'à la négation, et elle n'y va pas en effet; elle ne va même pas jusqu'au doute, car c'est un pas vers la négation que de douter au milieu d'une philosophie qui affirme. Elle affirme dans le domaine des choses physiques et humaines, que la main d'un dieu ne s'est jamais révélée par aucune intervention parfaitement établie, pouvant agir sur la loi immuable qui repose sur des faits terrestres; mais elle laisse absolument de côté la question d'origine et de fin, contrairement à l'éducation ordinaire de la nature humaine, qui a été appliquée jusqu'ici par la philosophie divine à voir un commencement et une fin de toutes choses, de même qu'une volonté supérieure et une limite à la matière afin de trouver l'infini, malgré que celle-ci tende de plus en plus par les sciences à se confondre avec les métaux gazeux qui forment au moins l'enveloppe de la terre, et peut être la trame de l'Univers. La question divine recule pas à pas devant la science et la science ne peut procéder que par affirmation suivant l'état de sa connaissance.

Il y a deux manières pour la philosophie spiritualiste de regarder la nature, et ces deux manières, comparées à la philosophie positive, en marquent les évolutions historiques. Premièrement l'esprit humain voit planer au-dessus de chaque fait de l'ordre objectif une volonté supérieure et l'esprit alors juge subjectivement, rapportant chaque fait de sa connaissance à un système d'ensemble qui domine l'Univers sous l'empire d'un pouvoir caché et supérieur; c'est la théologie pure qui ne voit les faits que derrière un voile, et ne voit pas les progrès et ne peut pas les voir. Deuxièmement l'esprit humain voit autour de lui des faits que sa connaissance lui montre absolument vrais; il étudie d'abord la marche de l'humanité et des phénomènes naturels, pour s'élever ensuite à la divinité, qui n'apparaît que derrière des faits de l'ordre humain ou terrestre; c'est la philosophie métaphysique qui commence par procéder à l'étude de la nature suivant une méthode positive, et qui, dès que l'esprit humain est appelé à voir l'ensemble, s'égare dans les causes finales et fait apparaître une volonté supérieure, grand moteur de tout ce qu'il connaît, de telle sorte que chaque fait paraisse se rattacher philosophiquement à un ordre supérieur.

Ainsi, dans la philosophie spiritualiste, nous voyons deux camps; l'un, qui reste complètement stationnaire et veut arrêter les progrès, c'est le théologisme; et l'autre qui marche timidement et recule à chaque pas, c'est le métaphysicisme, qui nous offre à étudier encore deux partis; l'un qui rétrograde vers le théologisme, et un autre qui marche avec confiance sur terre, s'absorbant dans des faits du domaine positif et arrivant même à perdre de vue la divinité. Ce dernier groupe se trouve placé entre la philosophie métaphysique et la philosophie positive, ne voulant pas avancer de peur de rompre avec l'antiquité, et ne voulant pas reculer de peur de méconnaître les propres témoignages que son esprit lui montre positivement vrais. Pour ces hommes semipositifs tout se passe sur terre comme si Dieu n'existait pas, mais, dès que l'on veut étendre leurs propres maximes à tout ce que le regard embrasse dans le domaine sociologique et moral surtout, sans vouloir atteindre la divinité, aussitôt ils reculent effrayés et se retranchent derrière une volonté supérieure.

Philosophiquement, c'est en quelques mots l'histoire de la première moitié de notre siècle, ou les hommes savants dans le monde scientifique et politique voyaient la preuve de faits s'accumuler autour d'eux et retenir leur esprit, mais reculaient, dès qu'un homme voulait leur parler de la loi générale, les uns vers la divinité, les autres vers la royauté constitutionnelle. L'esprit positif a été marqué à cette époque d'un côté par Auguste Comte, qui a été le premier républicain scientifique, et dont l'ouvrage est le premier pas vers une loi générale, et de l'autre par les républicains en politique. Ces hommes paraissaient séparés par un abîme et ne se toucher que par un point, la négation de toute autorité supérieure dans la direction de l'esprit philosophique et social: mais ce n'étaient que des aspects différents de la même question qui triomphe aujourd'hui en matière politique, et dont je veux marquer les lois en matière scientifique ; car en politique et en philosophie, il ne suffit pas de faire triompher le principe, il faut encore faire sortir les lois. En politique, le triomphe du principe républicain a ouvert la carrière à l'esprit créateur ; en matière scientifique, Auguste Comte a marqué les revendications dont le triomphe se fait sans secousse par les progrès de l'esprit positif, dont M. Littré a été le propagateur, et aujourd'hui il faut commencer la marche en avant; il faut, quittant le système objectif par rapport aux sciences (1) qui ne peut servir qu'à l'éducation générale,

---

(1) M. Bain, dans son livre De l'Education marque l'application la plus pratique qu'il soit possible de faire de la philosophie objective par rapport aux sciences vues d'une manière abstraite. Il arrive à la

s'élever par le système objectif par rapport aux faits et rigoureusement positif à l'étude de la terre et de l'esprit humain.

J'ai montré la métaphysique inclinant peu à peu vers le positivisme, et l'esprit humain, s'éloignant de plus en plus de l'idée divine, s'attacher au système du fait et s'approcher de plus en plus de l'abime au fond duquel il rencontre l'oubli moral. Il paraît étrange qu'il faille trouver une époque maxima d'affaissement philosophique dans l'humanité, pour qu'elle puisse se relever ; et cependant ce mouvement doit exister comme résultat de l'analyse philosophique, qui, comme dans les sciences, précède la synthèse : Or, dans la philoso-phie, l'analyse conduit à la chûte de la loi divine, la synthèse produit le triomphe de la loi positive qui se fait par la con-naissance des faits du domaine terrestre, et l'affaissement moral est ce moment d'oubli d'une société qui reste sans soutien.

Au point de vue de la philosophie pure, le soutien moral est la cause de la chûte, mais au point de vue social, ce soutien est marqué par le travail physique et c'est pour cela que la classe riche, dans toutes les époques, nous montre exactement l'évolution morale, parce qu'en s'élevant à la richesse, elle arrive à l'affaissement des croyances antérieures et à la corruption. On voit dans l'histoire toutes les sociétés finir par la corruption, et de même on voit toutes les sociétés s'élever par une idée morale qui, à la fin, succombe pour

---

vérité positive, en partant de la psycologie, mais il ne dit pas pour-quoi il faut suivre dans l'Education un ordre de progression scienti-fique. M. H. Spencer nie qu'il soit possible de faire une hiérarchie rationnelle des sciences ; il a raison, en rejetant la division d'Au-guste Comte, mais cette hiérarchie existe dans les corps qui sont l'objectif des sciences, et elle doit servir de base à l'éducation,

céder la place à une croyance supérieure; mais, entre chaque évolution est une période d'affaissement d'un côté et d'efforts cachés de l'autre. Aujourd'hui, nous sommes entre le spiritualisme et le positivisme et l'on pourrait trouver en politique l'époque néfaste d'abandon de soi-même et de nuit dans le gouvernement impérial, qui a été la négation de tout principe et le triomphe du scepticisme le plus absolu. On a eu raison de le comparer à l'empire romain qui, au point de vue philosophique, présente le même caractère; mais aujourd'hui, grâce à la science et à la méthode positive, cet oubli ne pouvait être que momentané : aujourd'hui, le malheur a fait naître le sentiment du devoir et du travail, et la France se relève de sa chûte pour arriver socialement à la République démocratique, gouvernement positif, et philosophiquement au règne de la loi du fait; il faut donc que la morale se relève par la loi positive qui lui montre les principes du devoir et du travail, seuls principe de l'Univers social.

C'est à ces hommes nombreux qui n'ont pas encore vu la lumière philosophique que je m'adresse, les hommes du siècle, comme on les appelle, qui sont dans un abîme dont ils ne peuvent mesurer le fond. Ils vivent sans tenir compte d'aucune loi divine, et ils ne voient pas de loi humaine; mais pour la plupart d'entre eux l'éducation tient lieu de lien social, et, sans regarder chaque pas, ils marchent suivant la loi qui régit les sociétés. Je ne veux pas dire, ce que l'on pourrait croire, que la loi sociale positive soit différente de la loi divine; la conséquence est la même en partant de deux principes si opposés en apparence, car, pour moi, la loi divine n'est historiquement qu'un artifice humain qui a rapporté à la divinité des lois qui naissaient des besoins de l'humanité, qu'un homme a créées et qu'il a présentées en les rapportant à un Etre supérieur. Moïse a fait venir ses lois de Dieu parce que dans la constitution de son peuple primitif, et

pour lui faire adopter un progrès pour lequel effectivement
il n'était pas prêt, et qui consistait surtout dans une tranfor-
mation du principe religieux, organe du commandement,
il a fallu faire intervenir cette puissance supérieure qu'il
mettait en jeu; et de là est sortie une théocratie. Solon et
Lycurgue ont donné des lois en rapport avec la situation intellectuelle du peuple, et, visant un progrès humain, ces lois
ont été sociales et ont amené l'organisation d'un pouvoir
temporel, démocratie ou royauté. La méthode positive ne fait
que rapporter à une cause réelle la marche des sociétés, et
donne aux lois leur caractère réellement humain : par conséquent, dans l'application il ne peut y avoir de différence
entre la loi morale dictée par la divinité et la loi morale
dictée par la philosophie positive ; c'est toujours la même loi
d'humanité, avec cette seule différence que l'idée positive fait
monter l'humanité sur le trône où planait la divinité, et que
la loi sociale, au lieu de s'effacer comme un dérivé de la loi
divine, prend sa place réelle, et devient le grand moteur de
l'homme au milieu de ses semblables.

C'est l'importance de ce flambeau que je veux montrer
aux hommes qui marchent dans la nuit, ne voyant plus la
divinité; ils sont tombés du ciel et ils ne peuvent y remonter; ils sont sur la terre où la désespérance les traîne
comme des déclassés qui marchent sans but, ou au moins
sans voir la cause supérieure à laquelle ils sont soumis
comme toute l'humanité. Ils ont bien un but, mais ce but est
tout à fait matériel, ambitieux, et ne donne qu'une satisfaction de l'amour-propre; ce but devient la loi mortelle qui
régit chaque homme, et chacun ne voit dans son semblable
qu'un ami qui peut lui être utile, ou un ennemi qui peut
s'opposer à ses desseins. Tant que l'ambition soutient un
homme, du jour où il ne croit plus à la loi supérieure, il
n'est qu'un homme qui lutte pour son individu, mais qui

souvent, pour parvenir à son but, fait taire sa conscience devant son intérêt; mais si quelque malheur l'arrête dans son essor, ou même l'arrache à ce bonheur que lui donne la fortune, aussitôt, comme un vaisseau sans gouvernail au milieu de l'orage, il roule au milieu des hommes et cède à chaque vent. C'est un aveugle qui cherche son chemin et ne voit que ce que lui montre à chaque instant son bâton; il marche en montrant son désespoir intime, mais rien ne le soutient; son regard ne voit pas le jour; heureux quand sa propre main ne devient pas criminelle et ne détruit pas cette intelligence qui ne devait pas mourir. Le suicide paraît une porte de salut pour ces hommes qui croyaient à une loi supérieure et ne voient plus la main de Dieu ni la loi de la vie future au-dessus de leur mort. Job, sur son fumier, voyait la main de Dieu au milieu de l'infini, s'il ne voyait pas la vie future, et cette pensée le soutenait contre la mort; il a pu souhaiter de ne pas être né, mais il n'a pas osé porter la main sur lui-même. Il faut que dans la vie l'homme soit soutenu contre sa faiblesse, et dans le siècle qui marche la main divine n'est plus un appui suffisant. La religion le voit et elle cherche, en portant l'Eglise au fond de l'infini, près du trône de son Dieu, à rendre au principe divin le prestige qu'il avait quand les peuples se levaient pour marcher au tombeau du Christ. L'ère des miracles est morte, et le sur-naturel aujourd'hui insulte la raison; il faut montrer à l'humanité où est sa place dans la création, ce qu'est un homme au milieu des âges, et ce qu'il peut quand il a, par l'étude, assuré son esprit contre toute défaillance. Il est homme au milieu des autres hommes; il devient généreux et bon parce qu'il connaît l'humanité, et il ne cède pas à tout malheur qui peut l'assaillir, parce qu'il s'est préparé au combat; et parce qu'il sait qu'il ne doit compter que sur lui-même. C'est ainsi qu'il possède la force sans concevoir la fierté du parvenu, parce que son travail ou une aptitude plus grande le mettent au-dessus des autres hommes. Jusqu'ici l'humanité a vécu d'abord par la noblesse d'origine qui n'était qu'une convention établie par la force et qui a cédé la place à la richesse, accumulation du travail qui se conserve à travers les âges dans la famille. Aujourd'hui il faut faire intervenir le travail de l'esprit ou la richesse de l'intelligence, qui est une accumulation de travail mental, et qui doit établir la fraternité dans toute l'humanité constituée en une seule famille. La richesse physique est un produit des aïeux et permet surtout la mollesse, tandis que la richesse de la connaissance, tout en ayant un rapport avec les aïeux, est plutôt du domaine personnel, et chaque homme peut dire qu'il apporte en naissant les éléments de sa fortune.

Telles sont les classes d'hommes, positivistes et métaphysiciens déchus, à qui s'adresse spécialement, mais dans un but différent, ce travail, et, dans la société, si ces classes sont, puis-je dire, les plus instruites, assurément ce sont les moins nombreuses.

J'ai parlé de la première classe de métaphysiciens chez qui domine la question divine, et à qui je ne puis m'adresser. Si leur esprit a déjà été éprouvé par la discussion et s'est maintenu dans l'état métaphysique ou théologique par une croyance supérieure qui peut pactiser avec leur raison, ils peuvent sans crainte lire mes vers; leur croyance les soutiendra, et il ne leur restera que le souvenir d'un raisonnement qu'ils n'auront pas goûté. Je ne leur demande que la justice pour mon ouvrage. Quant aux hommes non éprouvés qui n'ont que la foi pour soutien, mon livre peut être dangereux et je dois les prévenir (car il peut détruire leur foi par quelque manière); or, ne pouvant pas remonter après avoir quitté la loi divine jusqu'à la conception de la loi humaine, conception qui ne peut être que le résultat d'un travail mental considérable, ils seraient des hommes déchus. Ils sont déjà des hommes déchus, les hommes non instruits qui ont perdu le soutien divin par une forme de scepticisme humain, conséquence d'un orgueil incomparable, qui moralement arrive à la négation divine sans aucune preuve et par suite d'une espèce de forfanterie, et physiquement aboutit à la loi d'un individualisme outré, ce qui n'enfante que des désordres dans la vie privée et des troubles dans la vie publique. C'est le dernier terme de la chute humaine, et cet homme qui refuse de connaître Dieu, sans qu'une loi humaine vienne diriger ses pas au milieu de sa vie, marche en aveugle, instrument de tout homme qui lui montre une satisfaction matérielle et surtout la satisfaction de l'argent.

C'est en quelques mots l'histoire de la décadence romaine et l'histoire de l'affaissement de la nation française arrêté par le réveil du peuple que le travail a élevé jusqu'au pouvoir. En effet, à Rome, la décadence a commencé par la classe riche et a continué jusqu'au peuple pour aboutir aux luttes de Marius et de Sylla, au triomphe de la force militaire et à l'empire, tandis qu'en France le malheur public de 1870 a, comme un choc, déterminé le réveil de la nation que la classe riche commençait à endormir par la corruption et la mollesse. Le peuple, qui voit les grands rire de la divinité, arrive à un scepticisme ignorant; rien ne le dirige, et il devient un instrument de toute tyrannie. Je serais inexact si je voulais faire reposer toute la question si complexe de la décadence romaine sur ce seul fait de la décadence morale, considéré comme cause et comme effet. La cause première est multiple, et plus tard je devrai la chercher; mais je puis dire que comme effet du bien-être, devenant ensuite cause du désordre public, la décadence morale du peuple romain donne la mesure de son affaissement, parce qu'elle est la résultante mentale des phénomènes divers qui ont amené l'évolution dans cet âge ignorant. Dans toutes les nations, la marche est la même, et nous ne différons que par l'intervention d'une nouvelle classe, celle-là même qui triomphe pour produire le gouvernement de la démocratie.

A Rome, la classe du travail, la foule, était esclave, mais ne faisait pas partie de la nation, et Rome n'a pas vu naître la fraternité, malgré qu'elle se trouve à la base de la religion du Christ. A ce moment, c'était une forme de solidarité, et nous ne la verrons apparaître qu'à la seconde phase de la Révolution française.

A Rome, les révolutions ont eu pour dernière limite l'avènement partiel de la bourgeoisie, et au-dessous se trouvait la révolte des esclaves; en France, l'esclave, devenu serf, est devenu peuple, et il apparaît en 1794 réclamant ses droits, parce qu'il est plus instruit. En 1789, la bourgeoisie fait tomber les grands et les rois; mais dès que la bourgeoisie a conquis ses droits, le peuple se lève et lui montre à elle ses devoirs, afin de conquérir son droit. De là la lutte entre le peuple et la bourgeoisie, et le peuple réveillé, mais livré à lui-même, se porte aux excès, croyant par la force affirmer sa victoire.

Conséquent avec lui-même, c'est lui qui détruit tous les principes d'autorité spirituels et temporels; mais quand il est le maître, il ne sait pas gouverner, parce qu'il lui manque l'expérience et l'instruction. Il ne sait que mourir afin de préparer son triomphe, mais il ne sait pas vivre. C'est l'histoire de ces malheureuses révolutions florentines dont le Dante nous raconte les péripéties déplorables. Le peuple s'empare du pouvoir, mais quand il a donné tout son sang, il ne peut user de sa victoire et se trouve obligé de remettre la direction à ses ennemis qui le remettent sous le joug. De même que l'évolution cartésienne a été un pas de la philosophie vers l'époque primitive, de même l'effort du peuple vers la fraternité a été, dans le domaine politique, un premier pas vers l'époque sociale positive. Lentement le peuple est venu au jour et il a conquis ses droits; maintenant il est dans la nation; mais pour vivre il doit acquérir l'instruction qui lui montre ses devoirs, afin que par la connaissance exacte de la division hiérarchique de la société et des rapports entre les classes que forme surtout la richesse, il force les classes supérieures à reconnaître d'abord ses droits et à pratiquer ensuite ses devoirs envers la classe inférieure. Partout le progrès a marché vers l'éducation des classes; Rome s'est arrêtée à l'éducation de la bourgeoisie, et ce n'est que vers la fin de l'empire que, soutenu par le catholicisme et favorisé par la division en grandes exploitations de la propriété, l'esclave a commencé à sortir de sa situation précaire pour s'attacher à la culture du sol sous un maître, et préparer l'avènement du servage.

Je ne puis passer sous silence, puisque les faits m'amènent en présence de ce réveil de la classe des esclaves, comment s'est fait le premier pas de cette évolution, qui s'attache en effet au catholicisme, mais aurait eu lieu sans lui, et en tout cas a commencé avant que l'Eglise catholique fut constituée et en état de donner une direction au gouvernement. Nous voyons dans l'histoire le peuple romain dans un état d'abandon complet analogue à notre état impérial, se laisser aller à l'empire et plonger dans le malheur, qui certes lui a fait payer par du sang sa régénération. En effet, cette régénération se prépare, et elle se fait par le peuple des champs, par le travail; mais en présence d'un pouvoir fortement centralisé, et surtout à cause de l'état encore inférieur de la connaissance humaine, ce mouvement a dû être fort lent; mais pourtant il a marché assez vite pour produire sous Justinien cet ensemble législatif qui n'est que la sauvegarde de l'esprit de société contre les bouleversements. A ce moment l'Eglise existait et prenait une grande part au gouvernement, mais elle n'a pu que continuer le mouvement naturel afin de s'élever sur lui; et c'est pourquoi elle a dû favoriser l'organisation de la loi et le réveil de la classe travailleuse, suivant du reste en cela le principe social de solidarité qu'avaient dicté le Christ et saint Paul, et qu'elle n'avait pas encore eu le temps d'oublier par l'exercice du pouvoir souverain comme puissance temporelle.

Ce travail de formation des lois est si peu l'œuvre de l'Eglise, que plus tard, quand l'esprit humain se réveille en France chez les rois, il s'appuie sur ces lois pour se garantir de la domination de la puissance ecclésiastique qui par Grégoire VII a obtenu son maximum de concentration, et commence à décliner au point de vue de son gouvernement avant d'être attaquée dans son essence même.

Nous arrivons enfin de nos jours à l'émancipation de la dernière classe, et, de même que les classes supérieures doivent reconnaître ses droits, il faut que celle-ci, par l'instruction, connaisse ses devoirs, car de là seulement peut naître l'harmonie, et dans le domaine politique c'est le but de la philosophie positive. Il faut que le peuple s'instruise; mais c'est à l'homme qui connaît et peut connaître, grâce à sa situation privilégiée, à avoir d'abord conscience de ses devoirs envers la classe inférieure et malheureuse, et à faire cette éducation qui doit produire la fusion de toute la nation en un seul peuple et préparer l'égalité réelle de chaque homme devant le travail.

On attribue à la libre pensée scientifique toute cette classe d'hommes qui n'ont qu'une instruction humaine sans avoir la preuve et la raison de leur état mental. Il faudrait rendre à chacun sa responsabilité, et si la science transforme la raison de la masse de la nation et lui donne le raisonnement positif, c'est la démonstration d'un vice de la métaphysique qui ne peut se soutenir en présence du raisonnement de fait dans un esprit à instruction faible, mais aidé par la méthode positive. Il ne manque à ces hommes égarés que l'instruction, afin de limiter et d'assurer leur raison qui suit jusqu'à la divinité la loi du fait; or, la divinité ne pouvant s'établir en face de la raison, leur esprit arrive à nier ce que la philosophie scientifique ne peut que laisser derrière un nuage ou les hommes lentement apporteront la lumière.

C'est dans cette classe non instruite que viennent se ranger la plupart des femmes; mais elles, en outre de leur éducation première privée de tout raisonnement positif, elles restent cantonnées dans l'idée théologique ou métaphysique, grâce à leur développement sensitif qui devient une cause effective; car chez une femme, tout acte de sa vie donne lieu à des mouvements affectueux ou aversifs. Elle a une tendance à la spontanéité, et, de cette prédisposition, alliée à une manière de juger des faits due à l'éducation, il résulte une foi qui refuse toute forme de raisonnement. Par sa constitution sensitive, la femme n'a donc aucune tendance au raisonnement, et son esprit se porte plus naturellement vers ce que sa sensibilité lui dit, sans qu'il soit nécessaire qu'elle comprenne. Il n'est pas une femme théologique qui n'ajoute la plus entière confiance à tout phénomène mystique; la foi avec ses miracles frappe facilement son être, et, même verrait-elle réellement la raison du fait qu'on lui signale comme un miracle, le plus souvent elle céderait à la voix intérieure qui la porte vers la foi non raisonnée. Nous vivons à la suite d'une longue époque de croyance, et nous sommes encore à l'enfance de la raison positive; l'homme, à cause de la première impression qu'il reçoit au premier âge de sa mère surtout, éprouve de la difficulté pour réagir et devenir maître de sa pensée, malgré qu'il soit chaque jour en contact avec les faits, et malgré son éducation scientifique considérable; par conséquent quelle doit être la situation de la femme chez qui une éducation incomplète, nourrie des idées des générations antérieures, et une constitution particulière, donnent un produit qui doit être et est effectivement presque complètement réfractaire à toute éducation positive. Cependant ce fait n'est pas absolument vrai pour quelques femmes qui, dans le mariage, arrivent, grâce à une situation particulière, à rompre avec la tradition, et, sans quitter la voie supérieure, sont cependant devenues tellement humaines, pourrais-je dire, qu'il suffirait de quelque travail positif pour porter la lumière complètement dans leur esprit; non pas la négation divine (il est entendu que la méthode positive ne va pas encore à la divinité), mais la marche de la pensée soumise absolument à la raison.

Quoiqu'il en soit, la femme est en ce moment aux antipodes de la constitution positive, et l'éducation n'est pas faite pour amener une modification, dont le premier effet serait de rapprocher dans le mariage la femme de son mari, et de mettre deux Etres unis pour veiller au-dessus du berceau de l'enfance. Plus nous marchons et plus se creuse l'abîme entre l'homme et la femme; l'homme d'un côté marche seul vers la philosophie positive, conduit par la science, et la femme reste d'un autre côté, et avec elle reste un homme, qui lui parle d'un amour mystique à la place de l'amour de son mari, et qui exalte son imagination; je veux parler du prêtre et de l'amour mystique en Jésus-Christ. Tout est faux et à reprendre dans l'éducation de la femme, si l'on veut la mettre en harmonie avec la marche de la raison de l'homme: il faut élever son instruction, et ne pas lui donner cette pâture quotidienne qui ne fait qu'exalter ses sens, de telle sorte qu'une jeune fille a pu être fanée moralement avant de savoir ce que c'est que vivre au milieu d'une société dont elle ne connaît aucun devoir. Elle sort du couvent, où rien ne lui parle de la vie réelle et où chaque jour on la prépare à sentir, pour entrer dans le lit d'un époux, et ce n'est que par une expérience qu'elle paie souvent fort cher, qu'elle apprend à connaître, son mari d'abord, la marche de la société ensuite, et enfin qu'elle peut défendre et sa position et sa fortune. Une jeune fille n'a le droit de rien savoir ; elle est mariée, elle ne se marie pas, et sa mère s'appuie sur son propre souvenir glacé, qu'elle prend pour du bonheur, afin de défendre l'éducation de son enfant, éducation passive, qui lui permettra de la mettre dans les bras d'un homme inconnu et de consacrer une union d'où ne peut naître que le malheur. Si une jeune fille connaissait un peu mieux la vie humaine elle se marierait. Une nation nous montre à nos côtés l'éducation de la femme mise en contact avec la société, et elle nous montre, en même temps que le respect dont la population entoure les jeunes filles, la connaissance qu'elles acquièrent. Mais l'Angleterre est protestante et la France est catholique ; en Angleterre le prêtre est un père de famille qui enseigne le bien en montrant son exemple, tandis qu'en France nous avons le prêtre, homme hiérarchisé, esclave de la règle, et qui voit l'Église au-dessus de la vertu. L'instruction de la femme ne lui permet pas de descendre sur terre appuyée seulement sur la raison ; en tombant du ciel elle pourrait se briser, et c'est l'œuvre de l'époux de former son esprit et de la préparer à sa transformation, afin qu'il puisse être vraiment son soutien. Un homme aujourd'hui doit faire l'éducation de l'enfant qu'il reçoit en se mariant. Quand il peut la former, le résultat est certainement le bonheur ; mais le peut-il souvent, et le veut-elle toujours ? C'est un inconnu redoutable qu'abordent deux êtres en se mariant, et c'est cet inconnu que redoute instinctivement chaque homme qui paraît faire un effort pour marcher au mariage, tandis qu'il devrait y marcher comme à sa délivrance.

La femme ne pourra que difficilement me lire, et cependant elle trouverait dans ce poëme de salutaires enseignements et une sauvegarde au milieu des nombreuses défaillances qui l'assiégent si souvent, et souvent l'engloutissent dans un abîme de désespoir, où elle tombe emportant avec elle presque toujours l'honneur de son mari et de ses enfants. C'est une noble tâche qui s'offre à tout esprit aimant le bien, je veux parler de l'éducation de la jeune fille, de son instruction et de sa préparation par des études solides et pratiques à ses devoirs dans le mariage. La transformation de l'homme est commencée et celle de la femme doit commencer.

BUT A ATTEINDRE

Instruire la nation à tous les degrés de la hiérarchie, de manière à former un peuple dont les individus ne soient que les éléments divers d'un corps immense, vivant par une même impulsion, tel doit être le but de la philosophie positive, dont le premier pas commence à peine et dont le dernier se perd dans la nuit de l'avenir en se confondant avec le vaste ensemble de l'univers humain. Mais pour instruire il faut savoir, et nous sommes en ce moment au terme d'une longue période subjective pendant laquelle l'esprit, écrasé par le vaste idéal d'une conception infinie, a usé toutes ses forces pour sortir des langes du cercueil et soulever la pierre du tombeau, afin de paraître à la lumière et de marcher près de l'homme au milieu de la connaissance et de l'humanité. Il faut savoir, et la connaissance humaine arrive à peine en un point au dernier terme de l'analyse par la chimie atomique; or la science suppose nécessairement une synthèse générale ou au moins une connaissance du chemin qui monte vers l'avenir, afin que chaque homme pensant puisse, en apportant sa pierre à la construction de l'ouvrage colossal qui doit être l'apanage de l'humanité, connaître exactement le grand œuvre dont il est un ouvrier, et pousser l'esprit humain vers le progrès qui ne doit avoir d'autre terme que la connaissance complète. Il faut savoir, et tout est encore à créer au moment où la nation sous un gouvernement positif est impatiente de s'élancer vers l'avenir où elle doit par le travail trouver l'idée du devoir le plus étendu pour elle-même et pour l'humanité. Par conséquent, trois époques se présentent devant moi comme un devoir nécessaire et qui doit être rempli ; je dois d'abord marquer le cadre où doit se mouvoir la connaissance afin d'en tracer le chemin ; je dois ensuite remplir autant que possible, suivant l'état de la science, une partie du cadre que j'aurai fixé, en montrant toutefois les lacunes immenses, qui, comme une montagne à creuser, paraissent se dresser devant l'esprit humain ; enfin je dois montrer, d'après le développement historique et la synthèse de la connaissance, comparés à l'état des âges divers qui forment la nation, une méthode d'instruction publique qui doit nécessairement comprendre deux parties, l'une pour l'enseignement du passé et analytique, et l'autre, pour les hommes qui, ayant connu le passé, marchent vers l'avenir. De ces deux méthodes, la première est indispensable pour une partie de l'éducation du premier âge, mais la dernière, qui est appelée à prendre une part de plus en plus grande, est réellement la méthode du progrès ascendant. Jusqu'ici l'education de la jeunesse a reposé sur deux sens qui semblent être les instruments de l'époque théologique, la vue et le langage, et ce dernier, formule d'abstraction de l'imagition, a fait naître toute l'éducation philosophique antique qui repose toute entière sur l'évolution de la parole par rapport à l'imagination. Le moment est venu de mettre l'éducation humaine en rapport avec la société positive qui nous régit,

et pour cela il faut hardiment mettre à sa place réelle la phi
losophie antique comme fait historique, occupant une place
très importante dans l'éducation de l'esprit humain ; il faut,
tandis que jusqu'ici elle a tenu seule toute la place dans l'éducation de la jeunesse, établir, en élargissant le cadre, que
réellement elle n'est qu'une faible partie dans l'immense dé-
voloppement de l'homme, dont le mouvement, même aux plus
beaux jours de la conception idéale, a présenté deux marches
distinctes et inverses, l'une de connaissance, qui, continuant
le mouvement antérieur, n'a cessé de s'élever jusqu'à nos jours,
l'autre d'imagination, qui, commençant à une époque précise,
s'est élevée pour constituer la langue perfectionnée et la
pensée abstraite, et retombe aujourd'hui pour laisser la place
à la connaissance positive dont la base est dans l'ensemble
des sens physiques. Par conséquent, le langage aujourd'hui,
au lieu de rester une formule abstraite, ne doit plus être que
l'expression de la connaissance et reposer sur un corps solide
qui constitue la mémoire et le domaine plus ou moins étendu
de chaque individu suivant l'accumulation de son travail
mental. Comme conséquence de cette éducation abstraite
nous voyons la littérature s'attacher à deux faits, importants
sans doute, la forme et la conception idéale, et l'humanité ne
s'attacher qu'à l'éducation intellectuelle, croyant avoir rempli le cadre quand l'esprit est arrivé à comprendre. Mais
ce n'est que le premier pas, et c'est lorsque l'esprit est arrivé
jusqu'à la conception abstraite que devrait commencer l'éducation des faits : or, c'est justement à ce moment que l'éducation croit avoir rempli sa mission, laissant à chaque homme,
à son entrée dans la vie avec son intelligence développée, le
soin de former sa connaissance. C'est quand l'homme est enfant qu'il faut former son éducation future et le conduire
par une marche raisonnée et progressive jusqu'à la plus
haute abstraction, de telle sorte que le jour où l'éducation le

met dans la vie il soit réellement, positivement et abstractivement, au point où l'éducation l'a laissé ; de telle sorte que l'éducation soit en rapport avec les fonctions de chaque individu ; de telle sorte que chaque homme ait son intelligence développée, suivant la hauteur où il a quitté l'instruction, et que toute l'instruction ne soit qu'une échelle progressive suivant laquelle se hiérarchise la société dont l'homme le plus instruit, par conséquent le plus connaissant, tient naturellement le sommet pour marquer la direction de la machine sociale.

Voir la marche du problème, c'est déjà tenir la solution, et, pour l'instruction sociale, connaître l'évolution historique de l'esprit humain et le besoin social, c'est déjà marquer la route que l'on doit suivre nécessairement, faisant à chaque instant la part du passé, poussant l'opinion publique dans la marche en avant, observant les lois inhérentes à la lenteur de l'évolution humaine, mais conduisant sans retour au progrès.

Marcher en avant sera l'œuvre de demain, mais avant tout il faut tracer la route afin que l'esprit n'entre pas en aveugle dans un sentier de labeur, où pour le soutenir il doit avoir présents à chaque pas les résultats vers lesquels se dirige l'humanité, et la grande loi du devoir social. Aussi dois-je d'abord m'attacher dans le court exposé d'une œuvre, qui, elle-même, n'est qu'une introduction à une œuvre plus grande, à mettre du jour sur la situation philosophique de l'humanité pour en conclure toute la marche de mon évolution synthétique.

Il y a quelques années un homme a paru, Auguste Comte, qui, dans un livre d'une conception étonnante et admirable, a voulu faire l'éducation de l'humanité par l'étude objective des sciences dans leur rapport avec l'esprit humain, et son ouvrage s'est trouvé en présence, d'un côté de la philosophie

spiritualiste dont le principe dominait au-dessus des événe-
ments, et de l'autre, de la constitution des sciences qui
étaient parvenues, en s'élevant sur les faits positifs, à former
des Eglises, ou la spécialisation était telle, que la question
supérieure s'effaçait complétement, et que chaque ouvrier
élevait son édifice particulier sans voir à ses côtés les autres
travaux. Auguste Comte a voulu montrer par la liaison des
éléments un immense monument d'où l'homme pouvait regarder l'univers; il a voulu faire la science positive, et alors
les savants se sont aperçus qu'ils devaient se rattacher à un
système antérieur, la philosophie métaphysique, chargée de
satisfaire une éducation première que les travaux positifs
spéciaux n'avaient pas modifiée. Son travail a été couvert par
une conspiration du silence, et cependant l'évolution qu'il
demandait s'est faite dans la politique et dans la science,
grâce au travail de quelques hommes, ses ardents disciples,
qui ont aidé à l'évolution, et aussi parce que l'époque est
venue où l'esprit humain, comme un fleuve qui remplit son
lit, doit déborder et se répandre sur la terre. C'est la connaissance qui est fort avancée dans chaque partie spéciale et qui
maintenant nous offre des lois d'où l'esprit comme d'un sommet plus élevé, doit voir autour de lui et commencer l'étude
de la nature au point de vue objectif. C'est en quelques mots
le progrès que je veux montrer à faire pour la philosophie
positive, et Auguste Comte l'a prévu lui-même quand il dit :
« Que la perfection du système positif vers laquelle il tend
sans cesse, quoiqu'il soit très probable qu'il ne doive jamais
l'atteindre, serait de pouvoir se représenter tous les phénomènes observables comme des cas particuliers d'un seul fait
général, tel que la Gravitation par exemple. » Peu d'années
se sont écoulées depuis le moment où Auguste Comte parlait
ainsi, et pourtant le progrès accumulatif s'est développé, au
point qu'aujourd'hui je puis tenter un essai de Biologie uni-

verselle d'après une loi unique en dehors de l'esprit humain,
et, faisant une étude des sciences non par analyse mais par
synthèse, conclure à la relation et à la hiérarchie des faits
de vie ou mouvements individuels, de manière à montrer que
la Gravitation n'est qu'un mouvement de masse à masse analogue aux mouvements de molécule à molécule, et que les
différents corps qui constituent la connaissance ne sont que
des faits de complexité de plus en plus grande et correspondant à un développement dans le temps. De cette sorte notre
étude comprendra deux parties :

1° L'étude de faits classés par hiérarchie de complexité
dans leurs rapports particuliers et d'ensemble avec les autres
faits, la terre et les astres ;

2° L'étude synthétique ou philosophique correspondant au
sens d'étude de la nature humaine le plus général, la vue ;
et ce sera l'histoire positive de chaque science, qui, déjà
classée par la hiérarchie de complexité, deviendra par la
synthèse et par suite d'une relation parallèle de la formation
complexe et de la formation historique, une complexité d'âge.
Ainsi l'histoire de la terre, comme terme le plus complexe de
notre milieu, sera l'histoire de son développement dans les
âges et nous trouverons hiérarchisés dans les temps comme
dans l'ordre chimique complexe, les minéraux, les végétaux,
les animaux, l'homme et l'esprit humain.

Afin de bien marquer le but que je me propose dans le prochain travail de philosophie positive synthétique, et le but
sociologique que je veux atteindre dans ce poëme, qui n'est
qu'une faible partie de la vue générale et concrète, je dois
marquer la place qu'occupe Auguste Comte dans l'évolution
analytique de l'esprit humain, et je partirai de ce point intermédiaire, mais rapproché de nous, pour descendre à l'analyse complète où je me trouve en ce moment avec la chimie,
et reconstituer tout le domaine de la connaissance. L'ouvrage

d'Auguste Comte se divise en trois parties; la partie mathématique, la partie physique et la partie sociologique. De ces
trois parties une seule, la partie mathématique, œuvre abstraite de l'esprit humain, est à l'état positif, parce que, partant de l'unité du nombre, elle s'est élevée à l'infiniment
grand d'un côté pour descendre de l'autre à l'infiniment petit, et on ne comprendrait pas qu'il en fût autrement, parce
qu'un pas n'est possible dans un domaine abstrait que lorsque
l'esprit est parvenu à marquer par des preuves la position de
différents échelons, qui sont le point de départ de progrès
nouveaux. Dans les mathématiques, l'analyse a marqué la
dernière phase de son évolution, et toute l'éducation de l'esprit à la poursuite de l'idéal s'est faite par un travail de synthèse, qui, dès qu'il s'est trouvé à une certaine hauteur,
marquée par le soleil et les astres, a rencontré l'esprit théologique, et alors, pour lutter contre lui, s'est attaché à calculer les mouvements infinis, d'où nous est venue l'astronomie ainsi que ce progrès immense qui, au commencement de
l'âge moderne, s'est attaché à l'étude de l'immensité. C'est
pour cela que l'astronomie de masse, soit numérique, soit
géométrique, soit mécanique, a toujours été positive, parce que
l'esprit humain, ou plutôt le sens de la vue, élevé à l'abstraction par le calcul, est parti de la terre comme d'une unité;
mais dès que l'on a voulu pénétrer dans les astres par la
connaissance analytique pour chacun d'eux, alors a commencé
la difficulté, et les astronomes ont alors raisonné suivant la
méthode subjective, car leur calcul par le nombre est insuffi-
sant.

Il faut, pour arriver à la connaissance sidérale intime,
commencer l'étude par la terre, l'analyser, l'étudier ensuite
synthétiquement, et ce n'est qu'au fur et à mesure que la connaissance d'analyse augmente par rapport à la terre, que le
progrès astronomique peut faire un pas, comme nous le mon-

trent l'analyse spectrale et la photographie; et la connaissance astronomique ne sera complète que lorsque la synthèse
de la terre sera presque terminée, ou au moins que sa marche sera indiquée dans ses principaux linéaments. Je puis
donc dire que dans l'ouvrage d'Auguste Comte, qui n'est que
l'expression exacte de ce qui s'est passé réellement dans la
marche historique de l'humanité, la partie abstraite est positive, parce qu'elle s'est élevée en dehors du fait matériel
comme résultat de la vue et du langage, et je devrai montrer
quelle place elle doit occuper dans la constitution synthétique
de la connaissance. Dans les corps considérés en eux-mêmes
comme hiérarchie elle n'a aucune place, et elle n'apparaît
que lorsque l'homme veut s'élever au rapport des lois : de
telle sorte que dans une éducation il faut à côté de la hiérarchie des corps mettre la hiérarchie mathémathique corres-
pondante afin de mettre à chaque instant l'esprit dans un état
d'abstraction tel, qu'il puisse comprendre le degré de complexité que l'on veut lui faire connaître. Donc, nous voyons
la mathématique au commencement de l'œuvre d'Auguste
Comte, parce que réellement l'esprit humain s'est développé
abstractivement avant de commencer l'analyse des corps;
mais en réalité, la connaissance abstraite ne doit être que le
résultat à chaque instant immédiat et connexe de la connaissance objective, et il en sera ainsi quand la synthèse sera
constituée, parce qu'alors l'esprit s'élèvera positivement et
par degrés vers des conceptions plus grandes. Pourtant
dans l'éducation de l'enfant et pour le conduire jusqu'à un
progrès abstrait qui lui fasse connaître le langage, l'écriture
et le nombre, il sera toujours utile de suivre la marche analytique partant de l'objet tangible qui frappe plus facilement
l'intelligence et se trouve réellement à portée du jugement
de courte étendue, pour descendre plus tard au premier terme
de la synthèse par la chimie et s'élevant ensuite graduelle-

ment. L'Esprit humain, dans son éducation historique, forme une série de cercles, de jugements de plus en plus étendus jusqu'à renfermer toute la terre dans sa conception ; par conséquent il faut suivre la même marche et diviser l'éducation en deux âges, le premier qui s'attache aux jugements positifs mais de masse tangible et de voisinage direct avec la vie, et l'autre qui dépasse le premier et forme le vrai développement cérébral commençant par une synthèse rigoureuse à la chimie et s'élevant jusqu'à la physique, à la botanique, à la zoologie, à l'anthropologie, à la sociologie, à la géologie et à l'astronomie, chaque science étant étudiée à fond dans tous ses rapports avec celles qui précèdent. Dans l'étude des corps physiques, Auguste Comte a suivi la loi de l'étude objective, au point de vue de la hiérarchie des sciences et de leur développement dans l'esprit humain, parce que le progrès dans la science ultérieure nécessite pour la découverte nouvelle un progrès déjà accompli dans la science antérieure sous le rapport surtout des instruments d'observation ; et à ce sujet je puis comparer la mathématique à l'instrument de l'esprit pour connaître les rapports de mouvement, au même titre que le progrès instrumental physique a permis de réaliser des progrès dans le domaine de la biologie minérale, botanique, zoologique et anthropologique. Par conséquent après la mathématique à forme synthétique, nous trouvons dans l'œuvre d'Auguste Comte l'étude physique et analytique qui commence à la physique brute pour arriver à la chimie et à la biologie qui n'est qu'un mouvement moléculaire, et cette division se continue dans l'étude des corps physiques végétaux et animaux, qui eux sont classés déjà suivant l'ordre de complexité moléculaire que nous avons déclaré synthétique ou ascendant dans l'âge. Ainsi dans l'étude des corps physiques nous trouvons une division générale ascendante et des divisions partielles descendantes, et c'est là que réside le progrès réel que je veux marquer, progrès qui est un changement complet de méthode, et qui devient tout à fait positif : en effet, la première méthode d'analyse, méthode d'éducation pour l'esprit qui va à la découverte, doit s'attacher à la science et au corps pour descendre à l'élément par division; mais nous la voyons déjà synthétique dans la hiérarchie des grandes divisions de la terre, tandis que la deuxième qui me servira à faire l'étude des objets de la connaissance doit partir de l'élément simple ou supposé tel jusqu'à nouvel ordre, et n'est possible que quand l'analyse est faite. Aussi trouvons-nous entre les deux époques pour nous marquer la différence réelle entre les deux méthodes tout le progrès qui s'est accompli dans la chimie et qui a conduit cette science jusqu'à l'élément atomique comme dernier terme de la simplicité à concevoir. Au moment de la philosophie d'Auguste Comte, la chimie se trouvait à la connaissance du poids comme base de la composition moléculaire, mais c'était encore un élément composé de deux parties, le volume et le nombre, et depuis lors la connaissance s'est appliquée à l'étude des éléments et par elle est arrivée à la conception du nombre, c'est-à-dire de la densité atomique par l'égalisation et la neutralisation d'un des facteurs du poids, le volume. Je ne veux pas insister d'avantage sur le principe qui me sert de base synthétique parce qu'il sera ultérieurement développé, mais je veux mettre en regard la division de la connaissance humaine dans ses principaux linéaments.

CLASSIFICATION DES SCIENCES

SUIVANT LA COMPLEXITÉ MOLÉCULAIRE QUI EST LA HIÉRARCHIE HISTORIQUE

CORPS ÉLÉMENTAIRES		CORPS MASSIFS		CORPS GÉOLOGIQUES		CORPS SIDÉRAUX	
Corps chimiques { Numériques. Géométrique• Mécaniques.	Minéraux. Végétaux. Animaux. Anthropologiques.	*Corps physiques* { Numériques. Géométrique• Mécaniques.	Minéraux. Végétaux. Animaux. Anthropologiques, Cérébrologiques.	*Corps géologiques* { Numériques. Géométrique• Mécaniques.	Minéraux. Végétaux. Animaux. Anthropologiques. Sociologique• (Historique.)	*Corps sidéraux* { Numériques. Géométrique• Mécaniques.	Minéraux. Végétaux. Animaux. Anthropologiques. Sociologique•
SYNTHÈSE MENTALE							
Synthèse chimique { Numérique. Géométrique. Mécanique,	Minérale. Végétale Animale. Anthropologique.	*Synthèse physique* { Numérique. Géométrique. Mécanique.	Minérale. Végétale. Animale. Anthropologique. Cérébrologique.	*Synthèse géologique* { Numérique. Géométrique. Mécanique.	Minérale. Végétale. Animale. Anthropologique. Sociologique (Historique.)	*Synthèse sidérale* { Numérique. Géométrique. Mécanique.	Minérale. Végétale. Animale. Anthropologique. Sociologique.
SYNTHÈSE PHILOSOPHIQUE							

On voit par ce simple tableau que toute la connaissance humaine se trouve comprise dans un cadre hiérarchique de plus en plus complexe à partir des éléments pour arriver à la terre, dont l'homme fait partie à sa place naturelle, au même titre que tous les autres corps. Je suis donc amené à faire remarquer que la méthode analytique est incomplète, parce qu'elle ne marque pas les rapports avec la géologie, science qui cependant doit plus tard devenir la plus importante au point de vue sociologique.

Si j'examine la sociologie d'Auguste Comte, qui forme la troisième partie de son ouvrage, je remarque qu'elle est complétement subjective, comme le fait remarquer M. Littré; c'est-à-dire que l'esprit de l'auteur, élevé positivement, a étudié la marche de l'humanité dans l'histoire sans montrer exactement les lois de l'évolution qui doivent avoir pour base les faits, ou en d'autres termes, les individus et leur esprit. Car l'esprit général n'est que le résultat des différentes notions ou jugements particuliers, variables suivant l'état du corps dans lequel le phénomène se passe, suivant le sens qui domine, suivant le lieu de la terre où se fait l'examen par rapport à la nature physique et au climat, enfin suivant l'âge, qui devient la loi la plus importante de la sociologie, parce que chaque état de l'esprit humain à un moment quelconque de son développement résulte surtout de la mémoire, ou connaissance des âges antérieurs.

Dans le précédent tableau, j'ai marqué l'étude objective des faits hiérarchiques, mais je n'ai pu qu'indiquer d'une manière sommaire la place de la sociologie; aussi, dans ce moment, je dois dire que l'étude de l'homme au point de vue cérébral, qui devient alors comme animal connaissant le point où convergent les connaissances, doit être faite d'un côté; quant aux rapports au-dessous de lui, si je puis ainsi parler, et ces rapports sont les objets de la connaissance, minéraux, végétaux, animaux, son organisme, surtout, et d'un autre côté quant aux rapports au-dessus de lui, c'est-à-dire les rapports où il entre lui-même comme masse, et ce sont les rapports d'homme à homme, de famille, de cité, de nation, et le rapport de l'homme avec les forces de la terre et des astres, ce qui constitue le domaine idéal ou religieux.

C'est alors que s'offre à notre esprit la loi d'évolution dans le corps aussi bien pour les minéraux, les végétaux, les animaux que pour l'homme, au point de vue intellectuel; de telle sorte que quand la connaissance des faits synthétiques sera tout à fait connue, on aura comme résultat l'histoire des minéraux, l'histoire des végétaux, l'histoire des animaux, et l'histoire de l'homme et de l'humanité. On voit déjà que nous sommes en présence de deux ordres de faits : une première classe comprenant les corps qui paraissent passés à l'état statique, mais ne le sont pas pour la plupart et dont nous devons montrer la loi des âges comme conséquence de la loi de complexité; et une deuxième classe qui comprend l'homme et l'humanité. Dans l'étude de l'humanité nous avons l'histoire qui n'est que le récit des faits d'une partie du corps, le système cérébral dans ses rapports de masse, et de cette his-nous devons faire sortir la loi de complexité.

Ainsi, d'après notre manière de voir, pour constituer la sociologie, nous devrons étudier d'abord l'homme objectivement dans les faits de son être, et nous aurons alors le tableau suivant pour la division physique de son individu.

Chimie.		Physique.				
	Hydrogéne.		Circulation.	Vie végétale.	Innervation organique.	Homme animal.
	Oxygène.		Respiration.			
	Carbone.		Digestion.	Vie animale.		
	Azote.		Génération.			
	Soude.		Odorat.		Innervation médullaire.	Homme physique.
	Potasse.		Goût.			
	Fer.		Toucher.			
	Phosphore.		Vue.			
	Etc.		Ouïe.			
			Sensibilité cé-rébrale.		Innervation cérébrale.	Homme intellectuel.

Par conséquent, dans l'homme, nous avons à considérer trois éléments déjà complexes qui jouent un rôle important dans sa composition, et dont il subit l'influence constante à chaque instant de son existence physique et intellectuelle ; ce sont le corps, les sens et la connaissance de tous les phénomènes dont le siége est au cerveau.

Voilà donc l'homme physiquement constitué ; il faut maintenant le mettre en rapport avec les corps qui l'entourent, et dont il prend connaissance au moyen de ses instruments d'observation pour former son jugement, et nous verrons que dans la première époque il arrive, par ses seuls instruments, à connaître la société ; mais bientôt il devra élever son esprit à l'abstraction par la vue et le langage, ce qui formera le calcul numérique et nominal ; et enfin lorsqu'il sera arrivé à la plus haute éducation mentale, il s'attachera à l'expérimentation raisonnée et par induction, ce qui pousse à la recherche des instruments pour arriver à la connaissance des corps : ce progrès marquera la plus haute éducation de l'esprit. Nous devons encore étudier l'individu dans ses rapports alimentaires, avec les minéraux, les végétaux, les animaux, ensuite avec la femme, plus tard avec les autres hommes, encore avec les lieux de la terre et les éléments, ou en d'autres termes les milieux atmosphériques, et enfin avec les astres et l'immensité, ce qui marque le dernier terme de l'imagination et le point le plus élevé de la conception mystique. Nous devons donc étudier l'homme dans ses rapports avec sa constitution végétale, ce qui, nous le verrons, présente une importance que l'on n'a pas assez fait remarquer au point de vue du développement des qualités ou des défauts ultérieurs. Une fois cette étude de synthèse terminée, nous devons faire alors la partie philosophique, qui est l'histoire de l'homme et puis celle de la société ; et, suivant notre principe du rapport de la complexité des éléments avec la loi d'évolution, nous aurons exactement des âges correspondant à chaque branche du système nerveux humain.

Nous devons donc trouver pour l'homme individuel, l'âge organique, l'âge physique et l'âge cérébral, et pour la société nous devons partir du premier rapport de la famille qui est le premier âge social et certainement la base de toute l'évolution. Ensuite nous trouvons le rapport de la famille avec la famille, ce qui forme la tribu; plus tard nous avons le rapport de la tribu avec la tribu, et l'homme arrive à la cité; enfin, à la nation et à l'humanité, en élargissant toujours l'étendue de ses rapports.

Concurremment nous trouvons le rapport de l'homme avec le soleil et les astres, ce qui constitue l'idée religieuse que nous voyons dans chaque âge toujours au-dessus de l'humanité, s'élevant à mesure que la connaissance grandit, pour arriver à son terme naturel, l'infini.

Ainsi, prenons la cité, par exemple; nous la trouvons formée de tribus; la tribu se compose de familles, la famille se compose de membres dont l'homme forme la partie directrice, malgré que nous voyons la femme intervenir utilement dans deux circonstances importantes de l'histoire tout à fait semblables quant au niveau social et pour retirer l'homme de la barbarie, je veux parler de la première période grecque et de la période féodale.

C'est quand l'étude arrive à l'homme individuel que nous avons à étudier l'esprit de chaque classe comme résultante des différents facteurs qui forment le jugement et la connaissance, soit au point de vue animal, soit au point de vue relatif; mais à un moment donné de la vie d'une société, si chaque classe offre un âge distinct, il existe une classe dirigeante qui marque l'époque réelle et qui traîne à sa suite pour ainsi dire toutes les classes inférieures. Par conséquent il nous suffit, en réalité, d'étudier dans un tableau chaque

âge de l'esprit humain, de le mettre en rapport avec les éléments du corps et l'état de la connaissance ou mémoire, et
ensuite de le considérer dans les rapports correspondants
avec la société et les milieux environnants, qui s'élèvent à
mesure que la connaissance augmente, et forment cette puissance occulte qui tient l'homme à genoux devant l'inconnu.
Nous devons donc considérer les divisions de l'homme au
point de vue de la connaissance et établir la notion que
chaque sens développe dans le milieu intellectuel; ensuite
nous n'aurons qu'à transporter cette notion dans les objets
de la connaissance et nous aurons des âges qui marchent
tous vers la synthèse, comprenant même plus tard un âge
abstrait de synthèse qui commence au nombre et s'élève
jusqu'à la conception de l'infini par le calcul, jusqu'à ce que,
suivant la même voie, les synthèses géométriques et méca-
niques démontrent les lois du mouvement des astres, et que
l'esprit, élevé positivement, s'attache à l'expérimentation
pour connaitre la complexité des corps physiques, marchant
vers la simplicité réelle, malgré qu'il paraisse marcher seulement vers la complexité objective. En dernier lieu, comme
terme de la connaissance du fonctionnement des organes,
nous aurons la notion philosophique, résultat de toutes les
connaissances et de la manière d'être de la société à chaque
moment de son existence, en présence de la terre d'abord et
plus tard de l'infini.

Je vais passer en revue chacun des à es de l'homme individuel dans l'histoire, ce qui nous donnera l'état de l'esprit
humain; nous aurons donc :

1° L'âge organique ou animal.

2° L'âge physique ou des sens.

3° L'âge cérébral ou intellectuel que nous verrons se diviser en trois parties, la première dans laquelle se trouve
l'éducation de l'esprit humain vers l'abstraction, la deuxième

qui comprend la marche analytique et aboutit à l'époque positive abstraite en passant par la métaphysique, et enfin la troisième que j'appelle l'époque positive concrète ou synthétique, pendant laquelle l'esprit libre de toute entrave marchera résolument vers le progrès.

1° L'âge organique commence réellement pour l'homme au point où nous trouvons tous les animaux actuellement, et l'homme à ce moment subit le progrès inconscient de son être, et n'agit en rien pour améliorer sa situation, ni au moyen des sens dont il connaît à peine l'usage, encore moins au moyen de la réflexion. C'est pour cela que, contrairement à tout ce que nous trouverons plus tard dans les âges où le jugement intervient, nous pouvons dire que dans cet âge primitif l'homme a suivi une marche continuellement progressive, tandis que dans l'âge physique et l'âge cérébral chaque progrès a lieu par un jugement particulier qui commence par une idée générale, se continue par l'analyse descendante et prend sa place définitive dans la connaissance par l'analyse ascendante pour reconstituer une synthèse générale positive. Alors c'est la connaissance acquise et complète. On voit facilement où finit cet âge organique dès que les sens prennent une part à la vie, mais je ne puis ici remonter jusqu'au premier âge, qui, lié intimement avec le développement du corps lui-même, est constamment en rapport avec la zoologie à laquelle l'homme appartient dès qu'il s'agit de comparer son organisation à celle des autres espèces. Quelle est la nature physique de l'homme animal? Comment s'est développé son corps à côté du développement des autres animaux? Voilà toute la question que soulève une étude de l'âge organique, et, en voulant la traiter, je serais amené à faire une étude non-seulement de la série animale, mais de son évolution. M. Darwin a présenté une solutiod du problème, et je puis déjà dire que je veux en présenter une autre, ou plutôt en ajouter une à la sienne afin de la rendre plus complète et plus exacte; mais pour le moment je dois m'en tenir à un aperçu seul possible dans ce court exposé.

J'ai mis dans un tableau les différents éléments qui forment les étapes de l'âge organique, quoique chacun d'eux forme une notion inconsciente à ce moment, parce que plus tard chacun de ces agents doit présenter dans le développement intellectuel une importance considérable, notamment le sens de la génération, qui commence réellement le premier pas de l'évolution sociale et détermine le premier progrès de la famille.

	ORGANES	NOTIONS	RAPPORTS SOCIAUX
Animaux Végétaux	Circulation . .	Jeunesse.	
	Respiration . .	Santé.	
	Digestion . . .	Besoins physiques.	
	Génération . .	Sens génital . . .	Femme.

D'après les notions qui se trouvent en regard des organes, j'ai montré nettement l'influence des sens organiques au point de vue des actes de la vie; en effet, l'homme animal nous montre des rapports avec la jeunesse ou la vieillese, la santé ou la maladie; et plus tard, quand nous aurons à examiner le développement cérébral par rapport aux sens végétaux, nous trouverons l'explication de beaucoup de phénonomènes sociologiques qui, sans cela, resteraient complètement cachés, et qui trouvent leur application surtout dans un état de gouvernement personnel, non seulement parce que la jeunesse, la vieillesse ou les maladies du roi produisent une influence considérable sur chaque acte de la vie, mais le plus souvent parce qu'il est rare qu'un prince puisse parvenir ou veuille parvenir à s'élever par son éducation au-dessus de sa nature; aussi subit-il malgré lui l'influence de son organisme intérieur.

A la suite des organes végétaux, nous trouvons un autre groupe d'organes dont les éléments sont manifestement plus élevés parce que déjà ils forcent l'homme à regarder autour de lui pour connaître la nourriture, trouver un abri, ou chercher la femme dans un but naturel de conservation d'espèce. Nous ne saurions trop insister sur ces éléments qui se trouvent à la base de l'homme social et qui nous donnent historiquement la raison du développement différentiel de l'humanité, par rapport au climat, ce qui n'est, en définitive, que le rapport du travail physique et du désir génital; en effet, de cette notion nous pourrons conclure à toute l'explication des phénomènes historiques que nous verrons se développer en Orient et en Occident. En même temps, nous y trouverons une loi des migrations des peuples vers le soleil et de leur transformation, qui, d'abord, effet du climat, devient cause à son tour et forme pour une nation barbare modifiée comme le soleil de la civilisation.

Je viens de comparer la civilisation à la chaleur d'un soleil factice vers lequel les peuples accourent pour se réchauffer et connaître le bonheur qui leur apparaît sous la forme du bien-être; en effet, nous voyons les peuples grossiers se transformer rapidement sous l'influence de la civilisation, suivant dans cette évolution une raison analogue à celle que nous trouvons dans le développement individuel; car, au point de vue individuel, il existe une relation exacte entre le climat et la fonction intellectuelle, entendue au point de vue compréhensif seulement, et l'histoire nous montre le développement intellectuel de l'humanité commençant à l'Orient pour monter ensuite vers l'Occident, ou l'esprit humain, en rapport avec le travail physique, transforme l'idéal en éducation géométrique et physique de l'esprit ; et cette transformation augmente vers la connaissance pure à mesure que l'homme se trouve plus étroitement lié à la nature physique. Pour compléter cette comparaison, je dois faire remarquer un phéonomène que nous trouvons dans l'histoire et qui présente une importance considérable ; je veux parler de la richesse physique, qui est le résultat de la civilisation, et qui, dans la classe supérieure, à toutes les époques historiques, produit les mêmes résultats que le soleil, parce qu'elle amène la mollesse, et, par un développement excessif du sens sensuel, conduit à l'égoïsme.

Ainsi, dès les premiers pas, nous sommes en présence d'un des faits les plus importants de l'histoire, la chûte des classes supérieures, et l'explication de ce fait extraordinaire qui fait que toujours la classe inférieure, en arrivant à la hauteur de la classe supérieure corrompue, subit par la richesse aussitôt la même évolution.

De ces faits, nous pouvons déjà, connaissant le principe, conclure au remède, qui est certainement le travail physique pour les classes inférieures, et le travail mental pour les classes supérieures. Mais pour le travail mental, l'histoire nous montre deux chemins, l'un qui se trouve exactement en rapport avec le travail, c'est le développement de la connaissance par le travail de l'esprit, et l'autre, qui est en rapport avec la mollesse, c'est le jugement superficiel ou idéal qui formera un âge spécial de l'humanité et qui suit exactement toutes les évolutions du sens génital ou sensuel au point de vue du climat et de la richesse.

J'ai assez montré le développement de l'âge organique, autant du moins que peut le faire une étude succincte, et, considérant cet âge en lui-même, nous ne voyons pas de

rapports raisonnés de l'homme avec les milieux qui le renferment; nous ne trouvons que des relations d'instinct
comme celles de l'animal avec la nature, de telle sorte que
la vue idéale qui est le dernier terme du jugement et
qui, s'appuyant sur les progrès acquis, prépare un progrès
nouveau, ne dépasse pas la femme, rapport animal de
l'espèce. Plus tard, lorsque nous verrons l'humanité d'un
point plus élevé regarder au-dessous d'elle, nous trouverons
l'idée sexuelle, devenue, par une forme plus élevée, la religion
de l'amour, comme aussi le besoin physique deviendra la
richesse et le sentiment du bien-être; mais tous ces sentiments, quoique à un degré plus élevé, devront toujours être
considérés comme partant d'un principe commun dont la base
est au corps organique lui-même; car l'homme ne cesse
jamais, hélas! d'être animal. Quoiqu'il en soit, l'âge organique vu en lui-même ne contient qu'un seul rapport de
volonté, parce que nous le trouvons dans la race animale
qui ne parle pas et ne peut employer que le langage du geste
et à peine quelques sons d'intonation différente et non
articulés, comme devait être certainement l'homme à la période organique; je veux parler du rapport sexuel. Plus tard
quand nous ferons l'histoire des animaux, nous devrons
marquer des âges pour les différentes espèces qui sont plus
ou moins élevées dans l'échelle hiérarchique et dont le
rapport avec les femelles marque le principal élément, parce
qu'il est le plus apparent. Ainsi dans les animaux nous avons
ceux qui ne se connaissent qu'au moment du rut et dont
l'union sexuelle se fait par un rapprochement d'occasion,
sans qu'il y ait une durée quelconque dans les mariages; au-
dessus nous trouvons des espèces dont l'union accidentelle
dure pendant toute la période de gestation et jusqu'à la fin
de l'éducation de la nouvelle famille; à côté nous trouvons
une espèce polygamique, et bien au-dessus sont les animaux

qui comme les pigeons domestiques ou certains singes restent toujours unis; dans ce cas le mâle et la femelle se partagent le travail d'éducation. Je ne veux pas m'élever jusqu'aux animaux qui dépassent ce terme et forment déjà une société fonctionnant suivant certaines bases qui paraissent arrivées à un état statique. Je pourrais dire que ces animaux forment déjà le premier échelon de l'âge industriel physique et qu'ils ont dépassé l'âge organique. Cette question si importante et si complexe viendra à son tour se présenter à notre étude pour marquer la différence réelle entre les espèces animales, et elle ne nous intéresse en ce moment que comme un moyen de comparaison pour définir exactement l'âge de l'homme, qui, à la période organique, n'avait comme instruments que ses mains plus parfaites que celles de tous les animaux. Aussi vraiment nous pouvons dire que le progrès instructif résulte de la combinaison du sentiment génital et du travail manuel. Pendant l'âge organique l'homme n'avait que des instincts plus ou moins développés, et tout au plus a-t-il établi le rudiment de la famille telle que nous la montrent quelques singes; mais en tout cas il n'a pu atteindre l'état de société où nous voyons certaines espèces parvenues de nos jours, comme la fourmi et surtout le castor; car, malgré que ces animaux n'aient pas un langage connu, il paraît certain qu'ils ont un langage figuré et parfaitement compris par chaque membre de la tribu, état qui suppose un phénomène cérébral développé.

2° Je vais passer en revue rapidement le deuxième âge qui est vraiment l'âge social le plus important, parce que nous trouvons encore dans notre société toute la partie inférieure du peuple à des échelons divers de cet âge, et ayant à peine au point de vue social l'idée de tribus, qui, passant de l'homme à la terre par suite de l'état sédentaire et de l'évolution supérieure de l'idée de cité et de nation, est devenue l'idée de commune : en effet, la majeure partie de la nation française peut se classer dans les phases de l'âge physique que nous verrons être complétement positif, parce qu'il ne dépasse pas le niveau ordinaire de la vie et du domaine physique. Ainsi nous trouvons le paysan dans les différentes périodes de l'âge de la tribu, soit comme pasteur ou agriculteur, et difficilement il peut arriver à s'élever par sa seule force jusqu'à la Cité, qui comprend des devoirs plus étendus que ceux de la famille pure. L'ouvrier au contraire, à cause de la situation de l'industrie, se trouve dans la Cité, et souvent, grâce à ce milieu factice, n'ayant pas assez d'éducation pour comprendre les devoirs du citoyen, et ne s'appuyant pas sur la famille pour former ensuite de petites tribus dans la Cité, il perd de vue la famille et retombe à l'homme individuel, tout entièrement l'esclave de son organisation physique. Ainsi dans ce léger aperçu on peut voir quel doit être le devoir d'une société positive ; il faut d'un côté élever l'éducation du paysan tout en lui laissant l'amour de ses travaux pour arriver à lui faire comprendre le devoir le plus étendu sous le rapport social et relever son intelligence connaissante dans le domaine physique dont la société fait partie. De cette manière le paysan connaîtra sa situation et n'aura pas le désir de quitter la campagne pour aller à la ville où le pousse un désir instinctif de bien-être sans aucune raison définie, ce qui fait que, n'ayant qu'un désir sans une instruction suffisante, il augmente encore la foule des déclassés.

Quant aux ouvriers, le premier devoir est de leur faire connaître la famille, et le compagnonnage, autrefois quand l'industrie était rudimentaire, avait sa raison d'être. Il faut sur une plus large échelle faire le compagnonnage par la création de tribus industrielles ou chaque individu soit lié par ses camarades à la ligne du devoir, où chaque famille, s'appuyant sur le travail, puisse comme l'homme des champs songer à ses enfants, pour y trouver, en même temps qu'une satisfaction de chaque jour, des aides pour la vieillesse, et où chaque membre soit lié envers la tribu comme la tribu doit être liée envers chaque membre à chaque instant de son existence ouvrière.

Dans un tableau comparatif, je vais mettre en regard les différents rapports de l'âge physique, afin de marquer exactement le rapport des sens avec les notions pour conclure aux âges de la connaissance, aux âges sociaux, et enfin au résultat idéal correspondant à chaque âge, qui résulte de la connaissance acquise, et prépare les recherches à venir. En réalité c'est le sens de la vue générale qui marque la fin du cycle du mouvement, mais ici chaque progrès commence par la vue ordinaire, s'établit par l'analyse et finit par la vue synthétique ; dans l'âge cérébral, nous verrons le progrès commencer par l'ouïe, le langage, et finir par une vue générale.

Si nous voulions faire l'étude d'un jugement par rapport à la nourriture par exemple, nous verrions le cycle commencer par le désir et la vue d'apparence ; après nous verrions l'étude se continuer par l'analyse des qualités physiques et chimiques et enfin nous verrions la vue revenir au dernier terme du jugement acquis, de manière à permettre à l'homme connaissant de fixer son jugement sur un aliment à la simple vue, résultat de l'étude antérieure. Ce travail serait à faire pour chaque progrès, mais nous donnons ici tout un âge tel qu'il se présente en dernier lieu dans l'évolution humaine, et le progrès des jugements forme le progrès ascendant de l'esprit humain, lequel détermine la vue subjective qui servira à fixer les nouvelles conceptions. Nous trouvons aussi la religion comme dernier terme subjectif de la pensée humaine à l'égard de la terre et de l'infini ; mais nous ne devons pas oublier qu'elle est une vue de synthèse ou en d'autres termes l'expression d'un jugement fait à l'égard d'autres corps et appliqué subjectivement aux divers objets d'une connaissance à laquelle nous arrivons à peine aujourd'hui, non pas même pour la connaître tout à fait, mais pour en déterminer les règles générales.

SENS	NOTION	OBJETS D'ÉTUDES PHYSIQUES	SUBJECTIF CÉRÉBRAL	SUBJECTIF SOCIAL	SUBJECTIF IDÉAL
Odorat. Goût.	Chimique.	Aliments. Objets divers. Feu.	Langage nominal.	Famille (Chasseurs).	{ Amour. { Feu.
Toucher.	*Analyse* Physique..	*Industrie* { Minérale. { Végétale. { Animale.	Langage articulé.	*Tribus* { Industriels. { Pasteurs. { Agriculteurs.	*Fétichisme* Terrestre. Animal. Symbolique. Solaire. Sidéral.
Vue. Ouïe.	Mécanique.	Rapport des objets.	Langage expressif.	Cité.—Commerce.	Esthétique ou
Vue générale.	Synthèse.	Synthèse physique.	Synthèse physique.	Législation.	Polythéisme physique.

Je veux encore rappeler que ce tableau marque l'étude du progrès de l'humanité objectivement quant aux sens, qui sont naturellement classés d'une manière synthétique et marquent le progrès toujours de plus en plus complexe vers la connaissance réelle, grâce à l'accumulation par la mémoire. En examinant le progrès réel, la marche est synthétique, et pourtant à regarder chaque connaissance au point de vue du développement, elle est d'abord une vue d'apparence qui devient peu à peu par l'analyse plus ou moins complète, suivant le moment où l'esprit s'en occupe, et finalement se classe parmi les connaissances acquises en prenant sa place dans le progrès; mais il est un fait certain, c'est que si chaque jugement particulier a lui-même commencé par être examiné par la vue pour le mouvement, puis par le toucher pour les qualités physiques, et enfin par le goût ou l'odorat, organes chimiques, pour les liquides ou les gaz, il est aussi certain que les jugements divers sont d'une complexité toujours croissante, comme des échelons sur lesquels l'homme s'élève progressivement pour arriver à voir d'abord plus loin, et naturellement se poser des questions de plus en plus complexes. En effet, au premier jugement, l'homme comme les animaux a dû juger par l'odorat et le goût; plus tard il a jugé d'abord des qualités physiques, et ensuite des qualités chimiques; enfin il a dû arriver à juger des mouvements de masse d'abord, et la réflexion a continué le cycle de l'analyse. On le voit, le jugement est complet, mais l'homme n'a encore que ses instruments naturels; cependant son esprit commence à sortir du cercle étroit qui l'entoure et, partant d'une idée générale caractérisée par le mouvement ou la vue, il arrive à la connaissance par l'analyse descendante. Aussi voyons-nous à la fin de cet âge physique la connaissance arriver à une synthèse assez étendue pour avoir déjà une notion des relations des peuples, ce qui lui montre les devoirs de la cité;

et en même temps le regard humain s'élève au-dessus de la terre et pénètre dans l'espace pour concevoir le polythéisme, qui est le premier échelon idéal au-dessus du fétichisme, en même temps que le premier pas pour monter vers l'infini. A cette époque il existe un phénomène cérébral déjà considérable, mais le jugement s'applique au domaine des corps physiques, et la connaissance s'élève très peu au-dessus du monde terrestre; par conséquent, il reste suivant le climat, plus ou moins en rapport avec le corps, ce qui explique les diverses évolutions de cet âge dans l'orient où le besoin physique est nul, et dans l'occident où le besoin physique est considérable. Dans l'orient, nous voyons l'humanité s'arrêter aux premiers âges de la tribu par le défaut du travail physique ; mais, continuant son évolution abstraite, nous la voyons s'élever à la conception infinie qui reste fatalement idéale, et chercher, grâce à son contact de chaque jour avec l'immensité du ciel et de la plaine, la raison de son être et de la terre dans une conception purement de synthèse superficielle, d'abord confondue avec le soleil et les astres, et peu à peu s'en détachant pour devenir la conception du monothéisme infini, l'Eternel.

Dans cette préface, je ne puis me livrer à une discussion complète pour expliquer l'évolution des dieux de la Grèce sur les monts et l'évolution de l'Orient amolli se mettant à genoux sous la fatale loi de l'infini; une pareille discussion serait trop longue, et demande à s'appuyer sur les faits de l'histoire. Je ne veux montrer que le mécanisme de la sociologie, en d'autres termes établir la loi générale du développement, me réservant de faire l'étude de chaque âge d'après l'histoire dans l'étude biologique où se place naturellement l'humanité. Dans le tableau que j'ai établi, je n'ai pu mettre que les échelons de chaque ordre correspondant à chaque sens; aussi trouvons-nous d'abord comme moteur l'instinct de la nourriture qui sert à constituer la famille; puis l'homme fait naître le culte de l'amour, du feu, vraie religion de deux êtres, qui, chaque jour en présence de la force inconnue des éléments, ne trouvent un instant de repos qu'auprès du foyer où le feu les met au-dessus des variations de l'hiver. Ici comme dans l'âge organique nous trouvons la raison du progrès dans la femme et le besoin physique, et pendant long-temps l'humanité s'appuie sur cette vie élémentaire, afin de franchir, par la connaissance, les âges partiels de la tribu pour arriver à la Cité, premier point de station réelle de la société vivant d'une manière adulte.

A la période qui suit l'âge du feu et de l'instinct alimentaire, nous voyons intervenir le toucher physique, qui, comme sentiment spécial de tact manuel, fait naître l'industrie alimentaire; et cela permet à l'homme de dominer les animaux, de les domestiquer et de créer l'époque pastorale en étendant la loi de la famille qui devient la tribu ou réunion de plusieurs familles.

Ce n'est pas encore un état social complet, et la tribu marche par les lois de la famille, nomade sur la terre et suivant les lois de la nature qui marquent les phases annuelles de son existence; elle doit d'abord se fixer par l'agriculture qui demande un progrès double, la connaissance du blé et des instruments de culture, et une réflexion déjà considérable pour marquer les phases de la germination. A ce moment l'homme devient sédentaire, construit une maison pour abriter sa famille et s'attache à son champ qui lui donne son existence, de même que le nomade pasteur qui déjà s'est attaché à la propriété de son troupeau; de là sortent les luttes qui donnent naissance à la Cité, par la création des classes au nom de la loi du plus fort.

Après le développement de la vie physique, nous voyons

dans le tableau apparaître le langage, qui vient d'abord des relations d'homme à homme, qui se perfectionne par les échanges d'une industrie plus complète, et qui, dès qu'il est arrivé à un certain développement, facilite le rapport des nations et fait naître le commerce entre les peuples. Ce développement produit, en même temps qu'une richesse relative, une comparaison entre les tribus, d'où naît l'amour de la Cité. Dans le tableau, le langage paraît arriver à une époque avancée; mais est-ce à dire qu'il n'ait pas commencé aux âges antérieurs? Il en est du langage comme de la vue, sous le rapport du mouvement social; c'est un instrument d'information à distance, et il résulte naturellement du premier rapport de l'homme avec son semblable; d'abord c'était un langage du geste avec des sons inarticulés comme fait l'enfant qui commence à bégayer; plus tard les sons ont pris par l'éducation maternelle une forme distincte, et les mots sont venus et ont constitué une œuvre définie; depuis lors le langage a subi une évolution graduelle que l'on peut reconstituer en comparant les âges divers de la linguistique, et, au moment de l'âge physique, l'humanité possède un instrument complet, connu, et parfaitement réglé, pour servir à l'éducation de l'esprit humain, qui va commencer aussitôt que nous aurons franchi les synthèses naturelles et le polythéisme physique; alors, dans la hiérarchie des sens, l'ouïe sera le vrai sens d'information.

3° Nous arrivons au troisième âge de l'humanité, qui, comme je l'ai déjà dit, se subdivise par l'histoire en trois parties, une partie de l'éducation de l'esprit, une autre d'analyse des faits jusqu'à l'élément primitif, et enfin une dernière époque, qui est l'époque actuelle et qui comprend la synthèse. De cette manière, toute la longue évolution de cet âge pourra se placer synthétiquement, à la suite des âges précédents, comme un seul jugement comprenant toute la connaissance et dont les trois divisions ne formeront que les parties diverses.

A la fin de l'âge physique, nous voyons comme dernier terme une synthèse qui comprend le polythéisme, que j'appelle le polythéisme physique, parce que c'est réellement le premier pas au milieu de l'espace : les dieux sont encore sur les monts et viennent souvent sur la terre au milieu des mortels; mais alors la vue s'élance dans les airs et l'esprit interroge son idéal qui monte vers l'infini entraînant à sa suite le travail de l'esprit. Alors l'homme pour s'élever constitue le nombre et l'étude nominale, échelons naturels de la pensée pour conquérir le vide et définir l'idéal. C'est ici que nous voyons se développer la marche double de l'humanité, s'élevant d'un côté par la vue superficielle et jugeant subjectivement comme conséquence d'une erreur d'observation, et de l'autre côté suivant une voie ascendante graduelle et qui marque exactement les divisions du livre d'Auguste Comte. D'abord, l'homme emporté par la vue seule, monte vers l'infini et se construit par la philosophie un édifice factice basé sur le rapport de deux sens abstraits, la vue et le langage, et ce mouvement se continue rapidement pour aboutir par le Christ à la conception monothéiste qui vient de l'orient, mais se développe en occident, où, par la philosophie, l'esprit est préparé à la recevoir. Nous voyons dans ce premier âge l'esprit positif s'élever à la suite de la conception idéale par l'abstraction du nombre, mais suivre une marche rigoureusement synthétique; un peu plus tard c'est la géométrie qui fait son apparition, et enfin la mécanique vient s'ajouter au domaine positif qui doit aboutir à l'éducation abstraite de l'esprit humain et préparer l'éducation physique. En même temps l'homme commence à transporter dans les objets la marche positive de l'esprit, et Aristote marque le premier effort de l'esprit pour faire tomber la philosophie abstraite de son idéal et lui donner une base réelle qu'il appelle la sensation; mais déjà l'esprit a parcouru une marche considérable, et en s'élevant il a perdu de vue la terre : aussi Aristote ne peut-il montrer qu'un positivisme relatif, résultat de l'ancienne éducation qu'il ne peut chez lui réformer. Socrate avant lui avait vu deux chemins pour la connaissance de l'homme, et l'on peut dire qu'il a été dans son enseignement le précurseur d'Aristote comme de Platon, car si Platon a pu trouver dans la doctrine du maître les éléments de son effort idéal, Aristote a de même appris que la connaissance ne pouvait se passer du domaine positif; mais, dépassant son maître, Aristote a battu en brèche la philosophie idéaliste pour la ramener à l'information positive et réelle.

Quelque temps après, lorsque l'étude positive, par la division des sciences, a fait un progrès considérable, l'histoire nous montre un autre homme, Lucrèce, qui, dans son étude de la nature, se laisse entraîner par la connaissance vraie et vraiment parle avec toute l'indépendance d'un moderne, je dirais presque, la science. Je ne veux pas parler ici du détail de sa morale, mais on doit concevoir qu'à ce moment l'esprit sociologique avait peu d'expérience, et, si Lucrèce a pu connaître le néant de la mort, il n'a pas pu, comme nous aujourd'hui, baser sa connaissance sur l'évolution historique complète, et terminer le cercle de ses jugements en donnant à l'humanité le travail et le devoir, comme soutiens pour remplacer le bras de la divinité. Du reste, si chaque progrès demande une préparation, le progrès social plus que tout autre demande pour l'application un terrain propre à le développer, et tous les hommes, venus avant leur époque, ont disparu vaincus par leurs propres idées que nous reprenons aujourd'hui, nous souvenant des victimes qui sont tombées dans l'arène, et qui, ne voyant pas marcher l'humanité, ont pu désespérer de la justice de leur cause ou de la vertu humaine.

Au moment de la chute de la République romaine, apparaît la lutte, entre la philosophie d'un côté, qui de toute manière aboutit au néant, conséquence de la méthode positive, incapable d'arriver à la connaissance sociale, et d'un autre côté le monothéisme, qui vient remplir le vide céleste, fait alliance avec la philosophie idéale, s'élève sur elle, et enfin, mieux que toutes les autres philosophies, remplit le néant de la mort en faisant éclore une sanction sociale divine à la porte du tombeau. La philosophie idéaliste avait conduit la pensée humaine aux portes de l'infini, mais s'arrêtait devant l'inconnu, et sur terre la nuit du malheur pesait sur l'humanité : c'est alors que la loi du Christ est venue, commentée par les apôtres, jeter un rayon d'amour au milieu des ténèbres et calmer la souffrance en enseignant aux mortels qu'il est une loi divine en l'absence de toute loi humaine. La justice à cette époque de désordre public était un besoin social si nécessaire, et il est si vrai que la loi du Christ s'est appuyée dans son œuvre de propagande sur son principe social d'humanité et de justice, que nous voyons les évêques acquérir leur plus grande influence en formant des tribunaux où chacun trouvait une justice protectrice.

C'est par ce chemin que nous les voyons s'élever, jusqu'à ce qu'enfin l'esprit laïque soit arrivé à connaître les lois humaines, et à former, sous Justinien, ce recueil qui servira plus tard à la royauté française de sauvegarde contre les empiètements du pouvoir religieux, constitué comme une puissance dynamique grâce à un cataclysme brutal, où s'est effondré ce qui restait encore du pouvoir civil. Si les barbares n'étaient pas arrivés, que serait-il advenu ? Il est certain que l'Europe n'aurait pas connu l'époque d'ignorance qu'elle a dû surmonter, et l'Eglise a raison de considérer ce fait comme une œuvre céleste, puisqu'elle lui doit toute sa puissance terrestre. Quant à nous, avec le progrès humain, nous pouvons dire, que s'il y a eu quelque bien, cela a été de mettre des peuples nouveaux en contact avec la civilisation, mais au détriment du niveau général de la connaissance humaine. L'Europe a reculé, et l'Eglise à ce moment, loin de chercher le progrès, a cherché au contraire à maintenir la nuit pour son plus grand bénéfice. Malgré elle le travail a été fait et les luttes du moyen-âge sont des précurseurs de la nouvelle aurore; mais nous devons tout ce travail aux moines qui souvent ont payé de leur vie des pensées où l'on croyait voir une révolte.

Arrivés au moment de la domination barbare, nous ne trouvons qu'une puissance, le monothéisme, qui devient mystique et oriental, tandis que tout ce qui reste de la connaissance positive a disparu dans la tourmente, et se trouve dispersé aux quatre coins de l'orient sans aucun lien comme sans appui. Ainsi Constantinople a continué la philosophie, et, dans sa lutte contre la révélation, fait éclore dans son sein des sectes, qui, malgré leurs écarts, nous montrent pourtant une évolution progressive sur le culte des images, forme de fétichisme monothéiste, dans les rapports de la religion catholique avec la classe inférieure : Alexandrie au contraire a conservé toute la science positive, qui plus tard reviendra dans le monde européen agrandie considérablement par les Arabes, comme faits d'observation patiente. A cette époque, l'orient, réveillé par Mahomet qui lui montre un lien social, s'attachera à faire son éducation positive par l'étude; mais bientôt c'est l'Etat lui-même qui ne pourra pas se soutenir et qui s'effondrera écrasé par le pouvoir absolu, et la nuit reparaîtra, sans que jusqu'à ce jour l'on puisse constater chez lui un effort intellectuel quelconque pour écarter le voile de la religion.

Au moyen-âge nous trouvons les luttes du pouvoir religieux et du pouvoir royal qui remplissent toute la scène, et nous assistons enfin en France à la retraite du pouvoir pontifical temporel devant l'autorité du prince, tandis que nous trouvons en Allemagne la défaite de l'Eglise temporelle et spirituelle, grâce à la réunion du peuple et de la noblesse; et cette défaite a lieu par le triomphe de la Réforme, qui, comme principe général à tous ses degrés, nous offre la ruine de la hiérarchie ecclésiastique pour arriver à la constitution d'une religion de famille, et laisser le pouvoir royal, en présence du peuple, suivre les évolutions où nous le voyons arrivé de nos jours. En France, après la retraite du pouvoir religieux comme puissance constituée, l'esprit s'est élevé à la connaissance; et, comme résultat du progrès de la conception abstraite, numérique, géométrique ou mécanique, et de l'application de cette conception à l'étude du mouvement de masse de la terre, il est arrivé jusqu'à la discussion du principe idéal lui-même, et jusqu'à la formation de l'idée métaphysique, qui marque les lois du monde supérieur comme appartenant au monde physique, par le fait même du triomphe de la pensée humaine, abstraction pure résultant de l'idéal. Ainsi dans ce moment la pensée se trouve confinée au cerveau directement en rapport avec l'infini; aussi l'analyse, maîtresse du monde lointain, et munie d'un instrument considérable le calcul, s'attache-t-elle au domaine terrestre. Alors celle-ci devient physique, puis enfin chimique dans chacun des trois règnes de la nature, les minéraux, les végétaux et les animaux, pour aboutir philosophiquement à l'âge d'Auguste Comte, d'où nous sommes partis pour continuer l'analyse chimique et compléter le cercle immense que, depuis la période esthétique ou polythéiste physique, parcourt l'humanité, pour arriver enfin au nombre le plus simple et commencer la reconstitution par la synthèse, travail de l'avenir.

Par conséquent, depuis le moment où la vue de l'homme a dépassé la limite de son individu, pour aller à la recherche des éléments de sa connaissance, en même temps a commencé la lutte entre le principe positif, continuation du premier progrès par rapport à l'homme, et le principe idéal des conceptions pures s'appuyant sur le langage et le calcul (langage du nombre), et formant un jugement superficiel de plus en plus abstrait. Nous pouvons donc dire que l'histoire se présente comme deux séries de jugements, l'une qui repose complètement sur la connaissance et forme des jugements analytiques partiels pour aboutir à la synthèse, et l'autre qui commence après chaque jugement superficiel, s'élève à chaque jugement, remplit le vide de la connaissance positive, en attendant que celle-ci soit constituée, mais disparaît pour passer à une évolution supérieure, dès que l'esprit est parvenu à la connaissance réelle. Ainsi nous voyons le fétichisme disparaître devant le polythéisme, et, par le contact d'un idéal supérieur, devenir la sculpture que l'on peut considérer comme le fétichisme polythéiste, au même titre que plus tard la peinture deviendra le fétichisme monothéiste, c'est-à-dire, une manière de donner une forme à la nature divine. De même quand la métaphysique apparaît, en même temps la musique qui avait commencé à soupirer avec le mysticisme, se constitue et forme une abstraction plus grande de la représentation idéale; aussi la trouvons-nous en rapport avec la conception métaphysique dont le protestantisme est la forme religieuse, parce que la divinité, seule en présence de l'idéal est reculée au fond de l'infini, où l'esprit la contemple dans son immensité.

Maintenant nous sommes arrivés au dernier terme philosophique, et nous trouvons l'esprit humain maître de lui-même comme de la pensée, de la terre et des mondes qui l'entourent; il s'élève par la connaissance jusqu'à lire les âges de tout ce qui vit, comprenant qu'il pourra connaître un jour la loi de formation de tout ce qui existe; mais ç'est la

création qui reste le point le plus éloigné et que la connaissance ne doit pas encore aborder, avant d'avoir parcouru
toutes les phases de la synthèse. Puisque ce mot de création
vient dans le discours, je ne puis m'empêcher de répondre à
toute l'école théologique qui, pour prouver un Créateur, dit :
« La terre existe, donc elle a été créée! » ou bien : « Mais
créez donc! » La science créera quand elle aura les lois de la
formation, et de fait elle commence à créer; mais elle en est
encore aux corps les plus simples. Supposons par exemple
que l'or, ce qui est probable, soit un composé de corps inconnus dont les éléments peuvent vivre *dissociés,* à une température de 3,000°; il faut d'abord soumettre l'or à cette
température et s'arranger de façon à recueillir les produits
dissociés, assez rapidement, pour que leur reconstitution ne
puisse se faire par le refroidissement graduel. Quand on aura
fait cela, on aura fait l'analyse de l'or, et la synthèse ne sera
pas plus difficile. Quant aux éléments vivants qui ont subi
une évolution par l'âge, il faudrait savoir d'abord quelle est
la formation la plus simple d'où chaque espèce a découlé;
ensuite, et pour arriver à refaire un animal, il faudrait prier
la terre de revenir en arrière pour faire subir au protozoaire
formé toutes les variations de température et de culture qui
ont marqué leur empreinte sur chaque forme à chaque âge.
La voie est ouverte, et la question ne tardera pas à se présenter à l'esprit qui devra la chercher et la résoudre; mais,
plus sages que les anciens, en attendant que la connaissance
positive vienne répondre à notre idéal, nous resterons au
milieu du monde terrestre, qui certainement par le travail
nous montrera dans l'avenir tous ses secrets.

Ainsi dans notre examen rapide de l'âge cérébral, nous
sommes arrivés au dernier terme de l'évolution philosophique,
et nous pouvons marquer dans un tableau cette marche qui
se compose de deux parties; la première qui consiste à faire

l'éducation de l'esprit lui-même par le langage et le nombre, jusqu'au plus haut point de la conception idéale pour arriver à lui faire connaître l'astronomie ; la deuxième, qui consiste dans une vue subjective de l'imagination à la poursuite d'un idéal.

A ce moment la terre apparaît comme l'unité de masse qui contient trois éléments que l'on reconnait parfaitement distincts ; l'analyse se continue par l'étude séparée des minéraux, des végétaux, des animaux, et enfin de l'homme physique et sociologique ; les sciences se constituent, et, quand Auguste Comte veut montrer le rapport abstrait des sciences entre elles, il parle, mais personne ne se doute de la vérité immense contenue dans ses paroles. Aujourd'hui nous pouvons aller plus loin, et nous pouvons marquer au moins le cadre synthétique de la science et de la sociologie, et marquer la place positive que doit occuper dans l'avenir l'astronomie, qui doit être pour la partie physique la science la plus complète, en pénetrant au milieu des astres avec toutes les connaissances qui forment le domaine de la vie terrestre.

Par conséquent, nous pouvons établir le cadre cérébral dans un tableau qui donne exactement la synthèse positive, telle que nous voulons l'établir. Naturellement nous devons prendre comme précédemment pour base les sens physiques, qui sont toujours les instruments de l'homme cérébral, mais dans un rayon plus étendu, et nous aurons l'évolution historique jusqu'à l'astronomie.

SENS	NOTION	OBJETS D'ÉTUDES ESPRIT	SUBJECTIF CÉRÉBRAL	SOCIÉTÉ	SUBJECTIF IDÉAL
Odorat. Goût. }	Chimique.	Numérique.		Cité.	Polythéisme idéal.
Toucher.	Physique.	Géométrique.	État abstrait.	Culte des classes.	Philosophie.
Vue. Ouïe. }	Mouvement.	Mécanique.		Fédération.	Monothéisme.
Vue générale.	Synthèse.	Synthèse infinie.		Théocratie.	Mysticisme.

On voit que dans cette première phase historique qui va de la période grecque à la fin du moyen-âge, nous devons étudier le rapport entre l'éducation de l'esprit, considéré comme objet de connaissance, et la conception idéale qui domine la scène, et qui, s'élevant vers l'infini, entraîne l'esprit vers la connaissance plus étendue. Alors, arrivé par une éducation abstraite, numérique, géométrique et mécanique, au point culminant d'où l'œil domine la terre, l'esprit s'élance d'un côté synthétiquement vers l'infini pour constituer l'astronomie, et descendre de l'autre côté sur la terre pour analyser les éléments et constituer les sciences. Par conséquent, à ce point de l'histoire, nous trouvons la division objective scientifique faite par Auguste Comte, comme marquant la marche analytique, jusqu'au progrès actuel de la chimie, qui nous montre l'élément simple pour chaque substance, abstraction faite de la possibilité de complexité dans un milieu différent non défini jusqu'ici.

J'ai déjà dit et je répète que cette évolution analytique, nécessaire pour l'humanité, se développant seule vers la conception générale, est transitoire, et que pour faire une philosophie il faut continuer la forme synthétique réelle que suit l'humanité dans sa marche ascendante, et se hâter de faire la synthèse de la connaissance ou d'en marquer au moins le cadre. Nous voyons donc la place qu'occupe, dans l'histoire au point de vue de l'esprit humain, la mathématique ou abstraction numérique ; mais pour nous, qui considérons la connaissance elle-même, aujourd'hui que nous avons dépassé l'époque analytique, l'éducation abstraite doit être contenue dans une synthèse parallèle correspondant à la complexité des éléments, malgré que l'homme ait dû passer dans son évolution par trois phrases, la première d'éducation de l'esprit, la deuxième d'analyse des éléments physiques, et la troisième de reconstitution.

Dans un tableau général nous mettrons en regard toutes ces époques de l'âge cérébral, parce que chacune d'elles marque des phases historiques qu'il est nécessaire d'élucider afin de montrer exactement la place de la philosophie synthétique dont l'âge va commencer pour diriger la marche de l'humanité. De plus, l'on pourra voir par la comparaison des premiers âges, comment se termine la grande évolution dont nous sommes témoins, quel chemin doit parcourir, au moins succintement dans les premiers âges, l'homme qui veut parvenir à la connaissance, et quel sera l'état de la connaissance quand la synthèse de chaque fonction pourra passer d'un élément à un autre, par une gradation croissante, jusqu'à s'élever au dernier terme sidéral.

TABLEAU DE L'ÉVOLUTION HISTORIQUE

NOTIONS DES SENS	OBJET D'ÉTUDE	SUBJECTIF CÉRÉBRAL	SOCIÉTÉ	TERRE	ASTRES
1er Age Sens végétaux. / Sens animaux.	Aliments.	Instinct.	Femme	Subjectif idéal.	
2e Age Chimique.	Nourriture.	Langage.	Famille.	Religion de l'amour. Fétichisme terrestre.	Culte du feu. Culte du soleil.
Physique.	Industrie { Feu. Minérale. Végétale. Animale.		Tribus { Chasseurs Industriels. Pasteurs, Agriculteurs.	Fétichisme animal. Symbolisme animal. Esthétique. Sculpture.	Culte des astres. Polythéisme physique.
Mécanique.	Rapports physiques.		Commerce. — Cité		
Synthèse.	Synthèse industrielle.		Lois de la cité.		
3e Age Chimique.	Education numérique.	Etat abstrait.	Evolution de la cité.	Géographie.	Polythéisme idéal. Philosophie. Monothéisme Mysticisme. Symbolisme idéal.
Physique.	Education géométrique.		Luttes des classes.		
Mécanique.	Education mécanique.		Fédération.		
Synthèse.	Synthèse infinie.		Théocratie.		
4e Age Synthèse mathématique	Astronomie.	Etat analytique.	Luttes religieuses { Droit national. Royauté. Droit des classes. Bourgeoisie Droit des individus. Démocratie.	Astronomie géologique. Mécanique géologique.	Astronomie.
Mécanique.	Mécanique.			Géologie physique { Minérale. Végétale. Animale. Anthropologique. Sociologique.	(Peinture,) Métaphysique. Harmonie. Positivisme abstrait.
Physique.	Physique { Minérale. Végétale. Animale. Anthropolog.			Géologie chimique.	
Chimique.	Chimie.				
5e Age Chimique. Physique. Mécanique.	Chimie Physique Mécanique { Minérales. Végétales. Animales. Anthropol.	Etat scientifique concret.	Chimie sociale. — Peuple. Etude des classes. — Nations. Biologie sociale. Devoirs des individus, des classes, des nations. Humanité.	Chimie géologique { Minérale. Végétale. Animale. Anthropologique. Sociologique. Physique géologique. Biologie géologique. Philosophie géologique.	Chimie sidérale. Physique sidérale. Mécanique sidérale. Philosophie sidérale. La Vérité dans l'Infini.
Synthèse.	Biologie. Philosophie.				

Objectif terrestre. — Objectif sidéral. — Subjectif sidéral.

— LXV —

Je ne puis dans cette préface, déjà fort longue, mais nécessaire, dépasser une certaine mesure, et développer autant que je le voudrais toute ma pensée : pour appuyer réellement de telles prémisses il faudrait absolument mettre en regard les faits eux-mêmes de l'histoire, car ce n'est pas prouver que montrer une liaison rationnelle. Je m'arrête cependant, car je n'ai voulu montrer que toute l'étendue du travail qui s'impose à moi pour constituer une histoire synthétique de tout ce qui vit, afin de marquer le cadre de la connaissance future, et de relier toutes les sciences entre elles par un lien commun, afin que chaque savant puisse connaître exactement la place qu'il occupe dans l'œuvre générale, afin qu'il connaisse quelles sont réellement les connaissances nécessaires pour augmenter le produit de ses efforts, et dans quelle direction il doit pousser son travail pour ne pas faire de chemin inutile. Mon travail ne sera pas fini, quand j'aurai travaillé avec ardeur à la constitution de cette œuvre immense, car la nation se trouve au moment critique, arrivant à mesure qu'elle s'élève à la porte du néant, et ne sachant que devenir ni quel horizon s'ouvre devant elle, quand son éducation analytique l'a menée au point de l'analyse la plus complète où la loi divine succombe, et où l'homme n'a pas assez de connaissance pour se relever et marcher appuyé sur sa seule force au milieu de l'humanité.

La société attend et elle ne doit pas attendre ; il faut lui montrer d'abord à la place du néant de la loi divine qui s'effondre, une loi sociale humaine au milieu des intérêts humains, et faire naître de l'histoire du développement de l'esprit humain un programme d'instruction publique qui marque une progression constante dans l'éducation positive et synthétique, et qui supprime l'âge intermédiaire d'éducation abstraite et vide, en appliquant chaque jour l'esprit à des problèmes vrais ; de telle sorte que la connaissance s'élève en même temps que l'abstraction, et que l'abstraction ne puisse jamais s'élever seule même par le nombre, et s'égarer. De plus il faut mettre dans l'espace une connaissance certaine des phénomènes astronomiques, afin que la main de l'homme puisse tenir à chaque instant l'infini; surtout, pour la marche de la nation, il faut établir au-dessus de chacun dans l'éducation une échelle des devoirs, qui marque exactement ce qu'il se doit à lui-même, ce qu'il doit à la société et ce qu'on lui doit; enfin il faut donner par une instruction complète, en rapport avec la fonction, le moyen de retirer tout le parti possible de la terre et de l'industrie, pour que chacun, connaissant son droit et sachant en user sagement, puisse concourir dans la mesure de son être au progrès de l'Etat dont la défense est encore, à ce moment transitoire, le devoir le plus pénible.

En entrant dans la carrière que je me suis tracée, je trouve la société arrêtée devant le doute, pleine encore du souvenir de l'idéal du passé, et n'osant reconnaître un idéal plus beau, basé sur la vérité comme sur l'imagination; par conséquent, mon premier cri doit être un cri de détresse, en même temps qu'un cri d'espérance, et le travail que je présente aujourd'hui n'est qu'une marche rapide à travers l'histoire de la terre pour conclure à la connaissance des devoirs sociaux, qui sont la base de tout fonctionnement humain, et qui doivent trouver la première place dans la pensée d'une nation qui ne veut pas mourir. Nous venons de subir une époque de malheur, qui, par la chute du pouvoir personnel, a mis la nation en face d'elle-même, et le pays se relève sous l'égide du travail et regarde à l'horizon, s'appuyant sur sa propre confiance, apparaître une période de paix. Le moment est venu de préparer un travail d'éducation, et dans quelques années l'œuvre devra commencer, non pas par une de ces transformations progressives qui laissent toujours passer des abus et perpétuent un état de transition très difficile à arracher, mais par une application complète et rapide d'une méthode vraiment discutée et approuvée. Alors la génération nouvelle pourra marcher vers l'avenir, et nos enfants pourront nous être reconnaissants de trouver sur le chemin de la vie un guide qui assure chaque pas de leur progression intellectuelle, aussi loin que leur travail ou leurs aptitudes cérébrales pourront les conduire.

Dans ce poëme, je n'ai pas pu montrer, au moins en spécifiant, tous les âges que comporterait une étude didactique, et je devrai montrer plus tard l'enchaînement des faits; car pour pouvoir déduire une conséquence rationnelle, il faut montrer que l'on a raison non seulement avec la raison, mais surtout avec les faits; or l'antiquité dans ses efforts vers l'idéal, a toujours eu raison avec sa raison, mais le plus souvent elle s'est contentée de la raison superficielle des faits. Nous devons aujourd'hui réformer cette méthode, qui ne sert qu'à perpétuer un langage subtil, et à donner naissance à beaucoup de mots pour n'aboutir à aucune preuve réelle.

En ce moment, je ne veux faire, pour ainsi dire, qu'une introduction à la sociologie, afin de conclure à la loi du devoir, et j'ai choisi la forme imaginative et harmonique qui permet de masquer toute la raideur de la forme philosophique sous une apparence idéale, tout en faisant cette lecture plus agréable et par cela même plus utile à la cause que l'on veut faire connaître.

Puisque j'ai adopté la poésie comme forme d'expression, je dois exprimer mon opinion sur cette matière, afin de condamner de toute ma force un défaut considérable, le vers libre, qui paraît vouloir dominer la poésie, et me paraît un vice radical contraire à toute harmonie vraie. Le vers se compose, je crois, de trois parties : l'idée, l'harmonie du vers et l'harmonie des mots. Quant à l'idée je n'en parle pas, car c'est le corps même du travail, dont le défaut rend tous les autres efforts inutiles. Il nous reste donc, d'un côté, l'harmonie du vers ou des sons, qui consiste dans la coupe et dans tout ce qui touche à la consonnance de la phrase arrangée en un ou plusieurs vers; et de l'autre côté l'harmonie des mots, que l'on pourrait appeler l'harmonie des bruits, et qui renferme surtout la note dominante, à la fin de chaque vers, la rime. La première harmonie est sans contredit la plus importante, et j'ai fait tous mes efforts pour ne pas y manquer, persuadé qu'il faut s'en tenir à l'ancien vers français, dont Racine a marqué les lois d'une manière indestructible. J'ai été arrêté dans mon œuvre par le besoin d'être clair et exact dans une étude sur un sujet nouveau et de discussion philosophique, et je me suis aperçu que je ne pouvais qu'avec peine tout enfermer, la clarté, l'harmonie et l'entraînement poétique, dans la limite de rimes complètes; aussi ai-je dû souvent sacrifier la richesse de la rime à la clarté pour avoir l'harmonie. Peut-être aussi, comme tous les hommes qui, ayant une idée mûre, ont peur de la laisser échapper, et se hâtent de la fixer sur le papier, je me suis un peu hâté dans mon travail, et la correction devient difficile quand une fois la pensée a revêtu une forme claire et assez conforme au sentiment du beau. Je demande au lecteur de relire chaque chant, certain qu'à la seconde lecture, il s'attachera moins à l'expression qu'à l'idée; et c'est l'idée que je dois surtout montrer et qui doit être la première beauté dans un travail qui se met sous l'égide du *Devoir*. Le devoir, c'est le présent; le travail, c'est l'avenir; hier la philosophie regardait la science au-dessous d'elle; aujourd'hui elle fait alliance avec elle, et demain l'ensemble de la science constituera toute la philosophie.

PROLOGUE

Mon ami (1), laisse moi te conter un voyage;
A rester véridique en tous points je m'engage,
Et, pour prix mérité de ton attention,
Tu verras défiler devant ton horizon,
D'abord, sous un ciel bleu, si bleu qu'il paraît sombre
La Cité des vieux Beys, Constantine : leur ombre
Doit souvent revenir dans le fond du Ravin
Ou sur les minarets déplorer leur destin.
Des sources de Batna nous irons à Lambesse,
Que d'immenses débris remplissent de tristesse;
Dans les champs nous verrons des Priapes ventrus,
Et plus loin le grand Pic, aux cèdres chevelus;
Plus loin le ravin bleu, sur la plaine qui danse
Les rocs d'El Kantara, le tam-tam qui balance

---

(1) Mon ami, Dr Maria, médecin militaire.

L'Almée aux sombres yeux, l'arabe et son coursier,
L'oasis, le désert, le chameau, le palmier.
Tu sais mon caractère et je suis un peu Maure,
A tel point que souvent, lorsque le soleil dore
Les rochers, je me sens des larmes dans les yeux ;
Un Sarrazin sans doute est parmi mes aïeux.
Par atavisme donc j'aime ce coin sauvage
Où le soleil vous grille et roussit le paysage ;
J'adore le désert, parce que dans ma peau
Que traverse le vent, sous mon maigre manteau
Le froid me rétrécit, me fait petit et morne
Ainsi qu'un escargot dont on touche la corne.
J'aime aussi le cheval, et dans ce paradis
Chevaux et cavaliers par le goût sont unis ;
Quand la poudre a parlé, le cheval dans la plaine
Comme un chevreau bondit ; il joue avec sa rêne,
Il balance la tête, et si par accident
Il vous jette par terre, un caprice d'enfant.
Te l'avouerai-je enfin : à moi le ciel, l'espace,
Et l'horizon bleuâtre, et l'arabe qui chasse
Libre enfant du désert, les brumes du levant,
Le roc nu, crevassé, rouge aux feux du couchant,
Sous le figuier, la source, où le troupeau repose,
La voûte qui s'allume, à peine la nuit close,
De mondes si brillants, que tout paraît nager
Dans la pâle lueur d'un nuage léger !
L'infini du désert est un temple sublime
Où l'homme prosterné devant un Dieu s'abîme ;
Seul dans la plaine immense, en face du ciel bleu,
L'esprit quitte la terre et monte jusqu'à Dieu !!!!!
N'es-tu pas étonné ? Comment ? C'est moi qui chante
Le soleil d'Orient et la dune mouvante !
Même en vers, s'il vous plaît ! Mais pour parler en vers

Il faut avoir, dit-on, la cervelle à l'envers!
Je n'ai que mon idée et c'est peu; mais pour elle,
Elle vit, je le jure, et saute en ma cervelle,
A me faire penser parfois que des démons
Dansent la farandole à rompre les plafonds.
Je sais bien à peu près ce que c'est qu'une rime
Que l'on met à la fin des mots que l'on arrime
De manière à former ce qu'on appelle un vers;
Selon l'arrangement les effets sont divers,
Soit graves, soit légers. Enfin suis-je poëte?
As-tu le souvenir, dis-moi, des jours de fête
Où nous lisions tous deux? Nos deux esprits unis
Dans la même pensée entraient dans le pays
Au-dessus d'un nuage, où l'air est si tranquille
Et l'horizon si grand, que la terre mobile
En l'océan du monde est un vaste néant
Dans un néant plus vaste, en sa course emportant
L'homme sur sa surface, atôme de matière
Et géant de pensée, orgueilleux, qui préfère
Repousser de ses yeux la simple vérité,
Plutôt que d'abdiquer la maigre royauté,
Qu'en se créant des dieux il se donna lui-même.
Sur terre et dans le ciel je vois le beau, je l'aime;
De Desdémone en pleurs mes pleurs suivent les pleurs;
Camille en rugissant réveille mes fureurs;
Je chante comme Hamlet, et quand le vieil Horace,
Parce qu'il n'est pas mort, renie un fils, le chasse,
Je m'incline à genoux devant ce monstre humain
Qui couche son enfant sur l'autel du romain;
Quand soupire Mignon j'écoute dans mon âme
Ce murmure si doux, ce soupir plein de flamme
D'un cœur qui se suspend aux lèvres d'un amant;
Quand la Vierge s'élève au sein du firmament,

Debout sur le croissant, des anges entourée,
Ses yeux fixent le ciel, et mon âme embrasée
Suit ses yeux et s'incline aux pieds de l'Eternel;
De la Vénus antique un rayon immortel
Anime le regard si profond, que je doute
En voyant cette lèvre entr'ouverte, et j'écoute.....
Connais-tu mon esprit? Me vois-tu maintenant?
Ma pensée est d'un homme et mon cœur d'un enfant.
Laisse-moi cependant tenir encor dans l'ombre
Cette partie en moi, ce coin tranquille et sombre
Qui pense et me soulève, escaladant le ciel,
Pour arracher le voile et mettre sur l'autel
Au-dessus de la Croix, en un éclair immense,
Un rayon qui de Dieu mesure la distance,
Et donne à nos regards un horizon plus pur,
A l'esprit inquiet un asile plus sûr :
Notre philosophie a besoin d'un poëte;
Je le sens au transport qui bouillonne en ma tête,
Secoue en frémissant les portes du caveau
Pour entrer dans l'arène, et, tenant un flambeau,
Promener dans la nuit qui recouvre le monde,
Un éclair si brillant, que la lumière inonde
Le coin le plus obscur..... Silence! le lutteur
N'est pas encore prêt; bien dur est le labeur;
Ecoute les accents de ma muse qui chante
Le rocher, le désert, la plaine souriante,
Aux rayons du soleil, ce père Créateur
Qui jeta dans l'espace un rayon de son cœur
Pour en créer un monde où sa main fit la vie,
Où pour nos yeux mortels il règle l'harmonie!!!
Mais je sens mon esprit qui de ce monde étroit
Veut s'élever au ciel pour y lire le droit,
Qui veut sur l'horizon voir à ses pieds la terre,

Et partout établir une loi tutélaire;
Je vois dans l'univers le sombre désespoir,
Et j'entends un écho de la voix du Devoir!!!
Je voulais te conter un paisible voyage,
Ecoute les douleurs qui m'ont loin du rivage
Où l'homme est enchaîné dans un cercle fatal,
Montré par les aïeux l'avenir idéal.

CHANT PREMIER

Incertitudes philosophiques.

Sommaire. — Le poëte se trouve au coucher du soleil seul sur le flanc de Santa-Cruz à Oran et il regarde les ombres de la nuit descendre sur la rade, quand tout à coup la cloche d'agonie sonne et le rappelle à la réalité. Alors, en présence de la mort, se réveillent toutes ses incertitudes et il revient au souvenir de son père et au rôle de l'homme sur la terre ; en même temps en présence de la nuit qui descend, de la lune qui paraît et des étoiles qui s'allument, son esprit adresse un appel au soleil qui vient de se coucher et à l'immensité. Il croit entendre alors une voix intérieure qui lui dit de monter sur le mont pour entendre la parole de vérité. En montant il se trouve à la porte de l'Eglise dont une veilleuse éclaire faiblement l'enceinte, et son esprit adresse une invocation à Dieu qu'il met en regard de sa connaissance. Le poëte sort pénétré de douleur, car rien ne lui répond.

Sur le flanc de ce mont qui domine les flots
Un soir j'étais assis, écoutant les échos
Qui montaient de la mer, et je regardais l'ombre
S'étendre sur le port ; sous une brume sombre
Je voyais les canots s'enfoncer en glissant,
Et des joyeux pêcheurs le mont disait le chant.
A mes pieds j'entendais le bruit de la vallée,
Le murmure confus d'une ruche éveillée,

Un immense soupir d'un peuple d'ouvriers
Et la blanche cité montrait ses escaliers.
D'une verte oasis montaient dans la pénombre
Les tours du Vieux-Château, qui, par leur masse sombre,
Ainsi qu'un noir rocher surmonté de créneaux,
Semblaient une prison d'où sortaient des sanglots,
Et je voyais au loin sur la falaise rose
Des rayons oubliés, à la nuit demi-close,
Dans un nuage obscur s'éteindre lentement,
Refroidis par Vénus qui montait du Levant.
Du milieu des rochers s'élevait dans la nue
L'Eglise sur ma tête, et sa blanche statue
Paraissait sur le roc être un veilleur de nuit,
Qui regarde la mer quand la vague mugit.

Des flots une vapeur s'éleva sur la plage
Et je vis lentement s'effacer le rivage ;
Une rouge lueur s'alluma sur les eaux,
La voûte se couvrit de scintillants flambeaux,
Et le soleil de nuit s'élevant sur la terre,
De son pâle regard fit frissonner la pierre.
Tout à coup dans les airs la cloche du trépas
Vint réveiller mon être, et le funèbre glas
M'annonça qu'un mortel allait quitter la vie
Pour entrer dans la mort, douloureuse harmonie,
Dont les pleurs dans la nuit me firent tressaillir,
Et je vis sous mes yeux le moment de mourir.
— « Au milieu des mortels l'homme vers l'agonie
Marche ; ses pas tremblants dans la vaste harmonie
Des mondes enchaînés ne vont-ils qu'au tombeau ?
Pendant quelques instants il porte son flambeau.
Vais-je vers le néant ? Que suis-je sur la terre ?

Tout parle le néant dans ce siècle de pierre ;
Sous le trône des rois l'abîme s'est ouvert,
Les rois y sont tombés et le trône est désert.
Le Christ au Golgotha pleure sur son calvaire
Et l'univers est sourd. Au front du sanctuaire
La croix ne brille plus, et devant le néant
L'humanité debout s'arrête maintenant ;
Son bras veut de la nuit faire tomber le voile ;
Seule au fond du ciel noir une tremblante étoile
Apparaît à ses yeux comme un phare lointain,
Et de son pâle éclair lui montre le chemin.
Dans le mortel tout meurt et le poëte pleure,
Et l'âme du trépas écoute sonner l'heure :
L'Esprit est triomphant ; pleure le désespoir,
L'humanité se meurt, poëte, sans devoir ;
Elle a quitté le ciel pour descendre à l'abîme,
Et l'esprit sur l'autel a traîné sa victime.
Mortel, devant tes yeux, est-ce le noir caveau
Qui va t'ensevelir dans la nuit du tombeau ?
Ou, du passé qui meurt dépouilles-tu ton être,
Et, sortant du néant, demain vas-tu renaître ?
Quitteras-tu la mort pour remonter aux cieux ?
N'es-tu tombé du ciel, n'as-tu de tes aïeux,
Qui sortent du cercueil pour venir sur la terre
Retenir ton esprit dans la même carrière,
N'as-tu dans le lointain laissé le souvenir
Qu'afin de l'élancer plus loin vers l'avenir
D'un essor plus puissant, d'une aile plus rapide ?
Dans l'inconnu des corps quel bras sera ton guide ?

Enfant, je regardais dans le ciel le soleil,
Et je suivais l'éclair de son rayon vermeil,
Et j'aimais sur la fleur à voir dans la lumière
Glisser le papillon. Que suis-je sur la terre ?

Mon père vous dormez dans l'ombre du cercueil,
Et ma main pour la mort vous a mis au linceul ;
Vous avez dans la vie accompli votre tâche,
Et vous avez au bien élevé sans relâche
Et le cœur et l'esprit ; en entrant dans la mort,
Au tombeau votre corps est entré dans le port ;
Vous n'avez pas tremblé, car votre âme était prête
Quand la mort a du doigt frappé sur votre tête ;
Comme un convive heureux qui quitte le banquet
Vous avez dit : « Merci. » Merci ! pour le bon lait
Que vous m'avez donné ; reposez sous la pierre
En paix parmi les morts ; vous n'êtes plus, mon père,
Mais toujours plus vivant vous vivez dans mon cœur :
Vour m'avez enseigné des mortel le labeur
En faisant sous mes yeux défiler leur histoire,
Et vous m'avez montré sous le velours la gloire ;
Je connais les douleurs de notre humanité ;
Votre nom soit béni, je vois la vérité.
Père, vous m'avez dit que l'homme dans la vie
Doit suivre un droit chemin sans qu'un jour il dévie,
Et porter son travail au grand œuvre mortel :
Qu'il doit faire le bien sans regarder le ciel,
Qu'au milieu des humains, tout mortel est un homme,
Aussi faible qu'il soit, et si grand qu'il se nomme ;
Je vois l'humanité, je la suis au progrès,
Père, dormez en paix sous les sombres cyprès !!!.....

Debout sur mon rocher je regarde les âges
De l'univers qui passe au milieu des orages.
Où courez-vous, mortel ? — « Nous allons au bonheur ! »
Et le monde en chantant croit quitter la douleur ;
Où vas-tu Roméo ? Tu portes Juliette
Dans tes bras enlacés, mais la mort qui te guette
Pour donner le bonheur te donne le tombeau.

L'humanité se presse aux portes du caveau
Qui s'ouvre dans la mort; éternelle victime,
Dont les pleurs, dont les chants la poussent vers l'abime.
Où courez-vous, mortels? Quels sont ces hurlements,
Qui déchirent la nuit, et ces rires stridents,
Qui jettent la terreur dans mon âme troublée?
Est-ce un fauve affamé qui quitte la vallée?
Pour son œuvre de sang le tigre fuit le jour,
Et chez l'homme la nuit s'éveille le vautour :
Pâle sous son manteau, c'est la cruelle envie,
Qui promène en criant sa rage inassouvie.
Où courez-vous, mortels? Ecoutez les douleurs
Qui montent de la terre et vos chants sont des pleurs !
Voyez devant vos yeux passer l'immense roue,
Qui roule sur des morts, et sans pitié secoue
La grappe des mortels suspendue à ses flancs,
Suivie à l'infini par des chiens haletants!
Où courez-vous? Que suis-je? Un lutteur dans l'arène?
Un homme subissant cet inflexible haine,
Qui marche avec le temps, paraît venir des dieux?
Je vois l'humanité se ruer sous mes yeux;
Ne suis-je donc qu'un homme, esclave de la chaîne
Qui vient de l'inconnu, vers l'avenir se traîne,
Entraînant les humains, et j'entends leur douleur
Dans les cris des martyrs que répète mon cœur?
Comme l'humanité j'interroge la voûte;
Astre du jour, parais; montre-moi dans mon doute
L'immense lampe d'or qui fait taire la nuit.
L'humanité se meurt et mon regard la suit;
Dans l'ombre qui m'étreint que ton rayon m'éclaire,
Et fasse sous mes yeux brillante de lumière
Et dans l'éternité marcher l'immensité;

VI

De l'infini rempli dis-moi la vérité !

Que j'aime ton rayon qui plane sur le monde !

Mon esprit est vivant, ta lumière l'inonde !

Aux mortels le matin tu portes la beauté,

Je t'aime, mon esprit a vu l'immensité.

Mais qu'aimes-tu, soleil, qui planes dans le vide,

Au milieu du ciel noir sans soutien et sans guide,

Qui de ton infini regardes sous tes yeux

Les mondes enchaînés s'animer sous tes feux,

Et sous tes pieds entends s'élever de la terre

En un concert d'amour la voix de la prière ?

Le premier tu sortis des mains du Créateur,

Et du mortel enfant tu vis naître le cœur ;

Ses doux soupirs d'amour et ses chants de victoire

Doucement t'agitaient ; tu chérissais sa gloire ;

Le peuple te priait, et tu n'étais pas sourd

A l'hymne qui montait implorant ton amour.

Dans ses temples de roche, au fond du sanctuaire,

A l'ombre de ses sphinx, à genoux sur la pierre,

Le prêtre t'implorait ; tes rayons, Osiris,

De longs baisers brûlants enveloppaient Isis

Couchée en le sillon ; sa blonde chevelure

Cachait vos longs baisers, et toute la nature,

Dans un embrassement unie en ce saint jour,

Renaissait sous tes feux, frissonnait sous l'amour.

Au milieu du ciel bleu tu domines l'espace ;

Ton œil voit au désert le nomade qui passe,

Et tous les jours présent seul tu guides ses pas,

Roi de l'immensité que mesure ton bras.

Maintenant tu n'es plus le maître de ce monde ;

De ton trône brillant dans une nuit profonde

Tu vis enseveli : Tu roules dans le ciel,

Et tu marques les jours que compte le mortel ;
La fleur pour t'admirer s'entr'ouvre sous la feuille,
Et l'âme au fond des bois dans l'ombre se recueille ;
L'homme qui te craignait, te voyait sur son front,
Ne pouvant t'enchaîner, dans le monde profond
Invisible aux regards qui plane sur ta tête,
A mis le Tout-Puissant, maître de la tempête.
Tu n'es plus qu'un esclave asservi sous la loi ;
Tu roules enchaîné, tu trembles sous un roi,
Et l'homme qui tremblait, courbé dans la poussière,
T'a rendu son égal, méprise ta colère.
Vous sortez tous les deux des mains du Créateur ;
Tous deux vous subissez une égale rigueur,
Et l'homme en l'infini, suppliant l'Invisible,
Te domine, Soleil, toi le Fini visible
Au sein de l'Infini... l'Infini ! l'Infini !
Mon esprit te regarde, et demeure ébloui
Devant l'Immensité, qui renferme les mondes
Dans ses sombres replis au sein des nuits profondes !
Ne sont-ils suspendus à la voûte du ciel
Que pour marquer, Seigneur, ton pouvoir sans appel ?
Pour que l'homme à genoux tremble devant ton trône,
D'où ta bouche commande au nuage qui tonne,
A la terre qui tourne, à l'astre qui reluit,
A l'homme prosterné si fier et si petit ?
Au coucher du Soleil les astres sur la voûte
Marquent dans l'Infini leur inflexible route ;
Je connais Mars le rouge, et le grand Jupiter
Si brillant dans la nuit, de ses gardes si fier.
D'où viennent-ils, Soleil ? Quel jour les a vus naître ?
Sortent-ils de ton flanc ? Quel jour la main du maître
Les a mis dans ton orbe, esclaves sous un roi,

Enchaînés à ta masse, asservis sous ta loi?
Brillaient-ils autrefois comme toi sur le monde,
Et le timide éclair, qui dans la nuit profonde
Me sourit dans le ciel, n'est-il qu'un vain reflet,
Comme une âme au tombeau, qui la nuit apparaît
Voltigeant sur la pierre? Ou plutôt je soupçonne,
N'est-ce pas la pâleur d'une mer qui rayonne
A la triste lueur de l'astre de la nuit,
Et s'efface, Soleil, à ton réveil et fuit?
Une mer! Cette mer aurait donc un rivage;
La rive serait terre, et le sombre nuage
Flotterait dans les bois; et dans les bois la fleur
Vivrait de tes rayons et t'ouvrirait son cœur,
Inclinerait son front sur son long cou flexible,
Et mirerait ses yeux dans une onde paisible;
Et des Faunes couchés au bord de frais ruisseaux
En chantant souriraient aux Nymphes des roseaux;
Et la main dans la main, l'âme parlant à l'âme,
Deux enfants enlacés bien bas diraient leur flamme?
Non! tu n'as pas créé, Seigneur, d'autre mortel
Que celui qui sur terre adore l'Eternel!
Pourrait-il exister dans l'espace une terre
Autre que le rocher, qui tourne solitaire,
Dans sa course emportant son roi le Genre humain?
L'homme n'existe pas s'il n'est pas souverain!
La terre souveraine au milieu de l'espace
Regarde le Soleil que sa tête dépasse,
Et l'homme, en se créant roi de l'Eternité,
Couronna son rocher roi de l'Immensité.
Les mondes ne sont pas l'asile de la vie;
Mais ne seraient-ils pas la nouvelle patrie,
Où se retire l'âme en entrant dans la mort,

En quittant la prison que lui donna le sort?
Libre de toute entrave au ciel elle s'élance;
Pour son essor puissant petite est la distance
Vers les mondes brillants, où la main du destin
Prodigue à ses élus, sous un ciel plus divin,
Les fleurs et les parfums. Pour son aile rapide,
L'Ether porte le monde et le ciel n'est pas vide.
Vous qui vous envolez vers le ciel étoilé,
Ames, vers l'Infini, vous cherchez la beauté;
Vous montez vers le Dieu, source de la lumière;
Vous quittez donc l'Enfer en sortant de la terre,
Et vous vous élevez aspirant au bonheur;
Ah! je vois votre éclair et j'écoute mon cœur!
Que faites-vous au ciel errantes dans les nues?
Au milieu de l'Ether vous restez suspendues
Pâles et sans chaleur, et vous marchez sans but,
Comme un pêcheur qui pleure, attendant le salut
Pour pouvoir dépasser le seuil du sanctuaire :
En vain vous attendez murmurant la prière,
Et l'écho ne redit pas même votre voix.
Pour entrer au bonheur il faut porter la croix,
Et l'âme vers le ciel monte par la souffrance;
L'âme des malheureux se présente en silence
Et porte sur son front le signe préféré;
L'âme dans le malheur a trouvé la beauté :
Vous errez cependant sur la voûte céleste
Implorant un asile, et votre voix modeste,
Qui pleure tristement, demande le bonheur.
L'heure emporte en passant le rire et la douleur;
Derrière lui le rire a laissé dans sa place
Le regret d'heureux jours, et le bonheur qui passe
Glisse sur du bonheur; les larmes en séchant

Font taire la souffrance et calment le présent,
Mais découvrent le ciel, pour montrer l'espérance
Au malheur abattu donnant la délivrance :
L'espérance à celui qui pleure sans secours,
Fait voir à l'horizon les inconnus séjours,
Vers lesquels l'être humain qui languit sur la terre,
Aspire ; les sanglots prononcent la prière,
La main soutient le cœur, les yeux fixent le ciel,
Pour le pauvre qui pleure, un Dieu règne, immortel!
Ah! je pleure avec vous si vous êtes des âmes,
Etoiles de la nuit, et de secrètes flammes
Vers vous portent mon cœur. Où guidez-vous vos pas
Quand vous quittez le ciel? Sonnez-vous un trépas?
Sortez-vous de la mer? Montez-vous vers la voûte,
Quand vous sillonnez l'air en marquant votre route
Dans un grand cercle d'or? Ou bien descendez-vous
Au champ des réprouvés? Pour un nouvel époux
Avez-vous délaissé votre froide demeure?
Je lis une douleur dans vos yeux et je pleure.
Je pleure, et vous voulez au séjour des élus
Me montrer des splendeurs que je ne connais plus.
Non! non! je suis sur terre et je reste sur terre!
Je suis né des humains, frère de la poussière!
C'est parmi les humains que je veux habiter;
Je suis le fils d'un homme, et je veux emporter
Mon esprit non mon âme au-dessus du nuage;
Ames, envolez-vous, vous êtes d'un autre âge,
Mais laissez-moi les corps, je veux les faire grands,
Elevés par l'esprit; ils sont miens, je les prends.
Viens, montons, mon esprit, au-dessus du nuage
Vers le soleil de nuit, vers cette blanche image,
Qui plane dans l'espace, et répand sur le sol

Une lueur si douce, inspire au rossignol
Des accents si plaintifs, fait voltiger dans l'ombre
Des parfums si légers, donne au phalène sombre,
Qui vole dans la nuit, les ailes des zéphirs,
Eveille dans mon cœur de si tendres soupirs...
Lune! sur l'Orient quand ton astre se lève,
Sur ton disque argenté je crois voir dans un rêve
Ces mondes désolés aux hommes interdits,
La froide immensité de ces glaciers maudits,
Qu'autour de son essieu la terre sur ses pôles
Promène autour du ciel, immenses nécropoles.
Soleil! c'est ton rayon dont la douce lueur
Nous éclaire la nuit, et la tiède chaleur
Nous vient toujours de toi. Mais tes rayons sans flamme
Eveillent des échos de frayeur dans mon âme;
D'un glacier tu parais bleuâtre rayonner;
Viens, mon esprit, partons, je me sens frissonner.
Lune! jamais un pied n'a pressé ta surface!
L'herbe ne pousse pas sur un grand bloc de glace.
Qui donc t'a désignée asile après la mort?
Est-ce la Vierge blonde à la faucille d'or,
Que son cœur plein d'amour entraînait dans la nue,
Qui, te voyant la nuit, dans le ciel suspendue,
Promenant dans les bois ta paisible lueur,
Appelait tes baisers et te donnait son cœur?
Ou le sombre vieillard, qui, voyant le nuage
Gronder sur les forêts, glisser sur ton image,
Ecoutait sur les monts les accents de ta voix?
Tu lui disais la paix, le silence des bois.
Mes aïeux! dans la nuit en voyant le sourire
De la lune glisser doux comme le zéphire,
Vous vous êtes laissés emporter par le flot;

L'esquif est retombé, l'âme est restée en haut.
Ah ! lève-toi, soleil, je demande l'aurore ;
J'ai vu la froide nuit; que ton astre colore
Et la terre et la mer et la plaine et les bois ;
Apparais, je t'attends, écoutes-tu ma voix ?
Regarde à ton réveil la feuille qui, mouillée,
Secoue en frémissant la perle de rosée
Tremblante sur ses bords, et la fleur qui te rit
Entr'ouvrant son calice, et l'enfant qui sourit
A ton brillant rayon; ton éclair le réveille :
Il appelle en criant sa mère qui sommeille ;
Regarde ce vieillard dont le corps se souvient ;
Il attend ta lumière et son flambeau s'éteint ;
Sur terre par tes soins, père de la nature,
Tout vit et tout respire, et toute créature
S'anime par tes feux, s'éveille à ton réveil,
Grandit sous tes baisers, s'endort à ton sommeil.
Tu l'aimes, la nature, et la nature t'aime ;
La fille aime son père, et dans ce grand poëme
De longs embrassements, dans ces longues amours,
Qui cessent chaque soir, commencent tous les jours,
Dans cet enfantement qui produisit la vie,
La plante qui fleurit comme l'enfant qui crie,
Fils, je cherche ma mère en voyant son amant.
Me diras-tu, soleil, du fond du firmament,
Toi dont les longs baisers en passant sur la terre
Font naître des enfants, me diras-tu, mon père,
D'où sortit ton amante, et si le Créateur
L'a jadis de ton flanc sortie avec douleur
Dans un enfantement qui fit naître ta fille ?
As-tu donc oublié les lois de la famille,
Ou le désir d'amour est-il donc si puissant ?

Suis-je fils de l'inceste, ou ton cœur en aimant
Suivait-il cette loi qui domine chaque être,
Qui le pousse à l'amour, et qui veut faire naître
De la fleur une fleur, de la femme un enfant?
Tout aime sur la terre et dans le firmament;
Les fleurs pour s'embrasser inclinent leur corolle;
Les oiseaux ont le chant, les enfants la parole
Pour dire leurs amours; dans le milieu de l'air
Les astres amoureux s'unissent dans l'Ether.
Je t'aime aussi, Soleil, mon cœur je te le donne;
Mais pour creuser le roc la force m'abandonne;
J'interroge l'écho, muet à tous mes cris,
Et je demeure seul couché sur des débris
Devant le sombre mur qui devant moi se dresse,
Ecrasant sous la nuit mon esprit en détresse.
Soleil silencieux, j'interroge ton front;
Tu connais le destin des âges qui s'en vont;
Tu peux dire aux mortels et leur vie et leur âge;
Tu vis naître la terre et tu suis son voyage;
Tu la vois se trainer enchaînée au sillon
Que tes mains ont tracé devant ton horizon :
Tu vis paraître l'homme et tu sais son histoire;
Tu vis ses premiers pas et tu connais sa gloire;
Tu le vis hésitant et tu le vois si fier,
Si heureux d'oublier ce qu'il était hier;
Tu le vis si timide, et maintenant sa tête
Se hisse jusqu'au ciel, et, montant sur le faîte
Où trône l'Eternel, s'assied à son côté;
Sa main tient les éclairs; Roi de l'Eternité,
Maître de l'étendue, il plane sur le monde
Au-delà du rayon que ta lumière inonde;
Si vaste est son esprit, mais si grand son orgueil,

Qu'il prétend vivre encore au-delà du cercueil.
Lui-même il s'est créé le centre de la terre;
Tout tourne autour de lui, tout roule dans son aire.

Mais devant tous tes pas tu vois l'ambition
Se dresser en sifflant dardant son aiguillon,
La timide vertu tremblant devant le crime,
Et la conscience humaine au fond d'un noir abime.
Seul, l'homme du devoir s'épuise en vains efforts
Pour venir près du vice enseigner le remords :
Mais pour l'homme le bien n'est qu'une loi sévère,
Et la pauvre vertu roule dans la poussière.
Est-ce donc là ce roi de la création?
N'éclaires-tu, Soleil, du feu de ton rayon
Qu'un orgueil colossal et des vices sans nombre?
Disparais donc du ciel et laisse venir l'ombre,
Qui du moins couvrira des coins de son manteau
Les crimes impunis... Non! reste! Ton flambeau
Doit protéger la vie, et l'homme dans ce monde
Ne respire pas seul : ta lumière féconde
Anime plus d'un être, et l'homme que tu vois
Si méchant, si cruel, si docile à la voix
Des honneurs et de l'or, a gardé l'étincelle
Cachée au fond du cœur de ton âme mortelle,
L'étincelle d'amour, que montre à son berceau
L'enfant dans son sourire, et que dans un étau
Etouffe lentement le père trop barbare :
Du lointain avenir j'ai vu luire le phare.
Me diras-tu, Soleil, toi qui vois de si haut
Les mondes et la terre, et le temps et le flot;
Me diras-tu le point, qu'occupent dans l'espace
Ton grand corps immobile et la terre qui passe,

Petite sous tes yeux dans le monde si grand,
Et l'homme si petit, si faible, que le vent
En passant le secoue et le prend sur son aile?
Que reste-t-il de lui, de cet atôme frêle?
— Tout à coup j'entendis une voix dans les airs
Comme un écho lointain qui s'élevait des mers,
Semblable à ces accents qu'écoute notre oreille,
Mais que dit seul l'esprit lorsque le corps sommeille.
— « Je puis bien m'incliner, vers toi pencher mon front,
Mais aide-toi, mortel, monte au-dessus du mont;
Elève ton esprit au-dessus du nuage;
Le ciel est plus tranquille au-delà de l'orage,
Qui gronde sur la terre et troublerait tes yeux;
Du reste, pour parler de ces choses des cieux,
Il est bon d'être seul au-dessus de la foule,
D'abord pour mieux juger, car le bruit de la houle,
Même sur la falaise, empêche de penser,
Et l'œil, sans le vouloir, s'ouvre pour regarder,
Tantôt le frêle esquif, qui, battu par l'orage,
Fait tressailir le cœur, et tantôt sur la plage
Les rochers crevassés assaillis par le flot
Qui se brise en grondant. Du reste il est un mot
Qui ne peut être dit tout haut sur une place,
Ne peut être entendu par le premier qui passe :
Pour juger ce sujet il faut un esprit mûr,
Et pour bien le comprendre, il faut un esprit sûr.
On ne peut à quiconque ouvrir le sanctuaire;
Il ne verrait que l'ombre, et pour juger la terre
Et l'homme si savant, pour lire son destin,
Pour dire à son orgueil : « Tu vas mourir demain, »
Il vaut mieux être seul ou bien il faut se taire,
Car l'on nous jugerait d'un mot : « Visionnaire. »

Tu pourras, si tu veux, dire à quelques amis
Ton secret et le mien ; mais avant tout, choisis
Des hommes, dont les yeux sont au-dessus du monde,
Qui jugent par l'esprit, car, plus changeant que l'onde
Est l'homme qui des faits veut juger par le cœur.
A propos de la mort il verserait un pleur
Sur ton égarement, sur la terre et sur l'homme,
Sur le bien, sur le mal, sur tes enfants, sur Rome.
D'ailleurs ce que je dis ne peut être entendu
Par l'homme, qui demande un soutien de vertu,
Et qui, les yeux au ciel, a quitté cette terre
Pour chercher dans la nue un ange tutélaire
Dans notre étroit sentier seul guide de ses pas.
Ou bien il est au ciel et ne m'entendrait pas ;
Ou bien, si son esprit ne peut pas me comprendre,
S'il veut suivre mon doigt et malgré moi m'entendre,
S'il descend dans l'abîme et ne peut remonter,
Il sera sans soutien, ne faisant que ramper
Au milieu des mortels, et quittera la vie
Fatigué de ses jours, dévoré par l'envie.
Pour descendre du ciel il ne faut que glisser ;
On tombe sur la terre où l'on peut s'écraser ;
Mais pour monter à l'homme, et vivre sur la terre
Sans haine et sans frayeur, sans vouloir sur la pierre
Qui nous cache les morts, faire planer un Dieu ;
Pour pouvoir s'élever jusqu'à faire l'aveu
Des fautes de son corps à son esprit qui juge ;
Pour avoir sa conscience et témoin et refuge,
Et passer dans la vie en répandant le bien,
On est plutôt au ciel qu'on n'acquiert ce soutien. »
— Je suivis le sentier qui montait vers la crête ;
Mais je vis tout-à-coup, phare dans la tempête,

Au milieu des rochers briller une lueur,
Dont le paisible éclat paraissait du bonheur
Me montrer le chemin. Sous la voûte sacrée
Je dirigeai mes pas, et la flamme voilée,
Qui veillait solitaire à côté de l'autel,
Etoile de l'amour aux pieds de l'Eternel,
Me parut écarter les murs du sanctuaire;
Seul le bruit de mes pas en frappant sur la pierre,
Au milieu du silence éveilla des échos,
Qui semblaient m'arriver de l'ombre des tombeaux.

Les échos lentement rentrèrent sous la voûte,
Et, maître de mon cœur, poursuivi par le doute,
J'osai près de l'autel interroger les lois,
Dont le divin rayon resplendit sur la croix.
— « Sur le front des humains dans ton temple du vide,
Que tu parais remplir, silencieuse égide
Des mondes habités, divinité de tous,
Devant qui chaque jour chaque peuple à genoux
Se prosterne, écoutant lui parler les nuages;
Toi, qui dans ton palais, traversant tous les âges,
Parais tenir la mort d'une inflexible main,
Et planer sur le monde au-dessus du destin,
Dans l'inconnu des airs, qu'es-tu pour notre monde?
Au-dessus du chaos ta lumière féconde
Planait sur elle? As-tu pris l'univers du néant?
L'as-tu formé de rien sous ton souffle puissant?
Vivais-tu dans la nuit, et, le maître du vide,
As-tu fait de ce rien sortir le corps solide?
Qui donc t'avait créé roi de l'immensité?
Qui donc t'a couronné roi de l'Eternité?
Si ton bras a créé, Dieu, montre-moi ton trône,

Et ma main sur ton front posera la couronne.
Je ne vois que des corps qui marchent sous des lois,
Et jamais les humains n'ont entendu ta voix.
Est-ce bien le Seigneur, Moïse, de la nue
Qui vint dicter des lois près de ton âme émue
Au milieu des éclairs? N'était-ce pas ton cœur,
Qui parlait, écoutant l'écho de ton labeur?
Tu sauvais Israël de la sombre vallée,
Tu lui donnais ton Dieu; dans ton âme embrasée
Tu voyais l'Eternel, tu voulus un soutien
Pour réveiller ton peuple et lui dicter le bien.
Tout parle l'infini sur la voûte sereine,
Pour tous du Créateur demeure souveraine;
Moi, parmi les soleils je lis l'immensité;
Dans l'étoile qui vit je lis l'éternité;
Dans l'étoile qui meurt je vois naître une terre;
Dans l'espace glacé mon œil suit la lumière,
Qui promène au milieu des mondes la chaleur;
Une force se meut dans la douce lueur
Qui marche dans les airs de l'étoile à l'espace,
Qui laisse sur mon front comme une froide trace,
Qui soupire la nuit et qui chante le jour,
Quand l'aurore se lève et réveille l'amour
Dans toute la nature. Ah! Dieu, roi de mon être,
Montre-moi donc ta main, qui me montre mon maître.
As-tu jamais changé la marche du soleil?
Tu n'es donc pas un Dieu pour son rayon vermeil?

Immensité de Dieu, ton empire s'effondre,
Grâce au prêtre, qui veut dans sa main tout confondre,
Et la terre et les airs, et pour l'homme savant
Ton nom ne suffit plus à cacher le néant. »

— Je regardais la nuit; dans le froid sanctuaire
Seul l'écho de ma voix redisait ma prière,
Et je franchis le seuil poussé par la douleur.
Vers les sombres forêts, où me guidait mon cœur,
Je dirigeai mes pas, près d'une source pure,
Où souvent mon esprit avait de la nature
Ecouté les accents, au-dessus des concerts,
Qui montent des humains et remplissent les airs.

————————————

CHANT DEUXIÈME

Apparition.

Sommaire. — En sortant de l'église le poëte se trouve dans la forêt poursuivi par son isolement et son incertitude mentale ; alors il lui semble entendre un mot d'espoir qui traverse l'espace, et il croit voir au ciel briller une étoile qui lui paraît l'étoile de l'amour ; il croit voir l'astre descendre vers la terre où sa présence calme sa fièvre en lui donnant le sommeil C'est alors que commence le rêve ; l'étoile paraît lui parler et il croit se réveiller et voir un ange qui est l'esprit des aïeux ou en d'autres termes la connaissance dans l'histoire ; l'ange raconte son passé qui est celui du savoir humain.

Assis devant le temps, je pleure ton malheur,
Humanité ; tu meurs et je chante ma peur.
Autrefois le mortel, quand montait le déluge
Escalada les rocs et chercha le refuge
Sur les monts ; mais voyant des sommets les plus hauts
Les rochers lentement s'affaisser sous les flots,
Alors il implora le roi de la tempête ;
De même j'ai quitté pour monter sur le faîte
La terre qui se meurt au milieu des regrets ;
La vague m'a chassé triste vers les sommets ;
Le flot monte toujours, et proche du nuage,
Je demande un pouvoir qui maîtrise l'orage.

VII

Ferme sur le rocher je me sens frissonner ;
Je vois l'humanité, le flot va l'entraîner,
Ses mains cherchent le ciel, ses yeux sondent le vide,
Son Dieu ne paraît pas pour lui rendre le guide.

Mais quelle voix du ciel chante ce mot : « Espoir ! »
Quel zéphir sur mon front dans mon abîme noir
Est venu caresser mes cheveux de son aile,
Et d'où vient dans la nuit cette blanche étincelle
Qui flotte sur les bois et fait naître des chants
Plus tristes et plus doux que les tristes accents
Que disent les roseaux caressés par la brise?
Est-ce le cri plaintif d'une âme qui se brise
Et qui pousse un soupir en voyant son malheur,
Ainsi qu'un luth qui pleure et chante près du cœur,
Triste écho de la voix qui gémit la souffrance?
Ce cri qui vient du ciel c'est le cri d'espérance ;
C'est le cri du martyr qui marche vers la mort,
C'est le cri du mortel qui domine le sort.
Au milieu des forêts j'aperçois une étoile,
Elle éclaire la nuit, l'horizon se dévoile :
« Etoile de l'amour dirige mon effort,
J'aime l'humanité; conduis-moi vers le port. »
— Je vis un cercle d'or descendre de la nue,
La forêt s'éclairer, et partout à ma vue
Les arbres doucement parurent frissonner ;
Les rocs silencieux parurent s'incliner
Devant l'astre du ciel, qui, tombant sur la terre,
En une gerbe d'or projeta sa lumière,
Et, ramenant le jour, fit naître les concerts
Qui tombent de l'aurore et s'élèvent des mers.
Une fraîche vapeur se posa sur ma lèvre,
Et je fermai les yeux ; je sortis de la fièvre.

Ainsi l'astre d'amour en entrant dans les bois
Me donna le sommeil et j'entendis sa voix.
— « Tu regardais le ciel cherchant une espérance
Pour finir des humains l'éternelle souffrance ;
J'ai vu de l'infini ton immense douleur,
Et de l'humanité je vois mourir le cœur ;
Regarde, tu verras dans les airs apparaître
Celui qui doit bientôt te forcer à connaître. »
— Je m'étais endormi ; cet écho cependant
Caressa mon oreille, ainsi que doucement
La voix du rossignol avec son doux murmure
Berce notre repos ; de même la nature
En entendant le soir pleurer ces chants plaintifs
Ecoute en s'endormant ; les sens sont attentifs.
Alors je vis au ciel dans un flot de lumière
Un ange aux ailes d'or qui volait vers la terre,
Eveillant sur ses pas des chants harmonieux.
Il portait sur son front cette flamme des cieux
Que l'œil suit en songeant sur la voûte étoilée :
Dans la sombre forêt cette lueur voilée
Eclaira les rochers d'une douce paleur,
Et partout s'éleva la bleuâtre vapeur
Qui flotte sur les bois quand se lève l'aurore
Et que des premiers feux l'orient se colore.
— « Ange consolateur, je voyais sous mes pieds
L'océan bouillonner et les humains noyés ;
Je souffrais, et ta voix, ainsi que la rosée
Qui tombe le matin sur la plante affaissée,
Et laisse en ses baisers des perles sur les fleurs
Qui brillent au soleil plus pures que les pleurs,
A réveillé mon âme au cri de l'espérance.
Mon corps s'est assoupi brisé par la souffrance,
Et libre de douleurs a cherché le repos ;

Mon esprit seul vivait au milieu du chaos ;
Mes sens sont éveillés et je vois la lumière
Au-dessus de ton front. Mon ange tutélaire !
Ah ! quel que soit ton nom, que ton nom soit béni !
D'où viens-tu ? Vivais-tu dans le vaste infini
Qui plane sur mes yeux et remplit tout l'espace
Ou je suis du regard tout l'univers qui passe ?
Es-tu le Dieu caché, le maître tout puissant
Qui de son trône vient effacer le néant ?
Es-tu le Dieu soleil, le père de la vie
Qui remplit de bonheur la nature ravie ?
Ton éclat est divin, mortel est ton regard ;
Trouves-tu ta patrie en ce monde blafard ? »
— Je cessai de parler, aussitôt la nature
Me parut résonner d'un immense murmure,
Et le roc sous mes pieds dit : « l'Esprit des aïeux ! »
L'ange alors dans son vol s'arrêta sous mes yeux,
D'un suave zéphir soulevé par son aile
Caressant mes cheveux : dans son vol l'hirondelle,
Qui traverse l'espace et, descendant des cieux
S'arrête tout à coup avec un cri joyeux,
Passe plus lentement, malgré que si légère
Elle semble un éclair. L'ange rasa la terre,
Mais je ne voyais pas ses ailes frissonner ;
Dans l'air un léger chant paraissait résonner ;
Une fleur s'inclina tremblante sous la brise ;
Il arrêta ses pieds sur une roche grise,
Et repliant son aile, en un langage humain
Il me dit le passé de son être divin.
— Au-dessus des combats de la nature humaine
Et de tout ce qui vit, au-dessus de l'arène
Où s'agitent les rois se croyant près des dieux,
Je viens te raconter l'histoire des aïeux.

Je connais ta douleur; tu vas au cimetière,
Et tes yeux veulent voir ce que cache la terre
Le jour où le destin t'enfonce dans la mort;
De l'avenir lointain tu veux lire le sort,
Et du passé de tout tu veux tirer le voile;
Il faut que sous tes yeux le néant se dévoile
Et tu veux pénétrer dans l'ombre de la nuit.
Ce n'est pas le néant dans le passé qui fuit,
Ce n'est pas le néant qui s'ouvre sous la pierre
Où tu descends; la mort qui te rend à ta mère,
En t'ouvrant le cercueil te donne le repos.
Tu marches dans la vie au-dessus des tombeaux.
Ton être n'est qu'un point sur la route suivie
Par la terre en travail, et tu reçois la vie
Membre de l'univers, afin que sans retours
L'humanité s'élève, et que ta voix toujours
Chante dans le concert que te montre l'histoire;
Tu dois tous tes efforts aux hommes, à ta gloire.
Ton corps naît, vit sur terre et revient à la mort;
Mais une voix survit, qui domine le sort;
Tu portes dans ton front la vivante étincelle
Qui ne peut pas mourir, qui, libre sur son aile,
Au-dessus des bûchers vit au milieu des cieux,
Qui traverse les temps en suivant les aïeux.
Chaque mortel qui vit prend la même pensée,
Qui tous les jours renaît, toujours renouvelée,
Que chaque homme dépose en entrant au tombeau,
Que chaque homme en naissant trouve près du berceau :
Au milieu des mortels tu ne fais que paraître,
Ton pied doit marcher droit, et, pour rester ton maître,
Sous tes yeux tu ne dois lire que le devoir,
Rester toujours sur terre, et mettre ton espoir
Plus loin que le trépas, bien plus loin que ton être;

En mourant ton esprit dans ton fils doit renaître.
Ainsi l'homme qui meurt dépose un souvenir
Qui n'est pas à lui seul, qui ne doit pas finir ;
Ce sont ces souvenirs qui montent dans la nue
Et vivent dans le temps, étoile suspendue
Au-dessus des cités, dont le paisible éclat,
Revient après l'orage et dirige l'état.
Je suis l'esprit des temps et je veux de l'histoire
Des hommes du passé te raconter la gloire,
Et l'histoire du peuple, et l'histoire des rois,
Et l'histoire des dieux qui sortirent des bois
Pour conquérir le ciel, se perdre dans le vide.
Au ciel l'œil des humains ne voit plus son égide
Au fond de l'infini dans le rayon divin
Qui paraît l'éclairer ; d'un homme c'est la main
Qui lui montre son Dieu mourant sur le calvaire,
Et le Christ au tombeau pâle dans un suaire.
L'esprit de tes aïeux !. Pour moi l'éternité
C'est l'histoire et pour moi la vaste immensité
C'est le grand mouvement des astres dans l'espace ;
L'étoile dans le ciel est un soleil qui passe,
Et le vide est rempli de grands mondes éteints
Dont le pâle rayon éclaire les humains.
L'humanité se meut, fille de la lumière
Qui lui donna le jour en fécondant la terre.
Pour moi, l'orgueil humain c'est l'enfance de rois,
Et les dieux sont venus de l'absence des lois.

On m'appelle l'esprit, plutôt l'expérience ;
Mon guide est le travail, mon bâton la science ;
Je regarde partout, la plante qui fleurit
Au lever du soleil, la feuille qui frémit
Et la roche qui pleure : Au sein de la tempête

Des chênes dans les bois je vois trembler le faîte ;
Plus loin dans l'infini mon regard dans la nuit
Suit l'étoile qui brille et l'astre qui reluit ;
Au lever du matin j'écoute le zéphire,
Et sa chanson d'amour m'apporte le sourire
Des folâtres oiseaux qui chantent le soleil,
Quand il vient le matin égayer leur réveil,
Et des sombres vallons animer le silence ;
Je vois sur le ruisseau la fleur qui se balance ;
J'écoute la clochette au loin sur les côteaux,
Et je vois dans les prés, près des rouges troupeaux,
Le petit pâtre assis près de son chien fidèle,
Tandis que dans les bois chante la pastourelle ;
J'écoute l'Angelus qui descend du clocher,
Et je vois à genoux le peuple s'approcher ;
Mon regard dans le ciel contemple les nuages
Et s'élève vers Dieu remontant dans les âges ;
Mon œil suit les Etats ; sur la tête des rois
Je plane dans l'histoire et j'écoute la voix
Des peuples opprimés qui pleurent sur leur chaîne ;
J'écoute les martyrs qui tombent dans l'arène
Et meurent en poussant le cri de liberté.
Mortel, viens avec moi, quitte l'immensité ;
Remonte dans le temps avec moi dans l'histoire
De l'homme, du progrès, alors tu pourras croire
Que de pleurs a coûté de l'homme chaque pas.
Il marche sous ma main à travers les combats ;
C'est lui qui devient grand, mais moi je suis son guide ;
Mais l'homme sous ses yeux ne voit pas son égide
Et ne veut pas me voir. Il faut à son orgueil
Un guide complaisant qui reste sur le seuil,
Et jamais ne paraisse auprès du sanctuaire ;
L'homme serait petit enchaîné sur la terre !

Dans l'homme qui connaît les causes, les effets,
Ton regard ne voit pas tremblant dans les forêts
Et le jouet des vents la faible créature,
Aux oiseaux disputant sur l'arbre sa pâture:
L'homme alors désarmé se traînait hésitant,
Au milieu des rochers et comme un faible enfant
N'osait des animaux affronter la colère.
Reconnais-tu, dis-moi, l'humanité si fière
Dans cet être chétif qui tombe à chaque pas?
Les siècles sont passés, recouvrant ses combats
Et ses efforts puissants pour vaincre les orages.
L'homme ne veut plus voir derrière tous ces âges,
Mais le peuple en ses chants garde le souvenir
Des douleurs d'un passé qui ne veut pas mourir :
Regarde à l'orient la foule qui s'incline
Sur le sommet des monts sous le feu qui domine
Au-dessus des autels; écoute dans les chants
Monter l'hymne d'amour des cœurs reconnaissants
Qui chantent le foyer dans la maison de pierre,
Et l'éclair dans la nuit et la douce lumière
Qui les unit le soir à côté des enfants.
Dans le temple du feu je vois brûler l'encens ;
La vestale attentive au fond du sanctuaire
Garde le saint foyer; pour veiller la lumière,
Qui, pure comme l'air, venait du sein de Dieu,
Il fallait une enfant pure comme le feu.
L'homme à son premier pas domina la nuit sombre,
Et pour voir les chemins voulut écarter l'ombre.

Toi, qui répands la vie au milieu des labours,
Isis, c'est ta faveur, déesse des longs jours,
Que le peuple plus tard dans le temple supplie ;
Dans ton sein le mortel puise son énergie ;

De sa main tous les ans il creuse les sillons,
Et tous les ans ta main lui donne les moissons.
Au berceau de l'enfant alors chaque déesse
Déposa chaque jour un gage de tendresse ;
Minerve de la nue apporta l'olivier,
Vénus donna l'amour, et menant son levrier
Diane vint des forêts pour conduire la chasse
Et l'homme la suivit ; il la vit avec grâce
Poursuivre sur les monts le cerf au pied léger ;
Il vit l'arc se plier et la corde vibrer,
Et la flèche dans l'air sur son aile rapide
S'élancer vers le but où le regard la guide,
Siffler et dans le cœur s'enfoncer en tremblant,
Et sur l'herbe le cerf s'abattre palpitant.
L'homme déjà pouvait, et, chassés par la pierre
Qui vole avec le vent sur la flèche légère,
Les fauves du fourré regardaient en tremblant
Au milieu de ses chiens passer l'Etre puissant
Qui parlait de sa voix, qui portait le génie
Au fond de son regard et dans sa main leur vie.

Ecoute cet enfant qui chante sur les monts ;
Son cœur cherche l'amour, il court dans les vallons
Ecoutant une voix qui monte du silence,
Répond à son soupir..... Un oiseau se balance
Auprès de sa femelle et lui dit en chantant
Le doux refrain d'aimer. Comme l'oiseau l'enfant
Pour parler à l'enfant sur l'aile de la brise
Met ses tendres soupirs ; près de sa mère assise
En entendant ce cœur qui chante dans les bois
La jeune fille écoute et répond à la voix.
Ce fut d'un cri d'amour que naquit le langage ;
L'homme apprit à parler en voyant le visage
De celle qu'il aimait. En lui donnant son cœur,

Il voulut de l'amour lui dire la douceur ;
Il lui montra l'oiseau qui vers l'oiseau se penche ;
Il lui montra les nids suspendus à la branche ;
Il lui montra la fleur, le papillon léger,
Qui naît, meurt dans un jour, ne vit que pour aimer.
Mortel, vois-tu les chants naître dans un sourire?
Dans un cri de douleur, quand le cœur se déchire,
Vois-tu naître les mots dont le son déchirant
Pleure dans le langage à la mort de l'enfant?
Dans son berceau l'enfant sut appeler sa mère;
Au milieu des forêts l'homme appella son père;
Car la mère à l'enfant parlait près du berceau,
Car le père à son fils parlait près du troupeau.
Au coucher du soleil près du feu du village
Le vieillard vénéré racontait son jeune âge
Et ses exploits passés, l'histoire des saisons,
De la terre, des vents, des arbres, des moissons,
Et le peuple attentif écoutait la vieillesse
Qui lui montrait la gloire et disait la sagesse.
Au sein de la tribu, les récits des vieillards
Sont les livres des temps dont les feuillets épars
Survivent à la mort et vivent d'âge en âge
Pieusement gardés dans le cœur du village :
C'est auprès du foyer que tu chantais le soir
La gloire de tes dieux, Homère, et leur pouvoir :
Un arbre dans le feu te chauffait de sa flamme;
La tribu t'entourait en écoutant ton âme ;
Ton œil ne voyait pas, mais lisait dans les cieux,
Et, la lyre à la main, tu célébrais tes dieux;
Ils venaient à ta voix du milieu des nuages
Sur les murs des Troyens apporter les orages;
La foudre dans le ciel éclatait sur les tours
Et les dieux et les rois avaient mêmes amours,

Grand peuple sois béni, toi qui mis sur la pierre
Le récit des vieillards, et, dans le cimetière
A côté du corps mort, pour le siècle à venir,
Ecrivis le récit qui ne doit pas mourir.
Que ton nom soit béni, l'homme qui dans la Grèce
Apportas l'Ecriture! Homère! ta vieillesse
Plane au-dessus des temps, jeune sur les destins,
Et les dieux et les rois soutiennent de leurs mains
Le temple radieux qui supporte ton trône;
Chaque siècle à tes pieds dépose sa couronne.

O fille du langage! Ame, qui vers les cieux
Emportes le mortel, regarde tes aïeux.
Tes temps sont arrivés, fille de la lumière;
L'homme t'a mise au jour avec ses dieux de pierre.
Dans le corps des humains je vivais seul, esprit;
Je marchais pas à pas, m'élevant de la nuit,
Je traînais du néant l'homme dans la carrière;
Lentement je marchais m'appuyant sur la terre
Et je l'aurais conduit d'un pas sûr au progrès;
L'homme s'est cru puissant grisé par le succès
Qu'il devait à mes soins : Caché dans la pénombre
Je dirigeais sa main; je me tenais dans l'ombre;
Il ne me voyait pas, il croyait marcher seul,
Et, voyant le chemin fait depuis son aïeul,
Il s'est cru sur le faîte; alors, pris de vertige,
Il a voulu par l'âme agrandir son prestige;
Il a laissé l'esprit, et l'âme sous sa loi
L'a porté jusqu'au ciel sur l'aile de la foi.
Seul je suivais ma route abandonné sur terre,
Marchant silencieux et toujours plus sévère,
Et, pendant qu'ostentant son éclatant soleil,
L'âme de l'univers célébrait le réveil,

Mon flambeau promenait un rayon plus timide.
Parfois quelque mortel apercevait le guide
Qui dans l'ombre marchait un bâton à la main ;
Alors je lui montrais l'erreur du genre humain
Qui voulait d'un regard embrasser tout l'espace,
Connaître les humains le monde et sa surface,
S'élever jusqu'à Dieu, voir dans l'immensité,
Planer sur tous les temps, et de tout le passé
Comme de l'avenir lever le voile sombre.
Dans la lune d'abord dont la molle pénombre
Eclaire doucement le silence des nuits,
Je lui montrais les ans; au milieu des débris
Que j'arrachais du ciel je voulais sur la terre
Toujours le retenir; le monde imaginaire
Malgré lui l'entraînait, et je voyais l'enfant
Que j'avais élevé s'égarer en montant.
Démocrite, au berceau j'avais de ta pensée
Guidé les premiers pas; je l'avais élevée
Docile sous ma main; pourquoi sur l'univers
As-tu voulu régner? T'élevant dans les airs
Abandonnant ma voix, ta main saisit l'atôme,
Voulut former la terre et le soleil et l'homme;
Ton aile dans le ciel n'a pu te soutenir,
Trop tôt de l'inconnu tu voyais l'avenir.
Je ne puis pas voler, je ne vis que sur terre,
Et pour monter dans l'air il faut que sur la pierre
Mon trône soit assis; que le plus dur ciment
Du mur fasse un rocher; que l'ouvrier lentement
Dépose chaque pierre et l'assure en sa place;
Le travail est bien long; bien grande est la surface
Que le mur doit couvrir, et nombreuses les tours
Où je dois m'élever pas à pas tous les jours!
Pythagore, au désert tu suivais mon égide,

Mais l'âme t'emporta sur son aile rapide ;
Tu croyais de l'espace être roi des humains,
Et tenir sous ton bras le livre des destins ;
Je commande au travail lorsque l'âme s'envole,
Et je vais au savoir ; j'ai laissé ta parole
Dire dans tes leçons ce que voit l'âme au ciel
Et pour me déchirer me mettre sur l'autel.
Je suis le dieu caché qui commande dans l'ombre
Et j'ai vu tes efforts pour calculer le nombre,
Et lire en l'infini le devoir du soleil
Que la terre paraît saluer au réveil.....
Socrate tu voyais égarés dans l'espace
Tes disciples errer et négliger la trace
Où tu voulais marcher pour monter au progrès ;
Tu voulais pas à pas marcher vers le succès,
Etayer ton esprit par une loi sévère,
Avant de t'élancer abandonnant la terre
Vers un monde inconnu. « Mortels, ouvrez les yeux,
Etudiez les corps avant d'aller aux cieux.
Regardez près de vous l'esprit qui vous appelle ;
Ne voyez-vous donc pas près de l'âme éternelle
Une douce lueur? C'est la droite raison ;
Elle porte un flambeau dont le pâle rayon
Sera le plus sûr guide au milieu de la vie. »
Je te voyais Socrate, user ton énergie
A prêcher au désert ; tu parlais de l'esprit,
Tu parlais de raison aux hommes de la nuit
Qui, portés par la foi, s'élevaient dans la nue,
Sous une loi voyaient la terre confondue,
Et voulaient par leurs dieux dominer l'univers
Croyant retenir l'homme en montrant les enfers.
Que parlais-tu d'esprit dans ce règne de l'âme?
Ah! tu venais trop tôt pour allumer ma flamme

Et parmi les humains promener mon flambeau ;
Le monde se plaisait au fond de son caveau ;
Que ne l'as-tu laissé marcher dans la nuit sombre ?
Chacun avait sa place au royaume de l'ombre ;
Ton fanal est venu comme un épouvantail
Faire luire un éclair au sein de ce bétail,
Qui marchait affaissé devant le fouet du maître ;
L'homme ne voyait pas son esprit dans son être ;
Il n'a pas reconnu le flambeau du sauveur,
Il t'a mis au tombeau. Je conserve ton cœur
Pour dire à l'univers, aux siècles le redire :
« Bénissez ce saint nom qui parle le martyre. »

C'en est fait ! Ton pouvoir, âme, sur l'univers
Règne, et ton ennemi lutte contre les vers ;
Mais ton œil ne voit pas venir au cimetière
Un homme qui se cache et revient sous la terre,
Ouvrier silencieux, disciple du maudit,
Préparer le sentier dans le roc et sans bruit.
Aristote, est-ce toi qui viens au sanctuaire
Allumer ton fanal, célébrer le mystère
Au tombeau de celui qui te montra les lois
De la saine raison ? De son cercueil sa voix
Parle dans ton esprit, te montre la pensée ;
Ton regard voit plus loin ; dans ton âme sensée
Tu vois autour de toi le monde s'agiter
Dans la fleur, dans l'oiseau, l'insecte te conter
L'histoire de la terre, et te montrer la vie
Sous chacun de tes pas. Chaque être te convie,
Appelle ton regard, et tu vois le rayon
Qui vit dans chaque objet monter vers ta raison ;
Tu vois dans chaque corps résider la pensée ;
Tu sens et ton esprit dans la même visée

Regarde sous tes pieds la nature et ses bois,
L'esprit assujetti partout aux mêmes lois.

Près du fleuve fécond, dans la verte vallée (1)
J'ai vu le jour; enfant, sous la voûte étoilée
Au milieu du troupeau j'ai fait mes premiers pas;
Je regardais le ciel et je comptais tout bas
Les ans qui s'envolaient; je regardais l'espace
Et l'étoile et la lune, et l'imposante masse
Du soleil, qui du temps venait compter les jours.
En me montrant le ciel, les célestes séjours,
Mon père m'enseigna le nom de chaque étoile,
Et j'appris à compter; je soulevai le voile
De l'immense infini. Je n'étais qu'un enfant,
Mon père déjà vieux marchait péniblement;
Son regard s'égarait en regardant l'espace;
Il voyait son destin dans le soleil qui passe,
Et transi par le froid, sentant venir la mort,
Il regardait le ciel en attendant son sort.
Roulé dans son manteau, vers de lointains rivages (2)
Un homme m'emporta dans un pays d'orages,
Où les brumes du temps me cachaient les rayons
Du soleil qui là-bas caressait les moissons.
J'avais dans les forêts perdu l'espace immense
Du désert, dont mes yeux comprenaient le silence,
Et, pleurant près des monts, assis près du ruisseau,
Je mesurai les corps; je vis voler l'oiseau;
Près de mon horizon je voulus tout connaître,
Et je fis quelques pas pour pénétrer cet être

---

(1) L'Egypte.
(2) Pythagore.

Qui me porte sur terre en tous lieux, dont la voix
Au milieu des humains n'exprime que mes lois.
Tout à coup près des murs vint gronder un orage;
Partout dans les vallons j'entendais le carnage (1);
Je ne pouvais penser; même dans les combats
Je ne pouvais aider mes amis de mon bras;
J'étais encore enfant : alors loin de la Grèce
Un homme me ravit (2), et sa douce tendresse
M'éleva près de lui sous un ciel toujours bleu
Près des flots. Le vieillard au ciel ravit le feu,
Qu'il mit entre mes mains en me donnant l'image
Du soleil qu'il força de venir sur la plage
Allumer un foyer : Je vis marcher les eaux
Qui montaient en tournant; les rochers sous les flots
Me parurent moins lourds, et, soulevant la pierre
En pressant le levier, je sentis la matière
S'ébranler et marcher sous la main du mortel.
Je n'étais plus enfant, et pour le saint duel
J'étais un homme enfin; je sentis dans mon être
Passer un grand frisson : « Je serai donc mon maître
Et libre de la loi qui me tient enchaîné. »
Contre moi le malheur semblait être acharné;
De l'horizon encore un menaçant nuage
Vint apporter la mort sur notre heureux rivage;
Le romain près des murs alignait ses vaisseaux.
Moi! la pique à la main j'allai sur les créneaux
Interroger les mers et je vis une armée :
Archimède était là, le dieu de la mêlée ;
Je vis de lourds rochers s'élever dans les airs

---

(1) Luttes de la Grèce.
(2) Archimède.

En cercle et retomber, et flottant entr'ouverts
Des vaisseaux s'éloigner pour gagner le rivage,
Et partout des soldats se sauvant à la nage.
Des miroirs sur la mer promenaient le soleil,
Mais de sanglants assauts nous tenaient en éveil.
« Maître, du haut des murs dirigeant la mêlée
Tu planais sur les morts, et toujours ta pensée
Inventait des béliers qui tenaient le Romain
Vaincu ; tu paraissais arrêter le destin :
Quel combat de géant soutenait ton génie
Pour défendre tes murs et sauver ta patrie !
Je me suis bien battu, mais nous sommes tombés
Dans un dernier assaut qui nous a submergés,
Comme inonde le flot qui franchit la barrière.
Le torrent déchaîné, qui descend du cratère,
Recouvre les vallons sous un fleuve de feu ;
Les paisibles forêts se tordent au milieu,
Poussant des cris humains et tombent enflammées
Dans le fleuve brûlant ; sous de sombres fumées
Qui marchaient sous leurs pas des Romains le torrent
Roula du haut des murs, et le fleuve sanglant
Passa sur la Cité, laissant dans la poussière
Des hommes égorgés, et fumant sur la terre
Des débris de maisons, cadavres décharnés.
Vous avez tué mon maître, assassins forcenés ;
Il aimait sa patrie et c'était son seul crime !
Monstres ! Soyez maudits ! Puisse le noir abîme
Sous vos pas s'entr'ouvrir ! Puissiez-vous y tomber !
Au milieu de vos champs je ne puis habiter,
Hommes durs ; pour l'esprit vous n'avez pas d'asile ;
Vous montrez à vos fils une œuvre plus virile,
Et la gloire et la mort. Je m'envole aux déserts

VIII

Vers le lointain rivage au-delà de ces mers,
Où j'ai reçu le jour. Je veux de ma patrie
Revoir les blanches tours, lui rendre le génie
Qui demande à penser sous un ciel plus clément;
Je veux lui rendre un homme, et dans le firmament
Revoir le ciel profond si cher à mon enfance,
L'étoile dans la nuit et la surface immense
De l'immense désert, où se dresse debout
Le tombeau du puissant qui veut planer sur tout,
Quand le corps n'est plus rien qu'un organe sans vie.

Abrite dans tes murs ton fils, mère chérie,
Qui revient fatigué d'un voyage lointain,
Fuyant devant le fer d'un vainqueur inhumain,
Tremblant sous son manteau, mais riche de sagesse;
J'emporte dans mon cœur tout le cœur de la Grèce
Qui pleure dans les fers, pense sur mon tombeau,
Me croit enseveli pour toujours au caveau,
Et voit du haut du ciel s'affaisser sur son aile
L'âme blessée au cœur, qui retombe mortelle
Au milieu des fureurs s'abritant sous son nom.
Quans l'âme est dans l'arène, alors sur l'horizon
L'homme n'aperçoit plus dans la nuit aucun phare;
Il ne voit plus ses dieux, l'humanité s'égare
Et ne sait plus choisir au milieu des chemins
Qui semblent lui montrer sous ses pas incertains
Tour à tour des flambeaux éclairant sa détresse
D'une égale lueur; alors l'âme s'affaisse
Près du cercueil où dort la sainte liberté.
L'âme doit être au ciel près de l'immensité;
Elle trouve sa force en planant dans le vide;
Mais pour des malheureux elle n'est plus un guide

Aussitôt qu'un humain pour dominer le sort
La met seule sur terre au-dessus de la mort (1).
L'âme n'est qu'un miroir où l'homme sur la terre
Au-devant de ses pas regarde la lumière
Qui du monde inconnu descend sur les humains ;
Il faut que dans le ciel, dirigeant les destins,
Dieu de son bras puissant donne la vie à l'âme,
Ainsi que le soleil, qui, caché de sa flamme
Eclaire sous nos yeux les astres de la nuit ;
L'âme parait briller, c'est Dieu qui resplendit.
La Grèce à son enfance écoutait l'harmonie
Qui chantait sur les monts ; mais bientôt son génie
Fit naître la pensée au-dessus de ses dieux ;
Jupiter s'éleva dans l'infini des cieux
Emporté dans les bras de l'âme avec ivresse.
Quand le malheur sévit, c'est le Dieu qui s'affaisse,
Et l'homme dans les pleurs en proie au désespoir,
Demande ce bonheur qu'il ne sait plus avoir ;
Mais l'âme lui répond en lui montrant la nue,
Dans l'infini du ciel une forme inconnue.
Est-ce un puissant soutien, le mépris de la mort ? (2)
C'est l'orgueil du mortel qui méprise son sort
Et se couvre les yeux pour cacher la nuit sombre,
Où son corps sans espoir se promène dans l'ombre.
Est-ce un puissant soutien que l'amour du bonheur (3),
Qui ne voit que beauté, ne veut pas voir l'horreur
Du trépas qui saisit le mortel et l'entraîne ?

---

(1) L'âme morale doit avoir un point d'appui divin ou social. A ce moment l'homme montait vers le point d'appui le plus divin ; aujourd'hui l'homme tombe du ciel et va au point d'appui social représenté par la loi pure.

(2) Zénon.

(3) Epicure.

Il faut jeter des fleurs pour recouvrir la chaîne
Qui retient notre corps esclave du tombeau ;
L'homme veut s'éblouir, mais vers un ciel plus beau
L'humanité se presse et monte dans la nue
Et du grand Rédempteur aspire à la venue.
Il n'est qu'un seul soutien en qui l'homme avec fruit
Puisse mettre l'espoir sans un dieu, c'est l'esprit,
Qui marche devant lui dissipant les ténèbres.
Mais il faut que le monde ait vu les jours funèbres
Pour pouvoir des aïeux savoir lire les pas ;
La Grèce voulait voir mais ne le pouvait pas.
Devant l'homme l'esprit dissipe le nuage,
Et montre ce qui vit sur le sombre rivage,
Ce qu'il doit aujourd'hui par ce qu'il est demain.
Vouloir fermer les yeux pour masquer son destin
C'est orgueil ; mais vouloir pénétrer dans les âges
Pour lire l'avenir et nous faire plus sages,
Et voir la fin de l'être à côté du trépas,
C'est voir la vérité ; c'est suivre les combats
Qu'ont subis nos aïeux au milieu des orages ;
C'est voir devant ses pas s'effacer les images
Du mortel à genoux devant l'éternité :
L'esprit devant les yeux place la vérité.
L'homme devient plus grand ; l'esprit guide son être
A chaque pas sur terre, et chaque homme est son maitre,
Et l'homme devant lui pour garder son espoir,
Homme chez des mortels, suit le commun devoir.
L'inéluctable mort, quand sonnera son heure,
Viendra du doigt fatal frapper à sa demeure ;
L'homme qui sait attend tranquille son destin,
Parce qu'il a vécu lui-même son soutien ;
L'homme qui ne sait pas regarde sur sa tête,
Mais sous l'œil de l'esprit le doigt de Dieu s'arrête ;

Cependant jusque-là chaque homme à chaque pas
A besoin d'une main qui garde le trépas,
Sinon à chaque effort son œil dans la détresse
Voit un nouveau malheur, et le peuple de Grèce,
Voyant sa liberté morte dans le tombeau,
Croyait avoir perdu tout, même mon flambeau.
Cependant sur les mers, fuyant devant l'orage,
J'avais trouvé la paix sur un autre rivage.
Grèce, dans ton malheur tu déchirais ton sein,
Détruisant de ta main l'ouvrage de ta main ;
Près de tes dieux au ciel survivait une flamme
Pour adoucir tes pleurs, et tu détruisais l'âme !
Tes dieux étaient trop près et ton âme trop loin ;
Près des autels des monts ton corps était témoin
De ta grande douleur, et ta longue souffrance
Te fit avec tes dieux délaisser l'espérance ;
Tu voyais le malheur lentement t'écraser ;
Tu ne crus plus, pourtant tu voulais espérer ;
L'âme alors t'entraîna vers l'infini domaine
Et te porta plus loin de la douleur humaine,
Vers le Dieu tout puissant qui règne sur les dieux,
Que l'esprit seul connaît, que ne voient pas les yeux,
Qui de son infini peut diriger le monde,
Etre partout présent sur la terre et sur l'onde,
Et règne plus puissant parce qu'il est plus haut.

Egypte ! vois ton fils ! dans un sanglant assaut
Archimède est tombé sanglant aux pieds de Rome,
Mais je ne puis tenir dans la tombe d'un homme !
Je te revois beau ciel ! — Salut ! vaste désert,
Asile du silence et vaste espace ouvert,
Où l'homme sur la terre est toujours dans l'espace,
Et dans l'immensité regarde face à face

Tous les jours l'infini ; reçois-moi dans ton sein !
Je demande la paix ; je suis l'esprit humain ;
La nuit je dormirai la tête sur la pierre,
Et les pâles flambeaux, qui de vapeur légère
Recouvrent l'oasis, viendront silencieux
De leur temple infini m'emporter dans les cieux !
Je veux monter au ciel, des dieux suivre la trace
Au-dessus des Cités et du trône qui passe ;
Je veux dans l'infini monter chercher la paix,
Voir briller les éclairs sous mes pieds désormais,
Sur le trône des rois voir gronder les orages,
Les empires crouler et voir passer les âges.
Elève-toi Romain, parcours tout l'univers,
Promène tes soldats triomphants sur les mers ;
Mets les rois de la terre à genoux sous ton glaive ;
Ton œuvre s'accomplit et tu veux qu'il s'achève ;
Inspire la terreur du citoyen Romain,
Tu ne m'atteindras pas dans l'asile serein
Au milieu du désert, où j'ai mis ma demeure ;
Où les tiens ont passé le malheur n'a plus d'heure,
Car l'homme qui ne voit que carnage et butin,
Reste esclave du corps, et le corps est sans frein.

Quand le soleil s'éteint, quand la voûte s'étoile,
Quand la nuit sur la terre étend un léger voile,
L'ouvrier des champs revient laissant dans le sillon
La charrue enfoncée ; avec son aiguillon
Il ramène au foyer ses bœufs, et sa voix pleine
Chante sur les côteaux, et roule dans la plaine ;
Il voit devant ses pas marcher un saint devoir
Qui résonne en son cœur et soutient son espoir ;
Son œil voit ses enfants au seuil de la chaumière
Qui guettent son retour à côté de leur mère,

Et s'élancent joyeux pieds nus sur le sentier,
Pour courir dans ses bras demander un baiser.
L'ouvrier dans le travail doit mettre sa pensée
Et l'amour des enfants remplit sa destinée ;
L'amour vient essuyer la sueur sur les fronts,
Et fonde la famille à côté des sillons.
Ils aimaient le travail, ils tenaient la charrue,
Rome, tes laboureurs ; ils voyaient suspendue
Au-dessus du foyer la douce loi du cœur :
Dans sa simplicité le Romain laboureur
Ne voyait que les dieux qui tenaient les orages,
Dirigeaient le soleil, les vents et les nuages,
Et le doux souvenir toujours cher aux humains,
Qui vient de nos aïeux, qui venait des Troyens.
Mais les grands sous ses yeux ont fait briller la gloire
Afin de commander, et le peuple a pu croire
Au triomphe trompeur ; alors il a quitté
La charrue et les champs, pour l'oisive cité
Où le sort des combats apportait la dépouille
Des peuples égorgés, où l'homme s'agenouille
Devant l'homme plus grand qui lui donne du pain.
Près du char triomphal, de l'univers lointain
Rome, tes citoyens ont chanté la conquête,
Mais derrière le char où pleurait la défaite
La richesse est venue, et, marchant à pas lents,
A suivi la paresse ; alors les conquérants
Sans cœur et sans travail sont tombés dans l'arène,
Maîtres de l'univers, esclaves à la chaîne
On les tenait le corps dociles et tremblants.
Rome ! tu tomberas entraînant tes enfants
Pâlis par le plaisir dans le fond de l'abîme ;
Ton peuple sous ses yeux ne voit plus que le crime ;
Le Romain s'est vendu, le grand pour les honneurs,

Le peuple pour du pain : pleure sur tes malheurs ;
Le riche ne voit plus ses dieux au sanctuaire ;
Le peuple dans les murs promène la misère,
Et marche sans bonheur ne voyant plus ses pas ;
L'univers au néant retombe pas à pas...

Les étoiles au ciel sur la voûte étoilée
Commencent à pâlir ; une douce rosée
Tombe dans les vallons, la brise dans les bois
Fait frissonner la feuille, et le Christ sur la Croix
Monte dans le chemin. Le soleil va paraître
Un homme va mourir ; un peuple va renaître !
Rome ! tu tomberas ! Je vois sur l'occident
Venir un vent léger qui sort de l'orient,
Qui renverse les dieux, et du fond de l'abîme
Où ton peuple est tombé se traînant dans le crime
Le relève souillé, le met sur son chemin,
Et de ton peuple mort refait un peuple humain.
Entends-tu ce grand cri qui roule sur la terre,
Cri de l'amour humain qui porte vers le Père
Le cœur des malheureux égarés dans la nuit?
Vers l'infini le Christ s'élève et resplendit,
Et le pauvre sur terre au-delà de sa vie
Voit le ciel s'entr'ouvrir, et briller la patrie
Du maître souverain qui juge après la mort,
Qui protège le faible et repousse le fort.
Rome ! tu tomberas ! Ton roi descend du trône
Pour se mettre à genoux, déposant sa couronne
Aux pieds du souverain qui parle au nom du ciel,
Qui l'arrête au parvis et lui défend l'autel.
Dans la nuit a grandi le sceptre de l'Eglise,
Ton maître est l'Empereur, l'Evêque le baptise.
Rome ! tu tomberas ! Regarde sur les monts

Ces hommes chevelus qui portent sur leurs fronts
Des têtes d'animaux, dont la pesante armée
S'avance, sur ses pas traînant une autre armée,
Qui marche dans les bois, traînant de lourds chariots,
Se traînant avec bruit sur les monts les ruisseaux.
C'est un peuple qui vient du royaume de l'ombre
Et cherche le soleil, dont les soldats sans nombre
Ouvrent dans ton empire un immense chemin
Où le troupeau velu s'engouffrera demain.
Appelle tes soldats, ranime leur courage !
Au nom de leurs foyers réveille le carnage !
Autrefois dans tes murs autour de tes drapeaux
Les légions sortaient en armes des tombeaux
Pour former le rempart vivant de leur patrie,
Et sauver la Cité qui demandait leur vie,
Et les Carthaginois, qui venaient triomphants
A l'assaut de tes murs, trouvèrent des enfants
A qui l'amour du sol apporta la victoire.
Rome ! Ainsi tes enfants te donnèrent la gloire !
L'univers les a vus passer dans les combats
Tes soldats invaincus, et le bruit de leurs pas
A subjugué le monde ; ils dorment sous la terre,
Et le soldat romain ne connaît plus sa mère.
Est-ce un troupeau furieux qui roule sur les murs ?
C'est l'univers entier qui de ses bois obscurs
Fait sortir des soldats poussés par d'autres peuples,
Et les Gaulois conduits par des destins aveugles
Inondent les vallons. Entends-tu sur les monts
Les rochers frissonner sous les lourds escadrons ?
Au-dessus de tes murs s'arrête une nuée ;
Il en sort un éclair ; Rome s'est effondrée.
Empire d'occident sur toi la sombre nuit
Etend un noir manteau, sous lequel avec bruit

Les peuples et les rois au milieu du carnage
Luttent cherchant le cœur pour trouver le pillage.
Aucune loi ne vit; c'est la loi du plus fort,
Et partout le vainqueur ne connaît que la mort.
Cependant j'aperçois une pâle lumière
Que l'âme dans sa main promène au sanctuaire;
Au milieu des combats je vois porter la Croix
Qui se courbe humblement près du trône des rois.
Mère! que de fureurs! Dans mon cœur je frissonne!
Ecoute le chaos! Vois l'éclair qui sillonne
Au loin la sombre nuit de ses rayons blafards!
Partout du sang, du feu, des cadavres épars!
A l'ombre des palmiers sur tes heureux rivages
Laisse-moi reposer; j'écoute les orages
Passer dans le lointain; je reprendrai la mer;
Et j'étendrai ma voile au doux souffle de l'air.
Près de toi laisse-moi me reposer encore!
Regarde l'orient! déjà le soleil dore
Les nuages légers qui flottent dans le ciel;
Je sens un doux zéphir qui nous vient d'Ismaël!!!

Mais quel rouge soleil dans un rouge nuage
S'élève à l'horizon? Je regarde l'orage
Sur la tête des rois allumer ses éclairs,
Quel souffle tout-à-coup s'élève des déserts,
En soulevant le sable, et roule sur la terre
En rouges tourbillons? Du sein de la poussière
Il dégoutte du sang. Aux armes! aux remparts!
Voyez ces cavaliers et ces verts étendards
Qui, portés par le vent, galopent dans les plaines!
Quel sont ces cris, ces pleurs? J'entends un bruit de chaines!
D'où viennent ces fracas? Quel est cet ouragan?
C'est le farouche Omar; sa main tient le Coran,
Ses farouches soldats tiennent le cimeterre;

Vais-je m'ensevelir sous une ville entière ?
C'en est fait, je succombe et je vois s'entr'ouvrir
Les portes du cercueil et l'esprit va mourir.
L'ennemi triomphant promène le carnage
Et remplit la cité de flamme et de pillage.
Le prophète l'a dit, l'esprit sur le bûcher !
La raison doit mourir et la foi triompher.....
Les voiles de la nuit déjà couvraient la terre,
Le vainqueur déposait le rouge cimeterre
Fatigué de trancher ; seuls de sanglants éclairs
Encore des bûchers s'élevaient dans les airs ;
De fidèles amis vinrent avec courage
M'emporter dans leurs bras du milieu du nuage
Prêt à me dévorer, et mirent mon flambeau
Dans un asile sûr. Au fond de mon caveau,
Tantôt près des vieillards j'enseignais la sagesse,
Répétant devant eux les leçons de la Grèce,
Et tantôt j'enseignais le calcul aux enfants ;
Pendant la nuit souvent je regardais le temps,
Et l'éclat de la lune et le sombre nuage ;
Le vent ne sifflait plus, mais j'entendais l'orage
Gronder toujours. « Peut-être au lever du soleil
La tempête fuira devant l'astre vermeil,
Et peut-être demain mon œil verra l'aurore
D'un beau jour !... L'orient sous les feux se colore!!!...
Réveille-toi, l'esprit ! Reparais du tombeau !
Devant toi va s'ouvrir tout un âge nouveau,
Les Sultans au désert appellent ton génie ! »

Salut ! belle Cité qui dors ensevelie
Dans un riant berceau de parfums et de fleurs.
Bagdad ! sous ton beau ciel je sécherai mes pleurs ;
Je lirai l'infini du haut de tes mosquées,

J'étudierai la fleur au fond de tes vallées,
J'étudierai les corps, qui du fond du creuset
Viendront à mon appel me dire leur secret ;
J'étudierai la terre et les mers et les âges,
Et quand je reviendrai des plus lointains voyages,
Je trouverai la paix à l'ombre des palmiers,
Bercé par les houris sous les sombres figuiers ;
Je regarderai l'onde et couché sur la rive
J'écouterai l'écho qui descend de Ninive.
Au coucher du soleil du haut du Minaret
Muezzins, dans vos chants célébrez Mahomet !
Je pourrai sur les tours m'élever dans l'espace,
Et suivre pas à pas la fugitive trace
Des astres dans le ciel. Sultans, sous votre loi
Frémisse l'orient ; faites fleurir la foi ;
Je mesure la plaine et mon œil de la terre
Mesure le contour. Pourquoi le cimeterre
Brille-t-il dans la main des farouches soldats ?
Vais-je donc voir encore éclater des combats ?
Hélas ! Je vois le sang qui coule aux pieds du trône,
Que de gardes cruels une foule environne,
Semant dans le palais la honte et la terreur.
Empire du Croissant, la foi fit ta splendeur ;
La foi dans le tombeau remettra ta puissance.
Unissant les tribus par un effort immense
Elle a fait naître un peuple ; elle a pris les bergers
Au milieu du désert, au ciel les a montés,
Et du ciel son signal a jeté sur le monde
Un torrent bouillonnant qui l'entraîne et l'inonde ;
Le flot poussait le flot pour marcher en avant ;
La foi dans les combats soutenait le Croissant ;
Le flot s'est arrêté maintenu par la digue ;
La foi s'est affaissée en laissant à la brigue

Le droit de diriger et le trône et la foi.

Quand la saine raison ne soutient pas un roi,

Quand au nom du divin c'est un homme qui tonne,

Le caprice d'un seul domine sur le trône ;

Il écrase le droit, il éteint la raison,

L'Etat est enchaîné dans le même sillon,

Le roi de par le ciel domine sur le peuple,

Et se sert pour régner de cette force aveugle,

Qu'il commande aujourd'hui la tenant sous sa main,

Mais qui dans le revers l'écrasera demain.

Sultan ! Dieu venait-il au palais vous instruire ?

Pourquoi votre pouvoir n'a-t-il pu se conduire ?

La raison c'est le droit, et le droit au palais

Ne peut vaincre le flot du peuple de valets,

Qui s'avance en rampant pour demander l'aumône,

Sans regarder quel front supporte la couronne.

Dans l'ombre du palais le roi meurt, le roi vit,

C'est la garde qui règne et la garde survit,

Et l'empire s'affaisse en regardant la nue,

Et les siècles futurs en voyant sa statue

Debout dans le désert la mettront au tombeau.

Regarde Mahomet : Ton empire au berceau.

Peut à peine marcher ; il tremble la vieillesse.

Adieu ! roi du désert, il me faut la jeunesse.

Ah ! je ne puis marcher soutenant un vieillard

Qui, glacé par les ans, n'a qu'un triste regard.

Que serai-je demain, dit-il ? Dans la poussière ?

Après moi le néant. Sous une froide pierre

Je dormirai demain. Dieu qui fit l'univers

Le sortant du chaos, et qui fit les enfers,

A fait ce qu'il a fait comme cela doit être ;

Tout est bien sous le ciel ; si je pouvais renaître !

Moines silencieux, ouvrez-moi votre sein !
Vivants dans un tombeau sous le regard divin,
Vos bras inconscients raniment la lumière
Qui sortira bientôt du fond du sanctuaire,
Où vos sombres esprits lui donnent la beauté,
Pour réveiller le peuple à la glèbe attaché,
Pour planer sur le monde au milieu des nuages
Et bientôt s'élancer vers de lointains rivages
Où mes mains sur les mers conduiront les mortels.
Bientôt je sortirai m'élevant des autels
Vers le trône des rois ; libre de tout entrave
On entendra l'esprit du milieu du conclave
Sur un peuple à genoux dire un puissant écho ;
On entendra des voix dire un hymne nouveau :
Les hommes monteront vers la divine égide
Et presque jusqu'à Dieu pourront peser le vide.
Guttemberg, de l'esprit reçois le souvenir !
Rien du monde mortel ne peut plus me bannir ;
Je me trainais tremblant pour parcourir le monde,
Afin de prodiguer ma lumière féconde ;
Je voyageais toujours et j'étais toujours las,
Sur les monts, sur les mers côtoyant le trépas.
Je ne crains plus la mort ; une nouvelle vie
Vient réchauffer mon sang et soutient mon génie.
Bâcon, tu cherchais Dieu dans l'infini du ciel ;
Ton œil ne pouvait pas au-dessus de l'autel
Voir ce maître puissant que te montrait l'Eglise ;
Tu repoussais la foi, tu voulais l'analyse,
Et tu montais vers Dieu dans son éternité ;
Ton esprit ne voyait près de l'immensité
Que l'homme raisonnant perdu dans la matière
Mesurant les contours de la nature entière ;
Du connu de tes yeux et du fini réel

Tu montais jusqu'à Dieu dans l'infini du ciel;
Tout te parlait d'un roi, pour la terre d'un maître;
Mais, tandis qu'autrefois tes aïeux pour connaître
A côté du divin dominaient l'univers
Et jugeaient à leurs pieds, refusant aux pervers
Le droit de regarder les lois de la nature,
Tu regardais les lois, et de la créature
Tu montais vers le ciel en suivant le rayon
Qui glissait sur la terre et quittait l'horizon.
C'en est fait de la foi! Tu n'es plus immortelle
Image du Très-Haut; tu deviens éternelle
Parce que le regard s'élève jusqu'à Dieu
En montant de la terre, et tu tiens le milieu
Entre le tout-puissant et l'humble créature,
Qui, de ce qui l'entoure ignorant la nature,
Préfère s'incliner sous une auguste main,
Plutôt que d'avouer que l'homme ne sait rien.
Elle tourne pourtant, disais-tu, Galilée!
Peut-on comme mon corps enchaîner mon idée?
Au fond de ton caveau le monde a vu tes pleurs,
Ecoute tes sanglots, répond à tes douleurs;
Repose en paix, martyr; même dans son silence
Le monde a tressailli : dans la nuit ta semence
A fécondé la terre, et chacun de tes pleurs
A fait naître du sol un peuple de vengeurs.
De ton trône infini perdu dans la nuée
Ame, au-dessus des corps vois monter la pensée;
Regarde sur les monts dans des pas de géant
L'esprit quitter le sol par un essor puissant!
Descartes de ton âme entendais-tu la plainte?
Tu sentais s'allumer une étincelle sainte
Qui remontait vers Dieu venant de l'infini;
Je pense, donc je suis! Le ciel est défini;

Au-dessus de tes sens tu plaçais la pensée
Qui vit dans le mortel; c'était l'âme sensée.
Tandis que l'univers libre suivait ses lois
Les peuples entraînés ont repeté : je crois.
Tu croyais l'ennemi désormais sous la pierre !
Fatale illusion ! L'âme autrefois entière,
Avait perdu le monde et je l'avais ravi ;
Tu croyais sous ta main me tenir asservi ;
Enfermée au cerveau l'âme était assiégée,
Elle doit succomber sous la raison sensée.
La pensée au cerveau n'est que sensation ;
Le cerveau pour le corps n'est que perception,
La pensée au cerveau vit avec la matière,
Une âme sans un corps est flamme sans lumière ;
Il est une matière où réside l'esprit,
C'est le moi qui connaît, c'est le moi conduit.
Peuples de travailleurs, entrez dans la carrière ;
Sous l'effort de l'esprit disséquez la matière ;
Fouillez le sol, les bois, les rochers et les mers,
Pénétrez le secret des plantes, des déserts ;
C'est là le vrai chemin qui monte vers la cîme,
D'où l'âme près de Dieu croit dominer l'abîme,
En entraînant le corps dans son remous brillant.
Elevez-vous, mortels, et toujours en avant
Marchez dans l'univers. Connaissez-vous vous-mêmes,
Etudiez la nature et ses obscurs problêmes ;
Chaque chose en son temps s'offrira sous vos yeux ;
Connaissez votre terre et vous irez aux cieux
Pour chercher l'éternel. Trouverez-vous son trône
Au fond de l'infini? Lorsque la foudre tonne
Est-ce une loi des corps ou la divine main?
Jusque dans l'infini la loi c'est le destin.
L'homme n'a que son corps et tout est dans son être,

Et l'histoire des temps seule lui fait connaître
Ce qu'il est, ce qu'il doit!!! Encore écoute-moi;
J'ai promis sous tes yeux de définir la loi
De l'homme sur la terre et de Dieu dans la nue
Et de faire marcher sa puissance inconnue :
Je t'ai montré ton âme arrivant du néant
S'élevant jusqu'au ciel, retombant au néant;
Je t'ai montré l'esprit s'avançant dans les âges
D'un pas tranquille et sûr, et malgré les orages
Menant dans l'univers l'homme vers le progrès.
Nous voyons le fini; Dieu n'est-il pas après!
La terre sans nul doute a bien quelque origine,
Mais le monde en marchant nous fait une doctrine;
Voyons donc le passé pour savoir le présent.
Je vais dans le passé te montrer le néant
De ce Dieu qui, dit-on, règle la destinée
Des peuples et des rois, dirige leur pensée.
La loi de Dieu sur terre est œuvre des humains,
Et l'homme en sa frayeur a construit de ses mains
Cet appui que ton œil avec effroi regarde,
Qui te fait hésiter quand tu crois qu'il te garde.
Nous irons tous les deux partout dans l'univers;
Tu verras le chaos, et, s'élevant des mers,
Tu verras lentement se dégager la terre
Au milieu des fureurs qui sortent du cratère;
Dans l'infini du temps tu verras sous les eaux
Les plantes s'élever comme les animaux;
Tu connaîtras la fleur qui vit sur le rivage,
Et tu verras l'amour chanter dans le langage;
Parmi les animaux tu verras tes aïeux
Esclaves de leur corps s'élever malheureux;
Tu verras par l'esprit apparaître l'histoire,
Et la tribu grandir fille de la mémoire;

Tu compteras les temps, tu verras la cité,
Au ciel le Tout-Puissant, plus haut l'humanité ;
Mortel, viens dans mes bras je te prends sur mon aile,
Cherchons la vérité, l'humanité m'appelle. »

Il cessa de parler, je regardais les cieux ;
Je voyais lentement défiler sous mes yeux
La vaste immensité, notre terre et les mondes,
Et mon esprit perdu dans des hauteurs fécondes
Semblait voir s'effacer partout sur l'horizon
De l'infini divin le splendide rayon.
J'étais anéanti : Tout à coup dans le vide
Je me sentis flotter ; l'Esprit était mon guide.

CHANT TROISIÈME

Le Chaos.

Sommaire. — Le poëte se trouve sur un rocher au milieu du chaos et voit de la mer s'élever une montagne. Il a peur et il appelle l'Esprit Alors il voit la montagne au milieu des éclairs s'ouvrir et un volcan apparaître. La lave repousse la mer, et du milieu de l'abîme flamboyant la voix de l'Esprit lui dit qu'il a sous ses yeux le premier effort de la terre pour former sa surface. Le poëte ne peut le croire, et il appelle le Créateur qui fit le déluge. Tout à coup la montagne disparaît sous les flots et il s'affaisse vaincu par l'émotion parce qu'il a connu.

Sur la neige des monts, au milieu du néant
Qui se tait dans les airs, sous le noir firmament,
Sous le froid qui l'étreint, le vide qui l'oppresse,
L'homme se sent fléchir, l'immensité l'affaisse ;
De même je sentais le vide me saisir ;
Tout mon être glacé paraissait se raidir ;
Ainsi meurent les sens ; l'infini les appelle ;
Je croyais que la mort m'emportait sur son aile !...
Je m'éveillai debout au sommet d'un rocher,
Qui, dressé sur le flot, semblait se balancer,
Ainsi que sur la mer flotte un navire immense
Que le flot soulevé péniblement balance.

Au milieu du fracas, je regardai ; j'eus peur ;
Seul dans l'immensité je planais sur l'horreur
Du chaos bouillonnant : sous un nuage sombre
Dont les noirs tourbillons s'entrechoquaient dans l'ombre,
Roulait un noir remous de vagues se heurtant
Sous d'épaisses vapeurs, bondissant, écumant,
Sous l'effort de volcans qui sortaient de la terre
Rompant les flots épais, et le bruit du tonnerre
Pesamment sur les flots se traînait en roulant,
Et l'éclair de ses feux de son reflet sanglant
Sur des vagues de sang allumait le nuage.
Tout à coup sous mes yeux du milieu de l'orage
Sortit un noir rocher qui se dressa fumant,
Décharné, crevassé ; d'abord en bouillonnant
Le flot se souleva, soulevant la tempête,
Et de sombres vapeurs passèrent sur ma tête.
J'entendis dans les airs d'immenses roulements ;
Je sentis sous mes pieds de grands balancements ;
Je voulus de mes doigts m'accrocher à la pierre ;
Je roulai sur le roc murmurant la prière,
Comme fait le mortel qui voit venir la mort
Et s'ouvrir le néant, et qui contre le sort
Appelle en suppliant l'Eternel invisible,
Le priant de fléchir le destin inflexible.
De l'Esprit des aïeux j'invoquai le secours.
— « Esprit, je vois la mort et les rochers sont sourds ?
Où suis-je ? Est-ce l'empire où descend le poëte,
Et ne vois-je partout battus par la tempête
Au milieu des douleurs que cadavres épars,
Que membres pantelants qui pleurent aux regards ?
Quels sont ces hurlements et partout dans l'espace
Ces vapeurs de l'enfer et ce feu qui me glace ?
Est-ce le feu divin qui roule sur les mers

Et soulève le mont sous l'effort des éclairs?
Puissances de l'enfer de vos antres funèbres
Sortez; Dieu tout-puissant fais taire les ténèbres!
Apparaissez, démons, armés de vos épieux!
Pour l'œuvre de la terre, anges, venez des cieux!
Au milieu du chaos soutenez ma détresse,
Et pardessus les mers que la terre paraisse. »
Je vis le noir rocher s'élever dans les airs
Et partout sur son flanc je voyais des éclairs;
Je l'entendis mugir plein d'un bruit de tonnerre
Qui semblait des rochers repousser la barrière;
Tremblant je le voyais partout se crevasser,
Retomber sur les flots, s'élever, s'affaisser;
Ensuite j'entendis, au-dessus du tumulte
Des flots entrechoqués par une force occulte,
De cendres, de vapeurs le fracas m'entourer,
Et je vis du sommet bouillonnant s'élancer,
Sous un brouillard rempli d'une rouge lumière,
Un grand fleuve de feu. La lave du cratère,
Au milieu des rochers comme un rouge serpent
Se tordit, et tomba dans le flot frémissant
Qui se dressa partout avec un bruit sauvage.
Ainsi que sous les murs on entend le carnage,
Au milieu des éclairs s'élancer sur les morts,
Et le flot des soldats par de plus grands efforts
Se suspend aux rochers mais retombe en arrière,
Et la tour apparaît et plus haute et plus fière,
De même je voyais près du rouge foyer
Se dresser un grand mur fait d'un sombre rocher
Que le flot bouillonnant voulait franchir sans cesse,
Mais le flot retombait arrêtant la vitesse
Du flot qui revenait en se heurtant au flot,
Semblait toujours livrer un plus terrible assaut.

Du milieu de l'enfer où rugissait la flamme
J'entendis une voix qui fit frémir mon âme.
— « Mortel, quand tu vivais au monde des humains,
Sur ton front tu voyais aux espaces lointains
Des astres dans la nuit t'éclairer en silence,
Et du sombre avenir l'homme croyait d'avance
Ecrire les destins, quand au noir firmament
Il les mit près de Dieu sur le seuil du néant.
Tes yeux ont quelquefois regardé de la terre
Des étoiles mourir en perdant leur lumière,
Et tu connais le jour ces grands mondes éteints,
Que l'on voit au milieu des espaces sereins
Rouler silencieux, semblables à des ombres
Qui glissent sur un lac, et leurs cadavres sombres
Passant sur le soleil paraissent à tes yeux
Comme de noirs rochers au milieu de ses feux.
Tout vit en l'univers, et, si ton esprit doute,
C'est qu'il ne connaît pas la loi qui sur la voûte
Dirige les soleils et retient les humains
Et tout ce que tu vois par d'invisibles liens
Enchaînés à la loi de la grande harmonie.
Tout marche dans les airs par une même vie.
Tu ne vois devant toi que ce que voient tes yeux ;
Tu n'entends pas la voix qui t'arrive des cieux,
Et, de même qu'il faut pour connaître la terre,
Elever son regard plus loin que l'atmosphère,
De même pour juger la raison du mortel
Il faut le regarder dans le milieu réel,
Où dans tout ce qui vit vient se placer son être ;
Il faut juger le monde afin de le connaître...
Devant toi tu peux voir un soleil qui s'éteint,
Ainsi que s'éteignit l'astre qui te contient,
Ainsi que s'éteindra l'astre qui fait la vie,

Le soleil : du mortel qui sera le génie?

Regarde autour de toi la terreur des humains

En s'endormant le soir, leur peur des lendemains ;

Ils craignent chaque nuit que l'astre sur la voûte

Ne reparaisse plus, qu'égaré sur la route

Il ne s'éveille plus pour dorer leurs amours

Ou suivre les combats qui hurlent tous les jours.

Regarde dans la nuit comme tout fait silence ;

N'est-ce que le sommeil? C'est la mort qui s'avance,

Sur le sombre Orient, quand l'ombre monte aux cieux,

La mort, qui dans la nuit d'un vol silencieux

Glisse en semant le deuil sur la terre endormie ;

Le soleil le matin lui rapporte la vie

Et reconnaît les morts surpris dans leur sommeil ;

Il les couvre de fleurs, et son rayon vermeil

En glissant sur le front de la mère qui pleure

Fait naître le sourire en la triste demeure,

Et pour chanter le mort envoie un bel oiseau

Au milieu des cyprès, au-dessus du tombeau.

Quel sera l'avenir de la terre endormie?

La fleur la nuit s'affaisse, et sa tête pâlie

S'incline sur son cou, veuve de cet éclair

Qui réveille sa fibre et raffermit sa chair.

Tu vois devant tes yeux la lave du cratère,

Dont le rouge torrent paraît être sur terre

A côté des cités un fléau destructeur ;

Cependant des rochers voilà le Créateur,

Celui qui de la vie a fait le sanctuaire.

N'a tu pas entendu quelquefois dans la pierre

De sourds mugissements, de grands frémissements

Qui font trembler le roc en longs balancements ;

Tout paraît osciller, et le monde en silence

Ecoute avec terreur le sol qui se balance.

Tu connais cette mer dont les flots bouillonnants
En longs fleuves de feu s'élancent des volcans;
De la terre aujourd'hui tu connais le squelette
Et ses sombres rochers sortent de la tempête.
Ecoute ces fureurs qui grondent dans son sein,
D'où sortent des éclairs; tu la vois de sa main
Réunir des lambeaux pour former une terre
Qui domine la vague au milieu du tonnerre
Et des nuages noirs. Entends-tu ces douleurs
Pour s'élever au jour? Ecoute-tu les pleurs
De cet enfantement? Tu connais dans la nue
Les rochers crevassés dont la surface nue
Montre devant tes yeux de lourds entassements,
Des abîmes sans fond, de grands escarpements,
Des efforts surhumains pour monter dans l'espace
Au milieu de grands chocs de rochers et de glace;
C'est sur ces rocs tremblants désolés maintenant
Que plantes, animaux, et mortel raisonnant,
A l'abri des rochers vivront sur le rivage,
Naissant, vivant, mourant chaque espèce à son âge.
Mortel, en te montrant l'Etoile qui s'éteint,
J'ai voulu te montrer la terre et son destin.
Je t'ai montré la mort; mais n'est-ce pas la vie
Qui commence à la mort pour l'Etoile endormie;
Des flots sort le rocher, et, fidèle à ses lois
La terre fait la fleur et se couvre de bois. »
— L'esprit ne parlait plus, mais j'écoutais encore,
Et j'entendais vibrer comme un écho sonore.
Tout à coup un grand vent s'éleva sur les mers,
Arracha le nuage, et sur tout l'Univers
Le vide s'éclaira d'une grande lumière.
Je pus voir à mes pieds l'immense sanctuaire
Où la main du Seigneur de ce vide néant

Avait fait en un jour vivre le firmament.
Je vis l'Immensité rouler dans sa carrière;
Autour de son soleil, je vis tourner la terre.
— « Etoiles de la nuit, et vous, mondes éteints,
Qui semblez sous mes yeux vous suivre sans soutiens,
Quelle main vous conduit? Ne puis-je la connaître,
Et du noir infini vais-je trouver le maître?
L'Infini! L'Infini! J'élève mon regard
Et je vois en tous points passer au ciel blafard
Les mondes enchaînés qui remplissent le vide,
Et suivent en silence un astre qui les guide.
Astres, dans l'infini j'ai vu votre chemin :
Mais quel bras dirigeait de son trône divin
Les flots, quand le mortel flottait sur le déluge,
Quand les flots soulevés couvrirent le refuge
Des derniers survivants, quand l'immense manteau
D'un immense Océan roula sur le tombeau
De la terre affaissée en un remous immense,
Et dans tout l'Univers fit régner le silence;
Quand sur l'immensité le flot se balançant
Promenait des débris de cadavres flottant?
— Je regardais le mont; je voyais sur la cime
La flamme bouillonner; tout à coup dans l'abîme
Il tomba sous les flots, et l'immense manteau
De l'Océan roula, referma le tombeau.
Je sentis un grand cri résonner dans mon Etre;
Mon âme se brisa; je venais de connaître!
Mais mon corps ne pouvant tenir tant de douleur,
Je roulai sur le roc ne sentant plus mon cœur.

CHANT QUATRIÈME

Des Minéraux, des Plantes, des Animaux, Homme physique.

Sommaire. — Pendant son évanouissement, le poëte est transporté sur la terre, au bord de la mer où l'Esprit le réveille. Le poëte, troublé par le souvenir du chaos, le repousse et se réfugie dans son éducation idéale. Alors commence l'histoire de la terre par les rochers, les plantes, les animaux et l'homme. A la fin, le poëte appelle l'Esprit, qui lui parle des lois du développement de la nature. Le poëte est abattu de voir tout son appui faiblir et une voix d'en haut le soutient.

— « Réveille-toi, mortel, ne sens-tu pas la brise ?
N'entends-tu pas le flot qui doucement se brise,
A tes pieds ? Dans les airs, sortant de son sommeil
N'entends tu pas chanter la nature au réveil ?
— Monstre, retire-toi ; quand mon esprit repose
Laisse-le sommeiller, trop souvent il s'impose.
Où suis-je ? Autour de moi j'aperçois le chaos
Et le mont qui mugit s'élève sur les flots.
Je souffre ; devant moi s'enfonce le cratère
Et la mort me saisit : Maudite la lumière ! »
— Mon fils, réveille-toi, je connais ta douleur ;
Tu connais le néant, le néant te fait peur ;

Rappelle ton esprit et reviens à la vie;
Devant tes yeux s'étend une rive fleurie. »
— Je sentis sur mon front passer un vent léger
Comme un souffle de vie et mes sens s'éveiller;
Je sentis dans mon sein se calmer les orages,
Mais pouvais-je du ciel effacer tant d'images!
— « Ciel, tu n'es donc pas vide, et toi, l'immensité
Que mon esprit connaît par delà la clarté
Des mondes allumés, tu n'es plus qu'une enceinte
Où chaque esprit se meut retenu par la crainte
Du Dieu qu'il a vu naître enfant dans son berceau!
Ma mère avait mis Dieu dans un temple si beau!
Aujourd'hui dois-je voir un rêve qui s'efface?
Dois-je voir le soleil perdu sur la surface,
D'un immense horizon plein de mondes éteints
Suivant les mêmes lois et les mêmes destins
Que nous montre la terre? Et dans la nuit l'Etoile,
Au lieu de nous montrer derrière un léger voile
Le pouvoir tout puissant du maître souverain,
Va-t-elle mesurer de l'infini lointain
Les espaces sans borne, et rejeter mon âme
Ecrasée au cercueil!!! Parle divine flamme,
Et dis moi de quel feu tu brûles dans mon cœur.
Si le ciel est rempli, si le vide est trompeur,
Si l'étoile est soleil, si le soleil est terre,
Si la terre autrefois a porté la lumière
Et n'est qu'un astre éteint; si dans l'immensité
L'étoile n'est qu'un point dans l'espace glacé,
Si le soleil immense est un point dans la nue,
Terre, que seras tu, dans la nuit suspendue?
Un atome? Un néant! Mais toi, géant d'orgueil
Homme, que seras-tu, même avant le cercueil,
Toi qui veux être tout, repousser la matière

Au milieu du néant, arracher la lumière
Des mains du Créateur, pour la mettre en ton sein
Et faire de ton corps un organe divin?
Homme! que seras-tu, si le ciel t'abandonne?
Si le ciel te délaisse, il te reste le trône
Et les débris fumants qui marquent le parcours
Où monte le mortel pour trouver le velours.
Vanité! Vanité! Du temps de la prière
Les apôtres du Christ ont crié sur la terre
Aux oreilles des rois le mot d'humanité,
Et le monde barbare, au cri d'éternité
Qui descendait du ciel, a cru voir dans la nue
Sur le peuple et les rois une croix suspendue.
Vanité! Vanité! Dans les murs du palais
Où le regard humain ne pénétrait jamais
Le tonnerre a grondé; les princes de leur trône
Sont tombés à grand bruit, et leur chûte résonne
Encor dans les cités avec un bruit de fers
Qui se brisent soudain. A ce bruit l'Univers
S'est senti tressaillir, a remué les chaines
Qui pesaient sur ses bras, et ce bruit dans les plaines
Réveillant des échos aux portes du manoir,
A décroché le pont pour apporter l'espoir
Au pauvre qui pleurait assis sur la charrue,
A l'ombre du château sur ses jours sans issue.
Vanité! Vanité! Vers l'abrupte rocher
Et la pique à la main, mon œil voit s'élancer
Un peuple qui des monts demande la lumière.
La voix d'humanité résonne sur la terre.
C'est le même soupir qui chante dans les airs
Quand le palmier frémit au milieu des déserts;
Il entr'ouvre son cœur sous la brise embaumée
Qui le pousse à l'amour, et l'haleine embrasée

En glissant sur la fleur qui s'entr'ouvre au Levant
Porte à chaque pistil le baiser de l'amant :
Tout chante un chant d'amour, et je vois l'auréole
Flotter sur les humains ; je vois sur la coupole
Où s'élève la croix briller une clarté.
Vanité ! Vanité ! C'est sur l'Eternité
Du Très-Haut, sur sa Croix que se pose ce signe !
La Croix est donc tombée ! Est-elle donc indigne
De soutenir le monde, après l'avoir hissé
Du néant sur le trône où son bras l'a posé ?
Esprit, tu m'as montré des mondes dans le vide ;
Tu veux reculer Dieu ; je t'ai suivi, mon guide,
Aux mondes inconnus où tu veux me jeter ;
Je recule effrayé ; je ne puis me plonger
Dans cet abime noir qui devant moi s'entr'ouvre :
Tu me caches mon Dieu, mais ton horizon s'ouvre
Pour me montrer l'amour : Quand le Christ sur la croix
Mourut pour les humains, et quand sa grande voix
Soupirait, pour sauver la terre corrompue,
Ses longs accents d'amour ; quand l'apôtre à la vue
De tant de dévouement sentait de ses douleurs
Son être s'éveiller, et quand de tant de pleurs
Il sentait dans son sein surgir une étincelle,
Et son âme frémir ; était-elle immortelle
Cette flamme du cœur qui, sortant du tombeau,
Venait du haut des airs éclairer le cerveau
Des Apôtres transis, les jeter sur le monde
Pour donner aux mortels la lumière féconde,
Et mettre dans l'arène un peuple de martyrs ?
Dois-je donc aujourd'hui jeter mes souvenirs
Dans le fond d'un sépulcre, et pour pouvoir renaître
M'enfoncer dans la mort pour y chercher mon être ?
M'écraser sur le sol pour monter au mortel ?

Abandonner mon Dieu, descendre de mon ciel,
Rejeter mes soutiens, et m'enfoncer sans guide
Dans les sombres sentiers? Je regarde le vide
Et mon œil effrayé par delà l'infini
Veut encor trouver Dieu; je ne l'ai point banni
Du monde des humains, et, derrrière la nue,
Si son être est caché, mon âme continue
A le connaître encore au milieu de l'Ether,
Et distingue sa voix dans le souffle de l'air.
Insensé! C'est la paix que je veux pour mon être,
Et, pour me la donner, ta main fait disparaître
La flamme qui montait au milieu de mes chants;
Ta bouche retentit de terribles accents.
Tout n'est donc que mensonge, et tu serais mon âme,
Une vaine lueur, une trompeuse flamme,
Le rêve d'un enfant. Non! Je vois vers le ciel
Mon âme s'envoler! Mon corps, reste mortel:
Poussière tu reviens: Regarde-moi, vieillesse!
Tu marches à pas lents; de ton corps qui s'affaisse
Et paraît s'effondrer, je vois avec effort
L'âme se dégager pour prendre son essor.
Salut! Immensité que je vois dans la vie
Planer sur mon destin; mon âme te supplie
A chacun de ses pas en suppliant son Dieu,
Et le monde au berceau te présentait l'aveu
De son immense amour quand montait sa prière
Auprès de la victime, et quand au sanctuaire
Le prêtre sur l'autel faisait fumer l'encens.
L'âme alors bégayait en donnant ses enfants,
Et mesurait l'amour au prix des sacrifices.
De quel immense cœur offrais-tu les prémices,
Abraham, quand ton fils suppliait du regard
Etendu sur l'autel et qu'armé du poignard

Tu demandais la vie à cette âme si chère?
Dans le ciel tu voyais ton Dieu dans la prière
Et ton âme, à genoux devant le Créateur,
Mit ton fils sur l'autel, conduit par ta douleur.
Alors Dieu paraissait à la voûte sereine
Et l'homme s'inclinait sous sa main souveraine.
Pour croire en l'Eternel faut-il donc maintenant
Que Dieu vienne parler à mon cœur hésitant?
Esprit, as-tu pensé que j'allais dans le doute
Marcher aveuglément sans connaître la route
Pour te suivre au tombeau? Mon âme, je t'entends,
Tu parles dans mon sein ; parle, je te comprends.
Montre-moi ton rayon planant sur la matière ;
Tu viens du Créateur, et, rompant la barrière
Où le corps te retient, tu montes en chantant,
Du milieu du linceul vers le monde brillant
Aux pieds de l'Eternel, dans le temple sublime
Où le juge divin, mesurant son estime
Au poids des biens du cœur, appelle à ses côtés
Les élus près du trône, et rejette écrasés
Dans l'ombre de l'enfer les hommes qui sur terre
Ont méconnu sa voix et renié leur Père. »
— J'étais sur un rocher je dominais les flots ;
Au loin l'immensité s'étendait sur les eaux
Que le vent soulevait en un léger nuage,
Et la vague expirait doucement sur la plage.
A mes pieds s'étendait entouré de roseaux
Un lac où se jouaient mille peuples d'oiseaux.
J'entendis une voix me parler dans mon être,
Et, poussé par mon corps qui voulait tout connaître,
J'adressai la parole aux abruptes rochers,
Qui dominaient les flots jaunes et crevassés
— « Sombres rocs, vous sortez des fureurs du cratère

Et j'ai vu vos efforts pour devenir la pierre ;
Vous avez vu le jour au milieu du fracas
Des forces en travail ; mais vous ne vivez pas. »
— De même que les vents, quand roule la tempête,
Rugissent sur le roc qui, debout, les arrête,
Et le roc leur répond par des gémissements,
De même sous mes pieds sortirent ces accents.
— « Nous vivons, et nos pas sont marqués dans les âges ;
Tu crois que les rochers qui forment ces rivages
Sous l'effort bouillonnant sont sortis du chaos.
Mon corps ne vivait pas ; j'étais au fond des eaux.
Regarde sur les monts ; ce sont ces rocs sauvages,
Dont le front arrondi traverse les nuages,
Que tes yeux ont connus au milieu des douleurs.
Ils sont nés les premiers, seuls témoins des fureurs
Et des feux et des mers. Ils sortent du cratère,
Et paraissent former la voûte de la terre :
Le flot plus refroidi m'a séparé des eaux
Et j'ai pu me former pour faire des coteaux.
Tu n'as pas vu les corps qui composent mon être ;
Ils n'étaient pas ; tes yeux ne pouvaient les connaître.
Au milieu du chaos, rien de ce que tu vois
N'existait, et la terre a formé par des lois
Les rochers où plus tard devra naître la vie ;
Car parmi les rochers existe une série
Qui commence aux volcans et finit sous tes yeux,
Echelle de métaux, dont les premiers aïeux
Vivaient avant la mer à l'âge du cratère,
Et peut-être sont nés tous fils du même père.
A voir tous ces rochers qui semblent des enfants
Nés du même berceau, dans l'espace des temps
Tu ne peux distinguer cette suite des âges,
Et frères tu les fais naître tous des orages ;

X

Mais tu ne veux pas voir que j'étais dans la nuit
Pendant que tu voyais de la flamme et du bruit
La terre lentement réunir sa surface ;
L'échelle du passé devant tes yeux s'efface.
Il est pour chaque corps un âge dans le temps,
Et les corps sont venus surtout produit des ans.
Un corps était-il seul au sein de l'atmosphère,
Père de tous les corps, et le feu de la terre
A-t-il en diminuant fait chaque corps nouveau?
Tout n'est que composé, jusqu'au corps le plus beau
Qui brûle dans la fleur, dans l'animal, dans l'homme;
Mais il n'est qu'une loi, de quel nom qu'on la nomme. »
— Ainsi parla le roc; tout à coup dans mon sein
Je sentis frissonner l'argile de l'humain;
Je regardai le mont, je regardai mon être,
Je n'étais que poussière et je dus me connaître.
Je quittai la falaise, et, cotoyant le bord
Où la vague dormait, j'arrivai dans le port.
Là des roseaux serrés formaient une ceinture
Autour d'un petit lac, et leur verte parure
Contre le vent faisait un rempart ondoyant,
Qui balançait dans l'air son panache mouvant.
Dans l'enceinte brillait une onde transparente
Que traversait souvent l'étincelle brillante
De poissons qui passaient en lançant un éclair,
Et venaient sur le flot pour respirer à l'air,
Ridant le front poli de la claire surface
Par ce cercle croissant qui par onde s'efface,
Et court en scintillant s'égarer sur le bord.
Mes yeux furent surpris du colossal effort
Qu'avait dû sous les eaux accomplir la nature
Pour donner chaque forme à chaque créature.
Sous un rocher, je vis de longs bras s'agiter,

Semblables aux serpents qui nous font hésiter,
En été, quand le ciel annonce la tempête,
Et qui semblent dressés et balançant leur tête,
Chercher qui tombera dans l'empire des morts.
Je vis au sein des eaux s'agiter de grands corps
Et sans tête et sans bras, qui traversaient la passe
Promenant lentement par l'effort de leur masse
Des globes transparents. Des monstres noirs tout droits
A côté s'agitaient en remuant leurs doigts;
Auprès se balançaient par les vagues bercées
Des feuilles par un pied sur le roc attachées;
Enfin partout la vie attirait mes regards;
Les rochers se mouvaient, mes yeux étaient hagards.
« Feuille, tu sors des bois, tu quittes le silence
Pour venir sous les flots te bercer en cadence;
Mais pourquoi restes-tu sur l'humide rocher?
Quitte le flot changeant qui va te déchirer;
N'entends-tu pas au loin s'agiter la tempête?
La vague sur le roc écrasera ta tête. »
— La feuille me parut vers moi lever des yeux
Semblable à cette fleur qui regarde les cieux,
Dont le front dans la nuit s'incline vers la terre,
Mais tourne à chaque pas du Roi de la lumière.
La feuille frissonna, comme frissonne au jour,
La fleur qui sent venir le baiser de l'amour,
Et j'entendis sa voix sortir du fond de l'onde,
Semblable à ces accents qui, sur la mer profonde,
 romènent dans la nuit un hymne dans les airs;
J'entendis un écho de ces divins concerts.
« Mortel, je ne suis pas la feuille qui frissonne
Au milieu de tes bois, et dont l'éclat rayonne
Aux baisers du matin, en te chantant l'amour.
Je suis l'herbe des flots et j'ai vu tour à tour

De mon abîme sombre apparaître sur terre,
Au milieu des ruisseaux partout dans l'atmosphère
Et la feuille et les fleurs ; moi, je n'ai pas de fleur
Et je vis sans amour ; je fais avec douleur
Apparaître des bras qui sortent de mon Etre,
Et quand le flot les brise, un enfant vient de naître.
Le monde était enfant, je parus sous les eaux,
Et, depuis lors, je vis avec ces animaux
Qui font naître la pierre au-dessous du rivage
Et connaissent mon cœur ; nous sommes du même âge ;
Nous parlons du vieux temps où partout sous les cieux
Nous formions seule la vie ; aujourd'hui sous tes yeux
Du passé nous chantons au fond des flots l'histoire ;
Entends-tu notre voix ? Ecoute et sache croire. »
Une vague soudain déferla sur le roc,
La feuille se tordit, se brisa sous le choc,
Et les flots, en venant se perdre sur la plage,
Jetèrent à mes pieds son corps sur le rivage.
Ainsi vient le malheur qui réduit le mortel ;
L'homme dit aux zéphirs son bonheur éternel ;
Une vague survient, le saisit et l'entraine ;
Alors le malheureux péniblement se traîne
Et descend lentement le chemin du tombeau.
« Et toi, dis-moi ton sort, dis-moi léger roseau !
— Aussitôt un soupir vint frapper mon oreille,
Comme le cri du cœur de l'enfant qui sommeille,
Et croit près de son front voir son ange gardien
Lui dire, dans un rêve, un langage divin.
— « Mes pieds sont près des eaux et mon front sur la terre ;
Je suis venu le jour où la main de ma mère
A fait sortir des flots les plantes dans les airs ;
J'écoute les zéphirs, je domine les mers ;
Je regarde à mes pieds s'agiter dans l'abîme

Un monde végétal qui, du fond sur ma cîme,
En voyant se dresser mes tiges sur le bord,
Parait me regarder du milieu de la mort.
Ma fleur chaque matin frissonne à la lumière,
Et, pleine de baisers s'incline vers la terre,
Ecoutant dans son Etre un mystère sacré
D'où sortira la fleur par un destin caché. »
J'écoutais le soupir qui sort de la corolle
Et je croyais dans l'air voir briller l'auréole
Qui descend du soleil et tombe sur la fleur,
Dans un baiser d'amour lui donnant sa couleur.
Au milieu des roseaux brillant d'un reflet pâle
Un calice au cœur d'or, à la blanche pétale
Attira mes regards ; je vis du fond des eaux
S'élever une fleur qui parut sur les flots
Entr'ouvrir un cœur vert, s'approcher du calice,
Sans doute l'éveiller par un mot de délice,
Car soudain je le vis sur la fleur se pencher,
Et la fleur sous les flots emporter son baiser.
En parlant à mon cœur je suivis le sillage
D'un paisible ruisseau qui montait du rivage
Au milieu des forêts, murmurant dans son lit :
Je m'arrêtai soudain ; mon âme tressaillit :
De l'ombre d'un buisson s'élevait une plainte,
Plus douce que les chants qui montent dans l'enceinte
Où la voix des Elus chante le créateur.
Quelle est donc cette voix ? Est-ce la voix du cœur ?
J'écartai les buissons, je vis dans le feuillage
Un rouge rossignol qui disait son ramage,
Et, penché sur son nid, chantait en son amour
Le couvée endormie et la chûte du jour.
— « Dis moi, doux rossignol, dans ton divin langage
Que chantes-tu le soir, caché sous le feuillage

Quand le soleil s'éteint? Près du petit berceau
Qui contient tes enfants (quand le brillant flambeau
Sur l'horizon s'affaisse et quand s'éveille l'ombre),
Pour écarter la peur qui naît de la nuit sombre,
Et pour faire flotter le sommeil sur leurs yeux,
Qui te dit ces accents qui descendent des cieux? »
— La voix du rossignol s'éleva du feuillage,
Et j'écoutai chanter cette voix d'un autre âge,
Qui n'avait pas de mots; mais j'entendis des sons
Qui remplissaient les airs si pleins et si profonds
Que soudain s'éveilla l'écho de la vallée,
Et mon âme écouta cette âme réveillée.
— « A l'ombre des forêts ma voix chante l'amour;
Je chante le soleil à la chûte du jour,
Je regarde la fleur aimer dans la nature,
Et j'écoute la voix de chaque créature;
Les fleurs dans leurs amours livrent aux doux zéphirs
Leurs baisers, et les vents emportent leurs soupirs;
Moi! le souffle de l'air emporte sur son aile
Mes chants; auprès de moi se pose ma femelle,
Et dans un même nid nous mettons notre cœur
Qui nous dit tous les jours la chanson du bonheur. »
— Mon oreille écoutait, mais je sentis mon être
Frissonner tout à coup comme si j'allais naître
Pour des destins nouveaux, et je sentis mon cœur
S'épanouir en moi : j'aspirais le bonheur,
Et j'entendis l'écho d'une douce harmonie
Qui chantait dans les bois, touchante mélodie
Dont les sons argentins me firent tressaillir.
J'écoutai, j'entendis dans mon cœur un soupir.
Tout à coup apparut, marchant tête penchée
Une enfant, dont les pas glissaient sous la feuillée;
Sur son front couronné d'une tresse de fleurs,

Le soleil se jouait, déposant ses couleurs
Au milieu des cheveux qui doraient son visage,
Et faisait ondoyer sur sa tête un nuage
Dont l'or se balançait au souffle des zéphirs;
Elle allait doucement seule avec ses soupirs;
Elle avait une fleur; elle laissait son âme
Doucement dire aux bois le secret de sa flamme,
Et la fleur répétait le langage divin.
Je vis son front pensif s'illuminer soudain,
Et l'écho m'apporta ce doux soupir : « Il m'aime ! »
« Est-ce donc là, mon cœur, la moitié de toi-même? »
Mais soudain je sentis passer un vent léger
Et je vis dans les bois la feuille frissonner;
Alors de mon regard disparut mon image,
Et je ne vis dans l'ombre au milieu du feuillage
Qu'un rayon de soleil où venait voltiger
Riche de ses couleurs un papillon léger.
En voyant s'effacer cette image innocente
Dont je voulais le cœur pour mon âme haletante,
Je sentis tout à coup le vide me saisir,
Et triste j'appellai l'esprit dans un soupir.
— « Esprit, qui de ton œil dans l'espace peux lire,
Mais qui, maître du temps domines sur l'empire
De la terre et des mers, dis-moi la vérité.
Qu'est le faible mortel, qui de l'éternité
Mesure l'infini? J'ai vu dans la nature
Les rochers et les fleurs et toute créature
Passer devant mes yeux et me dire en chantant
Leur vie et leurs amours; mais je veux maintenant
Que tu me montres l'homme et que ta main étale
Son esprit qui rendit la nature vassale;
Montre-moi le mortel maître de l'univers
Et sortant de son corps pour vivre dans les airs. »

— De même que le chêne au milieu du nuage
Gémit en longs soupirs ébranlé par l'orage,
Et ses gémissements au milieu de nos bois
Paraissent d'un titan faire entendre la voix ;
De même d'un vieux tronc mille fois séculaire,
Dont l'âge se perdait dans la nuit de la terre,
J'entendis retentir un long gémissement
Qui me fit frissonner et j'écoutai tremblant.
— « Mortel, ne tremble pas : ton ange tutélaire
Te parle par ma bouche, et m'a choisi sur terre,
Des antiques forêts le père des vieillards,
Afin que, seul témoin de leurs premiers écarts,
Je puisse des mortels te dire la naissance
Et dans l'ombre des bois te montrer leur enfance.
Au milieu du chaos les rochers sous tes yeux
T'ont montré leur histoire ; ils ont vécu même eux
Quand l'étoile brillait, pour la terre future
Faisant les éléments de chaque créature.
Tu vois par le soleil naître et fleurir la fleur ;
Tu vois les animaux vivre de sa chaleur ;
Et les êtres monter en formant une échelle
Dont tu tiens le sommet ; tu portes l'étincelle
Qui peut juger le corps, semble venir des cieux.
J'ai vu sous mes rameaux s'élever tes aïeux :
Crois-tu que le mortel soit venu sur la terre
Comme tu le connais ? que la main de sa mère
Ait pu même former celui qui de ses mains
A pu dans les rochers, ancêtre des humains,
Comme les animaux établir sa demeure ?
Ton œil péniblement s'élève jusqu'à l'heure
Où l'homme dans les bois parmi les animaux
Plus faible se cachait tremblant dans les roseaux :
L'homme avait sa femelle et son amour sauvage

Imposait à la femme un cruel esclavage.
Regarde le passé : l'histoire des aïeux
Marche au fond des ruisseaux, de même que les cieux
Montrent à ton regard l'histoire de la terre.
Que vois-tu s'agitant déjà dans la poussière?
Un être assez parfait? Et volant sur la fleur?
L'insecte qui déjà sent palpiter son cœur?
Il aime et son amour forme toute sa vie;
Au milieu des rameaux entends la symphonie
Qui monte dans les airs quand s'éveillent les bois;
C'est l'oiseau qui déjà de sa touchante voix
Quand vient le temps des fleurs avertit sa femelle,
Lui dit qu'il faut aimer et près du nid l'appelle;
Regarde à tes côtés ce chien qui de ses yeux
Ecoute ton regard au milieu de ses jeux;
Il joue avec l'enfant; quand il revoit son maître,
Ecouje le parler; il vient le reconnaître;
Aussitôt par des cris il pleure de plaisir.
Seuls les hommes sur terre ont-ils le souvenir?
Comprends-tu ses accents quand il rit, quand il pleure?
Sa voix dit ce que dit une voix intérieure
Et son regard n'attend pour parler que la voix;
Son oreille t'écoute, il regarde tes doigts.
Mais comment l'homme a-t-il pu devenir plus sage!
L'homme par la mémoire établit un langage
Et quelques mots compris firent la société.
Le souvenir créa l'histoire du passé;
Le père à ses enfants enseigna dès l'enfance
A connaître des mots; sa faible expérience
Eleva la jeunesse à l'âge des vieillards,
Et le fils put marcher subissant moins d'écarts.
D'où vient l'humanité? Déjà de son enfance
J'ai voulu t'avertir; je vais de sa naissance

Te dire le secret. Dans la race qui veut
Tu vois des échelons, où l'espèce se meut,
Qui montent par degrés, et le dernier est l'homme
Qu'il faut connaître avant que sa bouche ne nomme.
Chaque être en grandissant par les milieux est fait;
Mais vient-il du progrès d'un être moins complet,
Ou bien la terre a-t-elle en travail fait un germe
D'où l'être pas à pas s'élève jusqu'au terme
De son état parfait? Il est pour l'animal
Comme pour chaque fleur un germe initial (1);
Chaque germe, je crois, est venu dans un âge
De plus en plus parfait, et l'espèce est un stage
Au milieu des douleurs du long enfantement
Qui monte jusqu'à l'homme en partant du néant,
Contient les animaux et les fleurs dans sa chaîne
Et depuis les rochers jusqu'à l'homme s'enchaîne.
C'est la terre qui donne un produit qui s'accroît;
Elle-même vieillit; son état presque froid
Lui permet de créer dans son être une vie

---

(1) M. Darwin a fait connaître les modifications lentes qui peuvent amener des variations dans l'espèce ; mais comment peut-on expliquer avec cette seule loi, même en admettant beaucoup d'inconnus, le passage d'une espèce à une autre par l'état parfait, quand la principale différence réside dans la composition chimique élémentaire? La loi est la même pour les plantes et les animaux; or n'est-ce pas une composition chimique dont le résultat est une différence extérieure, qui fait la différence entre deux espèces voisines? La loi de Darwin ne peut aller au-delà de l'espèce, et pour les espèces il faut admettre des créations successives qui ont subi un développement parallèle variable avec le milieu et la complexité des éléments. Si on admet que les plantes et les animaux soient des aggrégats chimiques ayant subi une évolution, on peut admettre plusieurs formations primordiales successives aussi bien qu'une seule. Je ne puis dire ici toute ma pensée, mais j'y reviendrai.

D'un rang plus élevé, plus riche en harmonie.
Le germe étant formé, dès lors il doit marcher
Vivant dans son essor, toujours pour s'élever
Au point le plus parfait que lui donne son âge,
Et le dernier formé, de plus parfaite image,
Arrive en mûrissant à l'être plus parfait.
Chaque être doit passer par un être incomplet;
La nature en montant n'a qu'une seule voie;
Sur les mêmes circuits le sentier se déploie,
Mais le premier formé reste auprès du berceau;
Une espèce le suit; l'être devient plus beau.
Donc chaque être vivant te présente le livre
Des âges de la vie, et l'être qui doit suivre
Doit être ce qui fut et porter dans son sein
Le composé qui donne un plus heureux destin.
Connais-tu ton passé, partout dans la nature,
En regardant l'état où chaque créature
Est aujourd'hui vivant dans son état parfait?
Regarde les états que ton être incomplet
A suivis pas à pas pour devenir ton être;
Tu fus toujours toi-même, au jour qui te vit naître,
Mais marchant dans le temps, comme le papillon
Tu trouvais tous les jours un nouvel horizon;
Tu marchais à côté d'êtres que tu domines.
Où peux-tu rencontrer aujourd'hui les ruines
Qui restent des aïeux? Pour trouver le tombeau
Des ancêtres humains, remonte à leur berceau
Caché dans les vallons où commence l'histoire,
Et d'où sort le chasseur qui laisse sa mémoire;
Mais c'est l'homme déjà; c'est un être parfait;
Dans les premiers tombeaux trouve l'être incomplet;
Cherche dans les rochers et creuse dans la pierre;
Tu trouveras un être et ce sera ton père.

Tu le verras un jour : aujourd'hui ton esprit
Refuse de me suivre et veut rester petit ;
Quel effroi te saisit et trouble ton visage ;
Tu n'es de l'animal qu'une parfaite image ;
Pourquoi donc t'effrayer? Tu ne viens pas du ciel
Et ton être au milieu des êtres est mortel.
Mais ne vaut-il pas mieux connaître la distance
Que l'homme a parcourue en son progrès immense,
Plutôt que de sortir dégénéré des dieux?
Je préfère monter que descendre des cieux.
L'animal est parfait et l'homme vient de naître ;
Il erre dans les bois ; sous tes yeux je veux mettre
L'histoire de ses pas, afin que du regard
Tu puisses mesurer, en mesurant l'écart
Entre l'homme du jour et l'homme avant l'histoire,
Quel immense progrès les hommes pour leur gloire
Ont accompli sur terre en portant le flambeau
Qui brille dans leurs yeux si loin de son berceau.
Ainsi l'homme velu, le jour qui le vit naître
Apportait deux témoins réunis dans son être ;
Un corps qui l'attachait à l'univers réel,
Un cerveau qui plus tard voudra rester au ciel.
Qu'est donc l'homme parfait? Je puis bien te le dire ;
Il marche sur la terre asservi sous l'empire
Du corps qui le retient dans un cercle brutal
Où son être se traîne auprès de l'animal,
Et de l'esprit ardent qui vers le ciel s'élance
Afin de se cacher sa profonde ignorance.
Quand le mortel vivait par la bise transi,
Ses yeux ne savaient rien hors la vue et le cri ;
Il a dû s'élever d'abord dans la nature,
Et l'esprit pas à pas dans l'homme créature
A fait paraître un homme, et cet homme ignorant

Aussitôt a tremblé sous la main du Tonnant.
Aujourd'hui le mortel en voyant son génie
Ne voit plus les efforts des aïeux qu'il renie ;
Il ne voit plus son âge ; il ne voit pas la nuit
Où s'avançait le corps à ses forces réduit ;
Comme le fils ingrat qui reçoit la fortune
Il ne voit que des chants ; le malheur l'importune,
Et son œil ne voit plus ses aïeux au tombeau
Qui mirent la richesse autour de son berceau ;
L'âme porte chaque homme au milieu de la nue,
L'homme veut une main sur le monde étendue,
Et, voulant dominer sans cesse les destins,
Il fait parler le ciel pour tromper les humains.

Je veux devant tes yeux faire marcher ton être ;
Je te montrerai l'âme et je la ferai naître
Des lois de la nature ; au milieu des grands bois
Tu verras au berceau l'homme créer les rois
Et monter jusqu'aux dieux ; tu verras face à face
Passer les temps anciens et tu suivras la trace
Des siècles sur le roc que chaque homme en montant
Use un peu de ses doigts ; ah ! le monde est enfant
Malgré qu'il soit vieillard, et sa langue bégaie
A peine quelques mots ; mais je connais sa plaie !
Dans son immense orgueil il se croyait géant
Soutenu par la foi, lui, le fils du néant.
Inutiles efforts ! sous ses pieds tout s'effondre ;
Il faut reculer Dieu, dans des lois tout confondre,
Oser voir le mortel au milieu des rameaux
Grelottant sous le givre au fond de noirs caveaux.
Le siècle en grandissant s'impose à la pensée,
Et dans les siècles morts des aïeux l'odyssée
Doit être enseignement ; pour assurer ses pas

Chaque homme du passé doit suivre les combats,
Et s'instruire des maux que lui montre l'histoire.
Son cœur peut tressaillir; mais à la vaine gloire
Il ne doit pas céder; il est beau d'être grand;
L'humanité s'incline aux pieds du conquérant
Qui monte par les pleurs; le carnage s'efface
Et le velours du trône en recouvre la trace,
Et le cri de douleur disparaît sous les chants !
Les hommes doivent-ils toujours rester enfants?
L'homme sur ses aïeux, les siècles dans les âges
Doivent toujours monter délaissant les images
Qui veulent mettre un voile au chemin du progrès.
Le monde des vieillards écoute les regrets,
Respectant les hivers qui blanchissent leur tête,
Mais va d'un même pas vers la tâche secrète,
Vers les noirs horizons où marche l'univers,
Qui doit trouver le port après de longs revers. »
— Le vieux chêne se tut; alors sous le feuillage
De mon cœur qui parlait j'écoutai le langage;
« L'homme, disait mon cœur, retombe à l'animal
Quand il laisse son corps devenir son égal;
Pour lui le souvenir c'est toute la sagesse,
Et c'est la grand loi de s'instruire sans cesse. »
Mais alors un vautour m'apparut emportant
Dans sa serre un lambeau d'où s'échappait du sang.
Je sentis un sanglot soulever ma poitrine :
« Pénible humanité, l'intérêt te domine. »

CHANT CINQUIÈME

Enfance des Peuples. Epoque industrielle.

Sommaire. — Le poëte est placé au sommet d'une haute montagne dans l'Orient; le soleil se lève, dissipe les brouillards qui couvrent les vallons, et l'Esprit vient lui parler, caché dans la source d'un fleuve puissant. L'Esprit lui montre la famille primitive dans une caverne et le foyer. A la fin, Nemrod apparaît et lui parle des peuples chasseurs devenus pasteurs.

Géant parmi les monts la neige sur sa tête
Etend un blanc manteau; calme dans la tempête
Son front silencieux domine les éclairs
Qui roulent à ses pieds et déchirent les airs;
Les forêts sur son flanc s'ébranlent sous l'orage,
Se tordent en pleurant; au-dessus du nuage
Et du vent qui mugit, au milieu de la paix
Où le pied des humains ne se pose jamais,
Dans le vide de l'air, vide de toute vie,
Seuls quelques arbrisseaux usent leur énergie
Sous leur duvet glacé pour pousser et fleurir;
La neige les saisit, ils aiment pour mourir.
Au-dessus de mon front l'empire du silence;
Sur les monts à mes pieds un aigle qui s'élance;

Autour de mon regard l'empire de la mort ;
Sur la terre bien bas les esclaves du sort,
Les plantes, les mortels qui ne font que paraître,
Et vivent seulement pour conserver un être,
La plante pour aimer et laisser une fleur,
L'homme pour s'élever subissant la douleur.
J'étais sur un rocher, je regardais l'abime
S'enfoncer dans la nuit, et debout sur ma cime
Je voyais accroupi tout un peuple de monts
Dont les pieds se cachaient dans l'ombre des vallons.
Ainsi que l'Eternel, debout sur une nue
Qui supportait mon trône et me cachait la vue
Du monde des humains, je voyais sous mes pieds
Un immense remous de brouillards entassés
Qui couraient en roulant portés par la tempête,
Et l'infini brillait paisible sur ma tête.
Je vis sur l'univers le disque du soleil
Monter silencieux sortant de son sommeil,
De ses pâles baisers faire frémir la neige,
Et faire lentement apparaître un cortége
De rochers escarpés. — « Sombre Esprit du passé,
Sur quel roc dans les airs m'as-tu donc déposé?
Au-dessus de mon front je ne vois que le vide,
Et tout mon être a peur devant le gouffre avide. »
Tout à coup je sentis passer un doux zéphir
Qui glissa sur le roc en poussant un soupir,
Caressa mes cheveux et tomba vers la terre,
Entraînant sur ses pas un faisceau de lumière.
Alors je vis un voile arraché de mes yeux,
Et des flots entr'ouverts apparurent brumeux
Des rochers qui formaient une immense vallée,
D'où sortirent les chants de la terre éveillée.
Au milieu des forêts un fleuve bouillonnant

Mille fois replié paraissait un serpent
Qui parmi des roseaux et se tord et se traîne.
Ce fleuve sous mes pieds naissait d'une fontaine
Où pleuraient doucement les larmes des glaciers
Et roulait écumant au milieu des rochers.
J'entendis une voix, ainsi que le murmure
Qui doucement résonne auprès d'une onde pure,
Près de moi s'élever et prononcer ces mots
Semblables par les sons à de lointains échos.
« Mortel, devant tes yeux tu regardes l'abîme,
Et tu vois sur l'autel encore la victime
Comme au temps où l'oracle annonçait le destin.
Le peuple alors tremblait sous le sceptre divin ;
Le prêtre prononçait, le roi courbait la tête ;
Le peuple s'est levé promenant la tempête
Jusqu'au trône de Dieu ; partout de grands débris
Au loin jonchent la plaine, et les brillants lambris
N'abritent plus les rois ; au fond du sanctuaire
Est entré le soleil ; le Christ dans son suaire
Se dresse du tombeau, remonte sur la croix
Pour sauver l'univers qui n'entend plus sa voix.
Ecoute retentir la nouvelle parole
Qui vient du Golgotha, plane sur la coupole
Et descend sur l'autel ! C'est le Christ du tableau
Qui descend dans l'Eglise apportant un flambeau ;
C'est un homme mourant qui, du haut du Calvaire,
Attaché sur la Croix, regarde sur la terre,
Et, voyant les humains marcher dans le malheur,
Leur enseigne l'amour dans un cri de douleur.
Tu demandes l'appui pour soutenir le monde,
Comme le peuple enfant qui dans la nuit profonde
Voulait à ses bras seuls ne pas être réduit ;
Son œil vit le ciel bleu, le soleil qui s'enfuit

XI

Emportant dans l'espace une éternelle image
De l'immense infini par dessus le nuage ;
Le ciel bleu le saisit ; alors près des autels
Il vit un créateur et fit des immortels.
D'où venons-nous ? Ecoute au milieu du silence
Des chênes attentifs cet enfant qui s'avance
Entraînant les rochers qui marchent sous ses lois,
Et les chênes rugueux pour écouter sa voix
Vers lui penchent leur tête ; il chante dans la nue
Le grand père, le Temps que chaque dieu salue ;
Il chante le néant d'où sont sortis les airs,
Il chante l'œuf du monde et la terre et les mers ;
Il chante Jupiter étendant son empire
Sur un peuple de dieux ; il chante sur sa lyre
Les nymphes folatrant sur le bord des ruisseaux,
Et les peuples heureux chantant sur des pipeaux
Et la terre et l'amour, le père de la vie,
Le Jupiter tonnant qui donne l'harmonie.
Jadis l'homme écoutait parler la voix du sort,
Mais le ciel s'est ouvert et ce bonheur est mort.

J'ai pris pour te parler la voix de la fontaine·
Qui creuse des vallons dans le vaste domaine
Etendu sous tes yeux ; elle roule ses eaux
Sous des pampres fleuris, et de sombres rameaux,
En unissant ses bords, lui forment une voûte
Qui des rayons brûlants la gardent sur sa route ;
Puis fleuve impétueux elle va dans la mer
Qui s'ouvre et l'enveloppe en son linceul amer.
Souvent de tes aïeux j'ai vu passer la chasse
Et j'ai pu bien souvent mesurer leur audace
Quand le cerf poursuivi par les chiens s'enfuyait,
Et dans les flots profonds palpitant se plongeait,

Croyant avoir trouvé dans le fleuve un asile.
Alors d'un arc nerveux sifflait la flèche agile,
Et la vague emportait le cadavre mourant
Entouré par les flots d'un suaire sanglant ;
J'ai vu pendant la nuit des feux sur le rivage,
Et pendant le soleil en un léger nuage
J'ai vu sur les forêts monter vers le ciel bleu
Le bleuâtre escalier, qui portait au milieu
L'âme qui s'envolait en sortant de la terre,
Et cherchait à trouver plus près de la lumière
Un lointain infini qui renfermât un Dieu,
Flamme en l'éternité qui s'élève du feu.
Ancêtres des humains, écartez le suaire ;
Sortez de vos tombeaux ; écrasés sous la pierre
Soulevez les rochers et venez dans les bois :
Que le fils de vos fils entende votre voix. »
— Aussitôt apparut au milieu du tumulte
Des rochers et des bois une nature inculte
Telle que la voyaient les ancêtres humains
Quand les sombres forêts recouvraient les chemins,
Et quand les animaux souverains de la terre
Même de l'homme altier recevaient la prière ;
J'entendis dans les airs parler la même voix.
— « Mortel, plonge tes yeux dans ces sentiers étroits ;
Dans l'ombre des vallons un homme attend l'aurore ;
Il regarde la neige et le mont qui se dore ;
Dès le lever du jour il quitte le rocher
Pour entrer dans le bois ; regarde-le marcher.
Son arc est dans sa main ; attentif il s'avance
En glissant sous la feuille et l'oiseau se balance
En chantant la nature, en chantant son amour.
Que cherche-t-il cet homme à la pointe du jour ?
Dans l'ombre des vallons une flamme pétille,

Une femme l'attise et toute une famille
Regarde le sentier qui se perd dans les bois,
Et le chasseur qui vient retardé par le poids.
Le soleil chaque jour en vain roule sa masse ;
Le Dieu ne paraît pas dans le rayon qui passe,
Et le père ne voit que l'enfant dans les bras
De la mère attentive à vaincre les frimas.
A l'ombre des forêts c'est l'enfance du monde
Qui marche devant toi : près du torrent qui gronde
Le père sous tes yeux c'est l'enfance des rois,
La mère c'est l'amour qui chante dans les bois,
Le foyer c'est déjà du divin la venue,
Et demain dans les airs le Dieu que l'on salue
Règnera sur la terre et lira les destins,
Planera sur le monde, ouvrage des humains.
Regarde ce vieillard, au seuil de la vallée
Qu'entourent ses enfants le soir à la veillée !
Assis sur une pierre à côté du foyer,
Sous la neige des ans il paraît sommeiller,
Et son front fatigué s'incline vers la terre ;
Il aspire à la tombe. Autour de leur vieux père
Les enfants attentifs écoutent leurs aïeux
Qui sortent du cercueil pour marcher sous leurs yeux,
Et viennent près du feu leur conter leur histoire.
Le vieillard à ses fils fait connaître la gloire,
Et, sage des forêts, père de ses enfants,
Il voit son peuple assis près de ses cheveux blancs.
Déjà dans le lointain vois-tu le patriarche,
Qui commande au désert à la tribu qui marche ?
Plus loin vois la cité qui se fait lentement ;
Regarde ce palais qui s'élève brillant,
Qui domine les murs ; regarde le carnage
Au milieu des combats ; entends les cris de rage ;

Regarde ce mortel qui passe triomphant;
Ces peuples empressés qui suivent en chantant;
Regarde dans les murs le sceptre et la couronne;
Regarde ce soldat qui monte sur le trône,
Entre dans le palais, se cache à tous les yeux
Pour régner sur le monde à côté de ses dieux;
Ecoute ce fracas qui hurle de l'abîme;
Sous le pas des humains partout c'est la victime
Au milieu des sanglots; les peuples en marchant
Marchent sur les états; les mortels en montant
Montent sur les mortels; à travers la distance
Tu n'entends pas les pleurs; dans l'ombre la souffrance
Pleure près du foyer seule avec sa douleur;
Tu n'entends que des chants et des cris de bonheur;
Au milieu des sanglots regarde dans la plaine,
Sous le trône des rois le peuple qui se traine!
Ah! quittons l'avenir; abaisse ton regard
Et regarde les rois en voyant ce vieillard;
Il est père, il est roi, sa main tient la justice,
Hélas! trop tôt tes yeux verront le précipice.

Femme! près du foyer tu guettes son retour;
Ton amant dans les bois emporte ton amour,
Et seule tu l'attends; mais ton âme soupire,
Et ton cœur lui répond par un joyeux sourire:
Le zéphir te caresse en passant dans les bois
Et ton être frissonne en écoutant la voix
Des oiseaux, de la fleur, de la nature entière,
Qui te chante l'amour, et ta douce prière
Chante près du foyer en berçant ton enfant,
Près du feu qui te rend chaque soir ton amant.
Ton œil chante l'amour de ton âme en délire,
Et ta lèvre frissonne et ta bouche désire:

Ah! femme! le soleil t'a donné sa douceur!
Tu ne vois que l'amour, tu ne sens que ton cœur!
Fille de l'Orient! ton cœur est sans entrave,
Les sens sont éveillés; l'homme veut une esclave.
En ouvrant tout ton sein, femme, dans un soupir
Tu donnes tout ton cœur; le soir tu viens dormir
Auprès de ton amant; tu lui donnes ton être;
En t'éveillant demain tu trouveras un maître.
Au pays du soleil l'humanité s'endort,
Et quand naît le désir c'est que le cœur est mort.

Patriarche debout, descendez dans la plaine!
Quittez les noirs vallons, la tribu vous entraine;
Elle a mesuré l'air en montant sur les monts;
Il lui faut de l'espace et de grands horizons
Et des fleuves puissants; elle marche à la gloire,
Elle sort des rochers et commence l'histoire.
Peuples chasseurs! Venez au milieu des grands bois
Réveiller les échos! du bruit de vos exploits
Laissez le souvenir! Vous marchez comme l'onde
Du fleuve qui descend; sur la rive féconde
A l'ombre des rameaux vous dressez des autels,
D'où la flamme s'élève, et vos chants éternels
Chantent l'hymne d'amour qui monte avec la flamme.
Au premier des mortels en te donnant toi, femme,
Tu fis près du foyer grandir avec l'enfant
Ta famille, et ta voix fit marcher le néant.
Tu gardais le foyer, tu portais l'étincelle!
Agni! réveille-toi, c'est un cœur qui t'appelle;
C'est un souffle d'amour qui marque ton réveil;
Flamme, réveille-toi, la fille du soleil;
C'est toi le feu d'amour, l'ami de la famille;
Au milieu de la nuit ton étincelle brille;

C'est le foyer qui veille et la famille dort.
Femme ! réveille-toi, car le foyer est mort ;
Quand la flamme pâlit c'est ton cœur qui sommeille,
Prêtresse de l'amour, que ton cœur se réveille ! »
— J'écoutais ; mon esprit regardait dans le bois
L'humanité marcher, et j'entendais sa voix
Parmi les animaux bégayer la victoire,
Et je voyais déjà paraître la mémoire :
Il n'était pas alors de faibles, de puissants,
Et le vieillard avait pour sujets ses enfants.
Tout-à-coup le silence envahit l'atmosphère,
Et je vis lentement s'élever de la pierre,
Où mes yeux regardaient la source murmurer,
Un brouillard qui monta de rocher en rocher,
Et d'une humide nuit enveloppa mon Etre ;
Une main me saisit, et je vis appparaître
Un homme aux cheveux blancs, dont le regard serein
Paraissait éclairer un visage divin.
Sa main portait un arc ; un carquois sur l'épaule
Laissait voir les roseaux de la flèche qui vole ;
Une peau de lion au mufle grimaçant,
Qui donnait à ses traits un aspect menaçant,
De ses bras enlacés recouvrait sa poitrine,
Et tombait sur le sol, traînant sur la colline
Un manteau plus royal que la pourpre d'un roi.
« Homme des bois qu'es-tu ! que cherches-tu de moi ? »
Le chasseur s'inclina. — « J'ai soulevé la pierre
Du tombeau, me dit-il, j'ai repris ma poussière
Afin de te conter le temps laborieux
D'un passé qu'on oublie et qu'ont eu tes aïeux.
Ne reconnais-tu pas le vieux roi des montagnes
Qui conduisait son peuple au milieu des campagnes,
Et, sortant des forêts, d'un peuple de chasseurs

Fit dans les oasis un peuple de pasteurs?
Je suis le vieux Nemrod, le père de l'histoire,
Le premier dont mes fils aient gardé la mémoire,
Et j'ai pris la tribu dans la nuit de ses bois
Pour lui donner l'espace et les premières lois.
Je l'ai mise au désert, et le long du rivage
Des fleuves, des forêts, j'ai suivi le sillage
Que me marquait le flot pour descendre des monts,
Et trouver le soleil et les riches vallons.
Viens, mortel, sur mes pas; descendons dans la plaine
Et tu verras s'ouvrir devant tes pas l'arène
Où vivent les Etats qui naissent du mortel,
Les tribus, les cités, et les rois, et l'autel. »

CHANT SIXIÈME

Epoque pastorale.

Sommaire. — Le poëte est conduit vers le désert et après avoir traversé des rochers abruptes, il arrive à un rocher qui marque le passage, paraît être la porte des oasis. Après avoir franchi ce seuil, Nemrod lui parle des religions de l'Orient qui s'élevent par la foi absolue et préparent le règne des rois qui viendront. Ensuite Nemrod disparaît; le poëte descend vers une oasis où vient en même temps une tribu qui voyage, et il décrit la fête. Enfin la tribu quitte la ville et le poëte la suit à travers le désert jusqu'à l'Egypte.

Des rocs nus escarpés dressent leur masse sombre
Enferment l'horizon et couvrent de leur ombre
Le sentier qui s'enfonce en suivant un torrent,
Se contourne en circuits, s'accroche, se suspend,
Et s'arrête soudain au pied d'un mur de roche
Qui s'élève fendu, paraît garder l'approche
Des portes du désert. De quel glaive puissant
De quel bras assez fort, quel homme ou quel géant
Ouvrit dans ce rocher qui sépare deux mondes
Cet immense sillon? Non! blanc torrent qui grondes
Tu n'as pu seul suffire à cet œuvre si grand!
Tu serais donc bien vieux, monde, pour qu'un enfant

Ait pu seul, de ses doigts, en frottant sa surface,
User d'un roc si dur une si grande masse!
Porte des oasis! D'un côté le rocher,
Le nuage et le vent; de l'autre un air léger
Sous un ciel toujours bleu, dans un baiser caresse,
En fécondant la fleur, le palmier qui se dresse
Et frémit de plaisir sous le rayon doré,
Qui, mûrissant son fruit, lui donne sa clarté.
Salut! Immensité du désert! Terre sainte,
Asile du silence, où résonne la plainte
Qui passe dans les airs au-dessus du pasteur
Et paraît prononcer le nom du Créateur!...
— Parmi les noirs rochers qui sortaient de l'abîme,
S'élevaient décharnés, s'entassant vers la cîme,
Mon guide s'avançait; je suivais à grands pas
Et mes yeux croyaient voir s'agiter les longs bras
De spectres, qui semblaient sortir de chaque pierre
Pour me suivre, disant une douleur amère,
Ainsi que dans la nuit semblent les feux follets
Etre des trépassés qui disent leurs regrets.
Le rocher s'entr'ouvrit pour nous livrer passage;
Je sentis le zéphir glisser sur mon visage,
Et je vis l'horizon rempli par le ciel bleu;
Je vis le grand soleil resplendir au milieu.
De même qu'un mortel au fond d'un précipice
Sent son corps écrasé par la roche qui glisse
Et paraît l'engloutir; de même qu'en montant
De rochers en rochers, ce mortel, aspirant
La lumière, à ses pieds n'ose voir dans l'abîme,
D'où s'élève une voix appelant la victime;
De même qu'en voyant resplendir le soleil
Il paraît s'éveiller d'un douloureux sommeil,
Et par un long soupir il creuse sa poitrine,

Parce que de l'effort dont le poids le domine,
Qu'il a fait pour rester au-dessus de la peur,
Il se sent délivré de l'abîme vainqueur :
De même, dès qu'au jour je pus me reconnaître,
Je crus sortir d'un gouffre et reprendre mon être ;
Je m'assis sur le roc en poussant un soupir,
Je regardai la plaine aspirant le zéphir.
Mon guide s'arrêta, me voyant en arrière ;
Il revint sur ses pas ; j'étais las sur la pierre.
— « Mon fils, quand je tirai mon peuple de la nuit
Chaque homme s'arrêta pour écouter le bruit
Que près des oasis faisait trembler son Etre,
Et chacun sur ce mont s'arrêta pour renaître.
Arrêtons-nous ici ; tu verras sous tes yeux,
Riches de leurs troupeaux, les peuples trop heureux ;
Tu verras au désert la tribu qui s'avance
Comme un large serpent qui déroule en silence
Ses immenses anneaux, et gagne l'horizon
Laissant sur son passage un immense sillon
De sables soulevés. Dans la plaine qui danse,
Quand le soleil s'éteint le palmier se balance
A la brise du soir ; partout dans l'oasis,
Se mirant dans les eaux, la fleur du tamaris
Balance mollement ses grappes à la brise,
Et sous les verts rameaux la tribu s'est assise
En écoutant son cœur lui parler chaque jour
Des chants harmonieux qui lui disaient l'amour.

Femme, près du foyer, tu regardes la plaine,
Et l'amant qui bondit te saisit et t'entraîne !
Le foyer s'est éteint ; n'écoutant que ton cœur
Dans les bras de l'amant tu cherche le bonheur.
Au milieu des grands bois qui cachent de leur ombre

Le mystère d'aimer, sous une voûte sombre,
Femme, tu suis l'amour qui marche doucement;
Tu quittes le foyer et tu vas en chantant.
Astarté! lève toi; c'est Vénus qui soupire,
Et sa bouche est béante, et sa lèvre désire;
Lève-toi les seins nus, marche vers la cité;
La rouge Phénicie aux pieds de ta beauté
Aspire à tes baisers; tu conduis vers la ville
Devant tes pas l'amour à te suivre docile,
Et le peuple te suit en écoutant son cœur
Qui se perd dans les bois appelant le bonheur.
Astarté! lève-toi, tu montes dans l'espace,
Et sur ton char brillant, comme un astre qui passe,
La colombe te guide et te porte dans l'air
Sur son aîle légère, au-dessus de la mer;
Tu regardes les flots; le silence de l'île (1)
Te séduit : tu descends, la colombe docile
Te dépose endormie à l'ombre des forêts
Où t'éveille un amant par ses baisers muets.
Vous sortez des grands bois, vous suivez le rivage,
Vos doigts sont enlacés, le ciel est sans nuage;
Ton beau front qui s'incline est posé sur son bras,
Et tes yeux dans ses yeux ne suivent pas tes pas.
Tout chante autour de vous et la vague rayonne!
Votre bouche est muette et votre cœur résonne
Parais, Sémiramis! Pour te donner le sein
Vénus sortit des flots, te montra le chemin,
T'emporta sur son char dans l'île Cythère,
Et, fille d'Astarté, te rendit à la terre :
Tu montas sur le trône et l'amour s'éveilla;

---

(1) Chypre.

Au milieu du désert un temple s'éleva,
Les peuples embrasés soulevèrent ton trône,
Et, tirant des rochers les murs de Babylone,
Te placèrent debout sur le sommet de tours :
Le désert prosterné, déesse des amours,
A regardé ton char dans un flot de lumière
Quand tu suivais au ciel, vers le sein de ta mère,
Un oiseau qui montait sur l'aile du zéphir ;
Le désert dans son cœur garde ton souvenir
Partout dans l'oasis. Quand la brise respire,
Le cœur chante l'amour et l'amante soupire ;
Ton cœur, Sémiramis, chante près des ruisseaux ;
Les palmiers enlacés se courbent en arceaux,
L'amante écoute l'eau qui chante sur la rive,
Elle regarde l'ombre, et sa tête pensive
S'incline sur son cœur qui tremble sous sa main,
Qui sommeille aujourd'hui, s'éveillera demain.

Mortel, des oasis quittons la voûte sombre ;
Partout sous les rameaux l'amour guette dans l'ombre,
Et la rouge Sirène attend le voyageur,
Lui donne son amour en arrachant son cœur.
Elève ton regard et regarde la plaine ;
A côté du troupeau, libre sur son domaine,
Sans biens, mais sans besoins, le pâtre sous le ciel
Voit naître chaque jour, de sa mort immortel,
Le soleil qui revient lui donner sa lumière,
Qui veille sur ses pas, et paraît sur la terre
Promener son regard comme un père anxieux,
Attentif aux efforts de ses fils soucieux.
Au milieu des forêts pour chasser la nuit sombre
Et les fauves sanglants qui rugissent dans l'ombre,
L'homme encore ignorant ne voyait qu'un seul dieu,

La flamme qui veillait; l'ami c'était le feu ;
Mais dans le grand désert, au milieu de l'espace
De la plaine et des monts, c'est le feu qui s'efface
Et l'immense soleil apparaît à ses yeux
En venant le matin sur son char radieux
Réveiller ses troupeaux humides de rosée,
Et donner ses parfums à la fleur embaumée
Qui regarde en silence en son trône des airs
Paraître le soleil, père de l'Univers.
La fleur ne connaît pas et chante la nature
Mais l'homme qui connaît, divine créature
Qui connaît le présent, demande l'avenir,
Ne connaît près de lui que la peur de mourir
Qui lui cache son Etre en lui montrant l'abîme :
Pour chercher le bonheur, il monte sur la cîme,
Et pense, en appelant l'infini de la voix,
S'élever au-dessus des vulgaires émois.
De même qu'un mortel, qui voit dans la nuit sombre
Sur le bord des chemins apparaître de l'ombre
Des spectres décharnés enfantés par la peur
Qu'il appelle en criant pour soutenir son cœur,
Ne fait que s'agiter et s'appeler lui-même;
Ainsi l'humanité qui perd tout ce qu'elle aime
Et ne voit que passer les bonheurs qui s'en vont,
S'avance avec terreur, voulant connaître où sont
Les spectres des aïeux, et demande courage
A cet être inconnu caché dans le nuage,
Qui paraît dans ses bras retenir les destins
Et régner sur la mort comme sur les humains.
La fleur suit le soleil et regarde son père ;
Mais l'homme en s'élevant suit une loi plus fière;
Encore le pasteur voyait seul le fanal
Qui lui marquait les jours dans son cercle royal.

Peuples apparaissez! Vous regardez la flamme
Et vous suivez l'encens; le feu porte votre âme
Au milieu des forêts, et le regard divin
Sur l'ombre de la nuit vient régner le matin.
Indra! Réveille-toi : le hibou sur la pierre
Pousse son cri plaintif; une pâle lumière
Apparaît dans le ciel dont l'Etoile s'éteint,
Et la brise s'éveille annonçant le matin.
Le ciel est presque sombre; une vapeur bleuâtre
Flotte sur les palmiers; de son aire grisâtre
L'aigle fond sur l'oiseau qui s'éveille en chantant,
Le saisit dans sa serre et l'apporte sanglant
A ses petits joyeux. Indra! Chasse l'aurore
Et que sous tes rayons la plaine se colore;
Vainqueur du sombre Dieu, que ton disque embrasé
Monte majestueux sur l'horizon doré,
Lançant ses flèches d'or au milieu de la brume
Qui s'affaisse et se fond; que la plaine s'allume
Et danse sous les feux d'un soleil éclatant.
Astre du jour, parais! Sur ton trône brillant
Du feu de tes baisers éveille la nature
Et réveille le pâtre endormi sur la dure.
Indra! Que tes rayons de leur douce chaleur
Fassent naître la plante; et, fuyant ton ardeur,
A l'heure où tu descends sur la plaine brûlante,
Le pâtre ira s'asseoir près du ruisseau qui chante,
Et, sur les bords fleuris, sous les sombres rameaux,
Attendra jusqu'à l'heure où l'ombre des roseaux
S'allonge sur le sol pour monter dans la plaine,
Et rentrer au bercail, avant que le Phalène
Eveillé par la nuit ne glisse dans les airs
D'un vol silencieux, et que sur les déserts
Ne s'éveillent les bruits qu'éveille la nuit sombre,

Si soudains que les yeux les voient naître de l'ombre.

Ah! lève-toi Soleil, dans ton immensité;

Le peuple dans le ciel admire ta beauté!

Mais je vois sur le peuple un palais qui domine,

Temple du dieu soleil où la foule s'incline,

Et le prêtre à genoux, armé du saint poignard

Qui doit percer le cœur, attend que du regard

Il ait du Dieu vermeil pu lire la pensée

Pour dire les destins à la foule empressée.

Prêtre, quel bras divin t'a placé sur l'autel

Entre le Dieu de l'homme et l'esprit du mortel?

As-tu reçu du ciel une mission sainte?

Au-dessus des humains tu règnes par la crainte

Qu'inspire à tout vivant la sombre éternité,

Et saisit son esprit seul dans l'immensité...

Le peuple aime à prier pour effacer sa crainte,

Et veut mourir auprès de la divine enceinte,

Près d'elle se croyant plus proche du bonheur;

Alors l'autel commande au nom du Créateur.

Apparaissez, cités, filles du sanctuaire!

Au milieu de vos murs résonne la prière

Et c'est Dieu dans le ciel qui dirige vos pas

Et soutient votre esprit; mais vous ne savez pas

Le combat du mortel quand le froid le pénètre.

Le soleil chaque jour en chantant paraît naître,

Et le corps ne sait pas le pénible labeur;

Vous laissez dans le ciel régner votre tuteur,

Et vous ne voyez pas le prêtre sur le trône

Dont la main sur le front fait peser sa couronne,

Emblème de son Dieu; vous le croyez divin

Et vous vous inclinez ne voyant pas l'humain.

C'est Dieu que vous croyez entendre au sanctuaire,

Et d'un homme la main vous courbe sur la pierre;

Aujourd'hui c'est le prêtre et demain c'est le roi ;
Le despote est toujours fils aîné de la foi.

Le troupeau fatigué rentre dans son enceinte
Murmurant dans sa voix comme une douce plainte,
Et ses yeux demi-clos regardant au couchant
Le soleil qui s'éteint sous l'horizon sanglant ;
Une faible vapeur flotte dans la vallée,
Au milieu des palmiers dont la tête affaissée
Regarde à l'Orient les ombres de la nuit,
Et la pâle Vénus qui dans le ciel reluit ;
Un roc dans le lointain dresse sa tête rouge ;
Tout se tait au désert, pas un rameau ne bouge ;
La nuit couvre le ciel de transparents rideaux,
Où brillent doucement de bleuâtres flambeaux
Qui dans un cercle d'or s'inclinent vers la plaine,
Et le pâtre pensif connaît l'immense chaîne
Des mondes enlacés. Sur un trône d'argent
La lune dans le ciel, pâle au noir firmament,
La reine de la nuit promène sa lumière,
Et marque par sa mort chaque année à la terre ;
Les astres en passant s'interrogent sans bruit,
Appellent le mortel vers l'étoile qui luit ;
Alors le pâtre seul s'élance dans l'espace
Et cherche son destin dans l'étoile qui passe.
Au sommet de vos tours, mages, apparaissez ;
Vous regardez la nuit les mondes entassés ;
Vous montez dans le ciel et vous traînez la terre
Sur vos pas dans les airs auprès de la lumière
Qui descend de l'étoile et qui compte les jours ;
Entassez les rochers et montez sur vos tours ;
Dominez les mortels plus près de la nuée ;
Quand le roi sortira du fond de la vallée

XII

Vous scruterez en vain les mondes infinis,
Cherchant sur les palais d'où vous serez bannis
A faire du destin descendre la colère ;
En vain vous tonnerez de votre sanctuaire ;
Le Puissant dans le ciel saisira l'astre Roi,
Le mettra sur son front : « Le roi Soleil c'est moi. »
Prêtres, inclinez-vous ; un roi tient la couronne
Et vous rampez heureux du pain que l'on vous donne ;
Vous aviez fait un trône en élevant l'autel,
Et vous aviez mis l'homme aux pieds d'un immortel ;
Le peuple est trop petit pour lire la distance
Qui sépare l'autel de la toute-puissance
De l'homme couronné qui prononce les lois ;
Le sanctuaire meurt quand s'élèvent les rois
Qui ne font que chasser les prêtres de leur trône,
Et le peuple indolent reste troupeau qu'on donne. »

Le chasseur disparut ; je voyais les déserts
Pleins de chaudes vapeurs et de fauves éclairs ;
Je voyais devant moi passer la grande histoire
Des nomades pasteurs et l'immense mémoire
Des prêtres de Bélus, et le faste des rois
Qui croyaient du divin faire entendre la voix.
Je restais indécis, je regardais l'espace ;
Mais je vis le soleil, ce grand guide qui passe,
Me montrer le couchant, où déjà ses rayons
Commençaient à descendre en laissant les vallons
Dans l'ombre s'enfoncer. Je regardai la plaine,
Afin de mesurer des yeux l'immense arène :
Partout l'immensité des sables et de l'air ;
Derrière, un grand rocher, qui d'une immense mer
Avait de sa falaise entouré le rivage,
Et sur ses flancs creusés me montrait le ravage

Du flot qui se brisait, laissant épars au bord
Les galets arrondis qu'hier il roulait encor.
Devant, la haute mer; devant, la plaine jaune,
Vaste champ moissonné dont la dune moutonne
Au rayon qui se joue en le duvet léger
Qu'au faîte le vent fait d'un souffle voltiger.
Au milieu, l'oasis, comme une tache sombre,
Un îlot verdoyant, frais asile de l'ombre,
Flottait sur le désert comme un gai feu follet
Qu'on regarde et qui fuit, qui danse et disparait.
Mes yeux, éveillez-vous! Est-ce un joyeux mirage
Qui danse devant vous? La décevante image
Qu'en été le soleil au désert sait créer
Quand la vague parait flottant sur l'air léger,
Quand la touffe grandit, formant une ceinture
De palmiers dont le pied baigne dans l'onde pure?
Est-ce bien l'oasis, où les sombres figuiers
Remplissent le sommeil de rêves mensongers?
J'entends déjà les chants; c'est toi la ville folle,
La cité des baisers et de la danse molle!
Au milieu de yous-yous j'entendis le tam-tam
Fêter une tribu qui venait en chantant;
Je suivis, et je vins, emporté par la houle,
Auprès d'un seuil étroit où s'engouffra la foule.
Dans un sombre réduit, sur la natte accroupis,
Les nomades en rond par groupes réunis,
Dans le vague brouillard qui flottait dans la salle,
Regardaient s'élever la fumée en spirale,
Et danser les houris que le Kif sous leurs yeux
Faisait naître et passer dans un rêve amoureux;
Une femme soudain, dans le vague silence
Qui pesait sur les fronts, apparut pour la danse :
Autour de ses bras nus sonnaient de lourds anneaux;

Une ceinture d'or couvrait ses noirs bandeaux;
Sous ses noirs sourcils peints, son grand œil noir humide
Jetait de sombre feux, et sur sa bouche avide
Sa lèvre en souriant appelait le baiser.
La flûte et le tam-tam sur un rythme léger
Donnèrent le signal; aussitôt la prêtresse
Parut de ses désirs nous raconter l'ivresse;
Le pied marquait le pas et le corps mollement
De mouvements lascifs ondulait se tordant,
S'agitait frémissant transporté par la fièvre
Qui brillait dans son œil, qui tremblait sur sa lèvre.
« Tes bras sont étendus, tu cèdes à l'amour,
Namah! pour fuir au ciel loin du triste séjour;
C'est un transport divin qui t'entraîne et t'emporte :
Inutiles efforts! car l'aile qui te porte
Te laisse retomber aux bras de ton amant,
Et ton regard pâmé se mire en souriant
Au feu de son regard qui t'enivre et t'entraîne,
Et ton corps affaissé, vibrant sous son haleine,
Se berce doucement et cherche dans ses yeux
Ton cœur avec son cœur envolé vers les cieux.
Tu frissonnes, Namah! sous l'amour qui t'enivre,
Et tes bras sont ouverts et ton âme veut vivre,
Et des longues amours tu dis le souvenir;
Tu donnes tes baisers en poussant un soupir!
Assez des oasis! car la dune m'appelle,
Le désert me sourit, et l'agile gazelle
Qui d'un sabot nerveux traverse les plateaux
M'arrache à ton amour, Namah! Sous les rameaux
Voltige un air impur, et la rouge sirène
Qui dans ses bras nerveux vous saisit vous entraîne,
Ne rend de votre cœur qu'un squelette brisé,
Qui se traîne tremblant dans un corps tout usé. »

L'étoile à l'Orient pâle brillait encore,
Et le rouge Orion fuyant devant l'aurore
Du désert en mourant nous montrait le chemin,
Quand la tribu partit pour son pays lointain;
Avec elle aussitôt je me mis en voyage.
« Vieillard, tu ne vois pas ou tu n'as pas ton âge!
Tu connais le désert, tu connais ses rigueurs,
Tu connais le simoun, tu connais ses fureurs :
Regarde à l'Orient ce large disque rouge
Qui monte lentement; pas un souffle ne bouge;
Une chaude vapeur au sein d'un air en feu
Qui dessèche la peau, fait tordre le cheveu,
S'élève de la plaine entraînant la poussière
Qui flotte sur son aile, et recouvre la terre
D'une vague vapeur qui masque l'horizon.
Regarde la tribu, vieillard, et son sillon;
Sur le sable qui fuit la marche est difficile;
« Que l'on presse le pas pour trouver un asile
Sur le plateau rocheux et pour fuir le tombeau
Que la dune en glissant va donner au troupeau!
Les ossements blanchis te montrent sur le sable
La mort et le tombeau, notre sort misérable. »
Plus d'espoir! Le chameau refusa de marcher;
Son œil à l'horizon regardait le danger;
Tournant le dos au vent il abrita sa tête,
Et couché sur le sol attendit la tempête.

De rouges tourbillons entraînés par le vent
Surgirent du désert, vinrent en bondissant,
Soulevèrent le sable en un rouge nuage,
Roulèrent sur le sol : du milieu de l'orage
Eclataient des éclairs; de larges gouttes d'eau

Rares marquaient le sol, et couchée au tombeau
Au désert la tribu ne marquait plus sa place.
Où passe le simoun l'œil ne voit plus de trace.
Un animal soudain se dressa du néant
De la dune; aussitôt quelques morts se levant
Ouvrirent leur linceul; la caravane entière
Péniblement sortit du mouvant cimetière
Qui rejetait ses morts, et sous une oasis,
Dans un village blanc près de la dune assis,
Alla se reposer. Pendant tout le voyage
Les villes en chantant fêtaient notre passage,
Et Tanis apparut à l'horizon enfin
Chauffant ses hautes tours aux rayons du matin.
La reine du désert! Un grand cri dans la plaine
Retentit aussitôt par une longue haleine.
A ce signal connu surgit à l'horizon
Dans un flot de poussière un léger escadron,
Dans un galop pressé balançant sur la tête
La lance aux longs cheveux. Ainsi qu'une tempête
Dont le flot bouillonnant se brise sur le roc
Au milieu de la brume et du bruit et du choc,
Ainsi les cavaliers dans un flot de poussière
S'arrêtèrent soudain, s'enfonçant dans la terre
En un nuage rouge, où les chevaux unis
S'agitaient dans le sable au milieu de grands cris.
Le cortége en hurlant s'avança vers la ville
Précédé du tam-tam, et notre longue file
Au bruit des clairs yous-yous qui chantaient sur le mur
Par la porte arriva dans un couloir obscur :
« Ta tache est terminée, et le repos t'appelle,
Vieillard; sous les palmiers la rouge tourterelle
De ses chants amoureux bercera ton sommeil,

Et tes enfants joyeux guetteront ton réveil.
Adieu, fils du désert! Je vais dans la vallée
Où, géant de l'orgueil, monte dans la nuée
Le tombeau du puissant qui veut être immortel,
Défiant dans la mort la main de l'Eternel. »

I.

CHANT SEPTIÈME

Époque agricole.

Sommaire. — Le poëte se trouve au bord du Nil, et voit en face de lui Memphis et les Pyramides, immense tableau que traversent les rayons du couchant. A la nuit il traverse le fleuve ; mais tout à coup il s'aperçoit qu'il est sur un fleuve fangeux, et son imagination lui fait croire qu'il est sur le Styx. Arrivé sur le rivage, il court et tombe épuisé près du Sphinx qui garde l'entrée du cimetière. Le Sphinx lui raconte son histoire et celle de la vallée ; ensuite un Pharaon dans une pyramide lui parle des derniers progrès de la Religion qui tendait vers le Monothéisme infini.

Infini du désert, dans ton temple sublime
Chaque homme prosterné sous l'inconnu s'abîme ;
Seul dans la plaine immense, en face du ciel bleu,
L'esprit quitte la terre et monte jusqu'au Dieu !
Salut immensité ! Temple de la prière
Où l'homme sur ton front regarde la lumière
Qui semble de ses feux lui montrer l'avenir
Et contre le trépas paraît le soutenir.
Pâtres, vous entendiez cet écho de la plaine,
Mais vous n'entendiez pas chanter la douce haleine
Qui vient de ses baisers caresser chaque fleur.
Dans les riches vallons, vous sentiez votre cœur

Monter vers le soleil, peuples, qui, sur la rive,
Ainsi qu'un chant du ciel dont l'écho vous arrive,
Ecoutiez du désert chanter la grande voix ;
Mais au lever du jour vous pouviez à la fois
Entendre près de vous le chant de la nature
Si belle à son réveil, si joyeux et si pure,
Qu'elle paraît sortir des mains du Créateur,
Et que l'œil la contemple humide de bonheur.
Vous voyiez le soleil dans sa course brillante
Passer et s'effacer sous la dune brûlante,
Et votre esprit disait : « le soir c'est le sommeil,
Mais demain au lever l'astre aura son réveil. »
Ainsi que le soleil, vous avez vu chaque homme
S'élever du néant, passer comme un fantôme,
Jeter un pâle éclair et tomber dans la nuit ;
Au-delà du cercueil vous cherchiez ce qui vit ;
Alors votre pensée a soulevé le voile,
Et, de même qu'au ciel vous entendiez l'étoile
Vous parler du soleil, d'un immortel flambeau,
Vous avez vu l'éclair au-delà du tombeau.
Vous ne vouliez pas voir le néant de la pierre,
Et vous avez brisé la loi du cimetière
Pour avoir du soleil l'aurore et le repos,
Et toujours de la vie entendre les échos. »
— J'étais sur un plateau dominant la vallée,
Et je vis devant moi la vague ensoleillée
D'un fleuve resplendir aux rayons du couchant
Qui semblaient le remplir de paillettes d'argent.
Au-dessus des palmiers, derrière le rivage,
Au milieu des rayons, qui dans un clair sillage
Descendaient du soleil, et venaient embrasés
Se briser sur le roc, de leurs reflets dorés
Illuminant les tours, mes yeux virent les ombres

D'une immense cité sur les feuillages sombres
S'allonger vers la rive, et la belle Memphis
Aux portes du désert, au seuil de l'oasis,
Sur son jaune plateau me montra sa ceinture
Au-dessus d'une riche et puissante nature.
Aux portes du désert, témoins silencieux,
Qui semblaient regarder de leurs plateaux rocheux
Les assauts du néant pour vaincre l'harmonie,
·Les efforts de la mort pour détruire la vie,
Et les sables brûlants qui venaient à leurs pieds
Se dressant sur le sable en dunes entassés,
Trois sommets près des murs s'élevaient solitaires
Et semblaient regarder les temps et les mystères
De l'immense néant. Leurs funèbres rochers
Au milieu des rayons paraissaient embrasés,
Et leurs larges corps noirs qui gardaient une trace
Des éclairs du couchant, ressemblaient par leur masse
A de grands blocs éteints encore incandescents
Allumant autour d'eux des nuages ardents.
Le soleil descendit sous la plaine ondulée ;
Une molle vapeur flotta sur la vallée ;
Le fleuve s'éteignit ; dans l'ombre les palmiers
Glissèrent lentement, et les veilleurs altiers
Seuls dans l'espace noir gardèrent sur le faîte
Un éclair qui semblait être une âme inquiète
Qui quitte le cadavre et revient du tombeau
Pour voir du Dieu soleil s'éteindre le flambeau.
Quand le soleil s'éteint, chaque rocher rayonne
Et puis se refroidit; du corps quand l'heure sonne,
Dans la nuit du cercueil une douce chaleur
Lutte contre le froid qui l'envahit ; le cœur
Quand le soleil n'est plus garde quelque lumière,
Et la mort pour le corps ainsi que pour la pierre

C'est le froid du rocher. Au-dessus des vallons
Pendant quelques instants, de ses rouges rayons
La flamme scintilla, mais je regardai l'ombre
Me cacher son éclair sous un voile plus sombre;
Enfin d'un voile noir l'ombre le recouvrit,
Et la flamme et le mont tombèrent dans la nuit.
Je quittai le plateau; sous le sombre feuillage
Je m'enfonçai sans bruit marchant vers le rivage,
Et je guidai mes pas vers l'orgueilleux tombeau,
Profitant de la nuit pour entrer au caveau,
A l'heure où tous les morts se lèvent du silence
Pour parler aux vivants du trépas qui s'avance.
J'arrivai sur la rive et je vis scintiller
Les astres sur les eaux qui semblaient les bercer;
Près de moi j'écoutais passer le doux murmure
Des zéphirs qui chantaient et dans la chevelure
Des palmiers se jouaient en sifflements légers;
Les vagues doucement se brisaient à mes pieds,
Et j'écoutais dans l'air résonner en cadence,
Ainsi que des baisers, le flot qui se balance
Et s'allonge en dansant vers la rive, où mourant
Il caresse le sable et repart en chantant.
A mes pieds une barque à côté d'une plage
Se balançait dans l'ombre au-dessous du feuillage;
Une fibre attachée au tronc d'un vieux palmier
La retenait au bord; je dus la délier,
Et, montant sur le flot, je quittai le rivage
A l'heure où s'élevait pâle sur un nuage
La lune qui semblait de son rayon blafard
Refroidir les palmiers. D'un négligeant regard
Je voyais fuir les flots que soulevait ma rame;
Mais je vis des flots noirs; je sentis dans mon âme
Passer un grand frisson; je vis des flots épais;

Je regardai la barque et mes yeux stupéfaits
N'osèrent se tourner pour voir si sur l'arrière
Le nocher de la mort, quand je quittai la terre,
Ne s'était pas assis tenant le gouvernail.
Mes bras se raidissaient, refusant tout travail,
Et je croyais entendre une voix aux oreilles
Avec un ton glacé me dire : « Tu sommeilles. »
Je sentis la sueur couler de mes cheveux,
Car je voyais l'enfer s'entr'ouvrir sous mes yeux ;
Je regardais les flots et j'entendais la fange
Sourdement clapoter au milieu d'un mélange
De cris, de hurlements, de rires et de pleurs,
Qui semblaient m'appeler, me montrer les douleurs
Du peuple des enfers, me dire leur prière,
Hurler à mon aspect et rugir de colère.
Je voyais se dresser de grands squelettes froids
Qui semblaient arrêter ma barque de leurs doigts ;
Je sentais sur les flots passer un bruit sauvage
Que soulevait ma rame en marquant son sillage,
Et j'entendais au loin des hurlements confus
Qui sortaient de l'abîme, aux mortels inconnus.
Tout à coup un grand choc fit tressaillir mon être ;
Je crus que sous mes yeux la mort allait paraître,
Et mon corps chancelant s'affaissa sur le bord.
Je me sentis sur terre et sauvé de la mort ;
Eperdu, hérissé, fuyant les cris de rage,
Qui semblaient me poursuivre encor sur le rivage,
Vers un sombre rocher je courus haletant,
Près duquel épuisé je tombai palpitant!!!
Alors loin du danger, je me sentis renaître
Et je sentis l'esprit revenir dans mon être ;
Je regardai les flots, le paisible regard
De la lune briller dans un léger brouillard ;

Je sentis dans mon sein les hurlements se taire,
Et mon esprit me dit que vers le cimetière
Où j'étais arrivé chaque jour sur les flots
Le nocher conduisait des mortels au repos.
Mon corps se releva ; je regardai la pierre
Qui dominait mon front, et la pâle lumière
Me parut de la nuit faire naître un géant
Qui semblait sous mes yeux être né du néant,
Dont le corps se cachait encore sous la roche,
Et dont la tête seule, en défendant l'approche
De l'empire muet, semblait de son front noir
Aux portes du tombeau faire taire l'espoir.
« Où suis-je, mon esprit ? Dans quel pays des songes
M'as-tu donc transporté ? Dans l'enfer tu me plonges,
Et tu traînes mon corps aux portes du tombeau ;
Et toi, monstre, dis-moi, toi qui sors du caveau
Pour venir à mes yeux de tes regards funèbres
Etaler le néant du monde des ténèbres ;
Que fais-tu dans la nuit, roi des jaunes plateaux ?
Tu regardes les temps passer toujours égaux ;
Calme sur ton rocher, tu vois passer les âges,
Et tu vois les mortels aborder aux rivages
Où dans la nuit le corps va demander la paix,
D'où le corps de sa nuit ne remonte jamais. »
J'entendis tout-à-coup s'élever de la terre
Comme un souffle puissant sortant du cimetière,
Une voix de la mort, qui prononça ces mots,
Et qui fit frissonner du rocher les échos.
« — Trois mille ans, ô mortel, ont glissé sur ma tête,
Et du peuple et du temps je brave la tempête.
Sur ce maigre plateau, débris des temps passés,
Je regarde les morts, les peuples entassés
Dans les sombres caveaux ; car ces tristes rivages

Renferment la cité qui traverse les âges,
Où viennent chaque jour se presser sur ses bords
De nouveaux habitants chez ce peuple de morts,
Dont jamais une voix ne trouble le silence,
Où parfois dans la nuit une ombre se balance,
Erre parmi les morts au milieu des tombeaux,
Et revient le matin pleurer dans les caveaux.
Mortel, devant mes yeux j'ai vu naître l'histoire
De ces riches vallons et je connais la gloire
Des peuples que je vois vivre en mon souvenir,
Mais que seul je connais. Je les ai vus mourir,
Et leurs mains de ce roc ont formé mon visage ;
Ils m'ont institué gardien de ce rivage,
Et depuis trois mille ans je regarde les morts.
Des rois j'ai vu l'orgueil et j'ai vu leurs efforts
Pour vaincre le trépas ; ils dorment sous la pierre
Ecrasés sous ces monts dans l'hymne funéraire,
Au milieu des mortels, sortant du froid cercueil,
Ne montre à tous les temps qu'un colossal orgueil.
Autrefois ce plateau dominait la surface
De l'immense océan ; je voyais face à face
Au loin l'immensité ; je regardais les flots
En roulant se briser, et l'écume des eaux
S'élevait jusqu'à moi ; j'ai vu naître des îles,
Et j'ai vu s'élever sur ces rives mobiles
Des arbres qui semblaient sortir du fond des eaux,
Retombaient sur la vague au milieu de canaux
Où roulaient des flots lents ; enfin, des marécages,
Au-dessus des roseaux ont paru ces rivages
Où la brise aujourd'hui sur de riches moissons
Agite les palmiers, et les larges sillons
Que le fleuve a creusés près de son embouchure
Ne disent que l'amour du flot pour la mer pure,

Vers laquelle il s'avance en étendant ses doigts.
Tout vient dans ces vallons par le flot que tu vois,
Qui, par ses bois touffus étendus sur la rive
Défend contre le sable un peuple qui cultive
Et revient tous les ans guidé par Sirius
Roulant des flots épais. De mondes inconnus
Il vient en mugissant; sur la vague il s'avance
Et roule vers le bord; alors le flot s'élance,
Ecume en bouillonnant; sous l'onde qui mugit
La poussière s'élève et la terre frémit;
Le flot pousse le flot; le flot meurt sous la plage,
Et le flot qui le suit fait un nouveau rivage;
De fange alors partout roule une immense mer;
Un fleuve noir se meut dans le calme de l'air,
Dont les lourds tourbillons s'élancent du rivage
Sur l'océan limpide en creusant leur sillage;
Mais la mer lentement rejette avec effort
Le flot qui l'a salie, écume sur le bord.
L'Etoile était au ciel au lever de l'aurore,
Et l'astre bienfaisant que la vallée adore
Annonce le retour du fleuve bouillonnant.
Entends-tu ces longs bruits; c'est le bruit du torrent
Qui renverse la digue, et le peuple en cadence
Célèbre le bonheur de ce baiser immense
D'un fleuve qui se rue et féconde ses bords.
Laisse-moi te parler des peuples qui sont morts;
Tu connais que jadis loin dans la nuit des âges
Au milieu des rochers, en suivant ces rivages
Une immense cité dans des antres obscurs
Adorait le soleil, et de ses vastes murs
Etendus sur les flots formait le vaste enceinte
Où le fleuve soumis baignait Thèbes la sainte :
Là des peuples heureux à côté des ruisseaux

Qui fécondaient la plaine, à l'ombre des rameaux
Disaient l'hymne du Dieu sur la rive qui chante.
Quand un peuple est heureux la nature l'enchante
Et son œil ne voit pas s'élever lentement
Au-dessus des maisons le palais du puissant,
Qui bientôt de sa main pèsera sur sa tête
Et fera sur les murs éclater la tempête.
Ainsi dans la cité s'élevèrent des tours
D'où les prêtres parlaient au dieu Rah tous les jours.
Plus tard, de l'orient, si j'en crois la mémoire
Et le récit du prêtre, ancêtre de l'histoire,
Nous vinrent les épis, et de riches moissons
Aux rayons du soleil sortirent des sillons.
Osiris-Rah dès lors s'éleva dans la nue
Plus loin vers l'infini. Le soc de la charrue
S'enfonça dans le sol, et les sombres taureaux
Asservis sous le joug avec leurs fronts jumeaux
Creusèrent le sillon sous la main de leur guide ;
Osiris, roi soleil, gardait l'empire vide
Et son nom vénéré régnait sur l'oasis !
Mais le peuple suivait aussi le dieu Mnevis
Qui creusait par le fer le flanc de la déesse !
Au taureau laboureur il donnait sa tendresse ;
L'âme de son dieu Rah respirait dans son sein ;
Mais son temple plus tard devenu plus divin
Laissa le bœuf Apis entrer au sanctuaire,
Et ce dieu dans Memphis fut connu de la terre.
Déjà vivait Isis la mère des moissons
Qu'Osiris fécondait du feu de ses rayons.
Quand le flot débordé revenait au rivage,
Il laissait sur son sein, masque sur son visage
Un humide manteau de ses épais limons,
Où le sombre taureau creusait de noirs sillons :

XIII

Osiris faisait naître une verte parure
Et de ses feux brûlants dorait sa chevelure.
Isis gardait les blés et le seuil de l'enfer
Et Sirius devint sa demeure de l'air.
De la vallée alors sortit un noir nuage;
Un roi prit la couronne, et, brisé par l'orage,
Un peuple de vaincus construisit son palais,
Et Thèbes dans la nuit s'enfonça pour jamais;
Le prêtre disparut au fond du sanctuaire
Invoquant, mais en vain, la divine colère;
Au-dessus des autels le roi prit les destins
Et, fils du Tout-Puissant, domina les humains;
Son œil vit le soleil s'élever sur la voûte
Et s'éteindre le soir en continuant sa route
Endormi pour la nuit. Alors dans le tombeau
Le roi voulut dormir pour un âge nouveau;
Son cadavre séché dut rester dans la bière,
Mais son souffle endormi dut attendre sous terre
Un réveil qui devait l'arracher au cercueil.
L'âme des rois naquit la fille de l'orgueil. »
— J'entendis tout à coup au milieu de la pierre
Un immense soupir, comme si sous la terre
Un mortel s'efforçait de sortir du trépas
Mais ne pouvait briser les chaînes de ses bras,
Et j'entendis l'esprit répéter dans mon être :
« L'âme chez les puissants c'est la peur du non-être;
Et chez les malheureux qui pleurent sans espoir
L'âme apparaît au ciel enseignant le devoir;
C'est une voix du cœur qui calme la souffrance,
C'est une voix du ciel qui donne l'espérance. »
— Ainsi que dans la nuit au-dessus des tombeaux
L'œil perçoit des lueurs dont les pâles flambeaux
Paraissent à l'esprit en glissant sur la terre

Une âme qui s'envole et laisse une prière,
Ainsi devant mes pas je vis glisser des feux
Qui semblaient en dansant dire silencieux
Le calme de la mort dans la froide demeure,
Et s'arrêtaient parfois écoutant sonner l'heure
Qui d'un autre mortel annonçait le trépas.
En passant j'entraînais ces âmes sur mes pas,
Et leur long tourbillon, phosphorescente chaine
De petits feux ailés, s'agitait dans la plaine,
Comme ces moucherons éveillés dans les bois
Qui sortent sous les pieds en agitant leurs doigts.
Je vis monter du sable au-dessus de ma tête
L'immense monument dont le massif squelette
Pesait sur le plateau, fatigué sous ses pieds,
Et paraissait formé d'immenses escaliers.
Un orifice noir me regardait dans l'ombre,
Asile de la nuit tracé dans la pénombre,
Et je franchis le seuil du funèbre caveau ;
Mes bras seuls regardaient sur les murs du tombeau ;
Tout à coup sur la voûte une lueur d'étoile
De ses tremblants rayons vint soulever le voile
Qui de ses noirs replis m'enfermait dans la mort.
« Etoile de l'espoir, qui m'éclaires du Nord (1),
Toi que le nautonnier regarde sur sa tête,
Je suis un naufragé brisé par la tempête ;
Au milieu des mortels je marche avec effort
Et, pour voir, des aïeux j'interroge la mort.
Ancêtre des rois dieux, éveille-toi de l'ombre
Où depuis deux mille ans sous cette voûte sombre
Tu dors enseveli ! Redis-moi les échos

---

(1) La Polaire.

Des peuples qui vivaient autour de ces tombeaux. »
J'abaissai mon regard et je vis sur la pierre
Un visage ridé qui sortait d'un suaire,
Et sur le blanc manteau qui recouvrait le corps
Un œil seul regardait dans l'empire des morts.
Une funèbre voix retentit à l'oreille ;
Jamais je n'entendis une douleur pareille.
« Deux mille ans sont passés, je dors dans le cercueil
Attendant dans la mort de repasser ce seuil.
En entrant au tombeau j'ai cru que ma puissance
Et la main d'Osiris me feraient du silence
Revenir quelquefois ; qu'encore du palais
Je verrais le bonheur. Je languis dans la paix
Qui pèse sur ma tête et j'aspire à la vie
Dans mon être mortel ; mais mon âme endormie
Ne se réveille pas ; cependant j'ai vécu
Roi juste, aimant les dieux même aux yeux du vaincu.
L'âme donc dans le corps ne serait que mensonge,
Et j'aurais sur le trône écouté le vain songe
De prêtres ignorants égarés dans les cieux !
Osiris, roi soleil, sur ton char radieux
N'es-tu qu'un vain éclair qui passe, meurt, repasse ?
Faut-il donc qu'aujourd'hui ton empire s'efface ?
Où dois-je donc chercher le livre des destins ?
Le temple est-il plus loin dans les mondes sereins ?
J'ai construit sur ce roc un vaste sanctuaire
Afin, je le croyais, de rendre moins sévère
Celui qui peut briser le bonheur des humains ;
Le peuple vint en foule aux oracles divins,
Voulant laisser son corps près du dieu tutélaire
Qui devait lui donner la paix au cimetière ;
Une immense cité parut sur ce plateau,
Sombre cité des morts ; mais proche du tombeau

Les fils voulurent être à côté de leurs pères
Et la belle Memphis vit naître ses tours fières.
J'ai vécu tous mes jours dans le brillant palais
Qui dépasse le mur et j'ai gardé la paix ;
Quelquefois j'ai senti du milieu du silence
S'élever une voix qui disait la distance
Entre le dieu soleil et le vaste infini.
Les prêtres, je le sais, outre l'astre béni
Regardaient dans le ciel un dieu plus grand paraître
Devant qui tout se tait, qui de tout est le maître ;
Je n'ai jamais osé m'élancer dans les cieux
Et regarder si loin au-delà de mes yeux.
Est-il donc dans la nue une main souveraine
Que l'homme ne voit pas, mais qui garde l'arène
Où roulent tous les jours les astres enchaînés,
Et qui voit le soleil à genoux sous ses pieds ?
Immense dieu de tout, sous ton bras je m'incline ;
Plus que le dieu soleil ton pouvoir me domine ;
Dieu puissant, je t'écoute, esclave de tes lois ;
Laisse-moi revenir sur le trône des rois. »
— Je sortis, un hibou debout sur une pierre
Chantait sur un tombeau son hymne funéraire,
Et je crus écouter une voix dans mon sein
Me redire tout bas : « Le tombeau c'est la fin. »
Mon corps était brisé ; je tombai sur l'arène
Vaincu par le sommeil, et, couché sur la plaine,
Je pus quelques instants oublier ma terreur :
Mais soudain, fut-ce un rêve ou des yeux ou du cœur,
Je vis au fond des airs dans la nue apparaître
L'œil du Dieu Tout-Puissant que je pus reconnaître,
Et qui, comme un soleil entouré de rayons,
Semblait scruter au loin les vastes horizons ;
Je vis alors vers lui s'élever deux échelles

Où montaient, descendaient, emportés par leurs ailes,
Immense tourbillon, des anges enlacés,
Qui montaient radieux s'incliner à ses pieds,
Et revenaient vers moi voltiger sur ma tête,
Comme l'oiseau léger qui tout à coup s'arrête
Et s'envole aussitôt emporté par le vent ;
Les anges vers le ciel remontaient en chantant ;
Tout à coup une voix de la voûte étoilée,
Parut dire des mots à mon âme affolée,
Et je crus dans la nuit reconnaître une main
Qui du vaste désert me montrait le chemin.
Je regardai, je vis, aux rayons de la lune,
Dont les pâles reflets voltigeaient sur la dune,
Les vagues d'une mer, dont le sommet brillant
Scintillait couronné d'une frange d'argent.
« Mortel, dans le désert cherche le sanctuaire
Où le Dieu tout-puissant est venu sur la terre
Au milieu des humains faire entendre sa voix ;
Cherche le roc divin qui supporte ses lois. »
— Une main tout à coup vint secouer mon être ;
Je regardai je ciel, je vis le jour paraître ;
Je me levai transi par le froid qui descend
Chassé du haut des airs par le rayon brûlant,
Qui déjà dans la nue a précédé l'aurore,
Eveillant le zéphir sans qu'on le voie encore,
Et, fuyant l'oasis en paix dans le sommeil,
J'entrai dans le désert bien avant son réveil.

CHANT HUITIÈME

Moïse. L'Éternité par l'Immensité.

Sommaire. — En sortant de l'Egypte le poëte va vers le Sinaï ;
mais la chaleur le surprend et il est sur le point de succomber,
quand il arrive à une oasis où sont arrêtés des bergers. Ceux-ci
lui parlent de l'histoire de la contrée et le quittent. Au coucher du
soleil le poëte arrive à la montagne et trouve les commandements
écrits sur une dalle. En lisant chaque verset son esprit fait entendre quelques réflexions et enfin appelle l'Esprit, parce qu'il
voit l'orient s'arrêter dans le ciel. L'Esprit lui parle des Cités de
l'avenir, et des luttes de la raison.

Ainsi que sur la mer tout à coup le rivage
Nous paraît s'élever comme un léger nuage
Arrêté sur la vague à l'horizon brumeux,
Et chaque voyageur se redresse anxieux
Ecoutant dans son cœur une voix qui lui crie
La terre des aïeux, le sol de la patrie ;
Mais chacun ne peut voir malgré tous ses efforts
Qu'une brume qui flotte ondulant sur les bords ;
Ainsi que pas à pas de la vague profonde
Les monts semblent sortir et nous montrer sur l'onde
L'abîme qui se creuse et le roc escarpé
Qui se dresse soudain, squelette décharné ;

De même tout à coup une vapeur bleuâtre
S'éleva de la plaine ; une roche grisâtre
Apparut dans la brume, et je vis des rochers
Se dresser du désert hérissés, escarpés :
Je sentais sur mon front déjà la chaude haleine
Du soleil, et mes pas n'avançaient qu'avec peine ;
Les dunes en dansant passaient devant mes yeux ;
Je sentis des frissons agiter mes cheveux ;
J'entendais un marteau qui frappait dans ma tête,
Et, comme le mortel battu par la tempête
Dont le corps fatigué se raidit sous le vent,
Je marchais dans la plaine, et mon corps chancelant
Toujours prêt à tomber expirant sur le sable,
Se raidissait fuyant une mort misérable.
Je sentais dans mon sein mon âme s'affaisser,
Et mon corps fatigué prêt à m'abandonner ;
Tout à coup j'aperçus une verte vallée,
Et sous les noirs figuiers une source ombragée,
Dont l'onde se perdait auprès dans l'oasis
En jetant sur le sable un verdoyant tapis.
Un troupeau reposait sous le feuillage sombre
Et des chameaux couchés se chauffaient près de l'ombre
Aux rayons du soleil ; quelques pâtres assis
S'amusaient ; seuls les chiens qui semblaient endormis
De leurs yeux demi-clos interrogeaient la plaine
Et les bruits que le vent portait dans son haleine.
Sitôt que j'approchai, d'un regard menaçant
Tout le peuple des chiens accourut en hurlant ;
Les bergers éveillés calmèrent leur colère,
Ils allèrent grondant se coucher sur la terre,
Et j'entendis ces mots : « Soyez le bienvenu ;
De quel pays lointain venez-vous, inconnu ?
Vous êtes sur la dune où le chemin s'efface,

Et des sentiers battus vous n'avez plus la trace,
Puisque vous arrivez auprès de ces rochers
Où vit notre tribu gardienne des bûchers
Où parut l'éternel : c'est là que le Grand Prêtre
A frappé sur le roc, et sa main fit paraître
Un ruisseau près duquel s'étend une oasis
Où campe la tribu dont nous sommes les fils. »
Mon oreille entendait; je ne pouvais comprendre;
Epuisé par la soif, je ne pouvais attendre,
Et ma langue en ma bouche avait perdu les mots;
Je ne sus que plonger ma tête sous les eaux,
Aspirant à longs traits, dans l'onde avec ma vie,
Mon ardeur qui s'était dans mon être assoupie.
Quand je me relevai, les bergers curieux
Près de moi se pressaient et semblaient anxieux
Demander du regard quelle était ma souffrance.
« Pasteurs, soyez bénis; vers vous mon cœur s'élance;
Ce matin j'ai quitté bien avant le réveil
L'oasis près du fleuve où règne le soleil,
Et, conduit par un bras que j'ai vu dans la nue,
Je me suis égaré sur la vaste étendue
De l'immense désert; mais l'invisible bras
De Dieu malgré mes sens a dû guider mes pas
Vers cet asile frais, car je suis sur la route
Où parut l'Eternel. Parlez, je vous écoute,
Et dites-moi les pas de ce peuple pasteur
Qui fuyait au désert demandant un sauveur. »
A ces mots un berger dont le mâle visage
Etait déjà d'un homme, et qui semblait par l'âge
Etre le frère aîné, se leva pour parler;
Tout mon être écouta sa bouche raconter.
« Les récits des vieillards ont gardé la mémoire

D'un peuple fugitif qui laissa son histoire
Au milieu du désert; il venait comme vous
Du pays du soleil, fuyant le bras jaloux
D'un prince qui voulait anéantir sa race,
Et forçait ses enfants à construire la masse
D'immenses monuments de rochers entassés
Qui n'ont pu par le temps être encore effacés.
Un vieillard les guidait, dont la haute stature
La longue barbe blanche et la noble figure
Semblaient être d'un dieu; le premier il marchait
En avant de son peuple, et son regard semblait
Suivre sur le désert une trace cachée;
Au-devant de ses pas marchait une nuée,
Qui vint se reposer là-bas sur ce sommet;
Le vieillard s'arrêta suivant l'ordre secret
Ordonné par le guide, et, courbé sur la terre,
Au nom de tout le peuple il fit une prière
Au dieu de l'infini. Le peuple regardait,
Mais ne le suivait pas, sa bouche murmurait :
Un homme lui montra son dieu sur une pierre,
Et le peuple à genoux adressa sa prière
Au dieu de ses aïeux, le vénéré taureau,
N'osant voir dans les airs l'invisible flambeau.
Le vieillard se leva; mais sitôt que sa vue
Eut aperçu son peuple aux pieds de la statue,
Un nuage de sang s'étendit sur ses yeux
D'où sortaient des éclairs : « Insensés, malheureux,
Mais ne craignez-vous pas la vengeance céleste,
En face de ce mont où Dieu se manifeste?
Vous osez de vos mains élever un autel
Et rappeler l'idole oubliant l'éternel !
Allez ! le feu du ciel punira votre crime

Et je vois devant vous déjà s'ouvrir l'abîme. »
Il dit, et tout à coup des anges (1) dans les airs
Parurent dans les mains apportant des éclairs,
Qui sur les criminels firent tomber l'orage,
Et du milieu des morts s'éleva le nuage.
Le peuple consterné tremblant devant la mort
S'inclina sous la main du maître de son sort ;
Depuis lors l'éternel de la nue est le maître
Partout dans le désert où s'efface notre être
Pour se mettre à genoux devant l'immensité.
Sur ce même séjour que ce peuple a quitté
Mes aïeux sont venus, et souvent la nuée
Apparaît sur le mont ; l'écho de la vallée
Répète à nos bergers le nom de l'éternel,
Et nous vivons heureux près de l'antique autel. »
— A ces mots le berger regarda la lumière
Du soleil qui passait en glissant sur la terre.
« Etranger, me dit-il, je vois venir le soir ;
Marchez vers ces rochers, et là vous pourrez voir
Ecrite sur le roc la parole divine.
Nous allons au couchant, là-bas vers la colline,
Conduire nos brebis, et ce soir doucement
Quand l'ombre descendra, nos troupeaux en broutant
Rentreront au bercail le long de la vallée. »
— Sortant de l'oasis, vers la roche dressée
Comme un mur sur le mont je dirigeai mes pas.
Elle semblait sortir du milieu d'un amas
De rochers entassés, comme une tour immense
Pesant sur mon esprit d'un effrayant silence,
Et les feux du soleil en glissant sur ses murs

---

(1) Les Lévites.

Y laissaient des lueurs, qui de foyers obscurs
Illumineaient le roc d'une flamme légère,
Comme si des rayons s'échappaient de la pierre.
Tout à coup devant moi du milieu d'un buisson
Surgit une fumée en large tourbillon ;
Une flamme sortit se tordant en spirales
Et j'entendis la voix : « Dépose tes sandales,
Mortel, n'approche pas, ce lieu c'est un lieu saint,
C'est l'asile sacré du maitre du destin. »
Je m'approchai pieds nus écoutant dans mon âme
La voix de l'éternel, et, regardant la flamme
Qui paraissait vouloir me fermer le sentier :
Je m'avançai tremblant vers le sombre rocher ;
J'escaladai le roc, me hissant sur la pierre ;
Pas à pas je montai m'élevant de la terre
Suspendu sur le mur ; je sentais sous mon bras
Les rochers s'affaisser ; j'entendais le fracas
Des pierres qui roulaient en tombant dans l'abîme ;
De mes ongles sanglants je pus saisir la cîme,
Et d'un dernier effort m'élevant sur mes mains,
Sur l'herbe je m'assis près des rochers divins ;
Je n'osais sous mes pieds interroger le vide
Qui semblait m'attirer, et je cherchais le guide
Qui m'avait jusqu'au faîte emporté dans ses bras.
Le soleil se couchait, et j'entendais bien bas
Des bruits silencieux m'arriver de la plaine
Apportés par la nuit avec la douce haleine
Des zéphirs embaumés qui montaient du vallon.
Une froide vapeur envahit l'horizon
Semblable à ces brouillards que soulève la lune,
Et qui près des ruisseaux flottent sur la lagune,
Attendant le soleil pour tomber sur les fleurs,
Faire pleuvoir du ciel des perles et des pleurs.

C'était presque la nuit; tout à coup sur la pierre.
Ainsi que le regard au sein du cimetière
Dans l'ombre voit briller sur le marbre tout noir
Des paroles d'argent, larmes du désespoir,
Ainsi sur un rocher qui se dressait dans l'ombre
J'aperçus tout à coup brillant dans la nuit sombre
Les saints commandements, dictés par l'Eternel,
Saintes lois sur le front de l'univers mortel.
« Je suis Dieu l'Eternel, ton auteur et ton père. »
Peuples, inclinez-vous sous la grande lumière
Qui, fille du désert, remplira l'Orient,
Passera sur les monts, ira vers le couchant
Entraînant les humains jusqu'au fond de l'espace,
Et l'homme prosterné, tremblant devant la face
De l'immense infini, verra devant ses yeux
La main d'un Dieu de tout en regardant les cieux.
Peuples, que faisiez-vous lorsque dans votre enfance
Vous alliez des rochers implorer le silence,
Et lorsque vous chantiez sur le bord des ruisseaux?
Enfants, vous écoutiez des forêts les échos.
Que faisiez-vous plus tard lorsque au bruit du tonnerre
Vous trembliez implorant la divine colère?
Votre esprit s'élevait et cherchait l'inconnu.
Apparais l'Eternel, car ton âge est venu;
L'esprit humain des airs remplit le vide immense
Et veut un Créateur pour combler la distance
Entre l'homme et le ciel, entre l'être et la peur.
Hosannah! hosannah! Laisse parler ton cœur
Roi David; chante nous, porté par ton délire,
Les cantiques divins qu'accompagnait ta lyre
Lorsque tu précédais l'arche sainte en dansant
Et que tout Israël te suivait en chantant!
Salomon dans ton temple écoute l'harmonie

D'une foule à genoux par une chaîne unie
Disant à l'Eternel les cantiques sacrés !
O filles de Sion, dans les murs vénérés
Chantez Jérusalem, et que la ville sainte
Hosannah! hosannah! redise votre plainte !
« Sur l'autel ne mets point l'image de ton Dieu. »
Cet être à qui chaque homme à genoux fait l'aveu
Devant l'immensité de sa grande faiblesse
Est le Dieu qui retient la vie et la sagesse;
L'homme sous une main que son œil ne voit pas
Ecoute du néant lui parler le trépas
Qui pèse sur sa tête; alors il laisse l'âme
Suivre un rayon divin qui l'emporte et l'enflamme
Et la jette éperdue aux pieds de l'infini.
Moïse, croyais-tu du ciel être béni?
Cependant pour prier la plaine était ton temple.
Samuel dans les airs, pour montrer ton exemple
Aux peuples égarés, tu lisais le devoir.
Jésus au Golgotha, brisé de désespoir,
Tu regardais le ciel, et la main du Dieu père
Te montrait ta douleur régénérant la terre.
Saint Paul, tu célébrais le Dieu de l'univers
Et, poussé par l'amour, tu traversais les mers;
Pour toi l'humanité dans la même carrière
Marchait d'un pas égal au même sanctuaire.
Rome pourquoi tes mains entre des murs étroits
Ont-elles renfermé l'Eternel et la croix?
Dé ton Dieu sur l'autel ne place point l'image;
As-tu donc oublié cet auguste langage?
En mourant sur la croix Christ aurais-tu réduit
La loi de l'Eternel arrachée au zénith?
Non! L'univers entend ta parole divine
Et voit dans l'infini l'Eternel qui domine;

L'Eglise dans des murs seule enferme ton nom
Afin que sous sa main s'incline la raison.
« Ne prends jamais en vain le nom sacré du maître! »
Incline ton esprit, car le Dieu va paraître,
Mortel; dans le malheur invoque son pouvoir,
Sa main te soutiendra; mais dans ton désespoir
Que ta bouche jamais le saint nom ne blasphème;
Invoque l'Eternel et tremble pour toi-même.
« Souviens-toi du repos qu'il faut sanctifier. »
Quand le Dieu créateur fit naître le rocher
Du milieu du chaos; quand il fit sur la terre
Apparaitre la fleur et ta première mère,
Il travailla six jours et dans ton souvenir,
Avant de pénétrer la nuit de l'avenir,
Tu dois te rappeler le jour de ta naissance,
Car le jour du repos est le jour où l'on pense.
« C'est la loi de nature, honore tes parents. »
Sainte loi de famille, aux pasteurs ignorants
Apparais, par le ciel à la terre enseignée,
Afin que chaque vie enfin soit épargnée,
Et que l'homme brutal en aimant ses aïeux
Apprenne le respect qu'il doit aux malheureux.
N'est-ce pas cette loi que voyait au calvaire
Le Christ qui sur la croix demandait à son père
De répandre l'amour au milieu des mortels?
N'est-ce pas cette loi que suit loin des autels
Le penseur qui regarde ou pleure la souffrance,
Et veut sur les Etats par son amour immense
Faire de l'univers une seule cité?
La seule loi d'amour fera l'humanité.
Aimez-vous! c'est le cri que prononce le Père!
Aimez-vous! c'est le cri du Christ sur le calvaire,
Car les âges du cœur sont les âges des dieux

Et notre immense amour nous vient de nos aïeux.
Aimez-vous! mais celui qui cherche la fortune
De quel nom traite-t-il cette vertu commune?
Aimez-vous! mais le roi dont le pouvoir jaloux
Veut ne voir près de lui que des rois à genoux
De quel nom traite-t-il des vertus si petites?
Tout un peuple gémit près des cités détruites;
Qu'importe? De quel droit cet insolent troupeau
De la gloire au palais vient-il troubler l'écho?
Princes, lorsque plus tard du peuple la colère
Voudra venger sur vous son malheur séculaire,
Vous ne voudrez pas voir ce qu'ont fait vos aïeux;
Peuple, il faut pardonner pour être plus grand qu'eux.
« Que ta droite jamais ne commette le crime
Ou le vol, car ton Dieu regarde de la cime. »
Au nom de l'Eternel, sont-ce les premiers droits
D'où demain sortiront dans les cités les lois?
Dieu, de ton infini tu veux que la justice
Règne dans la tribu; que du noir précipice
L'homme soit préservé; d'un pouvoir souverain
Qu'il connaisse le poids, et que du vice humain
Ton regard immortel soit seul à le défendre!
L'esprit qui veut le mal voit mais ne veut comprendre,
Et derrière le crime il faut que le remords
Suive le criminel au-delà de la mort,
Que l'homme voie la peine au-delà de la vie
Et qu'il sente une main qui jamais endormie
Le poursuive toujours; car le regard divin
Sans peine ou récompense est un faible soutien.
Dieu, dans ton infini tu veux que sur sa tête
Chaque homme te regarde et près du mal s'arrête!
Mais que répondras-tu quand monteront les pleurs
Invoquant ton secours pour calmer les douleurs?

Quand l'homme cherchera dans la mort un asile?
Dieu, que peux-tu répondre à celui qui t'exile
Au loin dans l'inconnu, qui veut voir l'avenir
Et demande justice? Il a peur de mourir
Et devant son regard l'Eternel vient de naître,
Perdu dans l'infini; Dieu seul vient de paraître,
Remplissant l'univers de son immensité;
Mais l'homme seulement connaît l'éternité
Qui ne s'abaisse pas pour calmer sa souffrance,
Ou pour donner au bien sa juste récompense.
Verras-tu le rayon d'un éternel vengeur,
David? Non! tu ne sais que chanter ton bonheur;
Salomon, tu n'entends que ton âme en délire;
Job, tu pleures vaincu, tu ne sais que maudire,
Jérémie à Sion tu ne sais que gémir;
Pour ton peuple, Daniel, tu ne sais que mourir;
Prophètes d'Israël, des murs de Babylone
Vous voulez qu'à Juda votre plainte résonne,
Et pour vous consoler vous voyez l'avenir,
Un Messie apparaître et le ciel s'entr'ouvrir;
Christ, descends de la nue et remplis la distance,
Afin que le martyr avec bonheur s'élance
Vers le brillant séjour ou tu promets la paix,
Un réveil dans la mort où l'on ne meurt jamais!
— Je suivais mon esprit emporté dans l'espace.
Tout à coup je crus voir une brillante trace
Marquer sur le désert un immense sillon,
Se perdre à l'orient derrière l'horizon,
Et je connus alors les douleurs, la constance
De l'homme qui voulut jeter une semence
Et faire du néant naître un peuple nouveau.
« Mon esprit, de la foi je connais le berceau;
Depuis que l'homme sent j'ai suivi chaque trace

XIV

De ses constants efforts, et j'ai vu de la masse
De l'immense soleil apparaître le Dieu ;
J'ai vu l'amour chanter d'abord auprès du feu ;
J'ai vu le Dieu descendre au fond du sanctuaire
Et parler aux mortels prosternés sur la terre ;
J'ai vu sur l'oasis régner le prêtre roi,
Les humains se courber sous le bras de la foi ;
J'ai vu près des autels apparaître le trône,
Et le roi sur son front déposer la couronne ;
Au milieu des palais j'ai vu naître l'orgueil,
Et les rois regarder au-delà du cercueil ;
Le spectre de la mort a soulevé la pierre
Et la peur de mourir a paru sur la terre ;
Mais l'orient se tait, et l'immense désert
Roulé dans le linceuil qui ne s'est pas ouvert,
Pour montrer la raison qui dirige notre être,
Ecoute en son sommeil parler le divin maître.
Esprit de mes aïeux, ne m'as-tu dans tes bras
Emporté dans la nuit au milieu du fracas,
Que pour me faire voir des peuples la naissance,
Pour me faire frémir de leur pénible enfance,
Et les faire tomber dans l'éternelle nuit ?
Pour toujours l'orient doit-il être maudit ?... »
Aussitôt près de moi j'entendis un bruit d'ailes,
Et je vis sur le roc briller des étincelles
Qui vinrent en volant s'arrêter sous mes yeux,
Et je vis devant moi l'esprit de mes aïeux.
« — Mon fils, je t'ai montré le chaos, la lumière,
Les fleurs, les animaux, les hommes sur la terre,
Au milieu des rochers l'enfance des mortels,
Au milieu des déserts les échos éternels ;
Tes yeux dans la vallée ont vu l'âme apparaître,
Les palais s'élever et les empires naître ;

Au milieu du désert il n'est pas de cité;
La tribu voit régner partout l'immensité,
Ne sent pas les douleurs du combat de la vie,
Et s'endort mollement par les chants endormie
Des riches oasis, voyant dans le lointain
Peser sur l'avenir l'inflexible destin.
Je vais devant tes yeux faire vivre un autre âge;
Délaisse l'orient qui dort sur ce rivage;
Nous irons sur la mer, nous verrons à la fois
Les luttes des mortels et des dieux et des rois,
Les efforts des cités pour devenir empires,
Des peuples délivrés les gloires, les martyres,
Et tu verras le peuple en connaissant ses droits
S'élever lentement pour commander aux rois.
Alors les lois viendront pour régir la pensée
Et par la raison l'âme au ciel sera poussée. »
— L'esprit ne parlait plus; il était sur le roc;
Ses yeux me regardaient; tout à coup un grand choc,
Semblable à ces efforts qui font trembler la terre,
Fit osciller mon être, et je sentis la pierre
Comme un vaste radeau supporté par la mer
Osciller lentement, se balancer dans l'air.
Un pâle éclair soudain éclaira mon visage
Réfléchi par les eaux; j'étais sur un rivage,
Et j'entendais rouler les remous à mes pieds
Par de légers zéphirs doucement balancés.
J'écoutais dans les airs résonner sur la vague
Ce grand mot de cité comme un murmure vague,
Et je crus devant moi voir naître des palais
Autour desquels marchait un peuple de muets;
Je vis une cité s'élever sur la rive,
Et, comme un faible écho qui sur les monts arrive
Long écho du vallon, j'entendis des douleurs

Pleurer autour des murs. Alors près de ces pleurs,
Mon esprit crut sentir le bonheur de l'espace,
Où l'homme sans devoirs erre sur la surface,
Libre sous le ciel bleu, ne voyant sur son front
Que l'immense soleil, les astres qui s'en vont
Emportant avec eux l'amour et la jeunesse,
Et derrière eux laissant paraître la vieillesse,
Qui seule, en arrachant et l'espace et l'espoir,
Au devant de la vie ouvre un abîme noir.
« Mon enfant, dit l'esprit, tu regardes la plaine
Et les devoirs humains t'intéressent à peine;
Dans la cité qui naît tu ne vois que les rois;
Hors du palais vois-tu les peuples et les lois?
Tu ne vois que le mur qui te cache le trône;
Ecoute près de toi cette voix qui résonne
Du peuple qui s'élève et refuse la mort,
Met les rois sous ses pieds par un constant effort
Qui toujours comprimé se relève sans cesse.
C'est le peuple à genoux qui toujours se redresse;
Et l'histoire du peuple et l'histoire des rois
N'est qu'un cruel combat pour arriver aux lois.
Ecoute les douleurs; près d'elles est la vie,
Une cité qui pleure enfante le génie. »

CHANT NEUVIÈME

Polythéisme esthétique. L'Amour et la Beauté.

Sommaire. — Le poëte traverse la Méditerranée et voit en passant l'île de Chypre et les Cyclades. Enfin il arrive dans le Bosphore et débarque près des ruines de Troie, où il trouve Homère. Le chantre d'Achille lui parle des hauts faits du passé et consent à l'accompagner dans la demeure des dieux; mais avant il invoque Thétis, qui vient prendre les voyageurs et les conduit au pied du palais. Dans la première enceinte, le poëte assisté au lever du soleil et enfin peut voir le dieu Jupiter qui lui recommande de chanter l'amour de la famille. Les voyageurs repartent et le poëte demande à Homère de le conduire aux Enfers.

Une barque, à mes pieds par le flot balancée,
Semblait une sirène en son sommeil bercée,
Reposant sur la mer dans un lit de cheveux
Que la brise faisait voltiger sous mes yeux.
Je regardais les flots qui venaient sur les rives
Doucement expirer, caresses fugitives
Qu'un souffle de l'Autan pouvait faire finir.
« Viens, mon fils, dit l'esprit; il est temps de partir. »
Mon esprit aussitôt m'emporta sur son aile
Et je sentis mon corps assis dans la nacelle.

Qui s'agita soudain bondissant sur les mers,
En jetant dans l'espace au milieu des éclairs
Une brume d'argent qui retombait en pluie
Sur les flots éveillés. De la voile endormie
L'esprit défit les liens; la brise la saisit,
Et le bateau léger sur la vague bondit.
La lune lentement sur la plaine liquide
Cacha ses flots d'argent et la vague livide
Lentement s'éclaira des premiers feux du jour,
Pendant que sous les eaux, pour fêter le retour
De l'astre du matin, les habitants de l'onde
Paraissaient s'élancer de la vague profonde
Et venaient saluer le soleil près de moi.
Aussi je m'inclinai quand soudain l'astre roi
De ses rayons dorés éclaira mon visage;
La barque sur les flots s'éloignait du rivage
Au milieu des zéphirs, qui semblaient dans les airs
Doucement voltiger, et, glissant sur les mers,
Sur l'onde réveiller comme un léger sourire
Et des échos divins, doux soupirs d'une lyre.
Au milieu des rayons je vis dans le lointain
Se dresser sur les flots dans l'espace serein
Des rochers escarpés, et, dormant sur la rive,
Des bocages touffus, qui d'une voix plaintive
Semblaient à mes regards dire des mots d'amour.
Je crus voir s'élever de ce tendre séjour
Au milieu des rayons la colombe docile
Et Vénus sur son char s'envolant de son île :
Vers le milieu du jour, oasis sur les flots,
Je vis naître et passer de verdoyants îlots,
Près desquels nous glissions saluant ces rivages,
Qui fuyaient sur les mers, semblables aux nuages
Emportés par le vent qui courent vers le mont,

Paraissent un instant s'arrêter, puis s'en vont.
Toujours devant l'esquif une nouvelle rive
Paraissait s'approcher d'une voix fugitive
Eveillant dans mon sein des désirs, des regrets.
« Arrête-toi, mortel ; ici règne la paix ;
Regarde sous tes pas les combats de la vie
Qui vont t'ensevelir, et la jalouse envie
Qui va te déchirer ! » — « Je traverse les mers
Pour aller sur les monts dans l'empire des airs
Au palais du puissant qui domine la terre,
Et qui sur le mortel dirige le tonnerre.
Ainsi que les oiseaux je monte vers les cieux
Ecoutant dans les airs le langage des dieux ;
Je veux l'immensité, je monte vers la voûte,
Et revenant sur terre, où l'homme dans le doute
Ne fait que se traîner, j'apporterai des lois ;
D'un oiseau voyageur l'on entendra la voix. »
Le soleil doucement derrière le rivage
S'éteignit, et mes yeux virent un noir nuage
Descendre sur la vague apportant dans ses flancs
Les voiles de la nuit, qui de leurs plis flottants
Recouvrirent bientôt les rives de leur ombre.
Notre léger esquif sur une vague sombre
Glissa silencieux à côté de rochers,
Où je sentais courir des spectres affamés
Dont les longs hurlements semblaient sur le rivage
Me dire dans un cri la faim, la peur, la rage.
Tout à coup près de moi j'entendis des sanglots
Que la brise semblait promener sur les flots ;
J'interrogeai la vague et je regardai l'ombre
Au-dessous des rochers, qui, de leur masse sombre,
Paraissaient s'avancer et recouvrir la mer ;
Je ne vis que les flots et j'entendis dans l'air,

Comme un souffle léger, murmurer la tristesse
De ce chant du cercueil, qui d'une âme en détresse
Semblait devant mes yeux étaler la douleur ;
A chaque instant la voix du maigre fossoyeur
Du désert résonnait, triste écho de la plaine,
Où le trépas saisit le mortel qui se traîne.
La barque tout à coup heurta les noirs rochers :
« Mon fils, me dit l'esprit, nous sommes arrivés ;
J'ai dirigé tes pas sur le désert immense
Où tes yeux ont du ciel mesuré la distance ;
Avance sur ces bords et dans les frais vallons,
Tu trouveras les dieux qui règnent sur les monts. »
Mon guide, après ces mots, s'envola dans l'espace
En laissant sur ses pas une brillante trace,
Et je me trouvai seul écoutant dans les airs
Les rochers répéter les horribles concerts.
Ainsi que dans les bois, quand viennent sur la terre
Les premiers feux du jour, au fond de sa tanière
Le fauve se retire, et le vallon se tait
Dès qu'un premier rayon dans la nuit apparaît ;
Semblable à la lumière un humain qui s'avance
Au milieu des forêts impose le silence ;
De même à mon aspect les fauves effrayés
Se cachèrent tremblants au milieu des rochers ;
Je quittai le rivage et j'allai dans la plaine ;
J'étais seul sur le roc ; seule la fraîche haleine
Du zéphir murmurait, caressant mes cheveux,
Et j'écoutais chanter ce silence des cieux.
Près de moi tout à coup, à genoux sur la pierre
Qui couvrait d'un mortel le caveau funéraire,
J'aperçus un humain affaissé par son deuil.
Ainsi que nous voyons au-dessus du cercueil,
Image de douleur, une pâle statue

Prononcer des sanglots, de même sous ma vue
Ce mortel apparut; sa main cachait ses yeux,
Mais je pus d'un vieillard connaître les cheveux,
Qui brillaient argentés sur sa tunique blanche.
« Mortel, dis-je aussitôt, que ta douleur s'épanche
Dans le cœur d'un ami; les larmes des humains
Qui pleurent sur les morts disent des chants divins
Qui trouvent un écho dans le cœur de tout homme,
Et devant un cercueil, de quel nom qu'il se nomme,
Chacun doit oublier pour être à la douleur.
Quelle mort pleures-tu? Vieillard, pour ton malheur,
La Parque t'a laissé survivre sur la terre,
Et le fils au cercueil est pleuré par son père!
Arrête tes sanglots; écoutes-tu ma voix?
Quelle est donc cette rive où tout ce que je vois
Me dit un chant de mort? Vieillard, peux-tu me dire
Qui pleure sur les eaux? Est-ce un funèbre empire
Où le fauve affamé rode autour des tombeaux
Attiré par les morts couchés dans les caveaux?
Je viens de m'arrêter sur ce triste rivage;
Je suis seul; quelle est donc cette funèbre plage? »
Le vieillard se leva; son front majestueux
Appela mes regards, entouré de cheveux
Qui formaient sur sa tête une blanche auréole;
Je crus d'un immortel entendre la parole.
« Mortel, je ne vois pas; mais l'écho de ton cœur
Est venu me tirer du fond de ma douleur.
Les destins m'ont laissé malgré leur loi sévère
Revenir du trépas, et je dis ma prière
Au puissant Jupiter, le maître des mortels,
Qui tient seul dans sa main les décrets éternels.
Oui! ton cœur a bien dit; chaque homme sur la terre
A côté de la mort a dans l'homme son frère.

Hélas! que de mortels ignorent ces leçons,
Qui viennent cependant du ciel dans les rayons
Que le père des dieux chaque jour fait renaître,
Afin que chaque jour nous puissions les connaître!
Ainsi que sont l'hiver les feuilles de nos bois,
Ainsi sont les mortels et leurs fragiles lois;
Des feuilles l'Aquilon fait un lit sur la terre,
Le mortel au cercueil disparait sous la pierre,
Un ami verse un pleur, mais ne s'arrête pas!
Ce n'est pas mon enfant qui dort dans le trépas!
Pourtant! Je l'aimais bien! Quand j'ai vu sonner l'heure
Et la terre s'ouvrir!!! Il n'est plus et je pleure!
Autrefois je l'ai vu s'avancer triomphant;
Les peuples se courbaient sous son glaive puissant.
Hélas! j'ai trop vécu, je vis dans ma mémoire
Et parmi les mortels je fais vivre sa gloire.
Je ne sais que chanter, et de mes faibles sons,
Ainsi que la cigale au milieu des sillons,
Je chante le héros le soir à la veillée,
Et je dis les exploits du grand fils de Pelée
Qui mourut sur ces bords, victime des destins.
Je reviens le pleurer au monde des humains.
Tu presses sous tes pieds les rives du Scamandre,
Et les pleurs que les flots dans la nuit font entendre
Sont les cris de douleur des ombres des guerriers,
Qui viennent chaque jour, au milieu des rochers
Où leurs corps sont tombés, demander une pierre
Où puisse s'arrêter un mortel en prière.
Dans la plaine là-bas, regarde sur ces monts
Ces grands corps noirs épars qui peuplent les vallons;
Est-ce un champ de rochers? Un cimetière immense
Et des pierres de deuil qui pleurent le silence?
Vois-tu ce monument dont les orbites creux

Menacent du regard comme un squelette hideux?
C'est le champ du repos d'une ville endormie
Par l'orage sanglant jadis ensevelie ;
Le temps a sur les murs pesé de son niveau ;
Seul le pâtre pensif y garde son troupeau.
Cependant le palais a bravé la tempête,
Cadavre décharné qui dresse encor la tête,
Attendant que le temps étende son linceul
Sur les murs effondrés et ferme le cercueil.
J'écoute les échos chanter dans la vallée,
Depuis que grâce aux dieux près du fils de Pelée
J'ai pu revivre encor ; mais j'entends du caveau
Une voix m'appeler pour toujours au tombeau.
J'ai chanté chaque jour le maître du tonnerre ;
Je ne vois plus le ciel, mes pieds sont sous la pierre :
O mort! Reviendras-tu me donner le repos !
Ouvrez-vous sous mes pas, portes de noirs échos! »
— « Je sais, dis-je au vieillard, quel est le nom d'Homère,
Et je connais tes chants qui font vivre sur terre
Et le fils de Thetis et ses rudes combats,
Et les efforts sanglants des peuples de soldats
Qui, poussés par les dieux ennemis du parjure,
Sont venus sur ces bords, pour venger une injure
Faite au peuple des Grecs, brûler une cité
Dont un prince, oublieux de l'hospitalité
Que les dieux immortels à la terre ont donnée,
Avait fixé le sort. Des dieux abandonnée
La superbe Ilion, victime des destins,
Est tombée, enseignant au monde des humains
Que les dieux immortels soutiennent la justice,
Et de leurs bras puissants ouvrent le précipice
Où le crime vaincu s'enfonce dans la mort,
Sous le bras d'un vainqueur évoqué par le sort.

Entre les mains des dieux les Etats et les hommes
Emportés par le vent ne sont que des atômes. »
— « Mortel, dit le vieillard, je ne puis de mes yeux
Contempler ton visage et je suis malheureux;
Mais j'écoute en mon cœur chanter ta voix aimée
Qui me parle des dieux et du fils de Pelée;
Autrefois les mortels eurent un temps meilleur,
Et la terre écoutait, à genoux, dans son cœur
Chanter la voix du ciel qui parle sur la terre,
Et les peuples heureux regardaient la lumière
Qui vient des immortels diriger leurs destins;
L'âge d'or était plein de cantiques divins;
Les hommes aujourd'hui ne suivent plus la trace
De l'éternelle main dont l'empire s'efface,
Et la terre plongée au milieu des malheurs
Gémit, et les Cités sont pleines de douleurs;
Mais les dieux ont du ciel entendu la souffrance,
Et, voulant enseigner aux cruels la clémence,
Ils sont venus sur terre apportant la beauté,
L'amour de la famille et l'hospitalité.
Je me sens refroidir, et bientôt sous la pierre
Ma voix ne pourra plus chanter au sanctuaire
Les destins éternels. Où portes-tu tes pas?
Mortel, aimé des dieux? Je m'enfonce au trépas,
Mais tu dois aux Cités montrer la loi divine,
Première loi d'amour qui vit à l'origine
Au-dessus des douleurs des Etats au berceau,
Loi de l'humanité, qui d'un pâle flambeau
Guide les premiers pas d'un peuple à son enfance:
Une Cité s'élève en aimant la clémence. »
— « Des rivages lointains, limites des déserts
J'arrive, et pour venir j'ai traversé les mers,
Conduit par le destin qui me pousse en la vie,

Où vais-je? je ne sais; vers une autre patrie
D'où bientôt le destin me fera revenir?
Je vais comme la feuille, et dans mon souvenir
A travers tous les temps je vois passer la chaîne
Que suivent les mortels, mais la mort les entraîne
Vers l'abîme où chacun disparaît à son tour.
Je veux des immortels connaître le séjour,
Et je vais sur les monts où le dieu du tonnerre
Au milieu de la nue est assis sur la terre.
Vieillard, qui dans tes chants as célébré les dieux,
Qui gardes ce tombeau, qui peux devant tes yeux
Eveiller un mortel du royaume de l'ombre,
Et qui peux appeler de son empire sombre
Le maître des enfers, montre-moi les sentiers
Pour monter sur les monts près des rochers altiers
Où se cachent des dieux les brillantes demeures,
Et le palais gardé par les fatales heures.
Fille de Jupiter, la prière descend
Des mondes éternels, et ton âme m'entend.
— « Tes vœux soient exaucés, me répondit Homère;
Je guiderai tes pas près du dieu du tonnerre;
Mais pour qu'un être humain puisse de ce palais
Franchir le seuil et voir l'asile de la paix,
Dont jamais un mortel n'a troublé le silence,
Mais que seul j'ai pu voir, guidé par la clémence
Du divin Apollon, qui sur son char brillant
Près du grand Jupiter, me transporta tremblant!!!
Pour qu'un être mortel puisse voir le tonnerre!...
Oseras-tu marcher au-dessus de la terre?
Ne sens-tu pas ton cœur frissonner dans ton sein?
Au ciel oseras-tu regarder le destin? »
Le vieillard à ces mots s'avança sur la roche
Qui, dominant les flots, semblait garder l'approche

De l'empire des mers, étendit sur les eaux
Les bras dans la prière et prononça ces mots :
« O divine Thetis, vous, la mère d'Achille,
Ecoutez mes accents, si de ma voix débile
J'ai sauvé votre fils de l'oubli de la mort.
Au milieu des combats, la victime du sort,
Il est tombé; la Parque au bras inexorable
L'a mis dans le tombeau, mais sa main redoutable
D'ombres avait peuplé l'abime des enfers!
Quittez la profondeur du royaume des mers,
Et montez sur ces bords! près du tombeau je pleure
Où votre fils repose en sa froide demeure! »
— Tout à coup sur la vague un nuage léger
Apparut, s'approcha, monta sur le rocher,
Et j'entendis la voix sortir de la nuée.
— « Homère, ta parole au palais de Nérée
A retenti; mon cœur a quitté les troupeaux
Que mes yeux surveillaient dans l'empire des eaux.
A tes accents il a quitté les noirs abimes,
Et j'ai suivi mon cœur près de toi sur les cîmes,
Auprès du mausolée où les restes mortels
De mon fils sont couchés, des décrets éternels
Enseignant aux humains la règle souveraine,
Qui plonge dans la mort sous une même chaîne
Les enfants des humains et les enfants des dieux.
Quel est donc ce mortel au cœur audacieux
Qui veut franchir le seuil du palais du tonnerre
Et lire les destins au divin sanctuaire?
Autrefois j'ai sauvé des chaînes du trépas,
Que les dieux conjurés voulaient mettre à ses bras,
Le père des humains, et, depuis, ma parole
Auprès de Jupiter qui, ceint d'une auréole
D'où sortent des éclairs, règne au sommet des cieux,

Arrive en s'inclinant; mon cœur est anxieux
Et j'ai peur de parler, mais toujours la prière
Qui se tient aux côtés du dieu de la lumière
Dépose doucement ma voix sur ses genoux,
Et le père, écoutant le murmure si doux
De sa fille qui pleure, en inclinant la tête
Abaisse son regard qui cache la tempête,
Et toujours fait cesser les larmes de Thetis.
Je suis venue un jour pour défendre mon fils
Contre le roi puissant qui voulait de sa gloire
Arracher les lauriers, et j'ai mis sa mémoire
Au-dessus du trépas en forçant les destins
A se mettre à ses pieds, et les rois inhumains
A venir l'implorer pour fléchir sa colère.
Pour venger un ami, docile à la prière
De son cœur généreux, il revint aux combats,
Et le Troyen connut la terreur de son bras :
Viens, mortel, dit Thétis, et toi, divin Homère;
Avant que le soleil sur son char de lumière
Paraisse à l'horizon, nous devons sur les mers
Dépasser le rivage à côté des enfers,
Et marcher prudemment, de peur que la tristesse,
Qui de ses bras glacés fait peur à la jeunesse
En mettant sous ses yeux le spectre de la mort,
Et saisit sur les flots le mortel que le sort
Amène dans ces lieux aux portes de l'abîme,
Ne vienne parmi nous, cherchant une victime,
Et que nous ne traînions au palais du bonheur
Cet hôte que les dieux ne voient qu'avec horreur. »
Elle dit, et sa voix fit de la mer profonde
Apparaître un esquif qui ressemblait sur l'onde
Ce léger coquillage ou de leurs bras ailés,
Poussés par les zéphirs sur les flots apaisés,

De légers animaux glissent près du rivage ;
Et leur voile d'argent guide dans son sillage
Leur vaisseau qui paraît un nacre transparent.
Ainsi sur les flots noirs, sous le reflet brillant
De la lune flottait une blanche gondole,
Où semblaient en jouant voler en troupe folle
Dans les plis de la voile un peuple de zéphirs,
De leur reine chérie attendant les désirs.
— « Mortel, dit le vieillard, pour aller sur la rive
Montre-moi le chemin ; je vais à la dérive
Au monde des humains ; tes yeux me guideront
Et je te conduirai pour monter sur le mont. »
— Le vieillard sur mon bras descendit sur la plage,
Et je dus l'emporter au-dessus du rivage ;
Près de lui je m'assis ; aussitôt dans les airs
Des chants harmonieux s'élevèrent des mers ;
Les zéphirs en soufflant gonflèrent notre voile,
Et notre frêle esquif s'avança vers l'étoile
Qui semblait sur les flots s'arrêter pour nous voir,
Mais voit tourner la nuit immobile au ciel noir.
« Les flots sont apaisés, nous bercent en cadence,
Et les vents sur la mer respirent en silence ;
Les zéphirs doucement font glisser notre esquif,
Et j'écoute mon cœur d'un murmure plaintif
Qui me parle des dieux, de leur immense empire
Et du grand Jupiter. Poëte, prends ta lyre,
Qui repose à tes pieds ; chante-moi les combats
Que soutinrent les Grecs et les nombreux trépas
Qui des murs d'Ilion jetèrent au tartare
Des Troyens si nombreux, que le nocher avare,
Ramant sur les flots noirs des rives des enfers,
Voyait aux bords du Styx des ombres dans les airs
Demander dans la nuit de leurs accents funèbres

Un asile éternel, la porte des ténèbres. »
Le vieillard prit le luth et se mit à chanter;
Les zéphirs dans les airs parurent se pencher
Pour écouter les sons de cette voix divine
Qui semblait sur les flots la voix de Mnémosine.
« O puissant Jupiter, vous voyez sous vos yeux
S'agiter sous vos lois et le peuple des dieux
Et les faibles mortels, qui vont au sanctuaire
Esclaves des destins apporter leur prière.
Votre voix fait entendre au-dessus des autels
Sur le peuple et le roi les décrets éternels ;
Ilion dans les airs a vu briller la foudre
Et ses murs sont tombés par vous réduits en poudre.
Fille de Jupiter, vous, Minerve aux yeux bleus,
Qui sur ces bords avez dirigé nos aïeux,
La mère des vertus, vous, la chaste déesse,
Qui descendez du ciel pour donner à la Grèce
La beauté, la vertu, l'amour de la cité,
L'amour de la famille et l'hospitalité,
Dites-moi d'où venait votre grande colère,
Et quel dieu dans l'olympe attirait sur la terre
Au milieu des Troyens la fureur des combats,
Les hurlements de mort et les sanglants fracas !
Un homme était venu des rivages de Troie
S'asseoir parmi les Grecs qui virent avec joie
L'hôte envoyé des dieux, et l'hospitalité,
Mère des étrangers, lui montra la cité.
Le Troyen sur les mers emporta la tendresse
De l'épouse d'un roi, l'épouse de la Grèce,
Et les rois conjurés unirent leur fureur
Pour punir le coupable et venger leur honneur.
Mais faut-il, dieux puissants, qu'une ville succombe
Pour le crime d'un seul, que la peine retombe

XV

Sur tout un peuple entier qui, vaincu par le sort,
D'innocents a peuplé l'empire de la mort!
Pour cette œuvre, il fallait qu'une sainte colère
Soutint les combattants jusqu'à l'heure dernière,
Et la terre a senti dans ces âpres combats,
Comme un humain écho des immenses fracas
Dont les dieux courroucés dans le céleste empire
Faisaient trembler l'olympe? Ah! déesse, ma lyre
En chantant les héros chante votre fureur,
Quand le fils de Vénus eut amolli le cœur
De la femme des rois, allumant dans son âme
Un foyer qui fit taire et son devoir de femme
Et de fille des rois, et le devoir sacré,
Le devoir des enfants du monde vénéré.

Fille de Dioné, vous avez par vos charmes
Fait d'un fatal amour connaître les alarmes
A la fille des Grecs! Est-ce vous que poursuit
La déesse terrible, ou le prince maudit
Qui se cache au palais, couché sous votre chaîne,
Et que le premier choc a jeté dans l'arène?
Eclairs! Apparaissez sur le sommet des murs!
Nuages! Enfermez dans vos replis obscurs
Les tours de la cité pleine de cris de rage!
C'est l'assaut, c'est le feu, le fer et le carnage,
Qui déchire et rugit! Des morts! Pas de mourants!
Pardonnez! Pardonnez! Ce sont des flots sanglants!
N'apercevez-vous pas ces femmes affolées
Debout sur cette tour, pâles, échevelées?
Dans leurs bras enlacés est un enfant qui dort;
A leurs pieds est l'espoir et derrière la mort;
Une corde est le pont qui plonge dans l'abîme;
Chaque mère s'élance au salut! La victime

S'élance dans la mort ; d'humains ce long serpent
Dans un cri non humain s'affaisse en se tordant,
S'écrase dans le sang et répand sur la pierre
Des membres pantelants. De tout ce sang de mère
Le souvenir n'est plus sur le sombre rocher ;
L'égoïste vivant ne peut pas trop pleurer ;
Les peuples triomphants chantent autour de Troie ;
Des vautours affamés déchirent une proie ;
Un noir nuage flotte au-dessus des remparts ;
Au sein de la cité des cadavres épars
Saignent sur des débris ; une ville est tombée ;
Des décombres noircis de sang et de fumée
Seuls aux peuples futurs montreront le tombeau.
Vénus ! chez les humains vous portez le flambeau
Qui brûle dans le cœur et fait couler les larmes !
Ah ! déesse fuyez les combats, les alarmes ;
N'avez-vous pas assez de l'empire du cœur
Qui parmi les humains cause tant de malheur !
En vain vous descendez du milieu de la nue
Pour sauver Ilion ; les Grecs à votre vue
N'ont pas fui, protégés par la divine main
Qui d'un trop lâche amour sauvait le genre humain
En dirigeant leurs coups. Des confins de la terre
En vain vous appelez la Vierge au cœur de pierre,
L'amazone qui suit le cerf au pied léger :
Les destins ont parlé, rien ne peut les changer,
Et les murs d'Ilion se dressent de leur cendre
Et les morts du cercueil, pour faire encore entendre
Au-dessus des combats où périt la cité,
De quel amour les dieux protègent la beauté. »
Quand le vieillard se tut, sur la voûte étoilée
A l'horizon je vis une grise nuée,
Et déjà palissaient les astres de la nuit.

Alors je m'aperçus que pendant le récit,
Tandis que j'écoutais l'harmonieux langage,
Les zéphirs nous avaient conduits vers le rivage,
Et déjà nous étions arrivés dans le port.
J'emportai dans mes bras Homère sur le bord.
« Mon fils, dit le vieillard, regardez la montagne ;
C'est là que le palais des dieux sur la campagne
Et sur les flots étend son immense horizon ;
Sur le plus haut sommet le matin un rayon
Du soleil loin encore annonce la venue.
Voyez-vous ces rochers, d'où le dieu de la nue
Voit passer devant lui le monde des humains,
Regarde sur le roc cloué par les destins
L'audacieux Titan, dont la pensée altière
Osa monter au ciel pour trouver la lumière?
Là le dieu Jupiter regarde sous ses pieds
Les Titans et les dieux, les mondes habités. »
— Nous marchions dans les bois au flanc d'une colline
Et je vis tout à coup la demeure divine
Au pied des grands rochers s'offrir devant mes yeux.
D'imprenables créneaux montaient silencieux
Parmi les oliviers, dont le sombre feuillage
Formait autour des murs par son épais ombrage
Un bois, où des ruisseaux couraient en scintillant
Sur un riche tapis, et fuyaient en chantant.
La porte devant nous avec un bruit horrible
S'ouvrit, et mon regard dans l'enceinte terrible
Aperçut un palais à l'ombre des rameaux,
Près duquel folâtraient, remplissant les échos
De mille cris joyeux, les nymphes et les faunes;
Le dieu Pan les guidait, le front ceint de couronnes
De pampres enlacés, et les accords joyeux,
Tandis que le troupeau dansait d'un pied nerveux,

De sa flûte sans cesse appelaient à la danse
Les nymphes des bosquets, qui venaient en cadence
Enrouler les anneaux de leurs bras enchaînés
En un cercle lascif de leurs corps enlacés.
Tout à coup dans le ciel une lueur brillante
Apparut, et le char du soleil sur la pente
Des rochers descendit sur la plus haute tour,
D'où sortirent des sons, dès que l'astre du jour
De ses rayons brûlants eut caressé la pierre ;
Aussitôt pour fêter le roi de la lumière
Du milieu des forêts montèrent dans les airs
Eveillés brusquement d'harmonieux concerts.
Apollon descendit, traînant sa chevelure
D'où sortaient des éclairs, et toute la nature
Au-devant de ses pas faisait naître des fleurs ;
Il alla dans les bois pour diriger les chœurs,
Qui chantent au réveil du maître du tonnerre.
Le char resplendissant s'éleva de la terre
Par les brillants coursiers emporté dans les airs,
S'inclina doucement vers la rive des mers,
Et s'arrêta soudain sur la plage embrasée
Où des flots doucement vint la vague dorée
Expirer à ses pieds. — La porte du palais
S'ouvrit en mugissant ; mes regards stupéfaits
Virent l'or et l'argent des murs du sanctuaire
Resplendir, et muet je dis une prière
Au maître des destins. Je dépassai le seuil
En tremblant ; devant moi je vis paraître un œil,
Qui sembla pénétrer dans le fond de mon âme,
Et je vis s'envoler une légère flamme
Qui me dit en quittant la porte du palais :
« Le temps passe toujours et ne revient jamais. »
Je reconnus la voix de ces fatales heures

Qui veillent au portail des splendides demeures,
Et rappellent aux dieux dans le temple divin
Ce qu'est un immortel au-dessus d'un humain.
Sous la voûte dorée une immense coupole
S'ouvrit, et sur les murs je vis une auréole
Resplendir de l'éclat de ses mille rayons ;
Au milieu des éclairs, comme des papillons
Je voyais voltiger une troupe légère
De songes, qu'en dansant semblait la messagère
Des dieux, la belle Isis, par ses chants diriger ;
Sur le sol à genoux mes yeux virent pleurer
Des ombres près du mur qui semblaient affaissées,
Et je connus les pleurs des filles éplorées
De Jupiter, qui vont d'un pas toujours boîteux,
S'avancent en tremblant, demandent aux heureux
Un instant de bonheur pour le pauvre qui pleure,
Un rayon de soleil pour sa froide demeure.
« Mortel, me dit Homère, abandonnons ces lieux,
Car j'entends dans les airs les chants harmonieux
Qui marquent le retour du maître du tonnerre ;
Des rivages lointains il monte de la terre ;
Il était ce matin chez les pieux Ethiopiens,
Ces hommes vertueux qui, près des Cimmériens,
Aux portes des enfers, habitent le rivage,
D'où leurs corps sont portés en un dernier voyage
Sur les bords ou Cérès, la reine des moissons,
Dirige les destins, et quitte les sillons
Pour descendre la nuit dans les antres funèbres
Se placer à côté du prince des ténèbres.
Ces hommes vertueux, ancêtres des humains,
Peuvent de l'avenir connaître les destins ;
Ils connaissent le temps ; ils abhorrent le vice,
Et les dieux immortels, amis de la justice,

Viennent souvent du ciel rire dans leurs festins
Et goûter le repos dans les sombres jardins
Des sages d'ici-bas. » Du seuil du sanctuaire
A peine nous sortions, et le dieu du tonnerre
Sur le char du soleil apparut dans les cieux;
Mon regard ébloui ne vit que ses cheveux
Ondulant sur son front, qui couvraient ses épaules
De leurs sombres anneaux : parmi les auréoles
Qui sortaient de son corps, mes yeux virent ses yeux
Qui semblaient contenir la profondeur des cieux;
Le père des mortels pour qui rien n'est mystère
Vit mon corps à genoux près du divin Homère;
Je me mis à trembler, j'étais sous son regard,
Et j'entendis ces mots adressés au vieillard :
« Poëte aimé des dieux! des funèbres rivages
Où tu dormais glacé j'ai voulu dans les âges
Te faire revenir au milieu des humains,
Afin que par tes vers tu dises mes desseins,
Que tu puisses revoir la dernière demeure
De ce fils bien aimé dont j'ai dû marquer l'heure;
Car, comme tous les dieux, sous la main des destins
Je suis assujetti, malgré que des humains
Je marque le trépas. Toi, me dit-il, sur terre,
Qui vas suivre tes jours, souviens-toi bien d'Homère. »
Il dit, et tout à coup je sentis sous mes pieds
L'olympe frisonner; j'entendis les rochers
Qui se heurtaient soudain comme un bruit de tonnerre;
Une main me saisit, c'était la main d'Homère,
Et mon corps chancelant s'avança vers le seuil :
Je n'osais regarder. Ainsi que du cercueil
Un cadavre glacé qui tout à coup se dresse
Ne peut que lentement sous la mort qui l'oppresse
Ecarter le linceul, ainsi dans les forêts

Mes yeux purent enfin sortir d'un voile épais ;
Je sentis mon esprit revenir dans mon être
Lentement ; de la mort je me sentis renaître.
— « Mortel, dit le vieillard, la main de Jupiter
Avait tiré mon corps de la nuit de l'enfer ;
Je dois rendre mon ombre au prince du Tartare,
Et calmer les regrets de ce nocher avare
Qui me vit tristement m'échapper de ses lois ;
Et mon oreille écoute encor sa froide voix
Quand il dut me porter pour me rendre à la terre.
« Homère, me dit-il, écoute ma prière ;
Au milieu des humains errants dans la douleur
De l'empire des morts raconte le bonheur. »
— « Vieillard, dis-je, j'ai vu le temple des nuages ;
Veux-tu guider mes pas vers ces tristes rivages,
Afin qu'à mon retour je dise à l'univers
Avec la voix du ciel un écho des enfers ? »

CHANT DIXIÈME

Solon. Les Lois de la Cité.

Sommaire. — Le poëte au bord du Styx assiste au départ d'Homère pour les Enfers, et l'ombre de Solon vient lui parler des lois de la Grèce et de la liberté. Le poëte, après le départ de Solon, invoque Cérès qui lui montre la route; Diane le conduit en Grèce et le laisse aux Thermopyles.

Nous étions dans le port et notre frêle esquif
Balancé par les flots à côté d'un récif,
Dont le front soucieux regardait le rivage,
Attendait : je crus voir une divine image
Assise sur le bord au milieu des zéphirs
Qui poussèrent vers nous, devançant nos désirs,
De leur souffle bruyant le bateau vers la rive,
Et je vis de Thétis l'image fugitive
Disparaître aussitôt : « Oh! la belle Thétis,
S'écria le vieillard; je vais vers votre fils
Dans l'empire des morts, et le dieu du tonnerre,
Dont la voix avait pu me remettre sur terre,
Me renvoie au trépas; vous m'avez sur les mers

Conduit auprès des dieux ; maintenant des enfers,
Jaloux de mon départ, montrez moi le rivage,
Et conduisez nos pas vers la funèbre plage,
Où je dois désormais m'enfoncer sans retour
Attendant que Minos du funèbre séjour,
Aux Champs-Elyséens laisse monter mon ombre,
Où m'ouvre pour jamais de la demeure sombre
Au fond des noirs chaos l'asile des douleurs ! »
— « Homère, dit Thétis, les dieux ont vu tes pleurs ;
Ils entendent tes chants et leur douce tendresse
Te ravit à l'amour des peuples de la Grèce
Afin de te placer auprès des immortels
Pour dire près du trône, en tes chants éternels,
Le puissant Jupiter et son immense empire,
Et les Titans vaincus et leur impi délire. »
Aussitôt les zéphirs soufflèrent doucement,
Et l'esquif sur les flots glissa se balançant :
D'Homère j'écoutais la voix dans le silence
Chanter des immortels la divine puissance.
Les ombres de la nuit déjà des horizons
Descendaient, et des flots s'élevaient vers les monts,
Quand l'esquif s'arrêta près de la triste rive.
Je sautai sur la plage où chaque jour arrive
La foule des humains esclaves de la mort ;
J'emportai dans mes bras Homère sur le bord,
Et l'esquif aussitôt disparut sur les ondes,
Ainsi qu'un pâle éclair au sein des mers profondes.

— Seuls humains nous marchions, et le pâle regard
De la lune éclairait de son rayon blafard
Le sentier que chacun suit en quittant la terre,
Le sentier des regrets, l'universelle ornière,
Où nos pas s'enfonçaient sur les terrains boueux ;

Seuls de tristes roseaux paraissaient en ces lieux
Ecouter des passants la plainte ou la menace,
Témoins silencieux, devant qui tout s'efface
Et richesse et grandeur, pour demander secours;
Mais le destin ordonne et les roseaux sont sourds.
Tout à coup j'aperçus le funèbre rivage,
Et je vis des flots noirs lentement sur la plage
En bavant se jeter, et sur le fleuve épais,
Qui lentement passait comme un pesant marais,
Je vis le pâle éclair qui venait de la lune
Scintiller sur le Styx, bercé par la lagune.
Des ombres sur le bord attendaient en pleurant
Que le bras du destin de leur fatal moment
Eut donné le signal, et d'une voix plaintive
Imploraient le trépas en errant sur la rive.
« Tel est le corps humain au moment de mourir;
En face de la mort il faut le soutenir. »
Et, calme, je voyais à mes côtés Homère,
Dont le regard serein à son heure dernière
Attendait le départ ordonné par le sort,
Et sans presser le pas et sans craindre la mort.
Alors, je reconnus des mortels la faiblesse
Quand le corps sans soutien arrive à la vieillesse,
Et la force du cœur des sages d'ici-bas
Qui mesurent l'abîme à chacun de leurs pas.
Tout à coup j'entendis comme un soupir immense
Exprimer la terreur de la mort qui s'avance,
Et l'amour de la vie et la peur de mourir,
Le néant qui paraît, l'oubli qui va s'ouvrir,
Et je vis sur les flots, revenant du Tartare,
Le nocher s'approcher sur sa nacelle avare.
Chaque ombre s'avança jusqu'au bord en pleurant,

Mais toutes se pressaient jusqu'au seuil seulement.
Deux ombres tout à coup coururent du rivage
Heureuses d'aborder à la funèbre plage,
Et vinrent se placer à côté du nocher,
Qui, debout, regardait les autres s'approcher,
Et ne put, en voyant de ces cœurs le délire,
Réprimer sur sa lèvre un pénible sourire.
Les ombres lentement montèrent sur les flots ;
Je vis des jeunes gens pousser quelques sanglots
Qui disaient leur regret d'abandonner la terre,
Et pourtant d'un pas sûr ils entraient sans colère ;
Au cœur de la jeunesse est si profond l'espoir,
Que même dans la mort le sombre désespoir
Ne peut d'un voile triste assombrir son visage,
Et l'homme à son printemps ne voit aucun nuage
Apparaître à son ciel ; mais content de son sort
Il voit un clair soleil et même sur la mort.
La vieillesse au contraire a vu passer la vie,
Et ne peut sans trembler se voir ensevelie
Dans la nuit du trépas ; elle a senti le cœur
Lentement s'affaisser ; elle a vu la douleur,
Et son œil dans la mort veut trouver l'espérance ;
Mais quand l'œil de la mort le regarde en silence,
Le vieillard se détourne et n'ose la fixer,
Car avant le réveil se dresse le nocher.
Le dernier des vieillards abandonna la terre,
Et le guide des morts n'attendait plus qu'Homère.
« Mortel, dit le vieillard, souviens-toi des terreurs
Des portes de l'enfer ; souviens-toi de ces pleurs
Lorsque pour le mortel de la nuit sonne l'heure,
Et pardonne aux humains quand leur faiblesse pleure. »
— Alors, tenant sa lyre, il alla vers le bord,

S'assit paisiblement sur l'esquif de la mort,
Et sa voix, élevant sur les pleurs en cadence
Un chant des immortels, leur imposa silence.

Le nocher repoussa la barque sur les flots,
Qui firent en s'ouvrant renaître les sanglots,
Et je suivis des yeux la fatale nacelle,
Qui s'éloigna dans l'ombre, entraînant après elle
Un douloureux concert. J'entendis lentement
Disparaître l'écho de ce funèbre chant.
— J'étais seul sur le bord ; je regardais l'abîme
Dont je voyais le seuil ; j'avais vu la victime
S'engloutir au milieu des destins inconnus,
Et mes yeux regardaient les trépas invaincus ;
J'interrogeai la nuit ; mais de l'heure dernière
Nulle voix ne venait faire parler la pierre,
Car les sombres portails, sous les pas des humains,
Font entendre en s'ouvrant d'inflexibles destins,
Montrent l'abîme noir, se ferment en silence,
Au-dessus de la mort arrêtant l'espérance.
Cependant près de moi j'entendis un soupir,
Et l'ombre d'un mortel qui venait de mourir
S'avança lentement, s'assit sur une pierre,
En poussant des sanglots, comme si sur la terre
Il laissait des regrets en entrant au cercueil,
Et j'entendis ces mots : « Pour éviter l'écueil
Il est bon que chacun se connaisse en la vie
Et sache quels devoirs il doit à sa patrie,
Devoir du citoyen qui défend la cité,
Devoir de protéger la loi, la liberté,
Devoir du plus puissant qui doit courber la tête,
D'autant plus enchaîné qu'il est plus près du faîte,
Et devoir de chacun de veiller sur les droits

En défendant le trône où reposent les lois :
Mais pour que le devoir reste assis sur le trône,
Il faut que la cité jamais ne s'abandonne,
Et sache conserver un dépôt si pesant ;
D'Athènes, je le crains, le peuple est trop enfant. »
— « Vieillard, dis-je aussitôt, j'écoute ta tristesse,
Et j'ai connu la voix du sage de la Grèce
Que l'amour des humains poursuit dans le cercueil,
Et qui craint l'ignorance et l'égoïste orgueil.
Ah ! tu peux sans regret voir la fin de ton être ;
Au milieu des Etats ta mémoire va naître,
Et tes lois, s'élevant au-dessus des cités
Sur un trône brillant de siècles entassés,
Dans l'avenir lointain feront naître une aurore,
Que ton œil si puissant ne peut connaître encore. »
— Le vieillard à ma voix, ainsi que d'un sommeil
Parut se réveiller : « Qui parle de soleil,
Me dit-il, au milieu de la nuit qui m'oppresse,
Et la nuit de la mort, et la nuit de la Grèce?
J'ai dépensé ma vie à lui montrer ses droits ;
Le peuple m'écoutait quand j'enseignais les lois,
Et lorsque seul je puis maintenir la justice,
Protéger le devoir au bord du précipice,
En arrêtant des grands la puissance et l'orgueil,
Garder la liberté du redoutable écueil
L'ignorance du peuple, il faut quitter la vie !
N'ai-je pas préparé des pleurs pour ma patrie? »
— Pourquoi donc avait-il attendu de mourir
Pour oser du regard pénétrer l'avenir?
Ne pouvais-je savoir pourquoi tant de sagesse
Ne voyait qu'en tremblant l'avenir de la Grèce!
— « Vieillard, lui dis-je alors, tu ne vois que des pleurs,
Et tu crains que tes lois n'engendrent des douleurs;

Il existe, tu crois, une loi nécessaire,
Gardienne des Etats, une loi tutélaire,
Immuable devoir qui, dans chaque cité,
Des citoyens égaux garde la liberté :
Pour toi le peuple entier doit tenir la couronne ;
Seul, parmi tous les Grecs tu renverses le trône,
Et le peuple s'assied à la place des rois.
Mais n'as-tu pas placé sur un trône les lois ?
Et tu crains ? Ah ! pourquoi ne laissais-tu ton âme
S'envoler dans le ciel suivant la sainte flamme
Que te montraient les dieux, et parmi les mortels
Ne laissais-tu régner où le roi des autels,
Où le roi des combats, entourant leur puissance
D'un solide rempart qui prévint la licence ?
Un peuple à tes côtés a trouvé le bonheur,
Et ses lois par surcroît lui donnent la grandeur. »
— Le vieillard se leva ; je vis sur son visage
De ses tristes soucis s'effacer le nuage.
— « Mortel, devant tes yeux, je laisse mes douleurs
S'exhaler, et tu crois, à cause des erreurs
Qui peuvent survenir et que craint ma sagesse,
Tu crois que j'aurais dû, dans mes lois de la Grèce
Imiter les cités, et croire à la splendeur
Des sévères Doriens, imiter leur rigueur.
Ainsi que les mortels en venant à la vie
Reçoivent des aïeux, chaque homme son génie,
Et chacun chaque jour est forcé de plier
Sous des lois dont il est en naissant l'héritier ;
De même les cités ont pendant leur enfance
Reçu de leurs aïeux une histoire, une essence,
Qui grandit dans les temps, qui prononce les lois,
Qui fait naître le peuple ou fait vivre les rois ;
Et les législateurs prennent le nom de sages

Quant ils peuvent juger ce que disent les âges.
A mes concitoyens, en disant les décrets
Que j'ai lus dans les temps, j'ai cru donner la paix ;
Mais je vois les dangers et je crains la tempête.
Je vois bien les éclairs au-dessus de leur tête,
Mais je vois l'avenir et je vois la cité
Préparer la splendeur, et de l'humanité
Marquer le premier pas. Mortel, je vais te dire
Ce qui fait un Etat, et comment un Empire
S'élève jusqu'aux lois, car, si devant tes yeux
Tu vois l'homme grandir esclave des aïeux,
De même les Etats au jour de leur naissance
Sont fils de leurs tribus, qui passent leur enfance
Dans la paix des vallons, au milieu des combats,
Au milieu des déserts, et toujours tu verras
Les lois avec les mœurs prendre un autre visage,
Et suivre en leurs replis la forme du rivage.
Un homme est composé d'un corps et d'un esprit ;
Le corps, être brutal, qui commande avec bruit,
Qui méprise le droit, ne connaît que les armes ;
L'âme qui du mortel éveille les alarmes,
Et lui montre le ciel et la mort et les dieux,
Le livre des destins qui le rend anxieux.
Le corps dans la tribu veut un roi sur le trône,
Et l'âme de ses dieux apporte la couronne
Au prêtre sur la terre inspiré des destins.
Ainsi sont deux pouvoirs sur le front des humains ;
L'un, maître de la terre, est le roi du pillage ;
L'autre, ami du repos et du divin l'image,
Enchaîne le mortel par de sacrés arrêts,
Mais couvre la cité du linceul de la paix.
J'ai traversé les mers, j'ai vu le sanctuaire
Où l'homme au nom de dieu commande sur la terre,

Et j'ai vu les autels d'où sortent à la fois
Les ordres de l'empire et les divines lois.
Au milieu du désert, la tribu dans l'espace
Voit un bras la tenir, c'est le corps qui s'efface,
Et le peuple asservi sous le regard divin
Au despote royal prépare le chemin.
Chef de pauvres pasteurs, ce roi prend la couronne;
Il voit dans le lointain les murs de Babylone
Et ses riches palais ; il pousse ses soldats,
Et le troupeau vaincu sous le roi des combats
S'incline. Ainsi qu'on voit un fleuve du rivage
S'élancer dans la mer, marquant un long sillage,
Et le flot repoussé sous l'effort du torrent
Se retire vaincu, mais revient lentement,
Et le fleuve vainqueur, sous le flot qui l'oppresse
Et le tient dans ses bras, laisse à chaque caresse
Un peu de son effort et s'affaisse en marchant,
Puis disparait noyé sous le linceul mouvant;
Ainsi dans le désert, lorsque le sanctuaire
A dû courber le front sous les rois de la terre,
Le flot s'est entr'ouvert poussé par le torrent,
Mais bientôt les palais sous le linceul mouvant
Se sont ensevelis, et les rois sur le trône
Au nom des immortels ont tenu la courone,
Et le peuple courbé sous une même loi,
Marche silencieux sous le bras de la foi.
Tu vois dans le désert paraître la puissance
Du royaume de l'âme, et lorsqu'à leur enfance
Les rois veulent du peuple appeler le réveil,
Le peuple les endort en berçant leur sommeil;
Et le peuple et les rois écoutent l'harmonie
Que chante le soleil et qui berce leur vie.
Chez les Grecs les tribus au milieu des forêts

XVI

Pour venir au bonheur n'ont pas connu la paix ;
Leurs regards n'ont pas pu s'élever dans l'espace,
Et les dieux sont restés errants sur la surface
Au milieu des mortels. Alors dans les combats
Le corps a couronné le premier des soldats.
Tu me dis le bonheur, tu me chantes la gloire
Des sévères Doriens ; je vais de leur histoire
Te faire le récit, et mettre sous tes yeux
Avec leurs dures lois l'histoire des aïeux ;
Et tu pourras juger pourquoi d'anciens usages
Ont pu régner à Sparte, et pourquoi nos rivages,
Avec un peuple frère et descendant des bois,
Ne peuvent aujourd'hui suivre les mêmes lois.
Ainsi que sur les mers on voit un mont de glace
Lentement s'avancer ; ainsi que sur sa masse
Le flot semble en jouant déposer ses baisers,
Le bercer mollement, mais fond les murs glacés,
Et lentement le mont s'enfonce dans l'abîme,
Et la vague en glissant recouvre la victime
Qui, rocher surnageait, flot, nage avec le flot ;
Ainsi chaque vainqueur devient comme un îlot
Au milieu des vaincus ; supérieur, il réchauffe
Ses sujets moins instruits ; inférieur, il s'échauffe,
Mais toujours il se fond, se noie et disparaît,
Et seul le souvenir redit ce qu'il était.
Donc, pour qu'une cité puisse par la conquête
D'un peuple s'agrandir, il faut qu'elle soumette
En donnant de son sang ; que toujours le vaincu
S'unisse à son vainqueur et demeure invaincu.
Avec ces quelques mots j'ai dit toute l'histoire
Des Doriens, de leurs lois, qui pour une victoire
Peuvent bien mettre au rang un peuple de soldats,
Mais finiront un jour par l'usure des bras.

A Sparte la cité commande à des esclaves,
Rocher impénétrable, et jette comme épaves
Ses enfants que le sort éloigne des combats,
De même que le fer supprime les soldats
Qui sont nés des vaincus et montrent du courage.
Ainsi les citoyens dans le même esclavage
Au-dessous de la loi, tous grands mais tous égaux,
Ont l'amour de l'Etat, la haine des rivaux ;
Mais dans cette cité qui forme une famille
Préparée aux succès, où le courage brille,
Première des vertus, il suffit d'un malheur
Pour porter sous les murs la guerre et la terreur ;
Car les soldats guidés toujours par la vieillesse,
S'ils marchent au combat conduits avec sagesse,
Ne laisseront jamais pour eux parler le sort,
Et toujours triomphants, toujours près de la mort,
Egoïstes, vivront fermés dans leur patrie
Jaloux de leur cité, prodigues de leur vie.
Oui, Sparte, comme un roc domine les sillons,
Et met ses ennemis surtout dans ses maisons ;
Elle veut du passé l'égoïste sagesse
Et croit démériter en perdant sa rudesse :
Sur les peuples vaincus elle assied son pouvoir,
Eveillant leur colère, et quand le désespoir
Enfin l'a repoussée, elle voit son empire
S'effondrer sous la haine, et le peuple en délire
En chantant sa victoire insulter ses tyrans...
Je vois dans l'avenir et je lis dans les temps
L'effondrement des lois qui veulent l'esclavage
De chaque citoyen ; ce jour-là le courage
Aura cessé de vivre et ce sera la mort,
Et Sparte aura vécu traînant un pauvre sort.
Tout autre est le destin que je vois pour Athènes,

Et je veux lui donner de plus vastes domaines
Dignes de ses aïeux, dignes de son talent,
Qui soient le premier pas vers un Etat puissant.
A Sparte la tribu commande dans la plaine
Au-dessus des vaincus qui pleurent sous leur chaîne;
Au contraire l'Attique, après de grands fracas,
De cent peuples vaincus a formé ses Etats;
Mais jamais sur son sol, par droit de la conquête,
Un peuple seul n'a pu s'élever sur le faîte
Et parler en vainqueur. Pas à pas un pouvoir
Est sorti de la foule, imposant le devoir,
Et le roi de la terre est monté sur le trône,
Unissant les tribus sous la même couronne.
Pour affranchir l'Etat, autour de son palais
Les grands se sont rangés; mais sitôt que la paix
Leur a permis de voir leur force et la faiblesse
Du roi, qui de ses grands tient toute la noblesse,
Aussitôt des combats sont nés dans la cité.
C'est là ce premier pas qui vers la liberté
Conduira les humains, emportant la puissance
Et des grands et des rois dans un remous immense ;
Dans Athènes les grands ont osé l'accomplir,
Et tracé le chemin pour le peuple à venir.
Dans un Etat le roi seul règne sur le faîte,
Et près de lui les grands pour protéger sa tête
Font un épais rempart contre le peuple obscur,
Le vil troupeau qui meurt pour élever le mur
Où des rois dans les temps doit vivre la mémoire.
Soit faiblesse des rois, soit amour de la gloire,
Les grands veulent un jour en abaissant les rois,
S'élever près du trône et dominer les lois;
Mais les rois aussitôt descendent dans l'arène,
Et le peuple s'empresse en agitant sa chaîne

De secourir le roi, qui semble du palais,
En dominant les grands, faire naître la paix.
Si le trône s'effondre, aussitôt la justice
Disparaît, entraînant le peuple au précipice,
Car le peuple est tout seul esclave de cent rois,
Se souvenant du roi qui jugeait quelquefois.
Le peuple alors gémit et sent grandir sa haine;
Il écoute son cœur et la force l'entraîne;
Aussitôt des puissants il attaque la tour
Et sur les noirs débris du terrible séjour
Il fait l'égalité. Tel fut le sort d'Athènes,
Et le peuple vaiqueur, délivré de ses chaînes,
A fait vivre la loi, naître dans la cité
Pour l'esclave qui souffre un peu d'humanité.
Alors je suis venu; que restait-il à faire?
J'ai voulu que chacun veillât au sanctuaire.
Vois-tu ce que j'ai fait, mortel! Ai-je bien dit?
Regarde l'avenir; peux-tu voir dans la nuit
Le destin d'un Etat qui, maître de lui-même,
Sur le front des mortels ne voit qu'un diadème,
Celui que le savoir éclaire d'un flambeau;
Le peuple pour son chef prend l'homme le plus beau.
Voilà ce que j'ai fait, et cependant je pleure;
J'ai senti le frisson quand j'ai vu sonner l'heure
Du trépas, et je crains en entrant au cercueil
Que le peuple ignorant ne subisse l'orgueil
D'un homme qu'il verra grandi par la victoire,
Et n'abdique ses droits, ébloui par la gloire.
Le nocher me réclame et je vais dans la mort;
J'ai fait ce que je dois; le peuple sera fort
S'il connaît son devoir; et puisse la déesse
Qui garde la cité protéger sa jeunesse. »
— Il dit et d'un pas ferme il monta sur les flots;

L'esquif quitta la rive au milieu des échos,
Qui, se perdant au loin comme un murmure immense,
Laissèrent sur le bord un lugubre silence...
Alors seul je voulus revenir vers le jour
Et, quittant le rivage, où j'avais sans retour
Vu s'éteindre à la fois la plus noble vieillesse
Et le plus sage esprit des peuples de la Grèce,
Sur un étroit sentier je dirigeai mes pas.
Mes yeux me conduisaient, mais je ne voyais pas ;
Cependant tout à coup je me sentis renaître,
Un rayon de soleil vint réveiller mon être,
Et je vis une plaine et de riches moissons
Que la brise agitait au-dessus des sillons.
— « Cérès, reine des blés, est-ce votre rivage ?
Je vois les horizons muets, et mon visage
Interroge les airs, mais rien ne me répond.
Je reviens de la rive où tous les hommes vont ;
Montrez-moi le sentier qui conduit vers la Grèce ;
Je veux quitter la mort et trouver la sagesse. »
— Aussitôt apparut, sortant du sein des blés,
Une femme divine, et les épis tressés
Qui, d'un jaune bandeau, couvraient sa chevelure,
En roulant sur son sein formaient une ceinture
Où la faucille d'or attendait sous sa main.
J'écoutai me parler le langage divin.
— « Mortel, dit la déesse, au palais du tonnerre
Et sur les bords glacés où t'a conduit Homère
J'ai vu tes yeux chercher l'histoire des aïeux ;
Et les dieux t'ont montré les empires des cieux.
Que le grand Jupiter te donne la constance,
Car la terre égoïste aime trop l'ignorance ;
Pour instruire demain réserve ton effort,
Et tu n'as que peu fait en affrontant la mort.

Regarde le soleil; suis-le sur ce rivage;
Tu trouveras des bois, et dans un lieu sauvage
Au milieu des rochers, près des flots bouillonnants
D'un fleuve impétueux, appelle par tes chants
La reine qui conduit dans les forêts la chasse,
Et dans le gynécée, en lui donnant la grâce,
A la femme des Grecs apporte la beauté. »
— A ces mots les épis, comme un flot caressé
Par le vent du matin, s'inclinèrent vers elle,
Et le joyeux zéphir l'emporta sur son aile.
J'allais vers le couchant, sous des chênes touffus,
Quand j'aperçus soudain des monstres chevelus,
Qui devant moi passaient, et d'une voix humaine
Paraissaient s'appeler; je sentis leur haleine
Pénétrer le buisson où je m'étais caché,
Que ma peur agitait; je me vis attaché
Sur le rocher fatal, et je vis la prêtresse
De son couteau sacré m'offrir à la déesse;
Les hommes dans leurs mains balançaient des rochers,
Et les femmes portaient dans leurs bras enlacés
Des enfants qui dormaient, et la horde sauvage
Au milieu des forêts, de même qu'un orage
Qui s'enfuit en grondant, disparut à mes yeux.
Quels étaient ces humains? Etaient-ce les aïeux
De peuples qui devaient à leur tour apparaître?
Les Grecs avaient-ils eu jadis un même ancêtre?
En traversant les monts, mon esprit inquiet
Interrogeait toujours l'écho de la forêt;
Je voyais sur mon front le chêne séculaire,
Et j'aurais voulu voir depuis quel temps sur terre
L'homme avait apparu parmi les animaux.
Nulle voix ne sortait du milieu des rameaux,
Et je voyais la nuit paraître dans l'histoire:

Les chênes cependant doivent dans leur mémoire
Garder le souvenir et du sang et des pleurs,
Mais ne peuvent muets nous conter les douleurs ?...

A l'heure où les forêts laissent tomber leur ombre
A leurs pieds, où le fauve est sous la feuille sombre,
Où l'oiseau se repose et laisse les échos
Sommeiller, où la fleur se penche sur les eaux,
Respirant les parfums qui montent sur la rive,
Ainsi que le mortel qui près du but arrive,
Heureux je m'arrêtai ; car j'avais sous mes yeux
Le remous bouillonnant d'un fleuve impétueux,
Et j'étais sur les monts aimés de la déesse,
Qui garde dans les bois les portes de la Grèce.
— « Déesse des forêts, vers toi je tends les bras,
Chaste Diane ; j'ai vu les ombres du trépas,
Et je veux dépasser le seuil du santuaire,
Où votre peuple suit cette loi tutélaire
Qui doit de l'univers préparer l'avenir.
Vous avez dans les bois jadis pour le nourrir
En lui donnant la flèche éveillé son courage ;
Mais le fils s'est enfui vers un autre rivage,
Poussé par une voix qui du soleil venait,
Lui montrait près des flots un bonheur plus complet.
Déesse, à mon secours des cieux daignez descendre ;
Je chante vos enfants ; pour eux daignez m'entendre. »
— Aussitôt dans les airs j'entendis de grands bruits
De peuples et de chiens, poursuivant à grands cris
Un cerf, qui dans les flots vint chercher un asile ;
La meute le suivit, mais une flèche agile
S'élança du rivage, et le cerf en bramant
S'affaissa balancé par le fleuve sanglant ;
Et je vis une femme auprès d'un sycomore

Qui tenait dans sa main l'arc qui vibrait encore.
Un bandeau sur son front retenait ses cheveux ;
Elle avait un carquois, riche présent des dieux :
Je la vis s'avancer sans effleurer la roche,
Et je sentis mon cœur frémir à son approche :
Ebloui je tremblai sous la fille des dieux,
Car le souffle du ciel sortait de ses yeux bleus.
— « Qui t'a montré ce roc, mortel, dit la déesse,
Asile des vivants, où la chaste prêtresse
Doit te laisser prier auprès de mes autels ?
Je sais que tu descends des mondes immortels,
Et Jupiter permet que ton but s'accomplisse ;
Mais tes yeux n'ont pu voir, du bord du précipice
Où l'homme près de lui voit la mort se dresser,
Dans quel monde inconnu l'homme va s'enfoncer.
Vers le soleil de nuit dont le regard paisible
Paraît aux noirs soucis ne pas être insensible
J'emporte mes enfants, et leur ombre à la mort
Trouve après les combats et la paix et le port.
J'ai vu les premiers pas des Grecs à leur enfance,
Et de leur piété je garde souvenance,
Malgré qu'ils aient quitté les forêts pour les mers,
Où Phœbus, Apollon en passant dans les airs
Du Jupiter puissant leur a montré la trace.
Maintenant des forêts la déesse s'efface
Au milieu de mes fils, qui dans leur souvenir
Ne voient plus mon autel, depuis que le soupir,
Qui chantait dans les bois si fier à leur oreille,
Ne vient plus les bercer près du flot qui sommeille.
Mortel, tu veux chanter mes enfants bien aimés
Qu'oublieux je n'ai pas, moi, leur mère, oubliés.
Allons vers ces rochers conservés pour l'histoire
Du sort d'un insensé, qui, cupide de gloire,

Vint chercher des lauriers même dans nos forêts ;
Nos flèches aux soldats ont apporté la paix ,
Et ce pont (1) sur les flots dit le sort d'un empire,
Dont le prince orgueilleux ordonne d'un sourire,
Peut dans tout l'univers ordonner les combats,
Mais ne peut au palais même avoir des soldats. »
Nous marchions dans les bois et sur notre passage
Les peuples accouraient, dans un joyeux langage
Aux pieds de la déesse apportant leur bonheur ;
Et les femmes venaient demander la douceur
A la reine des bois, et de la chasseresse
Demander la beauté, la grâce et la sagesse...

Déjà les feux du jour du milieu des vallons
Commençaient à sortir, et derrière les monts
Le soleil dans le ciel commençait à descendre,
Et Diane s'arrêta : « Mortel, je vais te rendre
Au monde des humains, et dès tes premiers pas
Ecoute les échos que disent les combats ;
Ils te diront l'amour des lois de la patrie,
Mais leur voix te dira que si le peuple oublie,
L'égoïsme aussitôt fait naître les malheurs,
Et du tigre l'humain sent naître les fureurs :
Ton œil voit-il au fond de ce ravin si sombre?
Vois-tu ce blanc torrent qui bouillonne dans l'ombre
Au fond de cet abîme, et ce mur d'un rocher,
Où ces arbres au flanc se tordent pour monter,
Escaladent l'abîme, aspirent la lumière,
Et de leurs doigts tordus s'accrochent à la pierre,
Rampant parmi les rocs comme de longs serpents

---

(1) Pont sur le Danube, construit par Darius.

Qui rôdent affamés et se traînent mourants ?
C'est là l'étroit sentier qui conduit à la Grèce ;
Mortel, dis à mes fils que la chaste déesse
Va prier dans le ciel le divin Jupiter
De leur donner la paix, l'empire de la mer ;
Dis leur que le combat des frères est un crime,
Car le vainqueur du jour est demain la victime. »
A ces mots la déesse au milieu des vallons
Disparut, et je vis sur ses pas des rayons
S'effacer lentement. Je suivis la vallée
Au milieu des rochers, et sur le sol couchée
Une pierre me dit le funéraire glas :
« Passant, va dire à Sparte où dorment ses soldats. »

CHANT ONZIÈME

Socrate, Sciences et Esprit positif.
Education de l'âme vers le Monothéisme.

Sommaire. - Le poëte va au temple de Delphes où il trouve
Criton qui est venu prier les prêtres pour sauver Socrate. Avec lui
il va à Athènes et il assiste à la mort du grand homme. Enfin le
poëte part pour l'Italie.

Ainsi que dans les bois, lorsque le jour s'éveille,
Le souffle du zéphir, du chêne qui sommeille
Fait frissonner la feuille, éveille les oiseaux
Qui chantent le matin, sautent sur les rameaux,
Agitant la rosée attachée à leurs ailes,
Et disant au soleil leurs chansons les plus belles ;
Ainsi, dès que le jour apparut radieux
Et caressa mon front de ses baisers joyeux,
Mon corps se réveilla sur sa couche de pierre,
Et se dressa transi, brillant à la lumière
Des larmes que la nuit en s'enfuyant des cieux,
Avait laissé tomber perles en ses cheveux :
J'écoutai dans les airs résonner l'harmonie,

Et je vis au lever la nature endormie.

Un peuple se pressait à travers les forêts,

Allant silencieux vers un vaste palais,

Où la foule en entrant s'inclinait vers la terre,

Ainsi que sur le seuil on voit au sanctuaire

Les mortels à genoux se prosterner tremblants

Devant le dieu caché, que leurs yeux hésitants

Ont peur de regarder, mais qui tient sur leur tête

La main de Jupiter, maître de la tempête.

Parmi les suppliants j'arrivai sur le seuil,

Et mes yeux crurent voir le démon de l'orgueil :

Debout sur un trépied au sein de la fumée

Une femme parlait ; sa poitrine oppressée

Poussait des hurlements en disant les destins,

Qui mettent asservis peuple et rois sous ses mains ;

Et le peuple à genoux écoutait en silence

L'oracle que disait la Pythie en démence.

« Prêtresse des destins, tu pousses des soupirs ;

Les rois sous ton autel attendent tes désirs ;

Tes flancs sont haletants, la déesse t'inspire,

Et je vois ta fureur et je vois ton empire

Qui descend du trépied. Sainte religion !

De la Grèce à genoux tu guides la raison !

Prêtres, chez les mortels la lumière divine

Descend par votre voix, et le temple domine,

Et votre main s'étend sur les rois à genoux !

Mais ne craignez-vous pas, prêtres du dieu jaloux,

Qu'éveillé par les rois le peuple ne réveille

Un jour en sa fureur son esprit qui sommeille,

Et, qu'arrachant le voile étendu sur ses yeux,

Il ne mette à ses pieds votre trône orgueilleux,

Pour découvrir le dieu caché sous vos coupoles ? »

— Un vieillard près de moi parut à ces paroles

Se tourner étonné ; j'avais cru murmurer,
Mais des échos semblaient à ma voix s'ajouter,
— « Mortel, dit le vieillard, quel pays sur la terre
T'a créé, pour qu'un homme et dans le sanctuaire
Ose élever la voix et dire un chant de mort
A côté de l'autel qui dirige le sort ?
Mais ne connais-tu pas le trépas qui menace
Au nom des immortels un homme, dont l'audace
Ose sous le trépied regarder les enfers ?
Viens, sortons de ces lieux, car ton esprit pervers
Attirerait sur toi la vengeance céleste,
Et tu vois un mortel, qui d'une voix modeste
Est venu dans ces lieux implorer la pitié
Pour Socrate mourant : le prêtre sans cité
Sans famille et sans cœur, qui n'a d'amour sincère
Que pour le saint pouvoir qu'il tient de la prière,
Parce qu'il peut régner du haut de son autel,
Devant qui peuple et roi tout s'incline mortel,
M'a répondu : « Mon fils, tu crois que ma puissance
Aux hommes irrités peut donner la clémence ;
Que Socrate s'incline et subisse son sort,
Que le dieu des enfers le reçoive en la mort,
Et du juge divin qu'il craigne la justice. »
Ironie et mensonge ! Au fond du précipice
Les prêtres l'ont jeté : Socrate chaque jour
Nous montrait la justice et le lointain séjour
Où l'homme après la mort trouve une autre patrie
Dans des cieux inconnus, et par une ironie,
Le prêtre dont les mains ont ouvert le tombeau
Ne peut le secourir, et, comme un pâle écho,
Vient me parler du ciel, de justice ; il l'implore,
Et je vois de son sang ses mains fumer encore ! »
— Nous sortîmes du temple, et dans les bois épais

A côté d'un ruisseau qui murmurait auprès,
Le vieillard vint s'asseoir. — « Ainsi passe la vie
Qui vient de l'inconnu, retombe ensevelie
Dans la nuit du trépas; ainsi que ce ruisseau
Qui semble sous nos yeux toujours d'un flot nouveau
Nous dire en ses accents une chanson nouvelle,
La vie à nos regards d'une flamme plus belle
Paraît dans l'avenir nous garder le secret;
Mais chaque jour au ciel le soleil disparaît
En nous disant toujours dans un même murmure,
Et la nuit du passé, le chant de la nature,
Et le sombre avenir. Chaque esprit égaré
En disant sa prière à son dieu préféré
Poursuit l'illusion qui lui montre une trace,
Et devant l'infini chaque temple s'efface;
Mais parmi les mortels il reste le pouvoir
Par le prêtre créé, qui devrait à l'espoir
Rendre les malheureux, mais ne tient sur la terre,
Hélas! que trop souvent, la main sur la lumière,
Afin de maintenir le mortel dans la nuit,
Où d'un plus vif éclat son autel resplendit;
Croire c'est ignorer. Porté par la pensée
Socrate dans le ciel derrière la nuée
Emporte la raison pour lui montrer les dieux
Plus divins et plus grands, plus puissants dans les cieux,
Et la morale au ciel d'une voix plus sereine
Prononce ses arrêts sur la nature humaine!
N'importe! Il a voulu de ses mains sur l'autel
Allumer un flambeau! Qu'il meure le mortel
Qui regarde les dieux et brave leur puissance;
Seul le froid du tombeau peut donner le silence.
Et pourtant dans mon cœur de la religion
Au milieu des mortels je veux voir le rayon

Venant de l'infini, de sa main souveraine
Retenant les humains d'une invisible chaine,
Qui tombant de plus haut pèse d'un plus grand poids;
Les dieux doivent rester toujours tuteurs des lois.
Jadis dans la cité la voix de la déesse
Enseignait les vertus; aujourd'hui la prêtresse
Dit l'écho des orgueils qui luttent furieux;
Au-dessus des humains je veux mettre les dieux;
Mais gardez que la voix qui sort des sanctuaires
Ne devienne l'écho des luttes mercenaires,
Et vous, prêtres, parlez au nom des immortels;
Dans le temple enseignez les décrets éternels,
Et le peuple verra tomber votre parole
Bienfaisante rosée au sein d'une auréole;
Mais toujours dominez la pauvre humanité.
Oui! le bien n'a pas d'heure, et partout la bonté
Suit une même loi; regardez dans l'espace,
Et dites-nous le bien; mais qu'à vos yeux s'efface
La qualité de l'homme à genoux sous l'autel,
Et s'il appelle Dieu ne cachez pas le ciel! »
Le vieillard à ces mots brisé par la souffrance
S'arrêta pour pleurer; je voyais en silence
Son immense douleur en face d'un trépas
Qu'il voulait détourner; mais il ne pouvait pas.
— « Vieillard, je le connais l'homme que la jeunesse
Ecoute avec respect, le sage que la Grèce
Immolera demain sur l'autel du malheur,
Croyant comme autrefois écarter la douleur
En offrant à ses dieux des victimes humaines;
Socrate va payer pour les erreurs d'Athènes,
Et le peuple en délire attend de son trépas
Un réveil : mais sa mort sera le premier pas
De la cité des lois pour tomber dans l'abîme.

XVII

Un peuple qui descend croit s'aider par le crime.
Vieillard, je suis venu du fond de l'univers
Pour connaître vos lois; j'ai traversé les mers,
Et partout des échos m'ont apporté l'histoire
Du sage qui se meurt, expirant sous la gloire
Dont le noble savoir a couronné son front.
Vais-je voir la cité quand les sages s'en vont?
Ne pourrais-je te suivre, entendre sa parole,
Son langage divin qui conseille et console,
Et dont l'esprit ému garde le souvenir,
Comme d'un guide sûr au moment de mourir ? »
— « Mortel, dit le vieillard, je reviens dans la ville
Où Socrate à la mort condamné, mais tranquille,
Attend que le vaisseau revienne de Délos,
Pour descendre aux enfers sous les lois de Minos ;
Et j'ai dû pour partir dire un pieux mensonge;
S'il lisait dans mon cœur la peine qui me ronge,
Et s'il savait jamais, qu'au pied de cet autel
Je suis venu prier pour son être mortel,
Et qu'un prêtre orgueilleux a refusé sa grâce;
Il me reprocherait de ne pas voir la trace
Que me montre son doigt; car sa voix chaque jour
Répète qu'il est temps de quitter ce séjour.
Viens, mortel; nous irons dans la triste demeure,
Et je veux l'écouter jusqu'à la dernière heure;
Je demande sa vie; il demande la mort;
Il paraît aspirer au silence du port. »
— Bientôt devant mes yeux je vis les murs d'Athènes,
Et je sentis mon cœur frissonner sous les peines
Qui venaient l'assiéger, parce qu'en souvenir
Je voyais le mortel, dont le triste soupir
Aux rives des enfers m'avait dit sa souffrance.
Pourtant j'étais venu le cœur plein d'espérance,

Et, dès mes premiers pas, auprès de ces humains
Où je croyais trouver des sentiments divins,
Je voyais se dresser le prêtre de l'abîme,
Et je voyais Socrate écrasé sous le crime.
Mon guide s'avançait, et je suivais ses pas
A côté des maisons que je ne voyais pas;
Tout à coup devant nous un orifice sombre
S'ouvrit, et le vieillard s'enfonça sous son ombre.
Je suivis; sous mes yeux je ne vis que la nuit;
J'entendis des sanglots; je sentis mon esprit
Frissonner, quand soudain une voix sous la voûte
Dit ces mots : « Mes amis, votre amitié redoute
Mon trépas; je le sens, ne pleurez pas ma mort,
Nous nous retrouverons un jour au même port. »
Lentement des humains sortirent des ténèbres,
Et sur leurs fronts ridés de sourires funèbres
Je voyais la douleur; seul un pâle vieillard
Regardait ses amis de son calme regard.
— « Criton, mon cher ami, devant moi la vieillesse
M'annonce que bientôt de sa froide caresse
La mort va me saisir pour me mettre au tombeau;
Les Grecs en me donnant le trépas le plus beau
La gloire du martyr, ne font qu'avancer l'heure :
Et tu veux qu'en entrant au triomphe je pleure,
Et que mon cœur ému, pour gagner quelques jours,
Me traîne dans l'exil vers de lointains séjours,
Où je pourrais encore enseigner la sagesse!
Mes amis, que ma mort enseigne à la jeunesse
Le saint respect des lois, reines de la cité;
Le peuple peut errer, croire la liberté
Menacée, et pousser sa terreur jusqu'au crime;
Au-dessus des mortels, plus haut que la victime,
Est l'empire serein qui supporte les lois,

Et l'homme vraiment libre et maître de ses droits
Est celui qui toujours trouve son âme prête,
Quand les lois ont parlé, même à donner sa tête :
Je laisse aux Athéniens le triste souvenir
Qui deviendra remords de m'avoir fait mourir,
Et je laisse aux enfants pour leur servir d'exemple
Et ma vie et ma mort : Qu'ils aillent dans le temple,
Et les dieux leur diront que Socrate mourant
A demandé lui-même à devenir plus grand,
Pour que son souvenir enseigne à la jeunesse
De quel ardent amour il faut aimer la Grèce.
Mes amis, dans la vie, afin de bien juger,
Nous devons chaque jour chaque chose peser,
Et savoir aussi bien écouter cette flamme
Qui vient de la raison, que diriger cette âme
Qui survit à la mort, et cherche dans les cieux
Un asile lointain, près du trône des dieux.
Le sage, qui jadis, au sein de la nature,
En voyant devant lui marcher la créature
Et rouler dans la nuit les astres enchaînés,
A cru pouvoir montrer aux peuples étonnés
L'univers, résultat d'un grand combat d'atomes,
Dont les doigts enlacés auraient formé les hommes ;
Ce sage s'est perdu dans l'infini du ciel,
Parce qu'il est sorti de l'univers réel.
Mes amis, devant vous voyez toujours votre être,
Et d'abord apprenez à bien vous reconnaître ;
Ensuite vous pourrez suivant votre raison
Dépasser votre tête et voir sur l'horizon ;
Mais n'oubliez jamais qu'il est deux connaissances
Que vous devez avoir : près de vous sont les sciences,
Et vous portez en vous un juge souverain
Qui pense, qui connaît, et nous vient du divin ;

Regardez à vos pieds la terre qui murmure,
Et qui dit à l'esprit la voix de la nature;
Ne méprisez jamais ses chants harmonieux
De secrets tout remplis; puis relevez vos yeux
Portés par la raison pour lire dans l'espace;
Alors vous monterez en suivant une trace
Jusqu'au point où les yeux de notre corps humain
S'élèvent pour monter au monde surhumain,
Auquel nous aspirons, au milieu du nuage,
Et que chez les mortels définit le langage.
Autrefois nos aïeux ont vu l'immensité,
Et leur âme a de dieux rempli l'éternité,
Pour diriger les lois qui semblaient de leur être
Conduire les destins; ils ont voulu connaître;
Et, suivant le langage et ses brillants tableaux,
Ils ont créé le ciel pour nous vide d'échos :
Aujourd'hui rappelez vos esprits de l'espace,
Et regardez vos corps, la terre et la surface,
Où les êtres créés s'agitent sous vos yeux,
Et des êtres vivants vous monterez aux cieux :
Vous verrez près de vous au-dessous de votre être
Un monde qui respire et que l'on doit connaître,
Qui peut-être du corps vous donnera les lois.
Regardez l'animal, sa vie au fond des bois,
Comment il se nourrit, surtout comment il aime,
Et vous pourrez un jour vous connaître vous-même,
Car dans l'homme il existe un corps vivant qui naît,
Et porte dans son sein son âme qui connaît.
Quelle est la loi du corps? Ecoutez la nature.
Et comment vit notre âme? Ecoutez le murmure
Qui chante dans vos cœurs en regardant le ciel;
Au-delà du trépas l'homme sent l'éternel;
Car que sont tous ces dieux que nous montre l'histoire

Etagés sur les monts, et regardant la gloire
D'un être plus puissant qui les tient enchaînés,
Lui-même Jupiter, sous les destins cachés?
Notre âme voit régner une forme inconnue
Que chacun sent le maître au ciel, quoique sa vue
Ne puisse distinguer son trône dans la nuit.
Oui! plus loin que les dieux je vois par mon esprit
Un être surhumain qui m'a donné la vie,
Le maître qui tira de la terre endormie
Les plantes, les mortels, et veille chaque jour
Sur chacun de nos pas, et d'un lointain séjour
Tout rempli de justice annonce la nouvelle
Au-delà du cercueil : Oui! je vois l'étincelle
De ce monde divin s'allumer sous mes yeux;
Amis, ne pleurez pas, mon âme monte aux cieux,
Où près de notre Dieu nous nous verrons sans doute. »
— Aussitôt un grand bruit retentit sous la voûte,
Et la mort, dans ses mains apportant le poison,
Descendit parmi nous; je sentis ma raison
S'affaisser; le vieillard d'un paisible visage
La voyait s'avancer; il reçut le breuvage
Et but sans murmurer la coupe du trépas;
Il regardait les cieux et murmura tout bas :
« L'âme quitte le corps et trouve une autre vie. »
Aussitôt la sueur sur sa face palie
Descendit de son front; je vis trembler ses mains,
Et ses bras s'agiter en efforts incertains;
Je vis ses pieds mourir, et son corps sur la pierre
S'affaisser sur ses bras; la brillante lumière
De ses yeux s'éteignit; je sentais ses efforts
Pour aspirer de l'air, et je voyais son corps
Lutter contre le froid, qui d'une main glacée
Faisait taire son cœur; et sa bouche fermée

Refusait de parler; je sentis lentement
Son corps se refroidir; d'un effort de mourant
Son bras se souleva pour ressaisir la vie,
Sa tête retomba pour toujours endormie
Dans le froid du trépas. Au milieu des terreurs
Je m'avançai tremblant, les yeux baignés de pleurs;
Je me mis à genoux, je fermai sa paupière,
Et je saisis sa main qui dormait sur la pierre,
Et conservait encore une douce chaleur.
En donnant un baiser je lui donnai mon cœur.
La mort semblait planer au milieu des ténèbres,
Et peser sur mon front de ses sanglots funèbres;
Je crus voir sous mes yeux s'entr'ouvrir le cercueil,
Je m'enfuis éperdu; je dépassai le seuil
De cet antre maudit; sur ma tête écrasée
Une main me tendait la coupe empoisonnée;
Je voyais des soldats m'appeler à la mort,
Et je crus voir Socrate, éveillé par le sort,
Devant moi se dresser et de son doux visage
Conseiller mes esprit, soutenir mon courage.
Tout à coup dans la nuit un sombre monument
S'ouvrit devant mes yeux; je reconnus tremblant
D'un asile sacré le calme sanctuaire,
Et j'allai près du dieu me courber sur la pierre.
« O dieu, je suis venu pleurant dans le palais
Où vous vivez sur terre; ah! donnez-moi la paix:
Je viens de voir la mort d'un mortel et je pleure,
Et la mort me poursuit disant la dernière heure. »
Un flambeau sur le mur de ses tremblants éclairs
Scintillait dans le temple, et faisait dans les airs
Osciller les rayons d'une pâle lumière;
Alors je vis le dieu docile à ma prière
En inclinant son front vers moi baisser les yeux,

Et je sentis soudain la paix venir des cieux.

J'élevai mon regard, et je voulus connaître

Quel immortel avait eu pitié de mon être ;

Debout près de ses pieds je vis un grand bouclier,

Me montrant de combats le spectacle guerrier ;

Un large manteau d'or recouvrait son épaule,

Et je vis sur son front, touchant à la coupole,

Un grand casque d'airain : « Reine de la cité,

Minerve, qui donnez l'esprit et la beauté,

D'un mortel malheureux écoutez la prière.

O vous, que dans ses chants a célébrée Homère,

Et qui meniez les Grecs sous les murs des Troyens,

Vous qui voyez du ciel le sort des Athéniens,

Voyez-vous vos enfants qui roulent dans l'abîme ?

Avez-vous demandé le sang d'une victime

Pour relever les murs, et rendre à la cité

L'honneur et la vertu d'où naît la liberté ?

Avez-vous délaissé votre temple, déesse ?

Ah ! dites-moi pourquoi tant de sang dans la Grèce ? »

Le vieillard qui déjà m'avait conduit des bois,

M'apparut ; il pleurait et j'écoutai sa voix.

— « Mortel, près du mourant j'ai vu couler tes larmes ;

J'ai suivi tous tes pas pour calmer tes alarmes,

Et près de cet autel j'écoute ta douleur ;

Ton esprit ne voit pas d'où vient tant de fureur

Dans la ville égarée, et la chaste déesse

Pourra dire, tu crois, quel fléau nous oppresse.

Au moment de mourir le sage sous tes yeux

A montré le néant des temples et des dieux ;

Les dieux tombent du ciel et roulent sur la terre,

Et le peuple égaré hurle dans la poussière ;

Au milieu des combats il ne voit que douleurs ;

Il marche dans le sang, rit au milieu des pleurs ;

Il cache les autels sous un sanglant nuage;
Le cœur a reculé, le siècle est d'un autre âge,
Et le peuple vaincu, voyant couler son sang,
Pense dans son malheur en immolant du sang
Réveiller les vertus qui dorment sous la pierre,
Et mettre le devoir au seuil du sanctuaire.
Quand un peuple se meurt, c'est toujours dans son sein
Qu'il doit voir le poison, car le secours divin,
Pour revenir, d'abord de la terre s'élève,
Et la mort d'un Etat ne vient pas d'un vain rêve,
Qui fait ouvrir l'abîme, y fait tomber les lois.
Sur terre les humains, ainsi que tu le vois,
Par des destins mortels chaque jour et sans cesse
Suivent à chaque pas la vertu, la richesse.
Quand Solon nous laissa ses lois, la liberté
Descendit parmi nous; le peuple en la cité
Sous un juste pouvoir vivait son roi, son maître,
Et chacun en sa joie aimait à se soumettre
Au règne de la loi; le peuple en son bonheur
Allait près des autels pour épancher son cœur,
Et les prêtres ont dit que le bras tutélaire
Protégeait la cité quand le peuple en prière
S'inclinait sous le bras, qui du pouvoir divin
Prononçait les secrets; et le bonheur humain
Paraît venir du ciel; et l'on dit dans l'histoire
Qu'un peuple aimant les dieux est aimé de la gloire.
L'Etat se composait et du peuple et des grands
Qui vivaient presque égaux sous les décrets puissants
Du peuple réuni, maître de la justice.
Si la paix eut régné, certainement le vice
N'aurait que lentement pénétré la cité,
Car le peuple aurait pu garder sa liberté,
Devenir plus puissant, conquérir la richesse;

On aurait toujours eu le peuple et la noblesse,
Et les lois auraient eu toujours des défenseurs.
Du milieu des combats surgissent les malheurs,
Et le peuple, poussé par une vaine gloire,
Désire chaque jour illustrer sa mémoire ;
Or pour vaincre le sort il faut payer du sang
Et c'est le peuple seul qui se creuse le flanc ;
C'est lui qui sur les mers va chercher la richesse,
C'est lui dans les combats qui donne sa jeunesse,
C'est le peuple qui souffre et le grand qui reçoit,
Le grand qui se repose et le peuple qui doit.
Sa gloire est un rideau qui cache sa misère ;
La victoire profite aux grands seuls sur la terre,
Et lorsque la cité peut retrouver la paix,
On ne voit dans les murs que misère et palais.
Les lois vivent toujours, mais dans le sanctuaire
Les grands ont mis la main ; les lois doivent se taire
Quand les grands ont parlé ; le peuple est à leurs pieds ;
Les grands, dans leur orgueil se voyant élevés
Sur un trône d'argent, dominent de la cime,
Et ne connaissant plus d'autre mal, d'autre crime,
Que les efforts du peuple osant lever les yeux.
C'est alors pour les grands que s'effacent les dieux,
Parce qu'ils ne voient plus au-dessus de leur tête
Le trône de la loi, parce que rien n'arrête
Un grand qui croit pouvoir même acheter le droit.
Le grand rit de ses dieux, et le peuple le voit ;
C'est ainsi que l'on dit : des dieux vient la puissance.
La mollesse des grands, voilà la décadence.
C'est elle qui prépare et le vice et l'orgueil,
Et c'est le coup fatal quand elle naît du deuil
Du peuple qui se meurt. Tel fut le sort d'Athènes
Qui voulut sur les mers étendre ses domaines,

Qui vit dans ses remparts s'élever des palais,
Et qui perdit ses lois en retrouvant la paix.
Après de grands malheurs le peuple se réveille
Et demande ses lois; sa vertu qui sommeille
Veut soumettre les grands, qui, par d'adroits discours
Parlent de nouveaux droits, reculent tous les jours
Le moment redouté de descendre du trône;
Le peuple impatient demande sa couronne,
Et la demande aux grands; il en appelle aux dieux,
Et les grands sur l'autel de mensonges pieux
Bercent son désespoir. Alors en sa colère
Et mépris de la loi, mépris du sanctuaire,
Le peuple bafoué voit tout d'un crime égal;
Autour des fiers palais par son geste brutal
Il menace les grands; il faut une victime,
Et le peuple en fureur vient de commettre un crime.
Ai-je bien dit, mortel, la cause des malheurs?
Si le peuple savait que la cause des pleurs
Est l'oubli de lui-même, il craindrait la victoire,
Et verrait les lauriers, en lui chantant la gloire,
Lui chanter la misère et réveiller l'orgueil;
Il verrait les héros debout sur un cercueil.
Quand le peuple est vainqueur, le mal près de sa tête
Arrive à pas pressés, mais lorsqu'une défaite
Et le bras ennemi s'imposent sur les lois,
Dans un abime noir tout s'effondre à la fois;
Et du malheur public monte la tyrannie
De ces hommes cachés, torturés par l'envie,
Qui n'osent se montrer quand le peuple est puissant,
Mais qui prennent le droit et l'écrasent mourant,
Aux pieds de l'étranger qui soutient leur audace;
Entre de lâches mains la justice s'efface.
Socrate en son esprit abhorrait les tyrans;

Il voulait réformer la morale des grands,
Et grandir leur esprit avec la connaissance
Du devoir, qui de tous demande obéissance,
Au nom du droit de tous. Les grands pour leurs plaisirs
Ont vu naître un danger; Socrate à leurs désirs
Mettait une limite; ils ont ouvert l'abîme,
Et le peuple à l'autel a conduit la victime,
Immolant à ses dieux son unique soutien.
Le peuple l'ignorait; les grands le savaient bien;
Il a cru dans la mort rejeter l'imposture;
Il a tué de ses mains la gloire la plus pure,
Et les grands et le prêtre ont placé sur l'autel
Et le tuteur des lois et l'ennemi du ciel,
Et l'ont fait égorger par le peuple lui-même.
Athènes! sur tes grands je lance l'anathème,
Et puissent tes palais s'entr'ouvrir sous leurs pieds!
Puissent-ils y tomber, et les peuples vengés
Sortir de leur sommeil! et puisse la justice
En scellant le cercueil sortir du précipice;
Mortel, je vais quitter cette ingrate cité,
Où la sagesse meurt, morte à la liberté;
Je vais me retirer vers de lointains rivages
Où je pourrai trouver sous un ciel sans nuages
Un asile de paix. J'irai vers le couchant,
Où s'élève, dit-on, un empire puissant;
Le peuple aura pitié; je dirai la sagesse,
Et je lui montrerai les malheurs de la Grèce. »
— Nous sortîmes du temple, et la pâle clarté
De l'astre de la nuit me montra la cité
A mes pieds endormie, un grand corps qui sommeille,
Dont le souffle puissant montait à mon oreille.
Au loin la pleine mer scintillait faiblement,
D'où montaient à mes yeux de longs éclairs d'argent.

— « Mortel, dit le vieillard, regarde sur ta tête.

Ainsi que le rocher battu par la tempête,

Qui regarde les flots s'agiter sous ses pieds,

Ce temple voit passer les crimes non expiés,

Garde en vain sur son front, pour le dire à l'histoire,

Le vivant souvenir de notre antique gloire,

En vain dit chaque jour au milieu du fracas

La vertu qui n'est plus ; la cité n'entend pas.

Aux jours de sa grandeur, le peuple, de la terre

D'un signe fit sortir ce brillant sanctuaire,

Et Minerve du ciel descendit à la voix

D'un homme aimé des dieux, pour aider nos exploits

Et garder la cité ; j'ai vu dans ma jeunesse

Ces colonnes monter annonçant à la Grèce

Et la splendeur du peuple et la grandeur des lois.

Cinquante ans sont passés, et le peuple à la fois

Pleure les murs détruits et pleure sa misère,

La misère jalouse à la pensée amère,

Qui fait naître la haine et la fatale peur,

D'où naissent aussitôt le crime et le malheur.

Athènes ! l'avenir t'annonce des orages,

Et je vois sur les monts s'amasser des nuages,

Qui bientôt rouleront sur la Grèce et sur toi :

Du milieu des éclairs une commune loi

Fera courber les fronts sous une même chaîne,

Et le peuple, aujourd'hui qui supporte avec peine

Le fardeau de ses lois, et ne voit hors des murs

Que des peuples rivaux s'ils ne sont pas obscurs,

Dormira dans la paix, ainsi qu'au cimetière

Dorment les ennemis dans la même poussière. »

— Je suivis le vieillard qui descendit au port ;

Une barque attendait, et bientôt sous l'effort

Des bras de nos rameurs, nous vîmes le rivage

S'enfoncer dans la nuit ; et seul le blanc sillage,
Que laissait le navire en glissant sur les flots,
Semblait me répéter de funèbres échos,
Où j'entendais pleurer, au milieu du murmure
Qui chantait sur la vague, un cri de la nature
Exprimant la douleur. Je regardais aux cieux
Le phare de la nuit glisser silencieux ;
Tout à coup je sentis de sa pâle lumière
Descendre le sommeil ; je fermai la paupière ;
J'entendis s'éloigner le chant de nos rameurs ;
Mon âme s'éveilla pour écouter les pleurs
Qui semblaient m'appeler dans une plainte vague ;
Le bateau mollement balancé par la vague
Me berça : je sentis s'envoler dans les airs
Et mon âme et mes pleurs ; je dormais sur les mers.

CHANT DOUZIÈME

Rome. Les Luttes de la Cité.

Sommaire. — Sur la mer une tempête éclate et le poëte mourant
est jeté seul sur la côte italienne, où Cornélie, la mère des
Gracques, le recueille dans sa maison. Là, le poëte trouve Scipion
Emilien et Caïus Gracchus, et il assiste pour ainsi dire à leur mort;
enfin il va à Rome.

Lorsque sur les forêts roule le noir nuage,
La nature se tait, semble attendre l'orage,
Et la feuille frissonne, et du sein des rameaux
Paraissent s'élever des plaintes, des échos;
Tout à coup dans les airs s'élève un long murmure;
Un long gémissement répond dans la nature,
Et le vent se déchaîne et roule en tourbillons,
Et l'éclair dans le ciel reluit en long sillons :
Les arbres gémissant, courbés par la tempête,
Qui creuse des sillons au-dessus de leur tête,
Se redressent pleurant; l'orage les saisit,
En hurlant les refoule, et partout dans la nuit
Au milieu des éclairs, au milieu du tonnerre,
Parmi les sifflements et les pleurs de la terre,
Il semble que les vents ramènent le chaos :

De même sur la mer on voit d'abord les flots
Pesamment s'affaisser sous le poids du nuage,
Et d'un pas incertain marcher vers le rivage,
Caressés par le vent qui paraît s'égarer;
Sur les mers tout se tait, semble se préparer
Au grand combat des flots luttant dans la tempête.
Pendant que je dormais, je sentis sur ma tête
Peser ce grand silence, et je fus éveillé
Par la voix d'un rameur qui pleurait effrayé.
J'appelai le vieillard qui, d'une voix tranquille,
Me demanda : « Mortel, sommes-nous près de l'île,
Et voit-on sur les flots les murs de la cité,
La fille de la Grèce, où notre liberté
D'un de ses fils ingrats reçut sur cette rive
Le premier coup mortel, où d'une voix plaintive
A l'oreille la mer semble dire des pleurs,
Et des captifs mourants répéter les douleurs?
Fuyons loin de ce bord, tout rempli de tristesse;
C'est d'ici qu'est venu le mal qui nous oppresse. »
— « Non, ce n'est pas la rive, interroge les cieux,
Vieillard, lui dis-je alors, espérons dans les dieux;
Interroge les vents, écoute ce silence;
N'entends-tu pas au loin l'orage qui s'avance?
Regarde les rameurs; il connaissent la mort;
Leurs yeux te disent-ils qu'ils approchent du port?
— Tout à coup sur les flots se déchaîna l'orage;
La vague s'affaissa, rebondit au nuage,
Et je vis sous mes pieds des abîmes s'ouvrir,
Le vaisseau s'enfoncer, se dresser et bondir
Sur les sommet des mers, s'arrêter sur la cime,
Et tomber en pleurant dans le fond de l'abîme :
Dans les airs j'entendais passer des sifflements;
Sous nos pieds des bruits sourds, de longs gémissements

Au milieu des éclairs et du bruit du tonnerre,
Je crus que les flots noirs s'ouvraient jusqu'à la terre :
Tout à coup sous mes yeux je vis de noirs rochers
Paraître dans la nuit, et les flots courroucés
Se dresser en grondant sur la muraille sombre
Au milieu d'un chaos, et retomber dans l'ombre,
En jetant sur la vague une écume d'argent;
Notre vaisseau courait emporté par le vent
Vers le sombre récif; le pilote fidèle
Tourna le gouvernail, et le vent son aile,
Au milieu de l'écume et des flots bondissants,
A côté de la mort nous fit passer tremblants :
Mais nos yeux éperdus virent sur notre tête
Les rochers s'approcher enfermant la tempête,
Qui hurlait, mugissait au milieu de leurs murs,
Tonnant avec fracas dans des antres obscurs,
Montant sur les rochers pour franchir la barrière,
Et jetant sur les flots une pâle lumière;
Mais alors un grand choc fit trembler le vaisseau;
J'entendis un grand cri passer comme un écho;
Le vide me saisit, le flot roula mon être,
Et j'entrai dans la mort!!!...

        ...Je venais de renaître,
Et des gens empressés attendaient mon réveil;
Mon esprit lentement sortit de son sommeil,
Et je vis le ciel bleu resplendir sur ma tête,
Et les flots apaisés, où le vent sur la crête
En jouant soulevait une écume d'argent.
A l'horizon lointain un tourbillon brûlant
Descendait vers la mer comme un nuage sombre;
Une blanche cité dormait dans la pénombre
Au pied des noirs côteaux, au sein d'une oasis,
Où ses palais semblaient des cygnes endormis

                                XVIII

Sur le bord d'un étang, dans la verte prairie.

— « O vous, qui m'entourez, à qui je dois la vie,
Et qui vivez heureux sur ce bord enchanteur,
Quel dieu m'a parmi vous porté dans mon malheur?
Je suivais le vieillard qui sortait de la Grèce,
Et partait pour l'exil emportant la sagesse;
La mer nous a reçus, souriante, en ses bras,
Mais bientôt les destins ont arrêté nos pas,
Et les flots courroucés ont brisé le navire;
Je cherche le vieillard; ah! pourriez-vous me dire
Quel fût son triste sort? Hélas! Je vois vos yeux
Humides de douleur qui me montrent les cieux;
Il n'est plus et je vis; j'ai connu sa tendresse;
Nous parlions de Socrate enseignant la sagesse;
Ah! que ne suis-je mort? Dois-je bénir le ciel
Qui me rend à la vie, à mon malheur mortel?
Dans Athènes, j'ai vu les pleurs et la misère;
Aurais-je donc trouvé le bonheur sur la terre?
Car je vois près de moi vos regards empressés;
Tout sourit dans le ciel, les flots sont apaisés :
Ah! dites-moi, mortels, quel est donc ce rivage,
Où tout paraît chanter sous un ciel sans nuage? »
— Tout à coup une femme apparut à mes yeux
Et s'avança vers moi d'un pas majestueux;
La foule s'inclina pour lui livrer passage,
Ainsi que le matin dans le ciel le nuage
Aux rayons du soleil paraît se séparer,
Et je pus écouter sa bouche me parler.
— « Mortel, à ce qu'on dit, vous venez de la Grèce,
Et les flots en fureur ont à votre tendresse
Arraché le vieillard, l'ami qui vous parlait
D'un maître vénéré que l'univers connaît,
Du plus sage des Grecs, la victime d'Athènes:

Le flot vous a jeté sur le cap de Missènes,
Et vous pouvez ici pleurer votre douleur;
Vos larmes trouveront écho dans notre cœur;
Venez, mortel, venez, parlez-nous de la Grèce,
Du sage vénéré, père de la sagesse;
Vous fuyez l'injustice; enseignez aux Romains,
Par la voix du malheur, à devenir humains. »
— Je voulus me lever; mais la douleur qui veille
Dans le corps au repos, qu'un mouvement réveille,
Me fit demander aide à la main d'un pêcheur.
— « Vous ne pouvez marcher, dit-elle, avec douceur! »
Deux hommes aussitôt m'emportèrent de terre,
Et placèrent mon corps assis dans la litière,
Qui quitta le rivage à travers des bosquets,
Et vint me déposer sous un ombrage frais,
D'où mes yeux étonnés virent dans la verdure
Un toit simple et riant, près duquel le murmure
D'un ruisseau paraissait, en chantant le bonheur,
Promener dans les bois la paix et la fraîcheur :
Deux hommes près de moi sortirent du feuillage,
L'un un jeune homme encor, l'autre au milieu de l'âge,
Et vinrent aussitôt dans leurs bras me serrer,
En remerciant les dieux d'avoir pu me sauver.
Le plus âgé me dit : « Vous cherchez un asile,
Puissions-nous vous donner un destin plus tranquille;
Vous fuyez le malheur qu'on ne quitte jamais,
Car il est arrivé sous ces ombrages frais
Faire courber nos fronts; et de cette demeure
La mort nous a ravi notre enfant que je pleure. »
— « Quel destin, répondis-je, est maître de mon sort,
Et me montre toujours la mort après la mort?
En ouvrant sur ces bords mes yeux à la lumière
J'ai cru voir le bonheur de la nature entière;

Quel accident fatal vous ravit votre fils?
Par les flots en fureur a-t-il été surpris? »
— Je l'appelais mon fils, je n'étais pas son père;
C'était son frère aîné; vous connaissez sa mère;
Je n'étais que l'ami, mais j'ai vu cet enfant
S'élever sous mes yeux, et son esprit ardent
Du milieu de la paix l'a jeté dans l'arène,
Où se débat le peuple, asservi sous la chaine
Où le tiennent les grands; il a voulu lutter,
Faire renaître un peuple et le régénérer.
Autrefois nos aïeux, si j'en crois notre histoire,
Ont lutté pour grandir et leur rang et leur gloire,
Et le peuple sortait de ces luttes des droits,
Plus terrible et plus grand, plus uni sous les lois;
Mais alors il n'était qu'une pauvre noblesse,
Et le peuple aujourd'hui tremble sous la richesse
Qui ne voit plus les lois, fière de ses lambris,
Et n'a que pour la foule un insolent mépris.
Les riches devant eux ne voient plus que le crime
Du peuple malheureux qui veut quitter l'abîme,
Et le riche vainqueur ne condamne qu'à mort...
Mais le peuple à son tour vaut-il un autre sort?
Le peuple dépravé, qui sort de l'esclavage,
A des peuples vaincus porté sur ce rivage
La lâcheté; s'il est encor quelques Romains,
Ils ne sont que du nom les fils de nos anciens,
Et le peuple aujourd'hui dans son lâche esclavage
Même pour son bonheur ne peut plus le courage.
Tiberius, ce fils, emporté par son cœur,
Voulut un jour du peuple apaiser la douleur,
Et d'un peuple rampant, faire un peuple son maître,
En lui donnant le sol, en le faisant renaître
Par l'effort du travail, d'où renaît la vertu;

Il dépouillait les grands, il est tombé vaincu,
Nous montrant par sa mort l'inflexible colère
Du riche qui redoute avant tout la misère,
Et la chûte du peuple, avide à posséder,
Pour avoir du plaisir et non pour travailler.
Femme, m'entendez-vous? Vous, dont le cœur de mère
A saigné de douleur en voyant la misère
Où pleure dans nos murs le grand peuple romain;
Vous, qui dans votre amour avez de votre main
Soutenu votre enfant, qui l'avez dans l'arène
Envoyé vers le peuple et pour briser sa chaîne;
Qui, fille d'un grand nom, avez prié les dieux
De vous donner des fils plus grands que vos aïeux? »
— « Scipion! mon enfant est tombé, je le pleure,
Et mon cœur saignera jusqu'à la dernière heure
En voyant le malheur d'un peuple infortuné
Que l'orgueil de nos grands dans la boue a traîné;
Caïus vit encore et l'amour de sa mère,
N'exprime qu'un désir, c'est qu'il suive son frère.
Je mets avec bonheur mes enfants sur l'autel,
Si leur sang doit payer un bonheur éternel,
Et les peuples heureux retirés des abîmes
Chanteront les Gracchus en chantant les victimes.
Comme moi vous voyez le peuple se traîner
En proie à l'infortune, et, pour le relever,
Parce qu'en son malheur, brisé par la misère,
Il a perdu l'espoir, vous croyez que l'ulcère
A gangrené leur cœur, et vous voulez ouvrir
Les portes du tombeau; vous le laissez mourir!!!
Ecoutez un instant ce que dit une mère!
Pour un peuple affaissé ne soyez pas sévère;
Un peuple ne meurt pas; il garde dans son sein
Un éclair qui survit et brillera demain.

Au milieu des combats vous voyez le courage
Que donne la vertu, mais dans son esclavage
Notre peuple tremblant vous inspire pitié;
Vous n'osez espérer que dans une cité
De pauvres, d'affranchis, la vertu puisse naître,
Et qu'un peuple du vice un jour puisse paraître!
Eh! qu'étaient nos aïeux? Des enfants d'exilés,
Chassés par le malheur, sans biens et sans foyers!
Que sont-ils devenus, lorsque dans la famille
En revenant le soir, près de l'âtre qui brille,
Le père retrouvait la mère, les enfants?
Il voyait la vertu lui parler dans les champs;
Il quittait la charrue et marchait à la gloire,
Et les Romains alors ont connu la victoire.
Du milieu des combats est venu le malheur;
Le peuple a succombé; les grands ont vu leur cœur
S'éteindre quand leurs mains ont connu la paresse;
Aujourd'hui nous n'avons plus de pauvre noblesse,
Mais il nous reste un peuple affamé, malheureux,
Et nous avons voulu, comme pour nos aïeux,
Lui donner le travail pour vaincre sa misère,
Lui donner la famille, ét dans un cœur de père,
A côté de l'enfant déposer la vertu.
Tiberius est mort, et les grands l'ont vaincu,
Mais son ombre est debout, et, première victime,
Il formera le pont pour sortir de l'abîme.
Le premier rang succombe au milieu des combats,
Et prépare un chemin pour les autres soldats;
C'en est fait : j'ai lancé mon enfant sur la brèche,
Et j'ai perdu mon fils; il faut que rien n'empêche
Le peuple de marcher sans être jamais las.
S'il ne peut pas lutter, c'est qu'il ne connaît pas;
Tiberius est mort, il me reste son frère,

Et ce n'est plus mon fils s'il n'écoute sa mère,
Et s'il n'arme ses mains, non pas pour me venger,
Mais pour sauver le peuple et le régénérer.
Mais vous, cher Scipion, si j'écoute votre âme,
Et si j'entends vos pleurs, vous sentez une flamme
Qui pousse votre cœur, ému par la pitié
Vers le peuple qui souffre, et dans votre fierté,
S'il ne mérite pas que dans son esclavage
Vous lui tendiez la main, pourtant votre esprit sage
Connaît le précipice entr'ouvert sous ses pas,
Où Rome va tomber, que les grands ne voient pas.
Ainsi que le Censeur, croyez-vous que la Grèce
Nous ait avec ses chants apporté la vieillesse,
Et devons-nous chercher dans les mœurs des aïeux
Un asile assuré? repousser de nos yeux
Ce langage divin que nous enseigne Homère?
Ah! j'écoute plutôt mon père, notre père,
Qui nous fit appeler au moment de mourir;
Mes enfants, nous dit-il, gardez le souvenir
Des mœurs de nos aïeux; sachez que la richesse
Apporte dans les murs le vice et la paresse;
Pour aimer les vertus, aimez la pauvreté,
Mais allez chez les Grecs apprendre la beauté. »
— « Ma sœur, dit Scipion, vous voulez que je dise
Mes desseins, que mon cœur devant vous analyse
Et le malheur de Rome, et comment on pourrait
Espérer le retour du peuple qui se plaît
A la porte des grands à demander l'aumône;
Et vous me demandez pourquoi je l'abandonne!
Oui! je vois les Romains s'enfoncer dans la mort,
Et je vois devant eux un misérable sort;
Mais je laisse le peuple emporté par le vice
Mourir dans le malheur au fond du précipice.

Oui, je vois comme vous que dans notre cité
Nous avons aux combats perdu la liberté;
Notre peuple est tombé nous apportant la gloire,
Et nous avons trouvé le vice et la victoire,
Les puissants la fortune et les pauvres la mort.
Notre cité se meurt et demande le port;
De Janus nous devons fermer le sanctuaire ;
Et, puisque notre peuple est tombé dans la guerre,
Et que nos bras mourants ne peuvent retenir
Les vaincus sous nos lois sous peine de mourir,
Ouvrons notre cité, descendons dans la plaine ;
L'Italie est aux fers, allons briser sa chaîne !
Il n'est plus de cités ; par leurs vaillants exploits
Nos alliés près de nous ont vu naître leurs droits;
Nous avons pris leurs mains pour conquérir la gloire;
Ils étaient au danger, qu'ils soient à la victoire.
Nous voyons dans les murs s'éteindre les Romains,
Réveillons-nous un peuple et soyons Italiens;
Rejetons hors des murs cette foule d'esclaves,
Et donnons leur le sol en brisant les entraves
Qui tiennent les Romains dans la ville enchaînés;
Demandons leurs vertus à nos peuples alliés;
Nous ferons un Etat, et Rome capitale,
Reine des nations, restera sans rivale,
Et pourra sous ses lois conquérir l'univers,
Qui, plus riche et plus grand, mais libre dans nos fers,
Deviendra le rempart autour de l'Italie,
Jusqu'à ce que tout soit une même patrie.
Mortel, qui dans la Grèce avez vu la cité,
Sa gloire, son malheur, mourir sa liberté,
Ouvrez-nous votre sein; n'est-ce pas la richesse
Et l'oubli du travail qui donnent la mollesse,
Et le mépris des dieux et le mépris des lois?

Le riche du plaisir n'écoute que la voix;
L'esclavage a chassé les Romains de la terre
Et Caton accusait les chants divins d'Homère. »
— « Romains, dis-je à mon tour, de ma bouche écoutez
Du plus sage des Grecs les grandes vérités
Qui dominent l'Etat, survivent dans les âges,
Sont de tous les climats et de tous les rivages.
Chaque homme près du corps en lui porte un esprit,
L'âme, qui paraît libre et cependant grandit
Comme le corps enfant qui partout la promène.
L'âme veut s'élever dans l'infini domaine,
Et le corps est soumis à ses mortelles lois;
Mais l'âme en l'infini n'écoute plus la voix
Qui s'élève du corps et du ciel la rappelle,
Et l'âme croit voler, divine sur son aile :
Mais sitôt que le corps s'éveille par des pleurs,
Elle tombe du ciel, esclave des douleurs :
Elle accuse le corps qui ne peut suivre l'âme,
Et le corps de ce feu qui l'agite et l'enflamme
Et veut le transporter dans un monde inconnu
Se déclare ennemi. Quel sera le vaincu?
Pour l'œil qui ne voit pas, le flambeau paraît maître,
Mais au corps fatigué l'âme doit se soumettre,
Et toujours notre esprit en montant dans le ciel
Doit être soutenu par notre être mortel.
Il est beau de marcher emporté sur son aile
Au-dessus des humains; l'infini nous appelle,
Mais au-dessus du corps, c'est le vide de l'air,
Et la pensée au ciel passe comme un éclair.
Socrate le disait; quand les yeux dans l'espace
Ont délaissé la terre, aussitôt tout s'efface,
Et le regard mortel, voulant tout embrasser,
Sans appui sur le sol, ne sait que s'égarer.

Ainsi dans un Etat le corps à la naissance
Est toute la cité, qui trouve son aisance
Dans un même travail; les peuples sont égaux,
Et chez les laboureurs il n'est que des rivaux;
Le temps et les combats forment une noblesse
Qui recherche la gloire et n'a pas la richesse;
Dans la cité l'esprit sur le corps apparaît;
Le peuple c'est le corps, les grands sont au sommet;
La noblesse au combat veut acquérir la gloire,
Et c'est le peuple seul qui donne la victoire :
La noblesse le pousse et délaisse les lois,
Et le peuple souffrant se rappelle ses droits!
Ainsi que pour le corps qui, torturé par l'âme,
Atteint par la douleur, veut éteindre la flamme
Qui veut le dominer et l'emporte éperdu
Dans un monde lointain; qui sera le vaincu?
Pour l'œil qui ne voit pas, le roi c'est la noblesse;
Mais quand le peuple meurt c'est l'Etat qui s'affaisse :
Il faut dans un Etat, pour maintenir la paix,
Que chaque cri d'en bas monte dans le palais,
Que les grands plus instruits préparent la victoire,
Et le peuple répond s'il peut payer la gloire,
Et que peuples et grands, chacun voie sous ses yeux
Le travail, ce grand bien qui ne vient pas des dieux.
Chez les peuples enfants le travail de la terre
A pu, seule vertu, suffire au nécessaire ;
Mais plus tard la sagesse a fait naître des lois,
Et les devoirs des grands ont pesé d'un grand poids ;
Cependant l'ennemi pour tous est la mollesse;
Au peuple le labeur, aux riches la sagesse.
Tibérius est mort; il voulait aux Romains
Remettre sous les yeux le dur travail des mains,
Et Socrate est tombé, parce que de l'espace

Il rappelait les Grecs pour leur montrer la trace
Que suivent les mortels, parce qu'au cœur des grands,
Vide de tout devoir, par ses mâles accents,
D'eux-mêmes il voulait faire naître l'estime.
Il leur dit la vertu, ce fut là son grand crime;
Il parlait du travail ennemi de l'orgueil,
Et le peuple aujourd'hui pleure sur son cercueil.
D'Athènes la cité n'a pas eu de jeunesse,
Et les peuples lointains sont venus dans la Grèce
Eveiller son esprit et lui donner leurs lois;
Aussi dès son enfance elle a connu ses droits;
Par le langage alors l'âme s'est élevée,
A fait vivre l'Olympe, enfin s'est élancée
Dépassant Jupiter jusqu'aux mondes sereins.
Athènes a peu vu le dur travail des mains;
Et le travail d'esprit a fait par son génie
Apparaître les lois qui l'ont rendue unie;
Et le peuple a trouvé dans l'âme sa grandeur.
Mais de l'âme plus tard est venu le malheur;
Athènes sur les mers a trouvé la richesse,
Et dans les murs par elle a paru la mollesse;
Le peuple a délaissé les antiques leçons
Pour trouver aux erreurs de subtiles raisons.
Socrate aurait voulu rétablir la sagesse,
Enseigner le travail à toute la jeunesse;
Les yeux ne voyaient plus et le cœur était mort;
Pour l'éveiller c'était trop peu d'un seul effort,
Et la cité se meurt par sa propre victoire,
Ne se souvenant plus de ce qui fit sa gloire.
C'est le travail des champs qui vous donna, Romains,
La vertu; vous avez par le travail des mains
Endurci votre corps et forcé la nature
A se soumettre au joug; vous avez sans murmure

Asservi la cité sous les plus dures lois,
Quand les grands hors des murs ont rejeté les rois ;
Vous n'avez pas trouvé dans vos champs la richesse,
Et le patricien n'aimait pas la mollesse ;
Aujourd'hui dans vos champs, en place des Romains,
Pleurent des malheureux, victimes des destins,
Et ce peuple est venu vous apporter le vice
Au milieu de vos murs, ouvrant le précipice
Où vous vous débattez, où Rome va mourir,
Si vos cœurs généreux ne vont la secourir.
Vous n'avez pas connu dans vos longues batailles
Le travail de l'esprit, et dedans vos murailles
Le peuple pour ses droits luttait avec effort,
Pendant que les soldats luttaient contre la mort,
Défendant la cité ; vous avez de la Grèce
Reçu les chants de l'âme ainsi que la richesse,
Et l'on croit qu'un retour vers les antiques mœurs
Sauverait la cité, calmerait les malheurs,
Et qu'il faut de vos murs chasser cette siréne,
Qui séduit par ses chants le peuple qu'elle enchaine.
Au peuple le travail ! Contre le désespoir,
C'est là le seul soutien ; mais des grands le devoir,
C'est de se souvenir qu'ils ne sont la noblesse,
Que pour faire connaître au peuple la sagesse.
Allez, nobles Romains, mon cœur suivra vos pas ;
Revenez dans les murs et vengez le trépas
De votre frère mort, non pas par des victimes,
Mais plutôt en sauvant les Romains des abimes. »
— A ces mots, Scipion vint me serrer les mains.
« Fils des Grecs, je t'entends ; tes préceptes divins
Sont un écho du ciel ; j'entends la voix du maître,
Et Rome par nos mains du vice va renaître ;
Oui ! le mal est partout ; la richesse est sans cœur ;

Le peuple sans travail pleure dans le malheur,
J'irai, j'éveillerai le peuple en sa misère
Et pour toucher les grands je parlerai d'Homère.
Au peuple je dirai le travail, le bonheur,
Des riches en chantant j'éveillerai le cœur. »
— Cornelie à ces mots s'approcha de son frère ;
Son visage était triste, et je vis que la mère
Arrêtait des sanglots qui déchiraient son cœur.
— « Que le ciel vous protège, et puisse leur fureur,
En épargnant vos jours, respecter votre gloire ;
Ils ont tué mon fils ; donnez-nous la victoire,
Et vous aurez sur terre accompli le devoir ;
Allez ; pour vos efforts je conserve l'espoir. »
— Il partit ; chaque jour nous parlions de la Grèce,
Et du fils bien-aimé j'instruisais la jeunesse,
Lorsqu'un soir apparut l'image du malheur ;
Ils l'avaient égorgé ; je sentis dans mon cœur
A ce cri de la mort s'éteindre l'espérance :
— « Caius, mon enfant, de ce peuple en démence
Pouvez-vous espérer ? Il demande la mort,
Mais laissez-le mourir ; il mérite son sort !
Du sang ! toujours du sang ! la victoire est trop chère !... »
Caius lentement s'avança vers sa mère
Et se mit à genoux : « Mère, bénissez-moi ;
Le devoir me réclame et je dois sans effroi
Regarder le danger et mourir à la peine,
Ou du peuple vaincu faire tomber la chaîne. »
— Cornelie à ces mots frissonna de douleur,
Et je vis dans ses yeux ses larmes, sa terreur :
— « Quoi ! mon fils, vous voulez quitter cette chaumière,
Exposer votre vie et laisser votre mère
Qui peut-être demain pleurera votre mort !
Mais, dieux puissants, pourquoi cette rigueur du sort ?

N'est-ce donc pas assez d'une double victime?
Scipion est tombé terrassé par le crime,
Et vous voulez encore affronter leur fureur!
Par pitié, mon enfant, écoutez ma douleur!
Vous parlez de devoir!... Hélas! quelle infortune!
Allez! chez nos aïeux c'était la loi commune
De suivre le devoir et même dans la mort;
Votre frère est tombé vaincu dans son effort,
Revenez dans les murs, le destin s'accomplisse,
Et puissiez-vous tirer Rome du précipice!
Mon fils, je vous bénis; si la main du trépas
Vous ravit à mon cœur, je ne pleurerai pas! »
— A ces mots, sous l'effort de sa douleur amère,
Je sentis se briser le cœur de cette mère,
Devant lui qui voulait aux larmes résister,
Et laissa dans un cri sa douleur éclater.
Chaque jour nous allions visiter le rivage;
Chaque jour le soleil dans un ciel sans nuage
Revenait dans les bois faire naître des chants;
Je sentais dans mon cœur de noirs pressentiments;
Le bonheur avait fui notre calme demeure:
La mère chaque jour semblait attendre l'heure,
Voyait chaque matin renaître sa terreur,
Et pour la consoler je mentais à ma peur.
Hélas! la sombre mort de ses accents funèbres
Une nuit apparut, nous dit dans les ténèbres
La triste vérité : « C'en est donc fait, mes fils,
Dit la mère, et par moi vous êtes endormis
Dans la nuit du tombeau; j'ai soulevé la pierre;
Maudit soit mon orgueil, cette grandeur altière,
Qui m'a fait envier la gloire des aïeux!
J'ai voulu que mes fils devinssent plus grand qu'eux!
Ah! pour pleurer leur mort ai-je trop de ma vie?

Dieux! prenez en pitié la pauvre Cornélie! »
— Pendant quelques instants j'écoutai mes sanglots
Qui d'un grand désespoir sont les uniques mots.
Cependant pour calmer le cœur de cette mère
Je voulus lui parler de la victime chère :
— « Les Gracchus sont tombés; mais avant de mourir
Ils ont chez les Romains laissé le souvenir
De leurs grandes vertus; c'est quand l'homme sommeille
Dans le froid du cercueil que sa vertu s'éveille,
Et parmi les humains promène son flambeau :
Demain j'irai jeter des fleurs sur leur tombau,
Et le peuple viendra déposer sa prière,
Et pleurer son malheur au-dessus de leur pierre.
Mère de ces héros, calmez votre douleur,
La vertu leur survit, leur tombe est dans le cœur. »
— « A l'heure où l'Orient qui rougit sous l'aurore
Eveille les vallons qui sommeillent encore,
Je quittai la demeure où vivait la douleur,
Et j'entrai dans les champs écoutant dans mon cœur
La nature au matin me dire dans sa joie
Ses longs soupirs d'amour; je suivais une voie
Au sommet des côteaux, et je vis le bétail
Des esclaves sortir pour aller au travail.
« Rome! tes travailleurs aujourd'hui sont esclaves;
Ne redoutes-tu pas que brisant ses entraves
Ce peuple ne se lève, et que dans un effort
Qui brisera sa chaîne il ne donne la mort? »
En marchant j'écoutais une voix dans mon Etre
Me dire que l'esclave au devoir pourrait naître;
Mais tout à coup je vis un nuage sanglant;
Je vis devant mes yeux ce peuple frémissant
Brisé par sa douleur saisir une victime,
Assouvir sa vengeance, et rechercher du crime

Qui venge le passé les acres voluptés.

« Hommes ! par quel délire êtes-vous emportés ?

Pardonnez ! Pardonnez ! la victoire est plus belle,

Et par delà les monts le foyer vous appelle :

Dans les bois des aïeux allez chercher la paix ;

Rome, vous le savez, ne pardonne jamais. »

Un long cri de fureur s'éleva de la foule ;

Vengeance ! fut le cri qui sortit de la houle

Dont les flots en fureur s'agitaient sous mes yeux,

Et l'écho répondit : « Richesse aux malheureux. »

— « Le même cri de mort s'élève d'une masse,

Quand le pauvre a vaincu les grands par son audace,

Quand l'Etre fatigué de trembler sous le fouet

Se réveille, et quand l'homme à la fin reparait :

Mais aigri par le mal si quelqu'un dit justice,

Un fauve des tyrans demande le supplice,

Et le peuple égaré, de son ongle sanglant

Déchire avec bonheur son maître pantelant.

Mortels, qui demandez que l'on brise la chaine

Des peuples malheureux, votre voix les entraîne ;

Vous mettez sous leurs yeux un mirage trompeur,

Vous leur donnez la mort et non pas le bonheur.

Pour qu'à la liberté le peuple puisse naître,

Enseignez lui d'abord à savoir être maître,

L'homme libre est celui qui connait tous ses droits,

Et sait se modérer en respectant les lois ;

Mais l'esclave enchaîné ne voit que la vengeance,

Et le peuple opprimé ne sait pas la clémence ;

Et le peuple et l'esclave en un jour de fureur,

En agitant leurs fers, de leur longue douleur,

Même au prix de la mort, demandent à renaître,

Et le peuple et l'esclave ont égorgé leur maître.

Pardonnez ! Pardonnez ! le peuple ne sait pas,

Et son maître à ses yeux n'a mis que le trépas;
Aussi, grands, qui croyez dominer sur la terre
Au-dessus d'un troupeau, le jour ou la lumière
Et votre grand orgueil ont soulevé le cœur,
Où le peuple connaît son immense douleur,
Mais ne sait pas encor se garder de l'abîme,
Vous avez de vos mains préparé la victime :
Vous n'avez pas appris à respecter les lois,
Le peuple ne sait pas ce que valent ses droits;
En sa misère il voit votre riche couronne,
Il veut être à la joie et vous jette du trône. »
— Bientôt devant mes yeux parurent les tombeaux,
D'où paraissaient sortir de funèbres échos,
Qui semblaient des Romains me raconter l'histoire,
Et dire les vertus qui donnent la victoire.
Ensuite j'aperçus le mur de la cité;
Je traversai le Tibre, et je fus emporté
Par un peuple nombreux qui gagna la campagne,
Et près d'un grand autel, auprès de la montagne
Qui par-dessus les flots regarde l'Aventin,
Vint déposer ses pleurs. « Où courez-vous Romain?
Les dieux ne peuvent plus calmer votre souffrance
Et vous venez aux morts demander l'espérance! »
« Etranger, me dit-il, nous pleurons Caïus;
En le faisant tomber les grands nous ont vaincus.
Deux frères, deux sauveurs, sont entrés dans l'arène
Pour défendre le peuple et briser notre chaîne;
Le dernier au trépas dut se réfugier,
Poursuivi par les grands qui voulaient l'égorger,
Et le peuple en ces lieux honore sa mémoire;
De même aussi le peuple a voulu dans l'histoire
Faire vivre son frère et lui rendre ses droits :
Au Capitole il dort protégé par les lois. »

XIX

— Je répondis : « Romain, pour l'éternel silence
Un peuple n'est pas prêt, s'il garde souvenance
Des plus belles vertus ; il peut baisser le front,
Mais de plus heureux jours sans doute reviendront. »
— J'approchai de l'autel, et je mis sur la pierre
Des fleurs que je tenais de la main de la mère ;
Je revins sur mes pas, je suivis un sentier
Qui conduisait au fleuve, et j'allais traverser
Pour entrer au Forum, quand la foule effrayée
Poussant des cris aigus, par des soldats chassée
Qui laissaient sur leurs pas des cadavres sanglants,
Parut devant mes yeux emportant ses enfants.
— « Où courez-vous, Romains? Quel effroi vous emporte!
Pourquoi ce sang, ces cris, ces soldats à la porte? »
— Un vieillard qui fuyait répondit à ma voix :
— « C'est Marius vainqueur qui fait taire les lois,
Qui pour vaincre les grands les jette dans l'abîme,
Et veut sauver le peuple en commettant le crime. »
— Au milieu des clameurs dont les tristes échos
Se répétaient au loin, je traversai les flots
Au pied de ce rocher qui domine la rive,
D'où le traître est jeté, pour qu'à sa mort survive
Enseignement de tous le souvenir amer.
« Marius, dans les murs tu fais naître l'enfer ;
La liberté! Crois-tu qu'elle puisse renaître
Sur ce Forum sanglant? La vertu ne peut être
Fille d'un si grand crime, et de nouveaux combats
Vengeront les vaincus : Mais ne savais-tu pas
Que la fureur du sang, Marius, que la rage
De la lutte des droits font un combat sauvage?
Dans les camps par le fer tu tenais tes soldats ;
Il faut des lois au peuple et tu ne savais pas. »
— Je suivis le chemin qui monte à la colline,

Où du grand Jupiter le temple qui domine
Devait être resté l'asile de la paix :
Sur le tombeau sacré du frère je voulais
Déposer de mes mains des fleurs, une prière,
Et supplier le ciel de donner à la terre
Après les grands combats quelques instants plus doux ;
Près du caveau sacré je me mis à genoux ;
Quand je levai mon front le peuple sur la place
Etait aux pieds d'un homme, et des hymnes de grâce
Montaient vers Jupiter, suppliant son pouvoir
De rendre la cité fidèle à son devoir ;
Mais un cri de douleur fit tressaillir mon Etre,
Me glaça d'épouvante, et Sylla fit connaître
Que les morts des cités ne troublent plus la paix.
— « O froide cruauté qui descends des palais !
Je vois sous ta fureur expirer les victimes,
Et les grands à genoux demandent pour leurs crimes
L'appui de Jupiter. Ah ! les temps sont passés`
Du soldat citoyen ! les camps sont délaissés,
Car le peuple n'est plus, et, vil troupeau d'esclaves,
Etrangère à l'Etat, l'armée est sans entraves :
Docile, de son chef elle devient le bras,
Et la cité gémit aux genoux des soldats ;
C'est le camp qui triomphe et sans pitié s'avance,
Instrument de conquête, instrument de vengeance,
Et soutien des tyrans. Maudite la cité,
Dont les grands dans le sang croient de la liberté
Détruire le flambeau ! Vaincu par la richesse
Le peuple terrifié sous le sang qui l'oppresse
S'incline frémissant, paraît se résigner ;
Mais tout à coup terrible on le voit s'éveiller,
Et le combat renaît ; alors plus de clémence,
Et le peuple vainqueur ne voit que la vengeance :

Rome! dans ce combat quel est ton avenir?
Tu descends dans l'abîme et tes grands vont mourir;
Le peuple malheureux dans sa mort les entraîne;
L'étranger ne peux pas te soumettre à la chaîne,
Mais un soldat vainqueur te donnera la paix,
En mettant sous sa main le peuple et le palais;
Chacun auprès d'un homme ira baisser la tête,
Et les combats cruels l'auront mis sur le faîte. »
— Suivi par mes douleurs je dirigeai mes pas
Hors de ces tristes murs où l'homme était si bas;
En entrant dans les champs je sentis ma poitrine
Libre se soulever, et sur une colline,
Qui voyait au couchant le soleil s'effacer,
J'allai sur les rochers pour m'asseoir et penser.

CHANT TREIZIÈME

Le Christ. Vie future et loi sociale d'humanité.

Sommaire. — Le poëte se trouve au Mont Sacré, il voit devant lui passer l'histoire de l'Empire, mourir le Christ et naître l'Eglise.

Le soleil se couchait; je vis l'ombre du soir
Etendre sous mes pieds un léger voile noir;
J'entendis dans les champs se taire la nature,
J'écoutai les oiseaux par un léger murmure
Soupirer dans les bois leurs adieux au soleil,
Et la nuit descendit apportant le sommeil.

J'étais au Mont-Sacré; j'entendais du silence
Une voix me parler de devoir, de clémence,
Et du peuple en révolte, et de l'orgueil des grands,
De l'esclave enchaîné, de ses efforts sanglants;
Cette voix me disait : « Dans l'Etat la noblesse
Ne voit que son pouvoir; quand elle a la richesse
Tout s'efface à ses yeux, les devoirs et les lois;
Mais le peuple opprimé voit paraître ses droits,

Et pour les posséder s'efforce de l'abîme,

Et vainqueur dans le sang écrase sa victime :

Cependant il existe en un monde serein

Le devoir, sainte loi de tout le genre humain. »

— Je sentis mon esprit s'envoler dans l'espace

Et monter vers la paix où tout parti s'efface

Dans l'immense infini; j'entendis cette voix

Me parler du passé, des combats et des droits;

Et je vis l'avenir, où du sein des orages

Le devoir apparut, dissipa les nuages

Au-dessus des mortels, et leur donna la paix,

Retenant sous ses lois et chaumière et palais.

— « Infini du passé! mon regard te contemple

Et demeure indécis! Est-ce la voix du temple

Qui viendra sur la terre au milieu du chaos

Prononcer du devoir les splendides échos!

Au milieu de tes murs Rome c'est le carnage,

Et j'entends jusqu'ici venir les cris de rage

Et les cris de douleur! Athénes dans les fers

Tu t'endors, et tes yeux regardent sur les mers

D'où viendra le sauveur! Mon guide tutélaire,

Dans ma nuit viens jeter un rayon de lumière!

Histoire du passé! j'ai suivi pas à pas

Tes efforts et tes pleurs, et j'arrive au trépas;

Je ne vois que du sang; sera-ce donc du crime

Que sortira la paix ? du sang de la victime

Doit-il naître un sauveur? Est-ce du désespoir

Où le monde gémit que naîtra le devoir?

Passé reviens à moi; que tes échos funèbres

Disent la vérité! du milieu des ténèbres

Où tu dors écrasé sous de sanglants débris,

Apparais! qu'à ta voix les siècles endormis

Se dressent sous mes yeux, me disent leur histoire,

Afin qu'en ma douleur je puisse voir la gloire
Où les êtres mortels, s'élevant de la nuit,
Sont montés pas à pas soutenus par l'esprit!
Je ne vois que des pleurs, j'ai besoin de connaître
Et l'histoire de l'homme et ce qu'était son être,
Afin de décider si j'ai devant mes yeux
Des peuples en enfance ou des peuples trop vieux.
Chaos! que m'as-tu dit au milieu du tonnerre,
Quand je voyais tremblant les lambeaux de la terre
Se chercher sur les flots au milieu des rochers
Qui montaient se heurtant l'un sur l'autre entassés?
Au milieu des éclairs du feu c'était l'empire,
Et la roche vivait. Chaos! peux-tu me dire
Quels furent les témoins de ce siècle orageux?
Où se cachait la fleur? où vivaient nos aïeux?
Fleurs! qu'a donc murmuré votre voix sur la rive?
Vous avez à mon cœur de votre voix plaintive
Fait connaître l'amour, et les tendres zéphirs
Apportaient dans les bois, vos baisers, vos soupirs;
Vous vous taisiez; pourtant j'ai compris le murmure
Qu'éveille le soleil dans toute la nature.
Oiseaux! qu'avez-vous dit? Vous chantez dans les bois,
Et j'entends les échos de votre douce voix
S'éveiller le matin; j'entends votre langage
Et je vois votre nid caché dans le feuillage;
Vous chantez le printemps; vos chants harmonieux
Disent à la famille et l'amour et vos feux;
Mortels! d'où venez-vous? Je cherche votre histoire,
Et rien de vos douleurs n'a gardé la mémoire;
Je vois devant mes yeux les êtres lentement
Du rocher jusqu'à vous s'enchaîner en montant;
Je vois dans vos regards briller une étincelle,
Et des êtres vivants vous dominez l'échelle :

Mes aïeux, qu'étiez-vous quand vous ne parliez pas ?
Vos mains étaient sans force, et pour fuir le trépas
Aux arbres des forêts vous demandiez pâture ;
Et quand le froid hiver dépouillait la nature,
Au milieu des rochers, où dormaient vos enfants,
De feuilles vous couvriez leurs membres frissonnants ;
Votre cri de l'amour bégayait le langage,
Et du brillant soleil vous suiviez le sillage ;
Vous ne compreniez pas vous-même votre voix ;
Vous aimiez vos enfants, le soleil et les bois.
Un jour dans les forêts un éclat du tonnerre
Descendit de la nue et laissa sur la terre
Un rayon de ses feux ; autour de ce foyer
Vous vous êtes assis, et sous le noir rocher
A côté du vieillard vous avez senti l'âme
Lentement s'éveiller et grandir de la flamme ;
Vous avez vu des mots naître de vos soupirs,
Et des mots sont venus les vivants souvenirs
Que gardait votre cœur pour les dire à l'histoire.
Ainsi vous avez dit de vos aïeux la gloire.
Mes ancêtres chasseurs, que m'ont dit les échos ?
Je vous ai vu passer, et tous les animaux
Se cachaient en tremblant. Pasteurs, rois de la plaine,
Vous avez de l'amour reçu la douce chaîne ;
Vous avez au désert vu monter l'Eternel
Et le prêtre a sur vous élevé son autel ;
Alors des rois divins la fatale puissance
Vous a donné la paix et l'éternel silence.
Vous connaissiez l'amour, vous, ancêtres des Grecs,
Et j'ai vu vos douleurs dans vos rudes forêts ;
Vous avez dû lutter pour conquérir la terre,
Et lorsqu'à la cité, dans vos maisons de pierre,
Au milieu des enfants, vous avez eu la paix,

La femme à vos côtés a reçu pour jamais
Votre amour et le droit de s'asseoir près du maître;
Elle a pris votre cœur et sa voix a fait naître
L'amour de la famille et l'hospitalité.
Alors les Lares seuls veillaient sur la cité :
Mais votre âme plus tard des vallons est sortie,
Et le dieu Jupiter a gardé la patrie.
Sparte ! Que m'as-tu dit? La dure pauvreté,
L'esclavage de tous aux lois de la cité ;
Sparte, de tes enfants j'admire l'énergie ;
Mais quel sang a coûté ta sombre jalousie?
Athênes! le zéphir t'apporta sur les mers
Les échos de l'amour; ton âme dans les airs
Alla chercher les dieux, et le divin langage
Te permit aux mortels de montrer leur visage;
Tu dors! Que les vivants veillent sur ton repos;
Que serait l'univers privé de tes échos?
Rome! tes citoyens reçurent de leurs pères
Avec le dur travail les lois les plus sévères,
Et l'amour du foyer; mais des antiques mœurs
Que gardèrent tes fils, dès qu'ils furent vainqueurs?
Ils ne surent aimer que plaisir et mollesse,
Et les partis sanglants demandent la richesse.

Fatalité du sort! les peuples devant moi
Sont passés, subissant une inflexible loi
Qui les fait de la nuit grandir, puis disparaître!
Est-ce le sort commun des Etats et de l'Etre!
Apparais, je le veux, esprit de mes aïeux!
Serait-ce donc la mort dans un monde trop vieux?
Non ! je vois dans la nuit des peuples en silence
Elever leurs regards au ciel dans leur souffrance,
Et je vois des humains courbés sous la douleur,

Dont les fers vont tomber brisés par le malheur.
Mais alors devant moi que le ciel se dévoile,
Et que je puisse voir où brille cette étoile,
Qui va vers l'avenir guider le genre humain,
Marquer par son éclair le grand cycle divin! »
Tout à coup j'entendis une voix dans mon être;
« Mortel, me dit la voix, le soleil va paraître
Au-dessus du chaos où tu ne peux rien voir;
Regarde et tu verras où parle le devoir.
Regarde la cité : Que vois-tu dans la ville? »
— « Je n'entends plus les pleurs, et la nuit est tranquille;
Quelques gémissements au milieu de la paix
Se font encore entendre aux portes d'un palais,
Où le peuple pressé vient demander l'aumône.
Un homme s'est assis sur les marches du trône
Et les grands à genoux lui vendent leur honneur,
Et le peuple affamé croit tenir le bonheur
En gardant le palais qui nourrit sa paresse. »
— « Mortel, me dit la voix, quand un peuple s'affaisse
Il vend pour s'enivrer toujours sa liberté,
Et le Romain se meurt par Auguste acheté.
Regarde autour de toi le malheur de l'empire :
Que disent les vaincus? Parle, veux-tu me dire? »
— « Les peuples sont unis sous d'inégales lois,
Et l'empire se tait; au-dehors dans les bois
C'est le bruit d'un torrent, dedans c'est le silence,
Et cependant partout je ne vois que souffrance.
Mais l'Univers se tait fatigué de gémir,
Parce qu'à tout sanglot ne répond qu'un soupir. »
— « Mortel, me dit la voix, quand l'humanité pleure,
Quand le peuple se tait, attend la dernière heure,
Il regarde le ciel et demande un sauveur;
Lorsque la terre est vide il écoute son cœur.

Regarde à l'orient, je vois naître l'aurore;
Un peuple est sur le mont qui déjà se colore;
Un homme par ses mains est cloué sur la Croix,
Il regarde le ciel, écoutes-tu sa voix? »
— J'aperçois des soldats au pied d'une montagne,
Qu'avec des cris joyeux une foule accompagne;
Mais les soldats s'en vont débandés, abattus,
Comme si d'un combat ils revenaient vaincus. »
— « Mortel, me dit la voix, ces soldats d'un grand crime
Emportent le remords et pleurent la victime;
Mais le prêtre est joyeux, car l'ennemi des lois
A payé son forfait sur une ignoble croix.
Que voulait-il pourtant ce vaincu qu'on immole?
Aux peuples de l'amour, il montrait l'auréole,
De l'amour, qui rappelle aux grands l'humanité,
Mais à l'homme égoïste oppose la bonté.
Grands prêtres d'Israël, il venait dans le temple,
Pour enseigner le bien, vous montrer son exemple;
Il chassait les marchands qui vendaient l'Eternel,
Mais c'est vous qu'on payait en offrant à l'autel;
Sur son front vous avez amassé la tempête,
Et vous pouvez chanter, ivres de sa défaite,
Qui vous rend le pouvoir dont vous êtes jaloux;
Le prêtre pour régner veut se mettre à genoux.
Regarde la douleur qui gémit au calvaire. »
— « Des femmes à genoux pleurent près d'une mère,
Qui, tenant une croix dans ses bras enlacés,
Embrasse de son fils les membres transpercés,
Et regarde mourir cette victime chère,
Dont chaque mouvement lui dit encore : Espère.
Jésus est sur la croix, et son Etre mourant,
Suspendu par les mains sur le poteau sanglant,
Ne peut plus soutenir sa tête qui s'incline,

Et son front fatigué tombe sur sa poitrine,
Parfois se relevant pour regarder le ciel :
Je l'entends murmurer le nom de l'Eternel,
Et son œil entr'ouvert s'abaisse vers la terre ;
Il prononce ces mots : Pardonnez leur, mon père. »
Pardonnez ! Pardonnez ! Immense cri d'amour,
Qui descend du calvaire au terrestre séjour,
Et vient parler au cœur du malheureux qui pleure,
Apportant un rayon dans sa triste demeure.
Pardonnez ! Vous puissants dont le peuple est jaloux !
Vous pouvez tant de bien qui ne vous coûte à vous
Que le soin de laisser tomber une parole.
Pardonnez ! Pardonnez ! C'est le cri qui console ;
Un homme par sa mort a conquis le bonheur,
Pour l'Univers qui pleure au fond de la douleur,
Et l'Univers, saisi par ce chant d'allégresse,
De son cercueil glacé frémit et se redresse,
Et redira demain le mot d'humanité.
Chaque homme de son frère a connu la bonté. »
— « Hier, répondit la voix, une étroite barrière
Enfermait les cités ; aujourd'hui le calvaire
Fait les peuples égaux : Regarde dans les airs. »
— « Je vois un noir nuage et partout des éclairs ;
J'entends siffler le vent, je sens trembler la pierre,
J'écoute les soupirs de la nature entière ;
Un grand cri de douleur a traversé les mers,
Le Christ vient de mourir pour sauver l'Univers. »
— « Regarde, dit la voix, au-dessus du nuage. »
— « Je ne vois que la nuit partout sur le rivage. »
— « Elève toi, mortel, monte au-dessus des yeux
Et tu verras briller l'infini radieux. »
— Je me sentis alors transporté dans la nue,
Et je vis tout à coup resplendir à ma vue,

Au-dessus de la nuit que l'éclair sillonnait,
Un espace serein où le soleil brillait.
— « Que vois-tu, dit la voix ? — Je vois briller l'image
Du grand crucifié, dont le pâle visage
Regarde en l'infini briller l'Eternité ;
Il monte dans le ciel, vers son père emporté ;
Mes yeux voient resplendir le trône du Dieu père
Sur un nuage d'or où brille le tonnerre,
Et rangés tout autour des anges radieux
Chantent de l'Eternel les chants mélodieux :
Je vois des saints martyrs une troupe pieuse,
Et plus loin des Elus la foule bienheureuse
Contemple dans la paix le front de l'Eternel,
Heureuse d'être enfin au bonheur immortel.
Je vois le Christ s'asseoir à la droite du Père ;
J'entends des Séraphins une troupe légère
Chanter du fils de Dieu les larmes, les soupirs,
L'Univers s'éveillant par la foi des martyrs ;
Je vois un malheureux qui, suppliant, s'avance,
Et du juge divin implore la clémence ;
Et Dieu le fait placer au rang des bienheureux ;
Un riche dépouillé de son faste orgueilleux
Se présente en tremblant ; mais l'œil du divin maître
Se détourne de lui, ne veut pas le connaître ;
Je vois le sol s'ouvrir, il en sort un éclair ;
Dans l'abîme, j'entends des clameurs de l'Enfer,
Et le riche chassé s'enfonce dans le gouffre.
Je vois ! Je vois le ciel ! Je le vois ! Que je souffre !
L'infini ! L'infini ! J'ai vu Dieu rayonner ;
L'Eternel ! Devant toi je puis donc m'incliner !
Esprit, tu peux venir me parler de la terre,
A côté du Seigneur dont la main tutélaire
Garde l'humanité : je puis donc maintenant

Regarder sous mes pieds le mortel impuissant!
Tout passe devant Dieu; seul il conduit les âges,
Et sa main sur la terre a permis les orages,
Afin de préparer le règne de son fils,
Afin de relever ceux qu'il aura choisis. »
— J'étais anéanti sous la sainte coupole,
Ecoutant résonner la divine parole,
Quand soudain mon esprit apparut près de moi,
— « Mon enfant, me dit-il, dois-je monter vers toi
Jusque dans l'infini qui vers lui te soulève!
Emporté par le Christ, ton regard voit en rêve
Un temple radieux qui fait naître l'amour;
Car un homme si pur, peut-il être homme un jour?
Maintenant, près du Dieu, tu veux juger les âges,
Abaisser l'infini jusqu'aux mortels rivages,
Afin que le destin conduise chaque effort,
Afin que l'inconnu conduise l'homme au port.
Mais qui prononcera la parole divine?
Quel ange descendra devant qui l'on s'incline?
Laisse vers l'infini ton âme s'élancer
Cherchant un Créateur; ton âme a vu passer
Partout l'immensité sous une égale chaîne,
Et croit la paix plus loin que la misère humaine.
Regarde sous tes pieds, et, proche du martyr
Qui chante l'Eternel à son dernier soupir,
Tu verras s'élever un étroit sanctuaire,
Où des hommes sacrés veulent garder la terre;
Mais tu verras aussi l'humanité grandir;
Tu verras par l'amour l'esclave s'affranchir;
Tu verras s'abaisser les antiques murailles,
Et des peuples cruels déchirer leurs entrailles,
Afin de préparer des empires nouveaux.
Regardent à l'orient, que disent les Echos? »

— « J'aperçois des mortels qui viennent du Calvaire,
Et regardent le ciel emportant un suaire ;
J'écoute la douleur des apôtres en deuil,
Et, portés par la foi, les morts de leur cercueil
Se dressent pour jeter le cri de l'espérance,
Et le monde étonné les écoute en silence.
J'aperçois à genoux les apôtres transis,
Quand une voix leur dit qu'ils ont été choisis
Pour porter sur les mers la parole divine ;
Et devant l'Esprit-Saint tout leur Etre s'incline.
Je vois dans le désert un homme prosterné ;
L'Eternel apparaît ; il s'arrête étonné
Et revient sur ses pas ayant vu le mystère,
Pour annoncer partout le réveil de la terre. »

— « Regarde, dit l'esprit, un homme va mourir. »

— « Au milieu de l'arène est debout un martyr ;
Son regard assuré s'élève sans contrainte
Vers le peuple étonné d'une vertu si sainte,
Et calme il voit s'ouvrir la porte de la mort.
Tout le peuple se tait dès que le tigre sort,
Et le fauve affamé rampe vers sa victime,
Honteux que le soleil soit témoin de son crime :
Mais le martyr plus ferme au moment de mourir
Chante l'hymne divin, voit le ciel s'entr'ouvrir,
Les anges sur son front déposer la couronne,
Et l'emporter auprès de celui qui rayonne. »

— « Regarde, dit l'Esprit, sur terre les combats. »

— « Dans la plaine, je vois un peuple de soldats ;
Au-dessus des vallons flotte un épais nuage
D'où sortent des éclairs ; j'entends les cris de rage,
Et je vois dans les airs une immense lueur ;
C'est la croix qui paraît pour guider le vainqueur. »

— « Regarde, dit l'Esprit, ce dôme qui se dresse ! »

— « Dans la cité j'entends retentir l'allégresse :
Un homme est arrivé portant les saintes lois,
Et le peuple de Rome aux accents de la voix,
Qui vient du Rédempteur apporter la nouvelle,
S'est senti frissonner, et la ville éternelle
Au-dessus de ses murs élève un grand palais,
Où son cœur vient prier le maître de la paix.
L'apôtre sur son front dépose une couronne,
Et le prince du ciel s'élève sur un trône,
Enseignant la justice, aux grands l'humanité,
La patience à l'esclave, au monde la bonté. »
— « Regarde, dit l'esprit, au seuil du sanctuaire,
Ce mortel à genoux courbé par la prière. »
— « Un prince veut entrer au temple de la paix,
Et l'évêque vengeur le livre pour jamais
Au remords éternel, et le prince s'incline,
Et ministre de Dieu le prêtre le domine,
Enseignant aux mortels qu'au-dessus de ses rois
Le prêtre du divin seul dirige les lois.
Au-dessus du palais, je vois monter l'Eglise,
Il est un Empereur, le prêtre le baptise. »
— « Regarde, dit l'esprit, ce qui descend des monts
Ce torrent dont les flots inondent les vallons. »
— « C'est un peuple qui sort de ses sombres repaires,
Et je vois sous son fer tomber les sanctuaires ;
J'entends des cris, des pleurs, de rauques hurlements,
Je vois de noirs débris et des lambeaux sanglants. »
— « Regarde au pied des monts. » — « Je vois à l'espérance,
Renaître les cités et j'entends le silence.
Le ministre de Dieu maîtrise le torrent,
Qui, devant l'Eternel, recule frémissant ;
L'empire est effondré ; l'Eglise au sanctuaire
A côté du vainqueur promène une lumière,

Dont les tremblants éclairs illuminent la nuit :
Dans l'Univers, partout, je n'entends que le bruit
Des peuples agités que le soleil entraîne ;
C'est le monde en travail qui partout se déchaîne :
De l'infini je vois encore la clarté ;
Le Christ repète encor le cri d'humanité,
Mais l'Eglise déjà veut dans son sanctuaire
Au nom du Dieu jaloux commander à la terre.
Esprit de mes aïeux, j'ai vu de Dieu la main ;
Le martyr a chanté le cantique divin ;
Que sortira-t-il donc de cette œuvre nouvelle,
Si l'Eglise obscurcit la divine étincelle?
— « Un jour, me dit l'esprit, naîtra la vérité ;
Alors revivront seuls le Christ, l'humanité. »
— A ces mots dans le ciel mon esprit tutélaire
S'envola, dans ses mains emportant la lumière
Qui m'avait éclairé pour vivre dans les temps ;
Je crus voir devant moi des peuples frémissants
S'élancer des forêts et rencontrer un phare ;
Mais je vis tout-à-coup le terrible barbare
Etonné, s'arrêter en voyant ce flambeau,
Reculer dans les bois, mais sortir de nouveau,
S'approcher en tremblant, entrer dans une enceinte,
Et se mettre à genoux sous la parole sainte
Qu'un prêtre prononçait en lui montrant la croix,
En lui montrant la mort et les divines lois.

CHANT QUATORZIÈME

Le Monastère. L'Eglise.

Sommaire. — Le poëte va au monastère du Mont-Cassin écouter les conseils de saint Benoît; mais la paix du monastère lui fait peur et il demande à partir.

« Le Christ, l'humanité doivent un jour renaître,
Saintes lois des Etats et saintes lois de l'être,
Et l'infini lointain qu'on ne peut visiter
Deviendra l'inconnu vers qui l'on doit monter,
Qui devant chaque pas s'élargira sans cesse,
Pouvant rester toujours asile de faiblesse
Pour l'homme qui ne peut suivre seul son chemin,
Et demande indécis l'appui du bras divin.
Mais alors que sera l'Eglise qui rayonne?
Aura-t-elle perdu son empire et son trône?
Mais qui donc ravira cet immense pouvoir?
Le peuple voudra-t-il oublier le devoir
Que le prêtre lui montre avec tant de menace?
De regarder la mort peut-il avoir l'audace?
Et quand il la verra sera-t-il assez grand
Pour mesurer son être et peser le néant? »

Ainsi je raisonnais, marchant tête baissée
Au milieu des forêts, quand une voix brisée
Me rappela soudain à la réalité ;
Je vis un grand vieillard dont le corps fatigué
Luttait avec effort pour dominer son âge ;
Un bâton dans sa main soutenait son courage.
Je vis ses cheveux blancs, ses yeux pleins de douceur ;
Tout en lui paraissait dire la paix du cœur.
Il s'avançait pieds nus ; une robe de bure
Le couvrait de ses plis, serrée à la ceinture
D'une pauvre lanière où pendait une croix.
— « Passant, dit le vieillard, au milieu de ces bois
Etes-vous indécis, où vers le sanctuaire
Du Seigneur venez-vous dire votre prière ? »
— « Vieillard, dis-je à mon tour, je demande la paix ;
J'ai vu devant mes yeux pleurer tant de regrets,
J'ai vu tant de fureurs, que je crois avec peine
Qu'un jour l'humanité sorte de tant de haine.
Le fils de Dieu n'est-il descendu sur la croix
Que pour voir des vainqueurs les féroces exploits ? »
— Le vieillard à ces mots vers moi leva la tête :
— « Mortel, vous avez vu du monde la tempête,
Et, lassé de souffrir, vous demandez la paix ;
Je guiderai vos pas ; vous l'aurez désormais
Dans les bois où jadis mon âme l'a trouvée.
Comme vous j'ai connu cette triste vallée
Où gémit la douleur, et, du mortel séjour,
Pleurant je suis venu déposer mon amour
Aux pieds de l'Eternel dans le saint monastère ;
J'ai devant ses autels prononcé la prière,
Et j'ai senti la paix descendre dans mon sein ;
Venez vous incliner près de l'autel divin,
Et là vous entendrez la voix de l'espérance. »

— Le vieillard s'avança; je suivis en silence,
Ecoutant des échos qui parlaient près de moi,
Semblaient toujours répondre à mon secret émoi
— « Dieu, disait une voix, la suprême justice,
Par son pouvoir divin fera taire le vice,
Et fera par sa voix dans le mortel séjour
Renaître la vertu, l'humanité, l'amour. »
— « L'amour, disait l'écho, succombe sous le crime;
L'humanité se meurt et tombe dans l'abîme;
Emporté par la foi vers le monde éternel,
C'est le cœur qui s'égare, appelle en vain le ciel.
Que devient la raison quand la foi la domine,
Et parmi les mortels est-ce la voix divine
Qui plus que la raison peut donner le bonheur? »
— Alors la voix redit : « Il faut parler au cœur
Dans l'univers barbare où la raison se traîne;
Le vainqueur suit le sang et la force l'enchaîne;
Au milieu des combats de la seule pitié
Doit nous venir la paix; l'Eglise a supplié,
Le barbare est venu prier au sanctuaire
Et pensera demain; aujourd'hui la prière
Dirige les puissants vers un destin nouveau;
L'aurore reviendra, tu verras le flambeau
Briller sur l'univers et la raison renaître;
L'heure n'a pas sonné, car le fer est le maître. »
Par un étroit sentier qui montait sur les monts,
Le vieillard lentement s'éleva des vallons,
Que je vis sous mes yeux disparaître dans l'ombre,
Et j'entendis soudain sortir de la pénombre
Un léger tintement, comme un écho lointain
Qui me fit tressaillir, écho d'un lieu divin.
J'écoutai lentement frapper dans le silence
Ce son, qui dans mon cœur éveilla l'espérance,

Et parut faire vivre en passant dans les airs
Au-dessus des forêts de paisibles concerts,
Que redit lentement l'écho de la vallée :
Je l'écoutai s'éteindre au loin sous la feuillée
En laissant dans l'espace un immense soupir,
Comme un écho qui meurt et ne veut pas mourir.
— « Mortel, dit le vieillard, regardez dans la plaine
Des moines travailleurs monter la longue chaîne,
Et la cloche du soir leur marque le repos.
Ecoutez dans les airs passer ces longs échos
Qui viennent jusqu'à nous comme une douce plainte :
A la fin du travail c'est la prière sainte
Qui monte vers les cieux, cantique de bonheur
De l'homme, qui, le soir, vient offrir son labeur
Près de l'autel divin, et la terre endormie
Laisse monter vers Dieu sa plaintive harmonie :
Pour prier, dans la nuit, l'homme est plus près de Dieu ;
Le chant monte plus pur en emportant son vœu. »
— Je répondis : « Vieillard, le travail de la terre
Avait été banni ; la voix du sanctuaire
Au milieu des mortels veut lui rendre l'honneur !
Dieu vient le relever de son long déshonneur.
Les puissants aujourd'hui ne voient que le courage,
La gloire des combats, le sang et le carnage ;
Enseignez aux puissants le travail, la pitié,
Leur cœur écoutera la voix de l'amitié ;
Vous aurez éveillé le cri de la nature,
Et les grands entendront votre prière pure
Dire l'humanité ; vous donnerez la paix
Et la loi de l'amour pourra revivre après.
De plus par le travail, pour le peuple qui pleure,
Vous aurez du malheur marqué la dernière heure ;
Car l'esclave des champs, esclave du labeur,

A la glèbe asservi, ne peut naître au bonheur,
Que lorsque le puissant s'abaisse de son trône,
Et, laissant au palais son orgueil, sa couronne,
Descend dans la chaumière et voit près des enfants
Que quelque chose vit dans le cœur des manants. »
— Le vieillard, à ces mots qui parlaient d'esclavage,
Parut se réveiller; je vis sur son visage
Un douloureux sourire, et bientôt un soupir
M'apprit que j'éveillais un triste souvenir...
— « Oui! l'amour du travail, dit-il, peut de l'esclave
En unissant les cœurs faire tomber l'entrave,
Qui laisse le vaincu sous le pied du vainqueur;
Et l'Eglise devrait, elle, qui du bonheur
Au nom du Tout-Puissant dispense les largesses,
Qui comprend le mortel dans les mêmes caresses,
Et devant qui le faible a toujours plus de soin,
Parce qu'il est plus pauvre et qu'il a plus besoin :
Oui! l'Eglise devrait appeler de son trône
Pour l'esclave qui pleure et que l'homme abandonne
La protection du ciel! D'une voix faible, hélas!
Nous invoquons le Christ; les grands n'entendent pas :
Nous disons le travail, mais nos pleurs sont stériles,
Et l'univers est sourd; nos efforts inutiles
Ne laissent dans nos cœurs que de tristes regrets,
Et rien ne nous répond dans les murs du palais.
L'Eglise pour le peuple est la voix qui console,
Et l'univers soumis écoute sa parole,
Qui, retombant du ciel, au-dessus des humains
Pèse de tout le poids que pèsent les destins.
Elle pourrait si bien soulager la souffrance,
Commander aux puissants d'avoir plus de clémence;
Mais, hélas! chaque siècle a fait naître des droits,
Et l'Eglise aujourd'hui veut dominer les rois.

Ne devrait-elle pas au-dessus des nuages
Avoir le seul souci d'éloigner des orages
La loi de l'Eternel? Je la vois s'abaisser;
Puisse-t-elle en la mort ne jamais s'affaisser
Sous le poids de l'orgueil, qui prépare l'abîme
A celui qui se croit le plus grand sur la cîme !
Nous aimons le travail, nous aimons les forêts,
De l'Eglise soldats; mais nos tristes regrets
Déplorent son erreur; nous gardons en silence
L'antique foi du Christ, et sa douce clémence
Appelle nos regards au milieu des douleurs.
L'Eglise est au combat, nous soulageons les pleurs;
C'est le Christ qui, mourant, brisa toutes les chaînes;
C'étaient les malheureux qui mouraient aux arènes,
Et préparaient l'Eglise en leur dernier soupir,
Et l'Eglise paraît ne pas se souvenir.
Mortel! c'en est assez; peut-être ma souffrance
D'un brillant avenir me cache l'espérance;
Un homme parmi nous saura vous consoler;
Venez au monastère, écoutez-le parler,
Et sa voix vous dira que du Christ au calvaire
Nous chantons les douleurs et sa loi sur la terre;
Nous disons comme lui la loi d'humanité;
Le travail et la foi, voilà notre beauté. »
— J'écoutais dans les airs mourir la douce plainte
Des moines dont la voix s'éteignit dans l'enceinte
D'un sombre monument, qui parut à mes yeux,
Demeure de la paix, aux murs silencieux,
Où jamais ne venaient les luttes de la terre.
— « Reçois-moi dans ton sein, demeure tutélaire;
Je cherche l'espérance et l'univers gémit;
Parle-moi de l'amour qui sans cesse me fuit. »
— En approchant des murs du muet monastère,

J'entendis s'élever le chant de la prière,
Et mon âme embrasée aux pieds de l'Eternel
Montait avec les chants loin du monde mortel ;
Mais un bruit tout à coup s'éleva du silence,
Que l'écho répéta comme une voix immense,
Et j'entendis parmi les résonnants échos
Une voix : « De ces lieux qui trouble le repos ? »
Mon guide s'approcha, murmura la prière.
« La paix soit avec vous et sur toute la terre. »
Et la porte s'ouvrit comme doivent s'ouvrir
Les portes de la mort au moment de mourir
Sur le riche qui laisse et plaisir et richesse,
Pour trouver de la terre une égale caresse.
— « C'est ici des humains que s'arrête l'orgueil. »
Et du terrible lieu je dépassai le seuil ;
J'écoutais dans les airs une vague harmonie
Qui semblait répéter à mon âme endormie
Des chants d'un autre ciel ; mais parmi ces accents
Une voix me parla : « Que te disent ces chants ?
Ils te disent la paix ? C'est l'oubli, le silence ;
Dans la mort un mortel garde-t-il l'espérance ? »
— « Mon esprit, en ces lieux, oses-tu me parler ?
Regarde, l'univers ne cesse de pleurer ;
Le moine dans sa foi regarde dans la nue,
Et vient ici prier le Dieu de l'étendue,
Et demain trouvera des accents embrasés,
Pour enseigner l'amour aux mortels égarés. »
Dans l'ombre j'avançai ; tout à coup la lumière
De l'astre de la nuit du sombre monastère
Eveilla le silence, et fit devant mes yeux
Paraître des arceaux, cloître silencieux,
Où passaient lentement, semblables à des ombres
Que les rayons blafards semblaient des voûtes sombres

Evoquer dans la nuit, des moines, dont le pas
S'éteignit lentement, parurent au trépas
Etre redescendus. Je sentais dans mon être
Une voix m'appeler, demandant à renaître
Hors du sombre tombeau ; mais la voix du vieillard
Vint frapper mon oreille, et devant mon regard
Lui-même il m'apparut : « Venez, venez, mon frère,
Disait-il, sur le champ vous verrez notre père,
Qui seul peut vous donner le calme de l'esprit. »
— Je suivis le vieillard ; une porte s'ouvrit,
Et devant moi je vis un triste sanctuaire,
Où semblaient seuls parler la mort et le calvaire,
Répétant aux regards leurs grands enseignements.
Les funèbres débris paraissaient des vivants
Raconter les douleurs et les vaines alarmes ;
Le Christ chantait le ciel et le réveil des larmes.
A genoux près du Christ un homme était courbé,
Un vieillard ; il priait, et semblait, absorbé,
Contempler l'Eternel au-delà de la pierre.
— « Mon fils, me dit sa voix, je priais notre Père
De vous donner du ciel la paix dans votre cœur ;
La prière est de l'homme un grand consolateur. »
Je répondis : « Mon frère, au milieu des souffrances
De l'univers sanglant, de douces espérances
Ont retenti soudain, réveillant mon espoir ;
Je voyais les mortels pleurer et ne rien voir,
Mais j'ai vu sur le mont briller une lumière
Qui montrait aux puissants le travail, la prière,
Et, guidé dans la nuit par ce pâle flambeau,
Je suis venu chercher ici le seul écho
Qui survécut encor de la voix du calvaire.
Mon frère, au nom du Christ, secourez votre frère !
Enseignez-moi l'amour, je ne vois plus la croix ;

Que je voie en ces lieux briller les saintes lois. »
— « Vous demandez, mon fils, secours à la prière,
Et vous ne voyez plus le Christ au sanctuaire,
Que vous cache des grands la barbare fureur.
L'Eglise devant eux frissonne de terreur,
Et seule notre voix peut séduire leur âme,
Et préparer sans trouble entre ces murs la flamme
Qui fera de ses feux naître dans l'univers
Une aurore de paix dans des cœurs moins pervers.
Je vais devant vos yeux faire passer l'histoire
De notre sainte Eglise; alors vous pourrez croire,
Comment faible elle a pu jadis se propager,
Et pourquoi maintenant son rôle doit changer.
Quand le Christ apparut, écartant le nuage,
Les hommes se traînaient sous un dur esclavage,
Et ses accents d'amour éveillèrent au cœur
Le cri de l'espérance en disant au malheur
Le calme de la paix, la voix de la justice.
Alors le peuple crut sortir du précipice,
Et voulut de son sang répandu sur l'autel
Sceller avec son Dieu de son pacte éternel
La mystique union : le peuple dans l'arène
Descendit triomphant pour soulager la peine
Du reste des humains, imitant par sa mort,
Celui qui sur la croix dans un dernier effort
Avait en suppliant des bourreaux à son père
Demandé le pardon au ciel et sur la terre.
Dans l'univers ancien le peuple était en pleurs,
Ne voyait plus ses dieux au milieu des douleurs
Paraître pour venir relever sa détresse,
Et le peuple courut en chantant d'allégresse
Vers celui qui, mourant, venait dire l'amour;
C'était un clair rayon dans le mortel séjour

Qui descendait du ciel, et qu'une voix humaine
Faisait luire aux regards des hommes à la chaîne.
Près du peuple abattu les riches, égarés,
Ne voyaient plus leurs dieux qui s'étaient effacés
De leur trône des monts, et leur âme emportée
Dans l'immense infini, sous l'effort de l'idée,
Avait senti dans l'être un immortel rayon,
Et cherchait dans les cieux l'éternelle raison,
Que leur âme sentait dominer dans la nue,
Parler à leur esprit une langue inconnue.
Leurs yeux clos cependant ne devaient s'entr'ouvrir
Qu'en voyant pour la foi tout un peuple mourir.
Alors leur apparut la puissance divine,
Et l'empire chrétien vit le Dieu qui domine.
Ce fut en ce saint jour, quand la saine raison
Put de la loi divine agrandir l'horizon,
Que parut ici-bas la grandeur de l'Eglise,
Qui, s'élevant du peuple, alors put être assise
Près du trône impérial; et quand la main des rois
Ne put tenir l'empire, elle dicta des lois.
Elle a reçu du ciel une mission sainte
De délivrer le peuple et d'écouter sa plainte;
Elle aidait avec fruit le retour vers la paix,
Et le peuple déjà mesurait le progrès,
Lorsque le flot sanglant descendit dans la plaine,
Et vint à l'univers river une autre chaine,
L'Eglise avec effort arrêta le torrent,
Le vit dans les cités, de son bras ignorant
Entasser les débris, pousser des cris de rage,
Et partout promener le sang et le carnage.
Des peuples sont sortis de ce vaste remous,
Et l'Eglise longtemps a subi le courroux
Des barbares vainqueurs; mais enfin de l'abîme

Elle a pu s'élever en méritant l'estime,
Et j'espère, demain, même au-dessus des rois,
Pour marquer l'avenir, elle dira ses lois.
Aujourd'hui ses efforts luttent pour l'existence,
Et des grands notre voix éveille la clémence,
Afin de préparer cet avenir brillant;
Mais laissons l'avenir et voyons le présent
Qui marque nos devoirs comme ceux de l'Eglise,
Jusqu'à ce qu'elle ait pu devenir mieux assise.
Le Christ avec sa loi fit les hommes égaux,
Et nous devons partout répandre ces échos,
Qui des peuples armés détruisent les frontières,
Près d'un peuple plus fort placent des peuples frères,
Elèvent les vaincus en disant aux vainqueurs
De voir près du château la misère des leurs.
Soutenir le vaincu, c'est le devoir suprème
De l'Eglise, qui tient de son essence même
Ce principe d'amour, principe de bonté,
La parole du Christ qui dit l'égalité.
L'Eglise encore doit aux peuples la lumière,
Et nous devons garder au fond du monastère
Le brillant souvenir des peuples nos aïeux,
Dont l'esprit lentement s'éleva jusqu'aux cieux;
Et nous conserverons ces précieuses reliques,
Pour donner à nos fils de ces âges antiques,
Dont nous sommes enfants régénérés par dieu,
Avec le souvenir un éclatant aveu
Du flambeau que le Christ a porté sur la terre.
Jadis l'ombre régnait, nous voyons la lumière;
Mais le temps de parler n'est pas encor venu,
Et notre voix crierait dans un monde inconnu;
Nous devons par l'amour lentement faire naître,
De ce peuple de sang, qui veut parler en maître,

Un peuple au cœur docile, attentif aux humains,
Et qui puisse écouter les mystères divins.
Jusque là notre voix doit poursuivre le vice,
Et nous devons garder pour un jour plus propice
Le dépôt que l'Eglise a reçu des aïeux,
Jusqu'au jour où les grands pourront ouvrir les yeux.
Oui ! prêcher les vertus aux princes de la terre
Voilà notre devoir, notre règle première ;
Mais par-delà les monts des peuples ignorants,
Qui n'ont pu du calvaire écouter les accents,
Attendent leur réveil et leur nouvelle vie.
A des cultes grossiers leur âme est asservie ;
Ils attendent le Christ qui doit les délivrer,
Et pour ce saint devoir qui doit nous enivrer,
Milice de la foi, la règle nous envoie ;
Et nous allons prêcher ou mourir avec joie,
Arrachant des forêts les mystères sanglants,
Et soumettant au Christ des empires puissants.
Mon fils, devant vos yeux j'ai mis la noble tache
Que nous tenons du ciel, quand l'Eglise s'attache
A lutter dans l'arène, afin que près des rois
Elle puisse garder les souveraines lois.
Vous avez vu passer l'univers en tumulte,
Et les peuples poussés par une force occulte
Se ruer sur l'Eglise et presque l'étouffer ;
Mais de pâles lueurs commencent à briller,
Et j'entends retentir l'hymne de délivrance,
Qui dans nos cœurs tremblants ramène l'espérance.
Venez à nos côtés, et la foi dans la paix
Viendra vous enivrer de ses transports secrets. »
—, Je répondis : « Mon père, en votre âme ravie
Une voix ordonna sur la terre asservie
Aux fureurs des combats de réveiller le cœur,

Et sous la même loi vous voulez le bonheur
De tout le genre humain, qui par la loi divine
Reçut l'égalité dans la même origine.
Hier l'Eglise aux puissants enseignait le devoir;
Aujourd'hui ses efforts ne voient que le pouvoir;
Elle veut élever ses princes sur le trône,
Pour ordonner aux rois, avoir une couronne,
Et, reine au nom du dieu qu'elle adore à l'autel,
Faire courber les fronts sous les décrets du ciel.
Hélas ! de l'avenir je n'ose sous le voile
Regarder les tourments, mais l'orgueil se dévoile,
Aussitôt qu'un pouvoir a pu mettre la main
Sur le trône des rois; et le pouvoir divin,
Dès qu'il aura saisi la couronne du maître,
Au nom du Tout-Puissant, ne voudra plus connaitre
Ni les malheurs du peuple et ni ses sacrés droits,
Et même de son Christ n'entendra plus la voix.
Peut-être, dans l'effort des luttes de la terre,
Aura-t-elle un regard pour la dure misère
Où le peuple gémit, afin de soulever
L'orage sous le rois et pouvoir les braver ;
Mais je ne vois l'amour qu'au fond du monastère,
Et l'Eglise paraît oublier la prière.
Ah ! je demande au ciel de laisser son pouvoir
Encore chancelant, car le sacré devoir,
Que l'Eglise remplit fidèle à sa doctrine,
Ne peut être accompli par un roi qui domine,
Et qui voit malgré lui dans une même loi
Le trône souverain, l'empire de la foi.
L'égalité se meurt, il n'est plus de clémence;
Le prince est affermi quand l'Etat fait silence;
Il confond sur le trône et la terre et le ciel ;
C'est l'homme sacré roi qui préserve l'autel;

Et l'homme sacré dieu préserve la couronne;
Le prince est abrité par le dieu qui rayonne.
Mon père, pour nos fils gardez ces grands travaux,
Qui viennent des aïeux, qui, sortant des caveaux
Où les gardent vos mains, reviendront sur la terre,
Apportant avec eux la splendide lumière
De l'esprit du passé; gardez encor le cœur,
Et montrez aux puissants et prière et labeur;
Si l'Eglise de vous aujourd'hui se sépare,
Et pour avoir un trône en ses efforts s'égare,
Du pauvre vous avez calmé le désespoir,
En éveillant en lui l'inséparable espoir,
Qui vit dans le mortel, étincelle endormie,
Qui s'éveille d'un mot pour réchauffer la vie.
Oui! je veux comme vous enseigner l'univers,
Afin de protéger contre tous les revers
Le peuple qui gémit; mais j'irai sur la terre;
Mon esprit ne veut pas la mort du monastère. »
— « Mon fils, dit le vieillard, je connais le danger
Qui menace l'Eglise, et je n'ose juger
Quel sera l'avenir; cependant, je l'espère,
Le peuple malgré tout, toujours au sanctuaire
Entendra s'élever une voix pour ses droits,
Que le Christ a marqués dans ses divines lois.
Allez! mon fils, allez! que le ciel vous protége;
Que jamais pour le bien la peur ne vous assiége,
Et pendant que nos mains referont le devoir,
Au milieu des douleurs allez vous émouvoir. »
A ces mots le vieillard mit sa main sur ma tête
Et sa voix me bénit : « Que rien ne vous arrête,
Et dites aux humains que le Christ sur la Croix
Demandait en mourant pour tous les mêmes lois. »
— Je sortis lentement de la froide demeure,

Et j'entendis dans l'air la cloche sonner l'heure,
Où chaque frère doit prier Dieu pour les morts ;
J'abandonnai le cloître et me trouvai dehors
Sur un espace ouvert, écoutant dans mon être
Chanter la voix du Christ. Soudain je vis paraître
Des croix qui se dressaient sous les rayons blafards,
Semblaient mettre la mort devant mes yeux hagards.
— « Tout me parle de mort, je demande la vie ;
Je n'entends que la paix de l'âme ensevelie,
Et l'air de ces tombeaux me remplit de terreur.
Ah ! du monde mortel que je voie le labeur ;
Je verrai les humains se traîner dans les larmes,
Mais je pourrai près d'eux soulager les alarmes.
Ce n'est pas pour moi seul que j'appelle la paix ;
Le silence des morts peut donner à jamais
Cet égoïste bien ; je la veux pour la terre,
Et j'irai dans mes mains promener la lumière.
Mon esprit, viens à moi ! Montre-moi l'univers ;
Que je voie sur les monts et par-delà les mers
Ce combat du mortel, et dis-moi la sagesse ;
Le monde est en souffrance et quel fardeau l'oppresse ? »
Aussitôt près de moi mon esprit apparut ;
Je le vis s'approcher sans que mon cœur s'émut ;
Je me sentis monter avec lui dans l'espace,
Et l'ange dans les airs d'une brillante trace
Marquait son vol rapide, ainsi que dans la nuit
Nous voyons dans le ciel passer l'astre qui fuit,
En laissant sur ses pas une large traînée
Aux étincelles d'or sur la voûte étoilée.
Je sentis tout à coup que l'esprit s'arrêtait ;
Je voulus regarder, la nuit m'enveloppait.

XXI

CHANT QUINZIEME

Le Monothéisme. La Nation.

Sommaire. — Le poëte est au sommet des Alpes, et l'Esprit lui parle des religions de l'Orient et de l'Eglise d'Occident.

Je ne vis que la nuit et le vide glacé ;
Je sentis sous le froid mon esprit oppressé :
Pas un bruit dans les airs ne frappait mon oreille ;
De même qu'un mortel, qui dans la nuit s'éveille
Ne voit rien et n'entend qu'un silence de mort,
Sent la peur le saisir, et fait en vain effort
Pour arracher son être au fardeau qui l'oppresse,
De même je voyais mon esprit en détresse
Interroger la nuit ; je sentais près de moi
Des mondes inconnus d'où s'élevait l'effroi ;
Je sentais sur mon front l'immensité, le vide,
Et debout près de moi seul je voyais mon guide,
Dont le pâle flambeau, qui brillait dans sa main,
Parut à mes regards l'étoile du matin.
Pensif il regardait, et sa tête penchée
Semblait suivre dans l'ombre une trace cachée.
— « Esprit de mes aïeux, où m'as-tu transporté

Dans tes bras? Sur mon front je vois l'immensité;
M'as-tu donc arraché des malheurs de la terre
Pour me porter au ciel? Du triste cimetière
Où je voyais la mort se dresser devant moi,
Pour jeter mon esprit au monde de l'effroi?
Car de tous les côtés je n'entends que silence,
Et pas même l'écho de l'humaine souffrance,
Qui pourtant doit monter vers le trône divin,
Pour demander au ciel un plus heureux destin. »
— Mon fils, me dit l'Esprit, le peuple dans l'abîme
Esclave des douleurs est toujours la victime;
Il gémit, mais l'écho n'écoute pas sa voix;
Sur le peuple les grands de leurs cruels exploits
Afin de se hausser font retentir la plaine,
Et le ciel paraît être attentif à leur peine;
Sur les nobles le roi, comme l'aigle des monts,
Domine les humains, et sur les horizons
Semble voir l'avenir; l'homme tient la couronne,
Mais pour le front du roi c'est le ciel qui la donne,
Et Dieu veille lui-même à l'œuvre de ses mains,
Qui paraît au-dessus des efforts des humains.
Plus haut que les Etats qui naviguent sur l'onde,
Et peuvent s'affaisser quand la tempête gronde,
Il est pour la pensée un souverain pouvoir,
Ouvrage de l'esprit, asile de l'espoir
Au-delà de la mort, et c'est la loi divine,
Dont le Christ est venu nous donner la doctrine.
C'est l'infini divin dont l'Eglise ici-bas
Au nom du Dieu du ciel dirige les éclats;
Dieu règne dans le ciel, mais l'Eglise sur terre
A saisi son pouvoir et reçoit la prière,
Croyant avoir reçu le livre des destins;
Et l'homme sur son front la retient de ses mains.

Il faut pour lire en Dieu s'élever jusqu'au vide ;
Mais l'Eglise a traîné son Dieu comme une égide
Au milieu des mortels, instrument de combat,
Et d'ici nous pouvons au-dessus de l'Etat,
Au-dessus des assauts que son esprit prépare,
Regarder ce que fit, ce que fait la tiare.
Nous pourrons vers le ciel élever nos regards,
Interroger le Dieu, qui parle à ces vieillards,
Apôtres de la foi ; mais surtout du silence
Nous pourrons et de Dieu mesurer la distance
En mesurant l'orgueil, et lire dans les cœurs
Au-dessus du remous qu'agitent les fureurs.
Mon fils, je t'ai porté de la terre au nuage,
Et j'ai mis ton esprit au-dessus de l'orage.
Regarde à l'Orient ; c'est le jour qui paraît ;
Regarde sous tes pieds, c'est le brillant reflet
De la neige des monts ; regarde dans la plaine,
C'est encore la nuit, ce sera le domaine
Où bientôt tes regards jugeront les Etats,
Le peuple qui gémit, l'Eglise et ses combats. »
Je vis à l'Orient naître la pâle aurore,
Et je crus devant moi du divin qu'on adore
Voir passer dans le temps les âges, tour à tour
Par le siècle enfantés et détruits sans retour.
Jadis dans les forêts le Dieu c'était la flamme ;
Le peuple un peu plus tard entendit dans son âme
Avec un cri d'amour paraître l'infini ;
Le soleil fut le Dieu ; le soleil fut banni
Par l'esprit emporté vers la voûte azurée,
Et l'éternel parut debout sur la nuée
Au milieu du désert ; il règne maintenant,
Roi de tous les humains, maître du firmament :
Quand les dieux sur les monts écoutaient la prière,

D'Eglise il n'était pas, et dans le sanctuaire
Le peuple s'adressait à l'image des dieux ;
C'est l'image du Christ qui paraît sous tes yeux
Au nom du Tout-Puissant recevoir notre offrande,
Et le prêtre à l'autel lui transmet la demande.
O Christ ! hors de l'Eglise, à genoux, si je crois
En invoquant ton nom, entendras-tu ma voix ? »
— Tout à coup un rayon parut sur la nuée
Et me fit tressaillir sous sa flèche dorée,
Qui glissa sur la neige et se perdit dans l'air,
En laissant sous mes yeux de son brillant éclair
Le merveilleux éclat ; je vis dans les nuages
Aussitôt scintiller de splendides mirages,
Et le jour, dissipant la brume des vallons,
Fit sortir de la nuit un océan de monts,
Dont les flots bondissants se perdaient dans la plaine.
— « Esprit de mes aïeux, l'Eglise sous sa chaîne,
Veut le roi, qui lui veut le peuple à ses genoux ;
Dis-moi la vérité sur ces pouvoirs jaloux. »
— « Mon fils, lorsque les dieux étaient sur les montagnes
Le devin parlait seul au peuple des campagnes,
Et les rois habitaient respectés au palais ;
L'Eglise maintenant, sous prétexte de paix,
Commence le combat, et tu veux que je dise,
Ce que l'on doit aux rois, ce qu'on doit à l'Eglise,
Ce que sont les Cités, ce qu'est le peuple enfin,
Qui toujours opprimé, doit commander demain.

Chez les humains le temps forme une longue chaîne,
Où sous les mêmes lois chaque peuple se traîne ;
Un homme dans la vie aux siècles est un pas,
Chaque siècle est un point qu'on ne distingue pas,
Et pour voir l'univers et dire son histoire

Il faut de toùs les temps connaitre la mémoire ;
Appeler des forêts les peuples et leurs dieux,
Eveiller du tombeau les rois, tous les aïeux,
Afin que ces témoins viennent à ta parole
Faire devant tes yeux briller une auréole,
Où tu verras écrit, le désert, la cité,
La famille, l'amour, les dieux, l'humanité.
Le regard qui connaît ne trouve dans chaque être
Que le corps et l'esprit auxquels doit se soumettre
Chaque homme chaque jour. Le corps est ignorant
Et se voue au travail ; l'esprit est plus savant,
Regarde autour de lui, voit par sa connaissance,
Dans chaque individu s'appuyant sur la science ;
C'est lui qui tient le corps et le rend plus humain,
Et parmi les écueils lui montre le chemin.
Comme au corps, dans l'Etat, l'esprit est sur le faîte,
Et le peuple ignorant, le corps, courbe la tête ;
Mais de même que l'homme apporte à son berceau
Son corps, où la mémoire allume un clair flambeau,
De même les Etats ont tous eu leur enfance,
Et le corps seul vivait au jour de leur naissance ;
Mais lentement l'esprit est venu des aïeux.
L'âme alors n'était pas, et du corps malheureux
L'esprit dans les forêts soutenait la faiblesse ;
Car l'âme est un transport qui naît de la richesse,
Et porte le regard aux mondes inconnus,
Mirage mensonger, qui des sens éperdus
Satisfait les désirs, en mettant dans la nue
Un puissant protecteur, et parait à la vue
Diriger l'univers. Dans le mortel enfant
Le Dieu fut la statue, et ce Dieu bienfaisant
Vivait près du foyer, enfance de cette âme,
Qui délaisse le corps, prend le mortel, l'enflamme,

Et le met à genoux devant l'immensité.

Alors l'âme apparut et créa la beauté,

Transporta le mortel au milieu de l'espace,

Et l'Etat la suivit marchant sur cette trace,

Qui monta vers le ciel, suivant chaque climat;

Car ainsi que des temps l'histoire d'un Etat

Est l'histoire des lieux. Le temps marque la route,

Mais le soleil dans l'homme apporte de la voûte

Ou les fleurs et l'amour et des jours de bonheur,

Ou la neige et les bois et des jours de douleur,

Et le feu du soleil a dès les premiers âges

Divisé l'univers en deux vastes rivages,

L'orient, le désert, l'oasis, le soleil,

L'occident, les vallons, la neige, le sommeil.

Donc l'histoire des temps est simplement la lutte

Et de l'âme et du corps, qui, toujours en dispute,

Ont produit des combats sans cesse renaissants,

Qui changent par les lieux plus petits ou plus grands,

Suivant qu'œuvre du corps ils sont à l'origine,

Ou bien que plus récents c'est l'âme qui domine;

Suivant qu'ils sont venus au monde de la nuit,

Ou bien que le soleil dans le ciel resplendit.

J'ai mis seulement l'âme et le corps en présence,

Parce qu'avec le corps vit l'esprit, la science;

L'esprit silencieux s'élève lentement,

Et paraît n'être pas devant l'éclair brillant

De l'âme, qui, du ciel entonnant la trompette,

Semble sur les mortels retenir la tempête.

Socrate t'a parlé de la droite raison;

C'est l'esprit, le savoir, qui d'un pâle rayon

Déjà guidait les yeux vers l'étude de l'Etre,

Et bientôt plus savant pourra faire connaître,

Pour remplir l'idéal, et les corps et les lois :

Seul il doit renverser et l'Eglise et les rois.
Dans l'univers enfant le corps fut premier guide,
Et l'esprit en naissant prit les rois pour égide,
Mais l'homme lentement s'éleva vers les cieux;
C'est l'âme qui paraît et fait naître des dieux;
Plus tard l'âme s'élance et Jupiter s'efface;
Enfin de l'Eternel l'homme reçoit la grâce.
L'esprit pendant ce temps formait le souvenir,
Et prépare un réveil pour un jour à venir;
Alors le corps instruit prendra le diadème,
Ayant assez appris pour se garder lui-même!!!...
Mais quittons l'avenir et voyons le passé,
Le souvenir lointain qui paraît effacé,
Le mortel effrayé de l'éclat du tonnerre,
Et suivant dans le ciel la splendide lumière.
Alors l'esprit humain trouva devant ses yeux
Deux chemins; le premier qui montait vers les cieux,
Allait vers le soleil et vers Dieu dans le vide,
L'autre qui fut du corps sur la terre le guide :
L'âme dans l'orient s'élança vers le ciel,
Le corps à l'occident fut le roi du mortel;
Il lui donna des lois et ne vit les nuages,
Que lorsque l'orient des amoureux rivages
Eut jeté dans la Grèce un éclatant flambeau,
Qui fit naître aux regards un idéal plus beau.
Depuis lors les mortels voient passer leur histoire,
Et les yeux ne voient pas le raison de leur gloire;
Il existe des dieux, des cités, des Etats,
Des trônes renversés, des temples, des combats;
Nous voyons sous nos yeux s'avancer en tumulte
Tous ces débris vivants, mais de la force occulte
Qui les a mis au jour il faut chercher le bras;
Car afin de juger la cause du trépas,

Il faut voir quel effort a porté dans la vie
Et les dieux et les rois, quelle loi d'harmonie
Paraît guider le monde et dicter des décrets,
Tels que tout est soumis à leurs ordres muets.
C'est la divine loi ; le monde est son ouvrage,
Mais l'homme en l'infini veut trouver son image,
Placée aux mains du ciel par un prêtre oublieux,
Dans l'ombre du palais par un prince orgueilleux.
— Première loi du corps, c'est l'Etat politique ;
Et d'abord la famille, et puis sous le portique
Les luttes des cités, où, formés en tribus,
Sous de communes lois les peuples sont tenus.
Au-dessus des cités sous la main d'un seul maître,
Ensemble de cités la nation va naître ;
Enfin quand le regard domine l'univers,
La loi d'humanité règne au-delà des mers.
D'abord le père seul est roi de sa famille,
Comme le patriarche en la tribu sa fille ;
Mais dès que le regard s'élève à la cité,
Nous voyons, au-dessus du pouvoir respecté
Du père des vieillards paraître la richesse,
Un vaincu, tout le peuple, un vainqueur, la noblesse,
Et la lutte des grands à l'assaut du pouvoir,
Et les efforts du peuple, à qui le désespoir
Fait connaître le droit, et qui veut près du trône,
Puisqu'il en est le sang que sa voix seule ordonne.
Quand la cité finit, c'est alors dans l'Etat
Que le peuple opprimé recommence un combat,
Qui cesse chaque siècle et nous paraît renaître ;
C'est le même combat, mais non le même maître ;
Aujourd'hui c'est le trône, et demain c'est le grand ;
Hier le peuple luttait sur le Forum sanglant ;
C'est l'esclave aujourd'hui qui, libre de sa chaîne,

Est devenu le peuple, et le serf du domaine,
Au milieu des cités, voit vivre un souvenir
Qui lui vient des aïeux ; aussi las de souffrir,
Il repousse la main qui de son poids l'oppresse ;
Il voit naître le droit, demande à la noblesse
Les communes, la paix ; il se donne des lois,
Et contre les Seigneurs il en appelle aux rois.
Dans la cité le peuple, en la place publique,
Appelait les puissants, et dans la République
Sur l'heure établissait de souverains débats ;
Mais le peuple ne peut dans les vastes Etats
S'élever en un jour le maître de l'empire ;
Il faut qu'avec effort chacun puisse s'instruire,
Et que les malheureux puissent se concerter ;
Car avant que le peuple ait pu bien se compter
Les siècles sont des jours : D'abord, c'est la richesse,
Qui demande ses droits de l'homme à la noblesse ;
Puis le riche, qui sait ce que peuvent les lois,
Pour arriver au trône on fait tomber les rois ;
Et le peuple le voit et demande à renaître ;
Mais le riche orgueilleux ne veut plus le connaître .
Alors dans un effort, le peuple est déchaîné,
Parce qu'avec le sang que le peuple a donné
Les riches ont vaincu : le peuple enfin domine,
Mais ne sait plus alors garder la discipline ;
Il ne peut gouverner ; il n'a su que mourir.
Hélas ! devant mes yeux quel sanglant avenir,
Jusqu'au jour où ses yeux auront vu la lumière !
Le peuple alors, plus grand, maître du sanctuaire,
Verra par le progrès vivre l'humanité ;
L'homme verra briller la sainte liberté.
En ce jour dans l'Etat, l'esprit pourra de l'âme
Eteindre le fanal, et, libre de la flamme

Qui le tient enchaîné sous le trône divin,
L'homme par son esprit n'aura qu'un seul soutien,
Le devoir par le droit....

..... Dans la cité d'Athènes
Le peuple s'éveilla délivré de ses chaînes
A la voix de Solon ; mais l'âme l'emporta
Dans un monde divin et la cité tomba ;
Du reste, sous le peuple il était des esclaves ;
La cité n'osait pas, libre de ses entraves,
Faire la nation, et la rivalité
Mit la Grèce au cercueil; mais fit sur la cité
La Fédération. Athènes fit paraître
Le règne de la loi, mais Rome fit connaître
Enfin la nation qui trop tôt se brisa ;
Mais dans chaque débris un Etat commença.
L'occident, tu le vois, a fait naître le trône.
Les cités, où le corps par le savoir ordonne,
Et tu vois l'avenir déjà se préparer :
Mais pourquoi paraît-il maintenant s'égarer,
Et suivre l'âme au ciel, faire naître une Eglise
Qui parle de l'autel, et, près du maître assise,
Fait planer sur la terre un pouvoir souvain
Qui veut diriger l'homme au nom du roi divin?
Regarde à l'orient sur ce rouge nuage
Le disque du soleil qui t'annonce l'orage;
C'est le vent du désert ; le sable soulevé
Vole en tourbillonnant sur le sol embrasé,
Marche vers notre rive et porte la tempête :
Au-delà de la mer j'aperçois sur la tête
De farouches guerriers flotter un étendard,
Qui déjà de ses plis couvre un peuple vieillard.
Le désert a parlé, c'est sa voix qui m'appelle;

J'ai vu le peuple mort jeter une étincelle;
Laisse-moi du désert te dire les échos,
Réveiller sous tes yeux les morts de leurs tombeaux,
Et ma voix aura pu non-seulement te dire
La foi de l'orient, sa mort et son empire,
Mais alors tu verras ce que l'Eglise veut
En parlant de son droit, surtout ce qu'elle peut
Chez les fils des Gaulois, qui ne voient pas leur âme
S'envoler dans le ciel, et qui, malgré la flamme
Que des cœurs inspirés font briller à leurs yeux,
Sont restés cependant les fils de leurs aïeux,
Ou plutôt les enfants de ce climat sévère,
Où le corps est soumis par le travail austère
A la loi de l'esprit, qui soutient la cité,
Peut bien de la nature écouter la beauté,
Mais ne laisse jamais se perdre dans la nue
Son regard emporté sur la rive inconnue.
Tu jugeras surtout pourquoi dans l'Orient
L'âme voit l'Eternel sur son trône brillant,
Et pourquoi l'Occident vient dans le sanctuaire
Supplier à genoux le Christ, qui, du Calvaire,
Echo de l'Eternel, a pu dire l'amour,
Et reste sur la Croix l'enseignant chaque jour.
L'Orient voit son Dieu par delà le nuage,
Mais l'Occident ne voit au temple que l'image,
Et, pour monter à Dieu, doit sentir son transport
S'appuyer sur la croix pour monter sans effort.
L'œil du peuple ignorant voit son Dieu sur la pierre,
Et le peuple plus grand monte jusqu'au calvaire;
Quand l'âme est embrasée elle élève les yeux;
Ainsi qu'à l'Orient sa foi descend des cieux.
L'Orient n'a jamais vu la dure misère,
Où le corps est forcé par le travail austère

De vaincre le climat ; son regard dans le ciel
Est aussitôt monté vers le trône éternel ;
Et le prêtre est venu de cet essor de l'âme ;
L'Eglise s'est formée, et la voix de la femme
Au sein des oasis a chanté le bonheur ;
Le peuple a vu l'amour et la mort de son cœur,
Et le prêtre, debout près de Dieu qui rayonne,
A reçu du divin le sceptre, la couronne,
Que les princes plus tard ont ravis de ses mains,
Sans changer le pouvoir qui venait des destins.
Le prêtre commandait du fond du sanctuaire,
Le roi dans son palais fut le dieu de la terre ;
L'Orient s'endormit sous une même loi,
Dominé par l'amour, écrasé par la foi.
Le Christ alors parut, répandant en Judée,
Au milieu des malheurs, une douce rosée,
L'amour de l'Etre humain ; l'Orient dans la mort
N'entendit pas ces chants, incapable d'effort
Pour arracher son âme à l'amour de son être :
Seul l'amour de la chair demandait à renaître.
Mahomet vint alors aux peuples endormis
Montrer après la mort le baiser des houris ;
L'Orient sur ses pas, emporté par son âme,
Par l'espoir de l'amour qui le traîne et l'enflamme
Et lui cache la mort, alla dans l'Univers,
Ecrasant les Etats, et traversant les mers.
J'ai vu ces conquérants sur les lointains rivages,
Comme des tourbillons portés par les nuages
Passer victorieux ; ils traversaient les monts ;
Mais j'ai vu devant eux de pesants escadrons ;
Aux peuples le Croissant venait river la chaîne ;
Mais le Christ de la croix descendit dans l'arêne ;
L'âme perdue au ciel voulait dicter ses lois,

Mais contre elle le corps vint lutter cette fois ;
De l'âme à bout de sang, c'était l'effort suprême,
Mais contre elle l'esprit demandait le baptême;
Tout un peuple embrasé retombait à la mort,
Tout un peuple nouveau naissait avec effort.
Mahomet, tes accents ont créé la tempête;
Mais ton peuple vainqueur, en arrivant au faîte,
N'a pu se soutenir. Ton trône était la foi,
Dieu seul de l'infini semblait dire la loi,
Qui conseillait les tiens ; j'ai vu s'ouvrir l'abîme,
Et les rois y tomber écrasés sous le crime :
Le peuple maintenant, retenu par l'amour,
Ecoute le soleil lui chanter chaque jour
La gloire des aïeux, une molle harmonie,
Où le travail se tait près de l'âme endormie.
Mon fils, dans l'Orient, c'est l'Eglise, la foi,
Qui, reine des humains, a prononcé la loi ;
Son triomphe est la mort du peuple qu'elle enflamme;
Alors le corps s'éteint, embrasé par son âme,
Et la droite raison retombe dans la nuit;
Le règne de la foi c'est la mort de l'esprit.

Tes yeux de l'Orient viennent de voir l'histoire,
Et le désert n'a pas connu du corps la gloire;
Ecoute ce qu'a fait l'âme à côté du corps,
Dont elle a dû sortir avec de grand efforts
Dans la Grèce, où les lois commandaient sur le trône :
Ecoute le combat pour saisir la couronne.
Le corps était instruit, quand l'âme mit les dieux
Sur l'Olympe, et le sage, en élevant les yeux,
Regardait Jupiter debout sur la nuée.
Lentement dans les airs s'éleva la pensée
Par le divin langage, et l'âme sur les monts,

Etendant son regard sur tous les horizons,
Commença de ses dieux à dépasser la tête,
Et Socrate aperçut un être sur le faite,
Un génie, un éclair, que son âme sentait;
C'était le Tout-Puissant; l'unique Dieu naissait.
Tu connais les efforts des sages de la Grèce
Pour sauver les mortels, leur rendre la jeunesse,
En leur montrant le bien reposant sur des lois
De simple volonté; mais dans le bruit leur voix
Ne put pas dépasser le seuil du sanctuaire,
Car l'âme sans son Dieu, la vertu sans prière,
Quand l'esprit ne vient pas soutenir chaque pas,
En montrant ce qui vit au delà du trépas,
En montrant ce qui guide une nature humaine,
En montrant notre histoire, et l'invisible chaîne
Qui retient chaque jour les fils à leurs aïeux,
L'âme ne peut régner sans le pouvoir des cieux :
L'humanité se meurt et descend dans l'abîme,
Et Rome t'a montré la chûte dans le crime.
Alors parut à tous comme un rayon vermeil
Le Christ, qui du mortel commença le réveil.
Quand le Christ apparut, l'Orient dans la nue
D'un divin Rédempteur attendait la venue;
Les sages d'Occident voyaient l'immensité,
Et d'un être inconnu l'Eternelle beauté;
Le peuple sur son front ne voyait que souffrance,
Et le Christ en mourant lui donna l'espérance :
Mais le Christ au calvaire à l'infini parlait,
Et saint Paul inspiré jusqu'à Dieu s'élançait;
Or, l'Eglise en naissant plaça le Christ lui-même
Aux regards des humains, et lança l'anathème,
Afin que les petits vissent devant leurs yeux
L'image de celui qui descendait des cieux.

Ainsi l'Eglise a fait le culte de l'image,
Propre aux esprits trop lourds pour monter au nuage.

. . . .

Mais comment naît l'Eglise, écho du droit divin ?
Et comment place-t-elle un pays sous sa main ?
Elle est fille de l'âme, et trouve sa puissance
Quand le pouvoir du corps trouve la décadence.
L'Eglise n'était pas, quand les dieux sur les monts
Etaient tuteurs des lois, et l'on vit sur les fronts
Apparaître un pouvoir qui venait de l'oracle,
Sitôt que les cités offrirent le spectacle
Du crime, des malheurs, où tout manque à la fois.
A l'Occident, autour de la divine croix
Le peuple s'est serré sous une loi commune,
En formant des conseils, où toujours l'infortune
Trouvait un sûr appui des frères de la foi ;
Ainsi l'Eglise est née en refaisant la loi,
En pratiquant l'amour, en donnant la justice.
Elle a pu s'agrandir malgré chaque supplice;
Elle s'est établie en sauvant Constantin,
Enfin les empereurs ont fléchi sous sa main.
Tout à coup sur les monts parurent les barbares;
Le trône fut brisé par les vainqueurs ignares,
Et l'empire écrasé par ces hommes des bois,
Qui jetaient sous leurs pieds les cités et les lois ;
Mais l'Eglise veillait encore au sanctaire;
Elle parla du ciel, de la douce prière
Aux peuples ignorants, fit renaître le cœur,
Et, gardant les enfers, apaisa le vainqueur.
Mais la raison vivait encore avant l'orage;
Elle était morte après, et le divin langage
Comme règle aux humains ne montrait que la foi;
La croyance de Dieu devint la seule loi,

XXII

Qui parle maintenant partout au sanctuaire ;
L'Esprit simple est tranquille, à côté du mystère.
Ah ! pourquoi des mortels ont-ils porté la nuit
Du milieu des forêts, écrasé cet esprit,
Qui montait lentement, sous l'aile tutélaire
De l'Eglise elle-même, écrivant sur la pierre,
Pour les siècles futurs, ces immortelles lois,
Où l'esprit d'Occident plus tard lira ses droits ?
Sous le dernier effort des peuples en voyage
L'univers a tremblé ; dans les bois le mirage
Des cités des Romains est venu les troubler,
Et les peuples errants ont voulu s'approcher
Du pays des fruits murs ; ils voyaient la lumière
Au milieu des forêts adoucir leur misère ;
Ils ont voulu jouir d'un bonheur sans hiver,
Et l'astre du barbare a dirigé le fer.

L'Eglise donc grandit quand la loi va se taire,
Et je vais te montrer son devoir nécessaire ;
Car l'humanité marche, et toujours a besoin
D'un tuteur, quel qu'il soit, qui d'elle prenne soin.
Aux petites cités, c'est le roi qui commande ;
La loi règne plus tard dans la cité plus grande ;
Au peuple Hébreu Moïse au nom de Dieu parlait,
Et l'Eglise du ciel n'est qu'un humain reflet.
L'Eglise a le devoir d'instruire l'ignorance,
Et c'est un grand devoir, que depuis sa naissance
Deux fois elle a rempli, fidèle à son mandat,
Quand de peuples divers elle a fait un Etat,
Quand elle a du barbare arrêté l'insolence,
Et dans lui fait germer une douce semence.
Mais pendant que les rois sont encore au berceau,
Elle allume à leurs yeux un éclatant flambeau,

Et veut au nom du ciel diriger leur tutelle :
Hier, ce puissant pouvoir n'était qu'une étincelle ;
Aujourd'hui c'est l'Eglise, et le pape fait roi
Veut dominer le trône au nom seul de la foi.
Regarde l'Orient qui dort dans le silence :
Que serait l'Occident, si la froide puissance
De l'Eglise imposait aux peuples le cerceuil ?
Mais l'Esprit seulement sommeille en son linceuil. »
— Tout à coup un grand bruit s'éleva de la plaine ;
J'abaissai mon regard, et je vis avec peine
Un immense cortége aller dans les vallons,
Et se perdre au lointain sous les bleus horizons.
— « Esprit de mes aïeux, toi qui sais sur la terre
Ce que ne peut pas dire aux regards la lumière,
Quelle est donc cette armée et qui conduit ses pas ?
Que va donc conquérir ce peuple de soldats ? »
— « Ce n'est qu'un empereur qui jusqu'à Rome ordonne ;
Le pape sur son front va poser la couronne,
Et le prince chrétien va donner à l'autel,
Au milieu des Etats, un pouvoir temporel.
Mon fils, ce que tu vois, c'est la mort de l'Eglise ;
A côté des puissants elle veut être assise,
Et le pape se met par un mensonge heureux
Au-dessus des prélats, qui doivent, oublieux
Des devoirs que l'Etat impose à sa noblesse,
Voir au-dessus du roi l'Eglise leur maîtresse :
C'est là le premier pas ; demain dans l'Univers
Va paraître celui qui veut donner des fers
Aux princes de la terre, et, dominant les trônes,
Au nom du Tout-Puissant dispenser les couronnes.
Je vois de grands combats et d'immenses efforts ;
Un prince que le ciel jette parmi les morts,
Parce que les mortels devant la loi divine

Reculent effrayés ; l'anathème domine,
Et le prince vainqueur, abandonné des siens,
Est forcé de plier, et vient dans les chemins,
Pieds nus et suppliant, déposer sa couronne
Aux pieds du pape-roi, qui, maître de son trône,
Retombera demain, mourra dans le malheur,
Vaincu dans les combats, et cependant vainqueur,
Montrant à l'univers qu'une force cachée
Dans le cœur des mortels, pouvoir de la pensée,
De l'Eglise aux combats est le premier soutien.
Elle cède et le fort la fait plier en vain.
Mais par le même fait nous voyons par l'histoire,
Que l'Eglise ne peut, ce qu'elle paraît croire,
Ambitionner le sceptre au-dessus des Etats.
Elle peut enseigner, mais ne gouverne pas,
Et déjà le désert montre la destinée
De toute nation par la foi gouvernée.
La foi près de ces monts ne peut pas commander,
Car le peuple connaît ce qu'on veut demander ;
Le luxe d'une cour demande la richesse,
Et dans les grands besoins il faut que l'on oppresse ;
Mais à chaque demande il reste un souvenir,
Et le peuple en payant fait entendre un soupir :
J'entends déjà monter du fond du monastère
Un sourd bourdonnement, qui, d'une voix sévère,
Aux ministres du ciel demande le retour
Des vices du palais à la loi de l'amour...............
. . . .
Mais que devient le peuple ? Il est dans la misère,
Et les combats des grands ne sont pas de la terre ;
L'Eglise pour soumettre et les grands et les rois
Sur le peuple veut bien s'appuyer quelquefois ;
Mais il ne faudrait pas que le peuple s'éveille.

Aussi l'Eglise écoute une voix qui conseille,
Tantôt d'aider le peuple afin de triompher,
Et tantôt devant lui d'allumer le bûcher.
Mais le peuple éveillé commence à se connaître,
Et demain aux tuteurs dira qu'il veut renaître,
Car toujours un empire aveuglé par l'orgueil,
Croyant monter au faîte aboutit au cercueil.
Pour l'Eglise, enseigner, le devoir le commande;
Faire régner la nuit, son orgueil le demande;
Mais son puissant orgueil ne veut pas enseigner,
Et chacun de ses pas n'est fait que pour régner.
Je la vois emportée au ciel dans sa démence;
Elle n'aura jamais que la toute-puissance
Pour but, et pour secours, que la mystique loi.
Le temps n'enseigne rien aux hommes de la foi.

Je t'ai montré le corps suivant sa destinée,
Que l'Eglise retient sous le ciel enchaînée,
Auprès de Dieu croyant avoir fixé le sort,
Et trouvé pour toujours l'asile dans le port;
Mais il ne suffit pas d'imposer le silence,
Et quel que soit le frein l'humanité s'avance
Vers l'avenir fatal. Regarde au pied des monts,
Sur les bords de la mer, dans les riches vallons,
Ces altières cités; sous tes regards c'est Pise;
Au loin dans les marais, c'est la belle Venise;
L'orage dans la plaine est venu s'arrêter,
Et ces riches cités ne l'ont vu que passer;
L'empire a succombé sous les coups de la foudre;
Mais pendant que le fer réduisait tout en poudre,
Chaque ville a repris sa chère liberté,
Laissé mourir l'empire, et refait la cité.
J'entends déjà des murs s'élever une plainte;

C'est le peuple opprimé qui gémit dans l'enceinte ;
C'est le même combat sans issue et sanglant
De la Grèce et de Rome, et c'est l'Etat mourant,
Dont je vois les débris après des jours de gloire
Me dire un tel malheur, que je n'ose le croire.
Partout c'est la cité qui grandit lentement,
Promène son éclair et retombe au néant ;
La famille la suit, et, lorsque la richesse
A corrompu les grands, la famille s'affaisse ;
Tu vois dans la cité les classes s'élever,
Arriver aux honneurs, et sitôt retomber,
Décrivant tour à tour un cercle dans l'espace.
Dans la cité d'abord c'est le roi qui s'efface,
Et le grand qui domine ; après, c'est le combat
Du peuple qui demande à compter dans l'Etat.
Que faut-il donc enfin pour franchir la barrière
De ce cercle fermé, marcher dans la carrière,
Et vers l'humanité qui doit tout contenir,
Tous les hommes égaux ? Regarde l'avenir
Déjà se préparer sous la main de l'histoire ;
L'homme déjà grandit porté par la mémoire ;
C'est l'esclave qui meurt, et le serf qui paraît ;
A la voix du travail la famille renaît ;
C'est la cité qui meurt et l'Etat qui commence,
L'esprit qui va renaître, un peuple qui s'avance.
Regarde le couchant, ce peuple des forêts,
Les asiles rocheux, les superbes palais,
Où demeure le bras qui pèse sur la tête
Des travailleurs des champs, domine sur le faîte
Au-dessus des cités, et ne courbe le front
Que devant le Seigneur, qui, plus haut sur le mont,
Lui-même vient s'asseoir sur les marches du trône,
Soutenant de son bras le prince et la couronne.

Encore c'est partout le règne de la peur,
Et le peuple gémit courbé par le labeur;
Cependant de l'Etat c'est la rude naissance;
La nation s'élève, et je vois l'ordonnance
Lentement s'établir au milieu du fracas;
C'est l'avenir qui nait parmi tous ces combats.
— Mon fils, l'Esprit t'a dit ce qu'il pouvait connaître;
Arrive maintenant dans l'Etat qui va naître;
Abandonne les monts où ma main t'a porté,
Descendons dans la plaine, auprès de la cité
Qui regarde passer, calme sur son rivage,
Le fleuve impétueux, où vient dans son sillage
Doucement se jeter la rivière qui dort,
Pour aller vers la mer ensemble sans effort.
Au milieu des vallons, et dominant la plaine,
Tu verras les châteaux et dame châtelaine
Envoyant ses baisers du haut des vieilles tours
Au chevalier, qui va vers les lointains séjours.
Il emporte au combat une écharpe chérie,
Qui lui dit doucement l'amour et la patrie,
Et l'amante qui pleure écoute à l'horizon
Venir de l'orient l'écho d'une chanson,
Qui lui dit les vertus sur un lointain rivage,
Et les chants de l'amour et le noble courage. »
— A ces mots, dans ses bras, mon ange m'emporta,
Glissa sur les glaciers, et bientôt s'arrêta
Sur un pic escarpé, d'où l'on voyait la plaine
Doucement s'incliner vers un riche domaine,
Dont les puissantes tours s'élevaient sur les monts,
Et semblaient sous leur ombre abriter les vallons.
— « Mon enfant, dit l'Esprit, va dans cette vallée;
Tu verras un sentier tracé sous la feuillée,
A côté du rivage; il conduira tes pas.

Vers ce sombre château; regarde et tu verras.
L'Eglise vers le ciel a fait monter la femme,
Et la femme a senti s'éveiller dans son âme,
Avec le feu divin, la flamme de l'amour;
Et sa douce tendresse a séduit à son tour
Le farouche guerrier, qui, dans un doux langage,
Le soir près du foyer, a vu naître l'image,
A côté du divin, du droit à la beauté :
La femme par l'amour refait l'humanité. »
— Alors l'ange partit, emporté dans l'espace,
Et pensif je restai suivant des yeux sa trace.

CHANT SEIZIÈME

Le Château féodal.

Sommaire. — Le poëte ayant rencontré un troubadour, arrive avec lui à un château, où il assiste à une prédication de Pierre l'Ermite. De là il va vers Lyon.

De grands arbres touffus étaient sur le rivage ;
Les vagues en riant couraient sous le feuillage,
Et les sombres forêts, du penchant des côteaux,
Venaient jusqu'à la rive étendre leurs rameaux ;
Un sentier serpentait sous cette voûte sombre,
Et je suivis les flots, en écoutant dans l'ombre
Le chant du rossignol, qui sortait des buissons :
Je m'assis, écoutant ses plaintives chansons ;
J'attendais que les feux eussent quitté la voûte,
Avant de m'avancer de nouveau sur ma route ;
Je regardais rouler le fleuve impétueux,
Et voler en sifflant de légers oiseaux bleus,
Qui, sortant tout à coup du milieu du feuillage,
Allaient, rasant les flots, dans leur léger sillage,
Soulevant sur la vague un sourire léger,

Qu'un seul instant voyait paraître et s'effacer.
Des merles dans les bois j'écoutais le ramage;
La mésange pleurait derrière le feuillage;
Une grise fauvette, en disant sa chanson,
Faisait gémir la brise, et l'écho du vallon
Répétait lentement la plainte continuelle,
Que redit aux rameaux la douce tourterelle.
Tout à coup j'entendis passer un chant d'amour,
Le refrain préféré d'un errant troubadour,
Et je vis arriver vers moi sous le feuillage
Un enfant, qui semblait venir d'un long voyage.
— « Etranger, où vas-tu? lui dis-je avec douceur;
Tu fais redire aux bois la chanson de ton cœur!
D'où viens-tu, maintenant? Quel pays t'as vu naître?
Tu me parais heureux; tu n'as pas dû connaître
Les efforts du malheur, et tu vas en chantant;
La terre te sourit, douce mère à l'enfant! »
— « Vieillard, me dit l'enfant, la main seule de l'âge
N'a pas marqué vos traits d'un si triste sillage;
Vous avez dû souffrir; contre votre douleur
Désirez-vous mes chants? Moi, je n'ai que mon cœur;
Je suis comme l'oiseau ; sur l'aile de la brise
Je m'envole en chantant; je suis mon âme éprise
Du silence des bois, des échos des vallons,
De l'ombre, du ruisseau, des rochers et des monts;
Je vais dans les châteaux chanter ma mélodie,
Faire vibrer le cœur de la dame endormie;
J'écoute par mes lais s'éveiller son amour,
Et je pars en chantant, le joyeux troubadour. »
— « Enfant, dis-je aussitôt, oui, le chagrin m'oppresse,
Mais je sens que ta voix doucement me caresse;
Assieds-toi sous l'ombrage, et dis-moi ta chanson,
Celle que tu disais à l'écho du vallon. »

— « Vieillard, me dit l'enfant, c'est le chant de ma mie,
Que je chante en marchant ; elle était si jolie
Que le ciel fut jaloux ; un ange dans ses bras
L'emporta dans les airs, elle m'attend là-bas :

Quado tchour ieou o lo serado	Chaque jour à la soirée,
L'esperabi ol rescoundut,	En cachette je l'attendais,
Et contabi lo serenado,	Et je chantais la sérénade
Per li diré qu'eri bengut.	Pour lui dire que j'étais là.
Lou bel Lugar pey olucabo	(Vénus) Lucifer allumait
Los estelos qué soun ol cel,	Les étoiles qui sont au ciel ;
L'ooussel din l'aouré s'ochucabo,	L'oiseau dans l'arbre se couchait ;
Es faloul, me disio l'oousel.	Tu es fou, me disait l'oiseau.
Quon mountabo l'el de la luno,	Quand montait l'œil de la lune,
Per beyre lou soulel escur,	Pour voir le soleil obscur,
Al fenestrou lo bezio bruno ;	A sa fenêtre elle était brune,
Es faloul, me disio moun cur.	Tu es fou, me disait mon cœur.
Un rooussignol benget respoundré	Un rossignol vint me répondre
Un ser que li contabi soul,	Un soir que je chantais seul,
Ocoberi dé mé rescoundré,	Je sortis de ma cachette,
Es morto, è ieou souï faloul.	Elle est morte, et moi je suis fou.

Il finit de chanter ; je sentis dans mon âme
Passer un doux frisson ; je sentis une flamme
Eveiller dans mon sein la douce voix du cœur ;
Par sa chanson l'enfant consolait mon malheur.
Mais déjà le soleil glissait sur le feuillage,
Et mon corps s'éveilla pour suivre son voyage.
Le troubadour chantait, marchant à mes côtés,
Ses amours, son pays, et ses douces beautés.
A l'ombre nous allions en suivant le rivage,
Et tout à coup je vis apparaître un village
Au sommet des rochers, qui venaient doucement
S'éteindre dans la plaine, où le fleuve en tournant
Formait sous la montagne une molle ceinture.

Tout autour des forêts avec leur chevelure
Sur la pente des monts faisaient un noir tableau.
Sur un roc escarpé s'élevait le château;
Près de lui les maisons paraissaient sous son ombre
S'abriter près du pied de la muraille sombre,
Et ses créneaux altiers s'élevaient dans les airs,
Où des guerriers veillaient armés de larges fers.
Un sentier rocailleux s'élevait de la plaine,
Serpentait vers le mont, comme une longue chaîne,
Où je voyais monter de joyeux chevaliers,
Revenant des forêts suivis de leurs levriers;
Et j'entendis le cor, comme une onde qui passe,
Annoncer au vallon le retour de la chasse :
Les vallons lentement redirent la chanson,
Qui s'en alla roulant mourir à l'horizon.
Enfin à bout d'efforts, en suivant une allée,
Où des gardes veillaient sur la porte abaissée,
Nous fûmes arrêtés au pied des rouges murs,
Qui semblaient sur le roc, sous les rayons obscurs
Du soleil au couchant, d'une lumière sombre
S'allumer à la nuit, ainsi qu'on voit dans l'ombre
Un tison qui s'éteint jeter de sombres feux.
Les murs étaient muets; nous étions anxieux.
Alors le troubadour chanta de sa voix pure ·
Aussitôt du silence arriva le murmure
D'une voix qui parlait, et sur ses deux grands bras
La porte descendit, s'ouvrant devant nos pas
En un sombre couloir, où s'agitaient des êtres
Que je ne voyais pas, mais que je sentais maîtres
Dès l'instant de mon corps : ils agitaient des fers
En marchant; je crus voir dans l'ombre des éclairs.
L'enfant d'un pas léger pénétra sous la voûte;
Ainsi que le mortel, qui dans l'ombre redoute

Un danger inconnu, j'avançai doucement ;
Je suivis le couloir, et je vins hésitant
Dans une immense cour, où je crus voir dans l'ombre
Des chevaux s'agiter, et des soldats en nombre
Tout prêts pour accomplir quelque nocturne exploit.
Un garde nous mena par un couloir étroit
Au palier d'une tour, où je vis une salle
S'ouvrir devant nos yeux ; un tapis sur la dalle
Par une épaisse laine amortissait les pas,
Et je crus voir aux murs de terribles combats
Dans l'ombre s'agiter. Auprès de la fenêtre
Quelqu'un était assis, et je crus reconnaître
A la vague lueur des derniers feux du jour,
De ce peuple cruel la déesse d'amour.
Ses cheveux de son front tombaient en longues tresses,
Et sa main à ses pieds prodiguait des carresses
Aux cheveux d'un enfant, qui, sur un tabouret,
Paraissait écouter sa mère qui parlait.
Le guide s'avança, dit à la châtelaine :
« Dame, des étrangers sont dans votre domaine. »
La dame se leva, vint pour nous recevoir.
« Soyez les bienvenus, hôtes de ce manoir,
Dit-elle ; mes amis, en ce temps de rudesse,
Où portez-vous vos pas ? Partout est la tristesse
Au milieu des chemins ! Quel destin vous conduit,
Vieillard, que vous meniez cet enfant qui vous suit
Si proche du danger ? Vous venez d'Italie ;
Quel malheur vous arrache à la douce patrie ;
Car vous n'êtes pas nés les fils de nos aïeux,
Et je vois des douleurs qui pleurent dans vos yeux ? »
— « Dame, je répondis, je viens du monastère,
Et j'accomplis le vœu de parcourir la terre,
En disant aux humains la parole du ciel.

C'est le Christ qui me guide, et, du trône éternel,
C'est lui qui par ma voix demande la justice;
Je vais délivrer l'homme enchaîné par le vice :
J'irai dans les forêts et par delà les mers;
Mes mains arracheront le monde de ses fers,
Et si dans les combats on m'arrache la vie,
C'est le Christ qui m'attend dans une autre patrie.
Je suis seul sur la terre, et ce n'est pas mon fils;
C'est le sort dans les bois qui nous a réunis :
Ma voix chante l'amour du Christ mort au calvaire,
Sa voix dit des amants la souffrance si chère. »
— « Mais alors, que fais-tu? dit la dame à l'enfant.
Tu vas seul dans les bois, et le monde méchant,
Te voyant si joyeux, respecte ton enfance!
Ah! ton étoile au ciel garde ton innocence! »
Madame, dit l'enfant, devant mes pas je vais,
Et dans tous les châteaux j'entre et je dis mes lais.
Pourquoi m'en voudrait-on? Je ne fais pas de peine :
Je chante à tous les vents l'amour à perdre haleine;
Je suis comme l'oiseau, libre dans les vallons;
On me donne du pain, je donne mes chansons,
Et je vais en chantant vers un autre rivage,
Et chacun me reçoit, me fait joyeux visage. »
— « Je le vois, dit la dame; ainsi que tous les ans
Nous voyons revenir l'hirondelle au printemps,
Qui chante du soleil l'heureuse bienvenue,
Ainsi le troubadour vient charmer notre vue,
Et vient nous apporter un rayon de soleil.
Ses chants chez nos seigneurs ont marqué le réveil,
Et chez la châtelaine ont fait frissonner l'âme.
Par lui chante l'amour dans le cœur de la femme,
Qui chérit mieux ses fils, ces riens qu'on aime tant,
La gloire, la maison, le combat moins sanglant.

Vieillard, tu nous diras ce soir à la veillée
Les récits de ton Dieu, sa parole oubliée,
Que tu veux rappeler au cœur du genre humain ;
Mon enfant, chante-nous en langage divin
Un de ces grands combats qui vivent dans l'histoire,
Où les preux chevaliers n'entrent que pour la gloire,
Où l'honneur du plus brave est, après le tournoi,
D'offrir à la beauté sa couronne et sa foi. »
— « Madame, dit l'enfant, de deux amants fidèles
Ecoutez les amours, qui sont toujours nouvelles. »
Et, saisissant le luth, il prononça ces mots :
J'écoutai des vieux murs frissonner les échos.

Un chevalier de bon lignage
Aimait la fille d'un seigneur ;
La demoiselle était si sage,
Qu'il n'osait éveiller son cœur.

Tous les jours sur sa haquenée,
La demoiselle allait au bois ;
Il la suivait dans la vallée,
Des arbres écoutant la voix.

Le chevalier disait sa peine
Aux rochers, aux sombres vallons,
Mais des zéphirs la douce haleine
N'allait pas chanter sur les monts.

Un jour, courant dans le bocage,
Elle laissa tomber la fleur
Qu'il avait vue à son corsage ;
Il la prit, la mit sur son cœur.

Le lendemain c'était la fête,
Et pour les braves le tournoi ;

« Je veux triompher; par ma tête!
Cette fleur m'en donne la foi. »

Preux chevaliers à la rescousse,
Je vois armures et pennons!
En avant! la lance s'émousse!
Et le choc roule sur les monts!

Seul un brave à l'armure noire
En vain frappe les écussons;
L'écho seul répète : « Victoire! »
Sonnez, trompettes et clairons!

Sur son front la reine dépose
Le prix glorieux du vainqueur,
Mais pourquoi la visière close?
A-t-il déjà donné son cœur?

Il va vers notre demoiselle
Déposer le prix du tournoi;
Honneur! honneur! à la plus belle!
Un chevalier donne sa foi!

Il laisse tomber la couronne
De sa main qui paraît trembler,
Et son courage l'abandonne;
A ses pieds il vient succomber.

On aperçoit sous son armure
Sur son sein briller une fleur,
Et seule sa lèvre murmure :
« Laissez la vivre sur mon cœur. »

« Mon enfant, dit la dame, arrête ton histoire;
La fin de ta chanson revient à ma mémoire. »

Elle saisit le luth, et de sa douce voix
Raconta ce qui vint de ces tristes tournois.

On emporta dans la chapelle
Le cadavre du chevalier;
Au père dit la demoiselle :
« Mon père, je veux le veiller. »

Quand vint minuit une étincelle
Du bien aimé parut sortir;
Son regard la trouva si belle,
Que sa main voulut la saisir.

Ainsi qu'une âme qui s'envole
Vers le ciel dans un pâle éclair,
Elle monta vers la coupole;
Son regard la suivit dans l'air.

La demoiselle vit son âme
Vers le ciel monter en chantant;
Sa flamme s'unit à la flamme,
Qui montait de son froid amant.

Quand vint le jour, près de la bière,
Où reposait le chevalier,
Reposait froide sur la pierre,
Celle qu'il n'osait pas aimer.

Et depuis lors dans la chapelle
On voit venir, quand vient minuit,
Le chevalier, la demoiselle ;
Dans la mort, ils s'aiment sans bruit.

La dame s'arrêta; je voyais sa paupière
Où des larmes tremblaient : « Mon enfant, dit la mère,

XXIII

Se tournant vers son fils, souviens toi chaque jour
Qu'un chevalier doit voir et la gloire et l'amour ;
Le courage aux combats donne la renommée,
Et l'amour vient donner la récompense aimée,
Mais rappelle au vainqueur qu'un courage clément
Plaît mieux à la beauté dans le cœur d'un amant :
Mais la cloche du soir déjà s'est fait entendre,
Et le noble seigneur ne saurait pas attendre,
Auprès des chevaliers qui reviennent des bois :
Le jour naissait à peine, et les chiens de leurs voix
Annonçaient au château le départ de la chasse :
Je connais le seigneur qui jamais ne se lasse ;
Ils viennent de rentrer, et leur corps fatigués
Soutenaient en montant leurs chevaux harassés.
Mes amis, descendons : votre corps du voyage
Doit être déjà las malgré votre courage :
Venez vous préparer à de nouveaux dangers,
Et que le jour demain vous trouve reposés. »
Ayant ainsi parlé, la noble châtelaine
Sortit avec son fils. De même que l'haleine
Des zéphirs nous apporte auprès des prés fleuris
Des parfums embaumés, de baisers tout remplis,
De même, avec son fils, dès que sortit la dame,
Je sentis s'éveiller des parfums dans mon àme :
Nous suivîmes ses pas, et bientôt sous nos yeux,
Où dans l'ombre riaient des convives joyeux,
Que des flambeaux aux murs, d'une flamme incertaine,
Eclairaient près de l'âtre, où pétillait un chêne,
Apparut une salle, où la dame en entrant
Fit régner le silence. Ainsi se tait le vent
Qui monte de la foule, aussitôt que la reine
Apparaît aux sujets ; la noble châtelaine
Amenant son enfant alla vers son seigneur.

— « Sire, je vous salue, et croyez que mon cœur
A suivi dans les bois vos efforts, votre audace,
Et je ne puis douter du succès de la chasse. »
— « Notre dame, je dois de tous ces chevaliers
Célébrer le courage, ayant vu les dangers
Qu'ont bravés leurs efforts ; car c'est dans des abîmes
Que leurs bras ont tué leurs nombreuses victimes. »
— « Mes seigneurs, dit la dame, aujourd'hui les forêts
Pour de plus grands combats sont de nobles apprêts.
Sire, votre maison prépare la victoire ;
Et le prochain tournoi consacrera sa gloire.
Mais à table, messieurs, je veux de vos exploits
Entendre les récits, afin que votre voix
Au cœur de cet enfant réveille le courage,
Et fasse un chevalier de notre gentil page. »
— A ces mots, les seigneurs allèrent empressés
Vers les siéges, autour suivant le rang classés,
Mais restèrent debout, écoutant la prière,
Qu'au moment des repas toujours disait la mère.
Dès que la voix se tut, des serfs obéissants
Devant les chevaliers mirent des mets fumants.
Je me trouvais assis à la table voisine
Auprès du troubadour, dont la voix enfantine
Egayait par ses chants le peuple des vassaux ;
Et mes yeux regardaient ces farouches héros,
Si rudes au combat, que la main d'une mère
Sous ses lois retenait ; et derrière son père
Cet enfant plein grâce, attentif au désir
De chacun des seigneurs, apprenant à servir
Avant de commander ; et le noble visage
De celle qui semblait, en recevant l'hommage,
Reine de la beauté, du cœur et de l'esprit,
Une brillante étoile au milieu de la nuit.

Un serviteur bientôt s'approcha de la table,
Et dit à son seigneur : « Un moine vénérable,
Les habits déchirés, le regard haletant,
Qui laisse sur le sol un passage sanglant,
Est là près de la porte et demande un asile.
Comme c'était la nuit, j'ai voulu de la ville
Lui montrer le chemin, mais il dit revenir
D'un voyage très long, portant le souvenir
Des malheurs du calvaire; il parle de naufrage,
Et de plus il assure apporter un message
Pour votre seigneurie. » — « Allez, dit le seigneur,
Votre main le conduise, et si quelque douleur
Invoque mon secours, à vos bras j'en appelle,
Mes nobles chevaliers : est-il cause plus belle,
Que celle que protége un ministre de Dieu?
Et de la secourir ici je fais le vœu. »
— « Et le ciel vous écoute et reçoit votre hommage;
Car c'est lui-même, Dieu, qui de votre courage
Invoque le secours! » C'était un grand vieillard
Qui prononçait ces mots; le feu de son regard
D'une clarté divine éclairait son visage;
Je sentis dans la salle un frisson de courage;
Un tumulte suivit, et les nobles guerriers
Se levèrent soudain aspirant aux dangers;
Mais la voix du seïgneur domina la tempête.
— « Moine, que nous dis-tu? J'en jure sur ma tête
Et j'en ai fait le vœu; je demande l'honneur
De courir le premier au secours du Seigneur.
Dis-moi la vérité; prends garde à l'imposture;
Car si tu nous trompais, jamais flèche plus sûre
N'aurait porté la mort au milieu des rochers,
Qu'un mensonge de toi, qui viens des chevaliers
Au nom de l'Eternel éveiller le courage;

Personne dans ces lieux ne pourrait de l'orage
Préparé par tes mains, détourner les éclairs;
Ce n'est jamais en vain que s'aiguisent nos fers. »
Le moine répondit : « Devant vous je m'incline,
Seigneur, et dans ces lieux c'est une voix divine
Qui parle par ma bouche, et vous dit le malheur,
Où le tombeau du Christ gémit sous la fureur
Des monstres que le vent, dans un flot de poussière,
A portés du désert. Ce fut près du calvaire
Que le Christ m'apparut, dans le sacré torrent,
Où l'ennemi de Dieu m'avait jeté sanglant.
Prêtre, me dit sa voix, retourne sur la terre,
Et, traversant les mers, va dire ma misère
A ces nobles enfants que ma mort a sauvés :
Ils étaient dans les bois, je les ai retirés;
Ils vivent dans la paix, et leur puissant courage
Ne voit plus mon tombeau sous le dur esclavage
Des ennemis cruels! Apôtre du Seigneur,
Annonce à l'occident ma suprême douleur;
Ranime par tes pleurs l'Univers qui sommeille,
Et qu'à la voix du Christ le soldat se réveille,
Et traverse les mers pour venir au tombeau
De sa religion défendre le berceau!
A cet ordre divin, j'ai senti dans mon âme
La force revenir ; une secrète flamme
A dirigé mes pas dans le dédale obscur
De chrétiens entassés sanglants au pied du mur;
J'ai franchi le désert guidé par la lumière,
Que la main du Seigneur promenait sur la terre
Au devant de mes pas, et je suis arrivé :
Mais partout, je le vois, le Christ est oublié ;
Vous vivez dans la paix, et c'est le Christ qui pleure;
Vous vivez dans la paix, et de la dernière heure

Le sépulcre asservi voit venir le moment!
Vous vivez dans la paix, et le chrétien mourant
Sous les fers ennemis pleure au lointain rivage,
Et demande à son dieu la fin de l'esclavage.
Mais ne voyez-vous pas la pierre du caveau
S'entr'ouvrir, et le Christ s'envoler du tombeau,
Pour monter dans le ciel à côté de son père,
D'où son œil vous regarde, alors qu'en la prière
Vous venez demander au maître souverain
Pour un combat brutal l'appui du bras divin?
Le sépulcre du Christ gémit dans l'esclavage,
Et vous ne sentez pas s'éveiller le courage?
Oserez-vous demain invoquer l'Eternel,
Si vous n'entendez pas le Christ et son appel?
Et vous ne craignez pas que le feu du tonnerre
Ne descende du ciel, ne réduise en poussière
Vos châteaux sur les monts, et que le noir trépas
A la voix du Seigneur ne s'ouvre sous vos pas?
Et vous ne craignez pas sa droite vengeresse?
Qu'à l'instant sur vos fronts la voûte ne s'affaisse,
Et sous de grands débris n'efface pour jamais
Un peuple, qui préfère au dieu du ciel la paix?
Jérusalem! du Christ l'apôtre vous demande!
Jérusalem! C'est Dieu qui du ciel le commande!
Allez, preux chevaliers, c'est un ordre des cieux,
Et marchez au combat, fils de vos grands aïeux. »
Sous la voûte aussitôt retentit un tonnerre
De cris, de hurlements, et la voix de la pierre
Au château répéta ce grand rugissement;
Le château, qui dormait, se réveilla grondant,
Pour redire à l'écho des monts et des vallées
Cet immense transport des âmes soulevées,
Et le sombre vallon, réveillé dans la nuit,

Redit : Jérusalem! Je sentis à ce bruit
Un transport inconnu pénétrer tout mon être;
Je sentis qu'un grand peuple allait se reconnaître
Au milieu des combats, dans les mêmes douleurs;
Mais je vis s'élever au-dessus des fureurs
Des Chrétiens soulevés, au-dessus du carnage,
Le trône de l'Eglise ; et je vis le rivage,
Où les preux chevaliers, jouets d'un triste sort,
Tombaient dans le désert écrasés par la mort :
Puis j'entendis les pleurs du château solitaire,
Et je vis dominer les princes de la terre.
De l'Eglise et des grands hier c'étaient les combats,
Dans l'arène demain les rois seront soldats,
Défenseurs des cités contre la loi céleste :
Appelé par les rois et d'une voix modeste
Le peuple parlera ; mais par delà les monts
Un seul mot, répété par l'écho des vallons,
Deviendra l'ouragan qui fait trembler l'Eglise,
Parce qu'au nom du peuple à leur front mieux assise
Il mettra la couronne à la tête des rois.
Tout à coup dans la salle une tonnante voix,
S'imposant par le bruit, imposa le silence.
Autour du messager chacun voulait d'avance
De ses futurs exploits au rivage lointain
Raconter la valeur, et du tombeau divin
Chanter la délivrance en célébrant sa gloire;
Chacun à ses efforts promettait la victoire,
Et le moine à chacun racontait ses malheurs,
L'effroi des ennemis, et ses lâches fureurs.
Aussitôt à ce bruit chacun tourna la tête,
Et, voyant le Seigneur debout dans la tempête,
Dont les yeux irrités semblaient remplis d'éclairs,
Attendit en tremblant : « Quelle main des enfers

Vous rend assez hardis, d'oser en ma présence
Tous élever la voix, et braver ma clémence!
Ne suis-je plus le fils de mes nobles aïeux,
Qui déjà de leur glaive auraient vengé cès lieux?
Je ne sais quelle main s'impose à ma colère;
Mais remerciez le ciel, cette voix du calvaire,
Qui vient au nom de Dieu demander notre bras;
Car je veux vous garder pour d'utiles combats.
Vassaux et serviteurs, sortez de cette enceinte;
Les nobles chevaliers de la parole sainte
Ont entendu le cri : Laissez à leur valeur
Le soin de décider, et croyez que leur cœur
Saura donner à Dieu ce que doit le courage;
Pour garant de ma foi croyez en mon lignage. »
Par ordre du Seigneur les nobles chevaliers
Formèrent le conseil : « Mes amis, étrangers,
Nous dit la châtelaine, en quittant cet asile
Il faut que vous puissiez raconter à la ville,
Quel écho parmi nous trouve la voix du ciel,
Et comment nos seigneurs répondent à l'appel
Que l'apôtre du Christ apporte du calvaire;
Restez pour en porter le récit à la terre. »
— « Mes nobles chevaliers, dit alors le seignenr,
Il ne nous suffit pas de la seule valeur,
Pour aller triompher sur ce lointain rivage,
Où le tombeau du Christ gémit dans l'esclavage.
Un peuple est l'ennemi du ciel et de la foi;
Un peuple doit marcher sous la divine loi;
Nous devons nous ranger sous la même bannière,
Près de nous appeler les chrétiens de la terre,
Demander à genoux l'assistance de Dieu,
Et devant ses autels venir faire le vœu
De délivrer le Christ de son dur esclavage;

Il faut que l'Univers dise notre courage :
Dans le cœur des chrétiens la voix a retenti,
L'infidèle demain doit être anéanti.
Avant que le soleil monte sur la nuée
.Demain je partirai; j'irai dans la vallée
Promener le récit de ce triste malheur,
Et des preux chevaliers éveiller la fureur.
Toi, ministre du ciel, monte sur la montagne ;
Fais retentir tes pleurs au loin sur la campagne;
Réveille l'Univers pour les sacrés exploits,
Et montre le calvaire en lui montrant la Croix. »
A ces mots, j'entendis un bruit de fer immense
Retentir sous la voûte, et les fronts en silence
Parurent s'incliner. Alors un chevalier
Répondit au Seigneur : « Sire, s'il faut allier,
Pour avoir la victoire, et prudence et courage,
Nous demandons l'honneur sur le sacré rivage
De marcher les premiers près de vous aux combats,
Assurés qu'au succès vous guiderez nos pas. »
— « Merci, mes chevaliers; autour de ma bannière
Se pressent vos pennons, et la fureur altière
Des puissants ennemis de notre antique foi,
Avec l'appui du ciel, aura connu l'effroi.
Dans ces lieux, c'est la nuit qui ce soir a vu naître
Notre vœu ; mais demain le soleil doit connaître
Notre premier effort, et dans tout l'Univers
Dire l'ordre du ciel même au-delà des mers.
Allons, mes chevaliers, le repos nous appelle,
Et demain près de moi : « Malheur à l'infidèle. »
— A ces mots, le seigneur s'approcha radieux
De sa dame, et voyant des larmes dans ses yeux :
« Noble dame, dit-il, j'ai suivi mon courage
Et l'écho de mon cœur; pourquoi votre visage

Auprès de notre joie est-il rempli de pleurs?

— « Noble sire, je pleure et non pas mes malheurs;
Votre valeur a fait ce que me dit mon âme ;
Hélas! j'ai le regret d'être une faible femme,
Et de ne pas pouvoir, comme ces chevaliers,
Marcher sous votre loi dans les mêmes dangers.
Mon noble sire, allez, car le ciel le commande,
Et l'épouse vous dit, l'honneur vous le demande. »

— « Notre dame, dit-il, le sang de vos aïeux
Ne pouvait pas mentir; allez, séchez vos yeux;
En allant au combat nous allons à la gloire,
Et le Christ dans le ciel prépare la victoire. »

A ces mots le seigneur lui présenta la main,
Et jusque sur le seuil lui montra le chemin,
Au milieu des seigneurs courbés sur son passage,
Admirant sa beauté, sa vertu, son courage.
Alors les chevaliers sortirent lentement,
Montèrent dans les tours ; et leurs voix en mourant
Laissèrent retomber le manoir au silence,
Où seule survécut la muette cadence
Des gardes de la nuit, qui semblaient sur les murs
Des ombres promenant sur les créneaux obscurs.
L'enfant sur une table avait posé sa tête,
Et s'était endormi, calme dans la tempête
Qui grondait près de lui; je dus le réveiller,
Et, dirigeant ses pas qui voulaient sommeiller,
Ma main le déposa sur sa couche, tranquille
De ce sommeil d'enfant, qui sait que tout asile
Est pour son innocence asile de bonheur.
Au milieu de la nuit, j'entendais dans mon cœur
Des échos du désert, me montrer l'esclavage
Et de sanglants soldats hurlants sur le rivage;
Et je vis une armée avancer sur des morts,

S'efforcer lentement, s'user dans ses efforts,
Pour venir à genoux pleurer sur le calvaire,
Et remettre la croix auprès de la bannière.
Lentement je sentis s'effacer tout le bruit,
Et mon corps fatigué sur sa couche dormit...
. . . .
Les premiers feux du jour commençaient à paraître,
Et la vie au château commençait à renaître,
Quand mon cœur inquiet quitta son lourd sommeil,
Rappelé par l'esprit, qui toujours en éveil
Semblait à chaque pas toujours pousser mon être,
L'arrachant au repos, pour lui faire connaitre
Un nouvel horizon, sur l'immense chemin
Que suit en s'élevant le pas de l'être humain.
« Dans son grand mouvement l'humanité s'élève,
Immense tourbillon, qui paraît un grand rêve,
Où l'Etat le plus grand retombe dans la mort :
C'est l'Orient qui naît, resplendit et s'endort;
C'est Athènes qui brille un jour et puis retombe;
C'est Rome qui triomphe et sous le flot succombe;
C'est un peuple qui sort d'un immense remous,
Et l'Eglise a formé son cœur sur ses genoux;
C'est le fier chevalier qui sent son âme vivre;
Et l'apôtre du Christ par ses larmes l'enivre;
C'est un peuple embrasé qui sort de l'Occident,
La Croix guide ses pas au lointain Orient;
Mon esprit, laisse moi; qu'un instant je m'arrête;
Ici règne la paix, et dehors la tempête
Va bientôt me saisir, car déjà dans l'Etat
Entre Rome et les rois je vois naître un combat,
Et j'entends dans les pleurs un peuple qui murmure,
Et qui demande au ciel une doctrine pure.
Sera-ce donc le peuple éveillé par les rois,

Qui demain de l'esprit demandera les droits
Aux princes de l'Eglise, et, prenant leur couronne,
Puisque pour des palais le prêtre l'abandonne,
Ira près du Seigneur face à face avec lui
A son Dieu demander un immortel appui?
Je vois l'humanité s'avancer en silence,
Et son front se courber sous l'égale souffrance
Que font peser sur elle et l'Eglise et les rois;
Mais j'entends sur les monts s'élever une voix
Qui parle à l'Univers une langue nouvelle;
Dans le ciel apparaît une large étincelle,
Et le cri de douleur de l'homme de la croix
Plane au milieu des airs aussi pur qu'autrefois. »
Je me sentis poussé malgré moi dans l'arène,
Et, quand j'ouvris les yeux, à mes pieds une plaine
Se dorait lentement sous les feux du soleil.
Sur son roc, éclairé par un rayon vermeil,
Le château paraissait dans sa robe de pierre,
Un aigle colossal, qui, debout sur son aire,
Aux premiers feux du jour s'éveille en frissonnant,
Et regarde à ses pieds la plaine lentement
S'éveiller du sommeil; je voyais le village
Au pied des grandes tours, et plus bas le rivage
Du fleuve impétueux se tordre sous mes yeux,
Déroulant dans la plaine, en un cours sinueux,
Les arbres de ses bords, et vers un fleuve immense,
Dans les flots paraissaient s'avancer en silence
A l'horizon lointain, se jeter bouillonnant.
Un sentier descendait; mais pendant un instant,
Avant d'abandonner le château pour la plaine,
Je m'arrêtai pour voir la noble châtelaine
Agiter son écharpe, et les preux chevaliers
S'avancer vers les bois sur leurs pesants destriers.

Bientôt le son du cor en une douce plainte
Vient mourir à mes pieds, et j'entrai dans l'enceinte.
La brise m'apporta l'air d'un monde nouveau,
Et je crus écouter comme un lointain écho
D'un peuple réuni qui chantait la prière...
J'arrivai près des murs d'une ville de pierre,
Dont les pieds reposaient au milieu de flots bleus,
Qui pour l'envelopper s'entr'ouvraient sous mes yeux,
Et semblaient de leurs bras lui faire une ceinture,
Afin de la garder pour sa grandeur future.
— « Est-ce donc de tes murs que sortent ces accents,
Cité, fille des eaux, qui ressemblent aux chants,
Inspirés par le Dieu, qu'auprès du patriarche,
Les filles de Sions répétaient devant l'arche?
J'interroge l'écho, l'écho reste muet ;
De mes secrets tourments serais-je le jouet?
Des monts, c'est une voix qui descend sur la rive,
Et comme un doux zéphir à mon oreille arrive !
Fleuve aux flots azurés tu descends des glaciers ;
Montre moi le chemin vers les sommets altiers,
Où l'homme voit monter l'âme au ciel embrasée,
Tandis que sur la terre une foule empressée
Se sert du Créateur pour bâtir des palais,
Croyant avoir trouvé pour les hommes la paix.
En effet le malheur n'ose dise sa plainte,
Et se cache aux regards pour pleurer sans contrainte.

CHANT DIX-SEPTIÈME

Jean Huss. Le Droit par le Devoir.

Sommaire. — Le poëte traverse la Suisse et arrive à Constance où il assiste à la condamnation et au supplice de Jean Huss.

Immensité des monts, ouvrez-moi votre sein;
Que j'entende l'écho du langage divin
Qui descend des glaciers, l'hymne de la nature,
Qui chante sur la terre, à l'oreille murmure
Chez vos rudes enfants, avec la liberté,
La vertu, la famille et l'hospitalité !
De tes rayons, soleil, sur la neige d'albâtre
Dissipe la vapeur, qui d'un manteau bleuâtre
Me cache le sommet de ces pâles glaciers!
Réveille leurs soupirs au feu de tes baisers,
Que j'écoute l'écho, qui vient dans la vallée
Me dire en murmurant de la neige éveillée
Le grand frémissement! Au lever du soleil
La neige sur les pics en chantant son réveil
Parle l'immensité; la nature en silence
Ecoute ce soupir, et dans un hymne immense

Dans l'infini du ciel emporte son enfant,
Le pâtre qui sourit au soleil se levant.
Le soleil est levé; l'aigle quitte son aire,
Et ses longs tourbillons enveloppent la terre
D'un immense regard; il plane sur les monts,
Et libre dans son vol, maître des horizons,
Domine les glaciers; il traverse l'espace ;
Il monte dans les airs étonnés de sa masse;
Un cri descend du ciel par l'écho répété;
C'est l'aigle qui prononce un cri de liberté;
La nature l'entend, le peuple le répète,
Et d'un bras courageux impose la défaite
Aux tyrans, qui toujours croient dominer le sort,
N'ayant jamais connu le mépris de la mort.
Blanc d'écume le flot s'élance de la cime,
Stalagmite glacé, qui paraît de l'abîme
S'élever sur le mont pour se suspendre au roc,
D'un nuage entouré, qui s'élève du choc,
Si léger, qu'aux regards le rayon d'or qui glisse
Semble de mille feux remplir le précipice ;
Et le zéphir emporte au-dessus des forêts
Comme un essaim brillant de légers feux follets.
Du fleuve bouillonnant s'élève un grand murmure
Et la brume répète un air de la nature;
Elle dit aux échos l'hymne de la beauté,
Que le mortel, courbé devant l'immensité
Qui descend de la neige, écoute dans son âme,
Et ce chant des torrents le transporte et l'enflamme,
Et réveille en son cœur les joyeuses chansons!
Salut, vierges forêts, qui du pied de ces monts
Vous suspendez au flanc pour monter à la cime,
Et de vos noirs rameaux couvrez le noir abîme!!...
Quand la brise gémit au milieu des sapins,

Quels accords dites-vous à l'âme des humains?
Quand l'orage mugit, quand votre fière tête
Se courbe sous l'effort du vent de la tempête,
Quels immenses échos font entendre vos voix?
Dites-vous à l'esprit la peur comme autrefois,
Un écho des enfers au milieu du tonnerre
Des arbres gémissants, du terrible mystère
Des fureurs de l'orage, où l'homme prosterné
Regarde avec effroi l'ouragan déchaîné?
Quand la brise gémit, la nature endormie,
Vibrant sous le zéphir, chante une symphonie;
Quand l'ouragan mugit, c'est la sombre fureur
Qui hurle dans les bois, et répand la terreur
En longs gémissements dans toute la vallée,
Pour le pâtre qu'attend l'amante à la veillée.
Dans les bois un concert résonne chaque jour,
Et la voix de l'oiseau dit et redit l'amour!
Dans le cirque puissant de ton blanc diadème,
Lac limpide, salut! tu me souris, je t'aime!
Où du ciel sur tes eaux se reflète l'azur,
Où la vague paraît du cristal le plus pur,
Où la brise en glissant laisse un léger sourire,
Où volant dans les airs l'hirondelle se mire,
Où la vague murmure, en mourant sur le bord,
Des chants harmonieux, qui semblent de la mort
Annoncer la douceur sur ta paisible rive.
J'écoute tes échos et mon âme est pensive!
Lac limpide, dis-moi la sainte pureté,
Le réveil dans la mort, la douce humanité!
Près du rouge troupeau, qui sort de la chaumière
Et descend dans les prés, la timide bergère
Ecoute des forêts résonner les accents,
Qui remplissent son cœur de sourires aimants;

XXIV

La brise fait entendre un chant de la nature,
Et près du lac sa voix en fait un gai murmure.
Vous, pâtres, en chantant vous menez vos moutons
Dans les sombres forêts; vous montez sur les monts,
Libres près des glaciers, où la voix de l'espace
Dit des chants infinis, devant qui tout s'efface
Et se met à genoux! A côté des dangers
Vous apprenez les chants que disent les rochers,
Et le soir vous venez redire à la veillée
Votre chanson de l'air, que toute la vallée
En marchant au combat répètera demain,
Parce que sur les monts l'air est large et serein!
Sur les pics, dites-vous, c'est la neige d'albâtre
Qui garde vos vallons; mais c'est la main du pâtre,
Qui doit pour vos enfants conserver la cité
Et la neige des monts dans leur virginité. »
— J'étais au bord du lac, où j'écoutais la brise
Murmurer sur la vague, et dans mon âme éprise
J'entendais dans les airs chanter la liberté;
Je voyais sous mes yeux un peuple redouté
Paraître des forêts, marcher à la victoire,
Et fier d'avoir vaincu, sourd à la vaine gloire,
Revenir triomphant dans son humble palais,
Heureux pour ses enfants d'avoir conquis la paix.
— « Mon esprit, laisse-moi sur cette douce rive!
J'écoute dans les airs cet écho qui m'arrive
Et me chante l'amour sur les sommets neigeux!
Je regarde la paix; ici je suis heureux!
Laisse-moi le repos, car je sens la fatigue,
Et j'ai vu l'univers de son sang si prodigue
Regarder au-delà de ce qu'il a conquis,
Et toujours demander de nouveaux ennemis!
Mon esprit, laisse-moi! Toujours dans la tempête

Tu diriges mon corps, qui jamais ne s'arrête,
Et quitte les soupirs pour voir avec terreur
Paraître chaque jour un plus rude labeur.
L'univers doit-il donc marcher dans le carnage,
Et faut-il que ce soit un hideux cri de rage,
Qui marque chaque pas pour monter au progrès?
Pénible humanité, c'est parmi les cyprès
Que marchent tes enfants, et leur sang aux épines
A marqué leurs efforts! Du ciel si tu domines
Ce long enfantement, Dieu, pourquoi de ton bras
Ne viens-tu soutenir le fils que tu créas?
Christ, toi, le fils de Dieu, sur le monde en souffrance
Tes longs accents d'amour ont crié la clémence;
Ton souvenir s'éteint, et le prêtre à l'autel,
Ministre de ton père, et qui doit au mortel
Au milieu du malheur enseigner la justice,
Au contraire à ses pieds ouvre le précipice,
Et de sa main sanglante arrache de la croix
Celui qui vers son Dieu veut élever la voix.
Sur le bûcher l'Eglise immole pour son trône,
Arrachant à son Dieu sa splendide couronne,
Celui qui jusqu'au Christ veut remonter les ans,
Et mettre Dieu plus haut que les combats ardents
Qui derrière son nom cachent la convoitise.
Hélas! quel triste écho vient m'apporter la brise?
C'est un cri de douleur; d'ici je dois partir!
Salut, peuples heureux! j'ai votre souvenir;
Ecoutez chaque jour la voix de la nature,
Et le cristal du lac dire de leur voix pure
Au cœur de vos enfants la vertu, la beauté,
La famille, la paix, la fière liberté.
En avant, voyageur, sur la verte campagne,
Et la pique à la main monte sur la montagne;

Ainsi que le navire agité par le vent
Tu viens te reposer dans le port un instant;
Mais ton destin te pousse au milieu de l'orage;
Allons, il faut partir et quitter le rivage,
Il faut marcher au port, et le port sur les mers
Est encore éloigné; j'aperçois les éclairs
Et je vois les tourments; l'orage se déchaîne,
Et je n'ai pas fini de regarder la peine.
La tempête mugit et j'entends la douleur;
Je vois l'humanité, mon esprit, et j'ai peur. »
— Tout à coup j'entendis une voix dans mon être
Ensemble qui me fit tressaillir et renaître.
— « Tu n'entends résonner que le funèbre glas;
Tu ne vois que la mort et tes yeux ne voient pas
Les efforts incessants d'où doit sortir la vie,
Et tu ne connais pas quelle rude harmonie
Agite les forêts et prépare sans bruit
Le triomphe éclatant de l'homme et de l'esprit.
Tu souffres de la mort de Jésus au calvaire!
Mais en mourant sa bouche a laissé pour la terre
Le droit et le devoir ou justice et bonté.
Après ce grand malheur, par l'amour emporté,
Le monde a fait un pas, mais revient en arrière,
Et se traîne sanglant dans l'égoïste ornière.
Mais le peuple s'éveille, et l'air pur des forêts
Le pousse, fatigué d'inutiles regrets,
A demander aux grands justice au nom de l'homme,
Justice au nom du Christ à l'Eglise de Rome.
Mon fils, va dans l'arène et juge du combat,
Où le peuple opprimé veut vivre dans l'Etat :
C'est d'un côté la mort, la vengeance et le vice,
Et le peuple de l'autre est avec la justice. »
— Alors je me levai, je quittai les vallons,

Et bientôt j'arrivai sur la cîme des monts;
J'aperçus à mes pieds au loin dans les campagnes
Un fleuve impétueux descendant des montagnes,
Dont les vagues d'azur allaient vers l'horizon,
Traçant dans la vallée un immense sillon.
Je dirigeai mes pas vers ce lointain rivage,
Et bientôt j'aperçus glissant sur son sillage
Un radeau, qui venait balancé par les flots.
Il en sortait des chants, que la voix des échos
Répétait sur le fleuve en un concert immense,
Comme les longs soupirs d'une triste cadence.
J'appelai de la rive : « Holà! le nautonnier,
J'erre en vain sur ce bord; voulez-vous me donner
Près de vous un asile? » Aussitôt sur la lame
Un bateau s'élança, maintenu par la rame,
Au milieu des remous des courants agités,
Et vint près d'un rocher s'arrêter à mes pieds.
Je montai sur l'esquif qui quitta le rivage,
Et bientôt je pouvais connaître le visage
Des nouveaux compagnons que me donnait le sort,
Un homme vint m'aider à monter sur le bord;
Il paraissait le chef, et la blanche vieillesse
Avait marqué son front d'une longue caresse.
« Soyez le bienvenu, me dit-il, parmi nous,
Etranger; dans quel lieu vous arrêterez-vous? »
Les regards curieux se fixaient sur mon être,
Et chacun à ma voix cherchait à reconnaître
Quel était mon pays, d'où je pouvais venir;
Alors je répondis : « Un vague souvenir
Reste dans mon esprit du lieu de ma naissance,
Que je n'ai plus revu dès ma première enfance,
Et je sais seulement qu'une belle cité
Se mirait dans un lac, dont la pure beauté

Chante encore en mon cœur une douce harmonie;
Et je sens qu'une voix dans mon âme endormie
Me dira par ses chants la cité des aïeux,
Dont les toits élevés s'élancent vers les cieux. »
Tout à coup j'entendis la douce sympathie
S'éveiller dans la foule, et d'une voix amie
Le vieillard ajouta : « C'est la main du malheur
Qui vous ouvrit l'exil, et c'est la voix du cœur
Qui vous guide en ces lieux : au pays des ancêtres
Soyez le bienvenu; lorsque de puissants maîtres
En veulent à nos jours, il nous faut obéir,
Et souvent de l'exil on ne peut revenir,
C'est l'exil du tombeau. Ce soir, quand la lumière
Glissera sur les monts, nous toucherons la terre
Au pied d'une cité, qui dans un lac d'azur
Mire ses hautes tours et son superbe mur ;
Et vous pourrez trouver nombreuse compagnie
Dans ces lieux, qui vivaient d'une tranquille vie
Quand vous êtes parti ; car de riches seigneurs
Sont venus de tous lieux pour guérir les douleurs,
Dont souffre tristement notre mère l'Eglise,
Et le mal inconnu qui toujours la divise.
Des évêques nombreux, de l'univers légats,
Priés par l'empereur qui veut, lui, des débats
Diriger les efforts, sont de toute la terre
Venus pour le concile, apportant la lumière.
Nous descendons des monts pour juger par nos yeux
De tout ce que jamais n'ont pu voir nos aïeux,
Et nous repartirons, emportant la mémoire
De ces princes puissants entourés de leur gloire. »
— Alors je répondis : « Mes amis, j'ignorais
Que dans notre cité, l'asile de la paix,
Put régner tant de bruit; mais je sens dans mon être,

En entendant vos chants, comme un écho, renaître
La voix de mes aïeux; laissez-moi regarder
Le rivage qui court, et qui vient me parler
En fuyant sous mes yeux; chantez, je en vous prie;
Vos airs font tant parler cette rive chérie! »
— « Ami, dit le vieillard, je reconnais le cœur
Qui revient de l'exil brisé par la douleur;
Vous écoutez en vous une voix inconnue,
Qui près du sol natal vous dit la bienvenue;
Regardez les côteaux passer devant vos yeux,
Eveillant votre enfance, et que nos airs joyeux
Vous disent la chanson que disait votre mère
Au berceau de l'enfant. » Alors la foule entière
Se remit à chanter; je m'assis sur le bord,
Et je laissai l'esprit songer au cri de mort,
Qui m'avait arraché de l'heureuse vallée.
Je paraissais, pensif, de la vague azurée
Suivre dans ses replis le tour capricieux;
Mais mon esprit voyait se heurter furieux
Les partis dans l'Eglise, et je voulais comprendre!
Dans ces murs inconnus qu'allais-je donc entendre?
Et pourquoi les échos dans un cri de douleur
Avaient-ils éveillé dans mon sein la frayeur?
Je voyais devant moi passer le vert rivage,
Et le radeau courir en laissant un sillage,
Où l'écume flottait en légers tourbillons;
Mais je vis tout à coup s'ouvrir les horizons,
Et le radeau glissa sur la nappe azurée
D'un lac aux flots légers : au bord de la vallée
Montaient de hautes tours qui regardaient les eaux,
Et dont l'ombre déjà s'allongeait sur les flots.
Nous voguions sur le lac côtoyant le rivage,
Et bientôt du soleil je ne vis plus l'image;

Nous étions arrivés au-dessous des créneaux,
Et déjà j'entendais passer de grands échos,
Qui s'élevaient des murs ; ils disaient à l'oreille
D'un peuple le remous, qui, malgré la nuit, veille,
Et s'agite avec fièvre, attendant qu'un héraut
.Lui dise les arrêts qui descendent d'en haut.
« De ces murs est sorti pour remuer la terre
Ce grand cri de douleur, qui d'un sanglant mystère
Est venu m'apporter comme un lointain écho. »
Je voulus m'élancer sur le bord du radeau ;
Le vieillard me retint, me dit de sa voix douce :
. « Mon ami, quel transport vers la cité vous pousse?
Votre cœur ne vient pas ici de ses aïeux
Chercher le souvenir; vous êtes anxieux !
Un homme sur ces bords vient porter sa parole,
Et vous venez pour voir l'éclatante auréole
Du mortel qui va dire aux prêtres pauvreté,
Aux pauvres la famille, à tous égalité.
Allez, écoutez-le, que le ciel vous conduise;
Car je crains que bientôt sous la main de l'Eglise
Un homme ne succombe, et que la froide mort
N'impose le silence à ce premier effort. »
A ces mots je courus me jeter dans la foule,
Qui montait avec bruit, et, porté par la houle,
Je me trouvai bientôt devant un grand palais,
Où le peuple devait ne pénétrer jamais.
Des moines, des seigneurs attendaient en silence;
Quand la porte s'ouvrit, j'entrai de confiance
Au milieu des seigneurs, et je pus, anxieux,
Voir les prélats, les uns pauvres et soucieux,
Prêts aux combats sacrés, et dans la même enceinte,
Où le Christ paraissait dire encore sa plainte,
Des prélats oublieux des douleurs de la croix.

Un trône recouvert de la pourpre des rois
Attendait l'empereur ; des princes de l'Eglise
La foule vénérable autour du trône assise
Attendait que le prince eut marqué par sa voix,
Puisqu'il voulait sauver de l'Eglise les lois,
Quel était son dessein : le concile en silence
Du puissant empereur attendait la présence.
Tout à coup un fracas retentit dans les airs,
Et de nombreux guerriers, avec un bruit de fers,
Entrèrent lentement se ranger près du trône,
Et je vis l'empereur, sur son front la couronne,
Monter silencieux au siége impérial,
Suivi d'un long cortége et d'un chant triomphal.
Le grand manteau de pourpre était sur ses épaules,
Et, debout sous son dais, il nous dit ces paroles :
« Messeigneurs, si l'Eglise a, plutôt que les rois,
Le devoir de parler des souveraines lois,
Pourtant de ses sujets le roi voit la tristesse ;
Et j'ai vu que l'Eglise en ce jour de détresse,
Occupée elle-même en de tristes douleurs,
Ne peut avec succès faire cesser les pleurs ;
Car j'entends d'un côté retentir l'anathème,
Tandis que sur les monts un peuple, qui blasphême,
Dans la même fureur emporte les autels,
Et veut ensevelir les décrets éternels.
Endormis dans la paix, noyés dans la mollesse,
Des prélats, oublieux de la croix qui s'affaisse,
Ne voient pas le danger, ni le pressant devoir
De montrer aux mortels, écrasés sans espoir,
Que l'apôtre du ciel est venu du calvaire,
Pauvre, afin de pouvoir consoler la misère.
Ainsi voilà l'abîme où marche l'univers,
Et le peuple en fureur s'agite dans les fers ;

Mais vous ne voyez pas s'avancer le carnage!
L'empereur du palais entend les cris de rage,
Et j'ai voulu, de vous, au milieu de ces maux,
Pour trouver un remède appeler les travaux.
Que l'univers entende au-dessus du concile
La voix de l'Eternel, qui va dans cette ville
Dire par votre bouche un langage divin.
Elevez un pontife au trône souverain,
Dont le bras tout-puissant s'étende sur la terre,
Et fasse revenir sous sa main tutélaire
Le souvenir du Christ! Parlez! car votre voix
Dans l'Eglise a pouvoir pour prononcer les lois,
Et si le pape est seul chargé dans la tempête
De guider les chrétiens, il est votre interprète,
Puisque, légats de tous, vous êtes tout-puissants,
Et devant votre voix s'inclinent les plus grands.
Un homme va venir défendre en cette enceinte
Ses erreurs ; je voudrais que la parole sainte,
Que vous prononcerez, puisse le ramener
Au chemin de la foi : s'il pouvait abjurer,
Vous auriez en ce jour, digne de la mémoire
Des siècles à venir, assuré la victoire,
Et l'Univers heureux verrait sous votre loi
L'Eglise s'éveiller et renaître la foi.
— « Gardes, qu'on laisse entrer Jean Huss dans cette enceinte,
Et que nous entendions si sa parole sainte
A pouvoir de changer de l'Eglise le cœur,
Et si seul contre tous il doit être vainqueur. »
A ces mots sur le seuil je vis paraître un homme,
Celui qui seul osait s'élever contre Rome ;
Et son visage pâle et l'éclair de ses yeux,
Tout en lui me disait un mortel vertueux.
Sur un long manteau noir sa noire chevelure

Faisait à son visage une sombre parure;
En dépassant le seuil il se mit à pâlir,
De la peur de la mort? De la peur du martyr.
— « Jean Huss, dit l'empereur, tu peux dans cette enceinte,
Devant cette assemblée exprimer sans contrainte
Tes erreurs. » — « Mes erreurs, reprit avec chagrin
L'apôtre de la foi; j'ai le Christ dans mon sein,
Et l'Eglise a perdu le sentier du Dieu père;
Je veux la ramener sous sa loi tutélaire.
En m'ouvrant cette enceinte, où je vois des regards
Tout rempli de colère, où je vois des vieillards,
Qui toujours effrayés d'une jeune doctrine,
Croient suivre avec l'Eglise une route divine;
En entendant ces mots, que vient de prononcer
Votre bouche, qui veut me faire renoncer
A toutes mes erreurs, je connais que d'avance
Votre esprit a jugé, que c'est une défense
Que je dois présenter. En venant en ces lieux
J'ai voulu vous porter la parole des cieux;
Je sais que sur mon front j'appelle la tempête,
Et que votre fureur demandera ma tête;
Je dois au nom du ciel dire ce que je sais,
Ecoutez aujourd'hui ce qu'on n'a dit jamais.
Vous me parlez d'erreur, mais regardez l'Eglise!
Quel est donc le rocher ou sa base est assise?
Vous me parlez d'erreur, quand j'en appelle à Dieu!
Mais regardez l'Eglise, et faites-moi l'aveu
Que le Christ oublié n'est plus sur le calvaire,
Et qu'un homme est lui seul le maître du tonnerre,
Celui qui porte au front la couronne des rois,
Qui veut, au nom du ciel, être au-dessus des lois,
Qui, donnant à son prêtre une essence divine,
Le place sur un trône, où son regard domine

Au-dessus des humains, et, ministre du ciel,
Veut être près de Dieu debout sur son autel.
Mais, en mourant, le Christ a-t-il fait une Eglise?
A-t-il dans un palais, que votre voix le dise,
Etabli son apôtre, et de riches lambris
A-t-il voulu couvrir le seuil de ses parvis,
Lui qui venait prêcher dans la pauvre chaumière,
Enseigner la douceur, consoler la misère
Du peuple malheureux? Aujourd'hui sur les rois
Le pape en son palais veut élever la voix;
Il ne voit plus le ciel, il ne voit que le trône;
Sur un chemin sanglant il cherche sa couronne;
Chacun veut s'élever sur le trône papal,
Et chacun veut du ciel être le roi légal :
Mais l'Univers, troublé d'entendre l'anathème
Sur le trône divin, cherche un juge suprême,
Et demande au Seigneur un signe de sa main.
Descendra-t-il d'en haut sur le peuple incertain
Ce signe demandé? Vient-il du monastère,
Où le moine à genoux doit vivre en la prière?
Le moine est trop heureux; le mal lui fait horreur;
Derrière la cellule il cache son bonheur.
Viendra-t-il du palais des prélats de l'Eglise?
Non! le prélat s'endort, et dans son âme éprise
Seuls les riches lambris excitent son désir :
Il ne voit que bonheur et richesse et plaisir.
Viendra-t-il du palais où se cache le trône
Des prêtres avilis, qui tiennent la couronne?
A Rome tout se vend, le Christ comme l'honneur;
A Rome il faut de l'or; ah! j'en frémis d'horreur!
Le chaos est partout : d'où viendra la lumière?
Vous l'avez dans vos mains, et chacun sur la terre
Peut lire le récit des atroces douleurs

De l'homme Dieu mourant pour venger nos malheurs ;
Pour entendre le Christ la raison est le guide ;
Le livre du passé, la Bible, est notre égide.
Trône des rois divins, revenez au trépas !
Moines, disparaissez, car vous ne priez pas !
Prêtres, dans vos palais dormez dans la luxure ;
Homme, réveille-toi, l'enfant de la nature,
Apôtre de ton Dien ; le Christ est sur la croix,
Et te dit la vertu ; seul écoute sa voix,
Et monte sur les monts pour parler à la terre :
Si ton cœur est plus pur, tu verras la lumière
T'éclairer, et ta main pourra prendre un flambeau :
Ministres de l'Eglise, ayez garde au tombeau.
Jusqu'ici vous croyez que le peuple sommeille,
Et pourtant malgré vous de la nuit il s'éveille ;
Croyez-vous qu'au malheur il n'ait pas vu le droit,
Et que son cœur déjà ne sache ce qu'il doit ?
Oui ! le Christ nous l'a dit : chaque homme sur la terre
A côté du puissant est son égal, son frère,
Et si l'homme est égal devant Dieu dans la mort,
Pourquoi chez les mortels l'injustice du sort
Met-elle entre le Christ et l'homme en la prière,
Un homme, dont le droit est de dire au Dieu père
Le malheur de son fils ? Mon temple est l'Univers,
Et ma voix montera plus pure dans les airs,
Lorsqu'aux genoux de Dieu je verrai dans l'espace
Apparaître son bras ! Que le prêtre s'efface,
Et qu'ils tremblent, les rois cachés dans leurs palais ;
Le peuple est son vrai roi ; c'est lui qui fait la paix
En répandant le sang, et son bras en silence
S'apprête à demander peut-être la vengeance !
Hélas ! quelle torture est au fond de son cœur,
Et quelle immense cri naîtra de sa douleur ?

Les trônes ébranlés tomberont dans l'abîme,
Et je crains pour leurs mains le sang de la victime !
Non ! non ! pas de fureur ! C'est le Christ sur le Croix
Qui l'a dit aux humains : « Ne voyez que vos droits,
Et gardez-vous d'ouvrir un sombre précipice,
Où vous succomberiez, si la loi de justice
S'effaçait à vos yeux. Ne l'oubliez jamais,
Et je le dis ici : Plus haut que les palais,
Est la loi du devoir qui dirige la terre,
Et pour tout l'Univers, Christ est mort au calvaire. »
— Il cessa de parler : Sur les murs ébranlés
J'entendis aussitôt monter de tous côtés
Au tumulte effrayant : « Anathème ! anathème !
Il mérite la mort ! Punissez le blasphème ! »
Et chacun se levait, hurlant avec fureur ;
Lui seul restait debout calme dans sa douleur.
Tout à coup l'empereur dominant le tumulte
S'écria : « N'est-ce donc pas assez de l'insulte
A la face du ciel, dont tu détruis les lois,
Que tu craches encore à la face des rois ?
Gardes, saisissez-le ; sur le champ, qu'on l'emmène ;
Et sachez que cet homme a mérité ma haine ! »
A ces mots, le martyr vit se dresser la mort ;
Je le vis frissonner, par un dernier effort
Se tourner vers le trône, et d'une voix vibrante ;
— « Sire, vous souvient-il, quand une âme innocente
Réclame dans l'histoire à la face d'un roi,
De quel titre on appelle un parjure à sa foi ?
Je laisse à l'avenir le soir de ma vengeance ;
Entendez-vous déjà la voix de l'innocence ? »
A ces mots l'empereur sur son trône pâlit ;
Il ne répondit pas : Un silence maudit
Pesait sur l'Assemblée, et l'on voyait paraître

Un vengeur de la mort, et le martyr renaître ;
Et le calme ne vint, que lorsque sur le seuil
L'homme en disparaissant eut fermé le cercueil.
— « Messeigneurs, dit le roi, cet ennemi du trône
Et des divines lois, ma main vous l'abandonne. »
J'entendis une voix : « Qu'on le mène au bûcher ;
La mort de l'ennemi peut seule nous venger. »
A ces mots je sortis ; je sentis dans mon être
Les larmes déborder, et je vis apparaître
Un immense bûcher, qui semblait dans les airs
Un squelette hideux évoqué des enfers :
Je n'osais regarder, mais bientôt sur la place
J'entendis de grands cris, et du peuple la masse
Se rua pour souffrir des douleurs du mourant.
Au-dessus des sanglots je le vis un instant
Debout sur le bûcher, mais l'épaisse fumée
Aussitôt le saisit ; une rouge traînée
Enveloppa son corps ; je ne pus regarder,
Je tombai sur le sol, je me mis à pleurer.
Quand je revins à moi j'approchai de la cendre,
Où des gardes autour me paraissait attendre,
Que la flamme eût fini son travail infernal.
Aussitôt dans les flots, par ordre impérial,
Il allèrent porter ce qui restait du crime,
Croyant ensevelir l'histoire et la victime.
J'approchai de la rive, et je pris dans ma main
Un peu de cette cendre, et, découvrant mon sein,
Je la mis sur mon cœur : « Dors en paix ; ta mémoire
Aux siècles à venir enseignera la gloire
De mourir pour la foi. Le peuple à son réveil
Se souviendra demain, que pendant son sommeil
Il a vu ton martyre, et, lorsque sa puissance
Aura conquis le droit, au jour de la clémence

Naîtra le souvenir d'un homme vertueux,
Qui déjà dans la nuit avait ouvert les yeux,
Et voyait dans le ciel la brillante auréole
Du droit et de l'amour. Pour cacher ta parole
Les princes de l'Eglise ont ouvert le cercueil,
Immolant ta vertu sur l'autel de l'orgueil.
Dors en paix, l'avenir bénira ton martyre;
J'emporte ta mémoire en mon cœur qui soupire. »
Hors de ces murs maudits alors je voulus fuir;
Que pouvais-je espérer? Je l'avais vu mourir,
Et je pouvais quitter cette funèbre plage,
Où le mourant laissait un si lourd héritage.
Une barque passait en côtoyant le bord;
« Holà! le nautonnier, criai-je avec effort,
Voulez-vous m'emmener pour quitter cette ville? »
La barque s'approcha sous la rame docile :
« Sois maudite, Cité; dis-je dans un soupir. »
Le pilote à ces mots me parut tressaillir;
« Etranger, me dit-il, le sang d'une victime
Innocente a coulé : Vengeance pour le crime!
Et je vais demander à nos monts des guerriers
Au moins pour arracher nos enfants aux meurtriers
Malheur! trois fois malheur aux princes de l'Eglise;
Je veux que dans la mort cette main les conduise,
Et puisque par leurs mains est tombé le martyr,
Par cette main je veux les faire souvenir:
Vous fuyez loin des murs; au lever de l'aurore,
A l'heure où le soleil de ses rayons colore
La cime des rochers, je dois guider mes pas
Auprès de mes amis, en faire des soldats,
Et par ce noir forfait éveiller leur courage.
Nous serons arrivés sur un lointain rivage;
Alors vous pourrez seul suivre votre destin;

La vengeance est pour moi mon unique chemin. »
— Je ne répondis pas, n'ayant qu'une pensée;
De quitter au plus tôt cette ville insensée;
Nous allions en silence, et partout sur les flots
Malgré moi j'entendais les pénibles échos
De ce que j'avais vu; je voyais sur la vague
Apparaître un fantôme, et le murmure vague
Qui s'élevait du lac me dire un chant de mort.
Tout à coup dans la nuit je vis surgir le bord;
La barque s'approcha; l'étranger sur la rive
Descendit me laissant aller à la dérive.
« Vers le bord, me dit-il, pesez de tous vos bras
Dès que vous entendrez du fleuve le fracas;
La vengeance m'attend. » Il disparut dans l'ombre :
Je laissai mon esquif près de la rive sombre
Dériver doucement, pendant que mon esprit
Voltigeait sur le flot, s'égarait dans la nuit,
Et je voyais le jour déjà de rayons pâles
Promener sur le bord des lueurs inégales;
Tout à coup dans les airs j'entendis m'arriver
Un long mugissement, qui semblait s'élever
A l'horizon lointain, et d'un flot plus rapide
Je sentis mon esquif, qui s'avançait sans guide,
S'éloigner du rivage : aussitôt à ce bruit,
L'adieu de l'étranger me réveilla subit,
Et je vis le trépas. Ma main saisit la rame,
Et d'un effort puissant fit glisser sur la lame
Le bateau vers le bord; car le flot bondissant
S'enfonçait dans la nuit, et son mugissement
Venait à mon oreille en un bruit de tonnerre.
Enfin mon bras raidi put atteindre la terre,
Dont le sol frissonnait, et mon léger bateau

XXV

Disparut seul jeté par la vague au tombeau.
J'avançai lentement; tout à coup sous ma vue,
A la vague lueur qui venait de la nue,
Je vis un blanc torrent s'enfoncer dans la nuit;
C'était un fleuve entier qui tombait avec bruit
Dans le fond d'un abîme, en laissant dans l'espace
Un immense sillon, comme une large trace,
Au milieu des rochers, d'un large flot d'argent,
Un immense escalier, où le fleuve écumant
S'élançait sur le fleuve, entraînant la victime.
Un instant je voulus voir les eaux de la cime
S'élancer en grondant; je regardai la mort
Au-dessous de mes pieds et j'étais sur le bord :
Je sentis un frisson pénétrer tout mon être;
Mais voyant que le jour bientôt allait paraître,
Je suivis le rivage, et je pressai le pas;
Encore à mon oreille avait tinté le glas.

CHANT DIX-HUITIÈME

L'Imprimerie. La Réforme.

Sommaire. — Le poëte se livre au courant du Rhin et arrive à Strasbourg, où il assiste au travail de l'Imprimerie, à la lutte des protestants contre l'Église. C'est l'époque du réveil mental.

Fleuve, sur tes flots bleus berce-moi je m'endors;
Je laisse dans tes bras ma barque sans efforts
Aller à la dérive. Où vais-je? je l'ignore;
Ce martyr me poursuit, et je le vois encore
Embrassé par la flamme, et le flot me conduit,
De sa touchante voix, qui parle dans le bruit,
Me disant à l'oreille un cri de l'espérance.
Allons dans les remous, où le flot me balance,
Puis court comme la flèche emportant mon esquif
Allons sur les courants, où passe un cri plaintif,
Que jette sur les flots en rasant l'hirondelle,
Et je sens le zéphir soulevé par son aile
Venir me caresser! Mais le fleuve s'endort,
Et je vais au rivage! Est-ce déjà le port?
Car je vois s'agiter des rameaux sur ma tête,
Et j'entends les oiseaux, comme en un jour de fête,

Me dire leur concert. Fleuve sur tes flots bleus,
Berce-moi doucement, je veux fermer les yeux !
Ah ! que n'est-il si beau le fleuve de la vie,
Qu'on ne puisse au réveil entendre l'harmonie
Nous chanter le bonheur au milieu d'un soupir !
Le mortel trop heureux ne voudrait pas mourir.
Mais le flot me reprend ; allons loin du rivage,
Que je voie mon bateau s'enfuir sur son sillage !
Passez, fière cité, qui sur votre rocher
De vos superbes tours paraissez dominer
Le flot, qui doucement glisse dans la vallée ;
Le flot berce ma peine, et, l'âme consolée,
Je laisse mon esquif s'avancer en dansant,
Et l'onde me sourit, et m'emporte en chantant.
Passez, belles cités, qui dormez sur la rive,
Et qui baignez vos murs dans cette source vive,
Qui vous porte des monts un écho des glaciers,
Et le flot de cristal de ses lacs azurés !
Passez, je ne veux pas entendre votre plainte,
Et le flot me conduit vers une ville sainte !
A l'horizon lointain passez, sombres forêts,
Qui semblez à mes yeux étaler les regrets
D'entendre le bonheur chanter dans la vallée ;
J'entends un long écho de la brise éveillée
M'apporter des soupirs tout remplis de douleurs,
Qui tombent des sapins, où le vent par des pleurs
Aux humains dit toujours un immense murmure,
Echo de votre triste et puissante nature !
Passez, tristes châteaux, qui debout sur les monts
Au-dessus des forêts montrez vos sombres fronts,
Et comme des vautours regardez de votre aire ;
J'ai peur de réveiller de votre noir repaire
Les sanglots ! Flots légers, emportez mon esquif ;

Je ne veux pas mêler à votre chant plaintif,
Qui calme ma douleur, cet écho de tristesse,
Et ce cri déchirant sous la main qui l'oppresse
De l'univers courbé! Passez sombres créneaux,
Qui sur vos noirs rochers semblez être des flots
Les veilleurs attentifs! Mais pourquoi la bannière
Au sommet de vos tours, et pourquoi sur la terre
Ces peuples en chantant, qui semblent de leurs voix
Chanter la liberté? L'homme Dieu sur la croix
Est-il donc revenu pour la terre endormie
Faire taire partout la fureur ennemie,
Et les peuples heureux chantent-ils leur réveil?
Le soleil dans les airs de son rayon vermeil
Semble plus doucement sourire à la nature,
Qui répond à sa voix de sa voix la plus pure;
Tout paraît s'éveiller sur la terre et dans l'air;
Salut! astre riant, qui fais finir l'hiver,
Et de tes doux baisers, en passant sur la terre,
Réveilles le printemps! Sous ta douce lumière
Peux-tu donc réveiller aussi l'humanité,
Faire taire la nuit, et de la liberté
Au-dessus des mortels faire lever l'aurore?
Est-ce donc l'orient, qui déjà se colore
Aux premiers feux du jour? Est-ce un astre nouveau,
Qui descend sur la terre apportant un flambeau?
Mais j'entends dans les airs la voix de la chapelle,
Qui de ses sons d'argent invite les fidèles
A venir s'incliner aux pieds du Tout-Puissant;
Et le peuple pressé dans le temple en chantant
Vient demander à Dieu son appui tutélaire;
Et le sombre château, déployant sa bannière,
Semble de ses sujets protéger le bonheur.
J'entends partout des chants, partout la voix du cœur;

Mais du temple de Dieu la croix s'est affaissée,
Et la main de l'Eglise en tout est effacée!
Hier un homme mourait immolé par la foi;
Sa main voulait détruire et l'Eglise et le roi;
L'Empereur et l'Eglise ont frappé la victime,
Et j'ai vu le vengeur remonter sur la cime!
Est-ce ce souvenir qui redescends des monts,
Et plus sage paraît au milieu des vallons
Grandi par les douleurs? Sur ton trône de gloire,
Martyr, sur ton bûcher, voyais-tu la victoire,
Quand de son bras glacé dans un brûlant linceul
La mort t'enveloppait pour te mettre au cercueil?
Voyais-tu le réveil que la mort de ton être
Au milieu de tes fils allait faire apparaître?
Hier tu mourais vaincu sous l'effort des puissants,
Aujourd'hui c'est le peuple et le château des grands
Qui se donnent la main pour détruire l'Eglise,
Et, dans le sanctuaire où son sceptre se brise,
Le ministre du ciel au-dessus de la croix
Ne doit voir que son Dieu pour en dire les lois.
Je voudrais m'arrêter, mais le fleuve m'emporte :
Salut! sombres rochers ; êtes-vous donc la porte
Où je vais voir enfin tout un monde nouveau?
Est-ce fini des pleurs? Et, sortant du caveau
L'esprit va-t-il pouvoir s'élancer sur son aile?
Est-ce le grand réveil dont j'ai vu l'étincelle
Briller à mes regards sur la neige des monts?
Est-ce le jour qui vient pour relever les fronts,
Enseigner aux humains dans une loi divine,
Qui montre ce qu'était l'Eglise à l'origine,
Ce que doit être un homme et ce que sont les rois,
Comment le trône tombe entraîné par la croix?
Salut sombres rochers; c'est le cri d'espérance,

Et je vais sur les flots où l'esquif se balance.
Pénible humanité ! quels furent tes malheurs !
Soleil ! de tes rayons vient calmer mes douleurs
Au matin de ce jour où finit la souffrance,
Où je vois près de moi paraître la clémence,
Apportant dans ses mains sur ce monde sanglant
Dans la nuit qui l'oppresse un fanal éclatant !
Passez sombres douleurs, et dans un sanctuaire
Vive le souvenir des hommes de lumière,
Qui firent de l'arène, en mourant sans soupirs,
Naître un peuple vengeur d'un peuple de martyrs.
Fuyez, triste passé ! devant moi l'espérance
Dirige l'avenir ! un cri de délivrance
Résonne sur la terre, et j'écoute la voix
Du peuple qui se lève et retrouve ses droits !
Hier le trône tremblait sous la sainte menace,
Et demandait au peuple appui contre l'audace
Du prince de la foi ; le prélat aujourd'hui
Cède à l'effort des rois, et demain plus à lui
Le peuple du palais troublera le silence,
Pour demander au roi d'où lui vient sa puissance ;
Au-dessous du velours il connaîtra demain
Le mortel abrité derrière un droit divin. »
J'étais sur les flots bleus, j'allais à la dérive,
Et je voyais passer les arbres de la rive,
Qui venaient en courant se montrer sous mes yeux,
Paraissaient prononcer des mots silencieux,
Puis soudain s'enfuyaient en suivant le rivage ;
J'écoutais le zéphir chanter dans le feuillage,
Et, porté par les flots qui couraient avec bruit,
Je laissais dans les airs s'égarer mon esprit.
Tout à coup j'aperçus au loin dans la vallée,
Une croix s'élever, qui semblait isolée,

Se soutenir dans l'air ; et les feux du soleil
Qui venaient la dorer de leur éclat vermeil,
Semblaient autour des bras répandre une lumière,
Dont les rayons brillants descendaient sur la terre.
J'entendais dans mon sein me parler une voix :
« Mortel, quitte les flots ; regarde cette croix,
Qui du milieu de l'air, assise sur le faîte,
Près du trône divin, fait tomber sur la tête
Des hommes de ces bords les immortels échos ;
C'est le phare brillant qui domine les flots,
Et regarde à ses pieds se rouler les orages ;
Elle voit les mortels, calme dans les nuages,
Se ruer aux combats pour défendre la foi,
L'Eglise et son autel. La souveraine loi
Sur tous les horizons est plus haut que l'Eglise,
Et ne succombe pas quand le prêtre agonise ;
Au-dessus des humains le bras du Tout-Puissant,
Ou plus près ou plus loin, dirige le néant
De notre humanité ; c'est l'homme qui s'incline,
Et c'est la croix du Christ, qui près de Dieu domine,
Eternel souvenir de l'amour de celui
Qui nous donna son cœur, à qui l'homme aujourd'hui
Des tourments et des pleurs doit encor de renaître.
Depuis quinze cents ans l'amour du divin maître
Appelle le soleil pour repousser la nuit,
Et demande à l'Eglise un réveil de l'esprit ;
Mais l'église répond par la voix des ténèbres,
Entassant des bûchers sur des bûchers funèbres !
Abandonne les flots, et descend sur le bord ;
C'est l'Eglise et le ciel, qui d'un combat à mort
S'acharnent sur la terre ; au milieu du carnage
Regarde cette croix qui domine l'orage ;
C'est l'Eglise qui meurt, mais c'est la sainte loi

Qui remonte plus pure et domine la foi. »
Docile à ces conseils j'allai sur le rivage,
En dirigeant ma barque au fond d'un marécage,
Dont les flots endormis au milieu des roseaux
Abritaient dans le port déjà plusieurs bateaux.
Sous des saules tremblants, dont le pâle feuillage
Au souffle du zéphir caressait mon visage,
Sur un étroit chemin, j'allai vers la cité,
Dont je voyais les murs abriter la beauté
Du vaste piédestal, qui montait dans l'espace,
En soutenant la croix, et semblait de sa masse
S'efforcer vers le ciel, pour élever plus haut
Le signe de douleur, et plus près du Très-Haut
Déposer des humains une immortelle offrande.
Temple majestueux, d'une hauteur plus grande
Tu dis le souvenir de nos puissants aïeux,
Qui s'élevaient au ciel pour prononcer leurs vœux!
Je dépassai le seuil, et j'entrai dans la ville,
En suivant sur la berge un fleuve au flot tranquille,
Qui venait de la plaine, et traversait les murs.
J'allai sur l'autre rive, et des couloirs obscurs,
Dont les maisons semblaient au-dessus de la rue
Incliner doucement, pour me cacher la nue,
Leurs ventres rebondis, me guidèrent enfin
Au pied du monument, qui d'un écho serein
M'avait fait tressaillir. J'élevai dans l'espace
Mon regard, et je fus étonné de la masse
Qui montait dans les airs, emportant vers les cieux
La pierre qui semblait se tordre sous mes yeux,
Formant autour des murs une immense auréole
De grands cercles flottants autour de la coupole,
Et s'élançant au ciel en emportant la croix.
« Apôtres! que je puisse entendre votre voix.

Quittez ce long sommeil, et dites-moi des âges
L'éternel souvenir! Parlez-moi des rivages
Où vous voyiez le Christ, et du divin transport
Des peuples embrasés, soulevant sans effort
Les rochers, pour monter au-dessus des nuages
Cet autel de la foi! Monstres aux noirs visages,
Qui sortez du rocher, et d'un rire hideux
Semblez voir les mortels s'agiter sous vos yeux,
Venez à mon appel! Dites-moi la prière
Que disaient nos aïeux, lorsque ce sanctuaire
S'élevait du néant! Vous avez vu passer
Les âges devant vous, et le Christ s'effacer;
Vous voyez les combats autour du saint empire;
Que me dites-vous donc dans cet affreux sourire,
Qui paraît des humains regarder les effrois,
Riant de leur orgueil, même au pied de la croix?
Festons, qui paraissez d'une tresse légère
Soutenir en courant les anneaux de la pierre,
Où les anges joufflus se tiennent par la main,
Savez-vous, dites-moi, le murmure divin
Qui dort dans les arceaux, cette prière antique,
Qui semble envelopper la sainte basilique?
Colonnes de la foi, qui montez dans les airs,
Portez-vous au Seigneur la voix du l'univers?
Elevez-vous vos bras autour du sanctuaire,
Pour reculer plus loin des dangers de la terre
Le trône du sauveur? J'écoute le soupir,
Que réveille en passant le souffle du zéphir,
Et j'entends dans les airs une sainte harmonie,
Qui parait s'éveiller de la pierre endormie.
Au-dessus des vallons, image de la croix,
Promène ton regard, et de ta grande voix
A l'univers tremblant montre ce sanctuaire;

Puis, revenant du ciel, allume la lumière
Qui fait frémir le monde et dissipe la nuit !
Au nom du Christ mourant fais renaître l'esprit !
Que l'univers entier puisse voir dans l'espace
Un phare qui le guide, et si le ciel s'efface
Au regard du mortel, si l'Eglise au cercueil
Voit la pierre tomber enfermant son orgueil,
Si l'homme ne voit plus le dieu du sanctuaire,
Que la croix dans les airs, comme un doigt tutélaire,
Montre au moins aux humains cet emblême du cœur
D'un homme qui mourut, vaincu par la fureur
D'un peuple de vautours qu'il voulait faire naître ;
Mais le prêtre d'alors refusa de connaître
L'immense dévouement de cet homme divin,
Qui voyait l'avenir de tout le genre humain !
Sa mort au cœur de tous a mis une étincelle,
Qui brille maintenant d'une flamme immortelle,
Qui demain de ses feux ira dans l'univers
Embraser chaque peuple encore dans les fers. »
Tout à coup une voix fit tressaillir mon être ;
Je détournai les yeux, et je vis apparaître
Un homme à mes côtés. C'était un grand vieillard
Qui prononça ces mots, dès qu'il vit mon regard :
« Tu parles d'avenir, mortel, et de l'aurore
Qui va bientôt paraître, et de celui qu'adore
L'univers à genoux ! Tu parles de la croix,
Du réveil attendu, lorsque la grande voix
Du Christ aura parlé descendant du calvaire,
Apportant pour le monde une loi tutélaire !
Oui ! le Christ en mourant nous a laissé son cœur,
Que l'Eglise a caché derrière la fureur
Des peuple ignorants, qui connaissaient à peine
Où devaient s'arrêter la vengeance et la haine !

Pour monter sur le trône elle a parlé du ciel,
Du Christ et de l'amour; elle a mis sur l'autel
Sa raison pour soutien du dieu du sanctuaire;
Mais, en mettant son pied sur le front de la terre,
Par elle sous l'esprit l'abîme s'est ouvert,
Et la foi restait seule en un monde désert.
Quelques hommes pieux au fond du monastère
Ont caché ces débris de l'antique lumière,
Hors des yeux de l'Eglise, et le soleil nouveau
N'est qu'un nouvel éclair de l'antique flambeau.
Jadis dans la cité d'un homme la parole
Attirait les regards; aujourd'hui la coupole
De l'univers entier, sous les mêmes destins,
Dans un même désir, unit tous les humains.
Il faut que le mortel monte sur la montagne,
Et d'une forte voix dise sur la campagne,
Au-dessus du malheur, ses immenses soupirs,
D'où sortent des éclairs. Un peuple de martyrs
Est tombé dans le sang au milieu de l'arène,
Délaissé par le peuple, et vaincu par la haine
Des puissants soulevés; cependant ce n'était
Que le bonheur de tous que chacun demandait,
Et le peuple lui-même a mesuré l'abîme,
Et s'est rougi les mains du sang de la victime :
Comme le Christ mourant, le martyr au trépas
Peut dire : « Pardonnez, le peuple ne sait pas. »
Tu parles d'avenir, mortel, le peuple ignore,
Et l'histoire des temps doit lui montrer l'aurore.
Viens, je vais te montrer les ailes de l'esprit,
Pour parcourir le monde et dominer la nuit.
Hier le phare brillait d'une pâle lumière,
Dont le rayon à peine éclairait la barrière
Que l'ombre lui marquait; demain tout l'univers

Connaîtra l'inconnu des âges et des airs,
Et les peuples unis dans la même pensée
Frémiront, quand un homme aura dans sa visée
Montré pour l'avenir un nouvel horizon :
Il ne sera qu'un cœur et qu'un même frisson. »
Le vieillard à ces mots s'éloigna de la place,
Et dirigea ses pas vers une sombre impasse,
Où le peuple nombreux à la porte attendait.
J'entrai dans le réduit; un homme travaillait,
Et je vis tout à coup un feuillet apparaître,
Qu'un homme recevait, dès qu'il venait de naître,
Et qu'il donnait au peuple ; et je pus voir alors
Le peuple se ruer comme vers des trésors,
Et s'enfuir en courant; l'homme donnait sans cesse,
Et, comme des mendiants, dont la foule se presse
A la porte du deuil, tout un peuple nouveau
Venait à chaque instant demander un lambeau
De ce pain de l'esprit : « Mortel, vois-tu la terre,
Dit alors le vieillard, au seuil du sanctuaire
Démander son réveil ? » Alors, devant mes yeux,
De même que la neige en descendant des cieux
Promène dans la nuit une pâle lumière,
Qui recouvre le sol d'une lueur légère,
De même, dans la nuit où vivait l'univers
Je vis tomber la neige, et les peuples aux fers,
A la pâle lueur de la blanche rosée,
Qui venait de l'esprit, dans leur âme embrasée
Ecouter retentir de sublimes accords,
Et voir un pâle éclair dans la cité des morts.
De même qu'au matin, quand se lève l'aurore,
Quand le sommet des monts sous le soleil se dore,
Au-dessus des vallons plane un épais brouillard,
Et la terre en la nuit ne voit pas le regard

De l'astre à son lever; le soleil dans la brume
Lance ses flèches d'or, et la roche s'allume
Au feu de ses baisers, et la terre paraît
Aux rayons que son âme endormie attendait;
De même sous mes yeux je vis naître une aurore,
Et monter un soleil, qui ne pouvait encore
Dissiper le brouillard au-dessus de l'esprit,
Allumer un flambeau, faire finir la nuit;
Mais de ses flèches d'or je vis une lumière
Traverser devant moi les brumes de la terre,
Et le peuple aussitôt appelé du sommeil
Accourir en chantant pour hâter son réveil.
—« Mais, vieillard, quel est donc ce pain que ta main donne,
Et quel est cet éclair qui dans l'ombre rayonne,
Et vers lequel un peuple accourt à pas pressés? »
— « Tiens, me dit le vieillard, tes vœux soient exaucés,
Et lis ce que l'Eglise appelle le blasphème. »
Je regardai, je vis : Anathème! anathème!
Au prince de l'Eglise! « Ai-je bien entendu?
Mes yeux ont-ils bien vu? Mon esprit confondu
N'ose plus regarder! Anathème d'un homme
Au prince de l'Eglise, et la foudre de Rome
Ne l'a pas écrasé? Jadis lorsque les rois
Entendaient sur leur tête au nom des saintes lois
L'anathème divin, ils tremblaient sur leur trône;
Ils sentaient sur leur front s'ébranler leur couronne,
Et j'ai vu l'Empereur aller à pas tremblants
Demander à genoux, comme les suppliants,
Pardon de ses erreurs au maître de la terre;
Le pape alors semblait diriger le tonnerre,
Et d'un homme aujourd'hui c'est l'insolente voix,
Qui du trône divin brave les saintes lois,
Ose près du pontife encor dresser la tête,

Et même sur son front appeler la tempête!
Est-il donc si profond l'abîme où Rome gît?
Et le pape est-il donc comme un pouvoir maudit,
Riche du souvenir de son antique gloire,
Mais délaissé des siens qui ne veulent plus croire? »
Le vieillard répandit : « Ami, dans ce combat
Un homme n'est pas seul à lutter pour l'Etat;
Au milieu des fureurs, si grand que soit un homme,
Il succombe toujours sous l'empire de Rome,
Si pour le préserver il n'a pas de soutien;
Car l'Eglise sur lui de tout le poids divin
L'écrase, et pantelant le plonge dans l'abîme;
Et c'est toujours le roi qui frappe la victime.
Aujourd'hui le pouvoir des puissants le soutient,
Et le peuple le suit; mais l'Empereur s'abstient
Dans ce rude combat, où doit tomber l'Eglise :
C'est un homme qui frappe et c'est le grand qui brise;
C'est l'Eglise qui pleure, appelle sans espoir
Les rois pour la sauver, leur parle de devoir;
Mais les rois restent sourds, n'écoutant que la plainte
Du peuple qui gémit, et laissent sans contrainte
L'esprit se réveiller, montrant à l'univers
Que l'Eglise toujours, pour assurer les fers
Qui pesaient sur les rois, recevait en aumône
Ce pouvoir que sa main, pour ébranler le trône,
Paraissait emprunter au pouvoir Tout-Puissant.
Tout un peuple opprimé se venge maintenant;
Au milieu des malheurs le peuple sur sa tête
Avait vu s'élever, et monter sur le faîte
Le prince de l'Eglise, et du sombre palais
Un homme prononçait au nom du Dieu de paix,
Tandis que sur son front il portait la couronne
Des puissants de la terre et menaçait le trône.

C'est le peuple aujourd'hui qui s'unit à ses rois,
Et cet homme qui parle en est la grande voix.
L'Eglise est dans l'abîme, et les rois dans l'arène
Ont trouvé les châteaux et le vaste domaine
Du prélat Tout-Puissant ; et le peuple vainqueur
Au seuil de sa mai-on trouve la paix du cœur.
C'est l'Eglise qui meurt quittant le sanctuaire,
Où l'homme, devant Dieu courbé sous la prière,
Se sent plus près du ciel ; il écoute ici-bas
Une voix du devoir qu'il ne connaissait pas,
Et revient au logis, où, près du feu qui brille,
A la place du prêtre il trouve la famille,
Qui vient le recevoir avec des cris joyeux.
Chaque père plus grand reçoit la loi des cieux. »
« Mais, dis-je à ce vieillard, si j'écoute l'histoire,
Un peuple à l'orient, pour avoir vu la gloire
Du Dieu de l'univers diriger les destins,
Pour s'être agenouillé sous les arrêts divins,
A vu la triste mort sur son âme endormie
Jeter un froid linceul, et tu parles de vie
Quand un peuple s'incline aux pieds du Tout-Puissant :
Tu dis que près de Dieu le mortel est plus grand ! »
— « Ami, dit le vieillard, c'est Dieu qui de son trône
Règne sur l'orient ; en son nom l'homme ordonne,
Et le peuple à genoux se courbe sous la foi ;
C'est la mort de l'esprit du peuple et de la loi ;
Dans l'immense désert, c'est l'homme qui s'incline
Aux pieds de l'infini ; c'est le Dieu qui domine,
Et l'homme est à genoux sous son fatal arrêt ;
C'est l'homme qui s'efface et le Dieu qui paraît.
En ces lieux la raison ouvre le sanctuaire,
Et c'est Dieu qui descend lui-même sur la terre ;
Et l'homme, s'inclinant devant le Créateur,

En regardant le ciel, le met plus près du cœur.
Un livre sous ses yeux lui parle du calvaire,
Et fait de l'univers un vaste sanctuaire;
Il trouve l'éternel présent à chaque pas,
Et c'est Dieu qui le suit pour soutenir son bras;
C'est Dieu qui l'accompagne au sein de la famille;
C'est le Dieu qui s'efface et c'est l'homme qui brille.
Mortel, chaque malheur appelle son soutien;
L'Eglise sur ces bords avec la même main
Voulait au nom du ciel commander sur la terre,
Et diriger encor l'homme dans sa prière;
Avec l'aide des grands l'homme s'est soulevé,
Et presque sans combat l'Eglise a succombé;
Mais nous avons laissé le maître de la nue
Au-dessus des combats, et toujours à la vue
C'est la croix, qui du Christ vient nous dire l'amour;
Et l'homme devant lui s'incline chaque jour;
Mais par-delà les monts déjà l'esprit s'élève
Au-dessus de la croix; audacieux, soulève
Le voile du passé, veut connaître le ciel,
Et par-dessus l'Eglise atteindre l'Eternel. »
— A ces mots je sentis un frisson dans mon être!
« Eh quoi! l'esprit qui vient à peine de renaître
Des langes du cercueil, ose d'un vol puissant
S'élancer dans le ciel, mesurer le néant! »
« Vieillard, dis-je aussitôt, ce n'est donc pas un rêve,
Et du sombre avenir le voile se soulève!
Oui! l'univers uni dans le même frisson
Doit n'avoir qu'un seul cœur sur le vaste horizon,
Et je sens mon esprit monter sur la montagne,
Pour regarder au loin passer dans la campagne
Le combat des humains! J'irai, je parlerai!

XXVI

L'univers m'entendra ; partout j'arracherai
Le voile de la nuit, et, tenant sur la terre
Un immense flambleau, d'une immense lumière,
A la voix du devoir j'ouvrirai l'horizon ;
Et l'univers entier verra dans un rayon
Planer la loi de tout, la loi de l'harmonie :
Le monde par tes soins vient de trouver la vie
Et l'esprit, dans le ciel sans effort s'élevant,
Portera la pensée à l'ouest comme au levant.
Vieillard ; je te bénis, et mon destin m'appelle ;
Je cours sur la montagne allumer l'étincelle,
Et c'est la main du Christ qui dirige ma foi :
Je pars ; c'est son amour qui te parle avec moi,
Et le monde m'attend. » Alors d'un pas rapide
Je quittai la cité ; je m'en allai sans guide ;
Je traversai la plaine en courant vers les monts,
Qui de leurs bois touffus fermaient les horizons.....
L'astre du jour était descendu de la voûte,
Et mes yeux devant moi ne voyaient plus la route ;
Tout à coup j'aperçus un grande lueur
Paraître dans les airs ; je sentis mon ardeur
S'éveiller dans mon corps ; je voyais une étoile
Me guider dans la nuit, et sous le sombre voile
Après les grands malheurs le repos survenir ;
Etait-ce le moment de songer à dormir ?
Je sentis dans mon corps une vigueur nouvelle ;
« C'est l'esprit des aïeux qui près de lui m'appelle,
Et veut de l'univers me montrer le réveil ;
Je le vois ; dans ses mains il promène un soleil.

CHANT DIX-NEUVIÈME

Le Peuple.

Sommaire. — Le poëte est transporté à Paris, où, du haut de la tour Saint-Jacques, il voit se développer les évènements politiques de la France jusqu'à l'événement de la démocratie, dont l'Exposition universelle est le symbole humanitaire.

Esclave de l'esprit pourquoi donc sur la route
Mon corps t'arrêtes-tu? Cependant de la voûte
Une grande lueur éclaire les chemins.
Avance! quel est donc le danger que tu crains?
— « Mais je suis fatigué, dit le corps, et sans cesse
Pour marcher et marcher c'est ta main qui me presse,
Et mes pieds sont sanglants. » — « Marche vers l'avenir;
Quelle douleur jadis a souffert le martyr! »
— « Mais j'entends sur la terre un effrayant murmure;
C'est le vent qui gémit des pleurs dans la nature;
A chaque pas je sens s'éveiller la douleur,
Et la forêt frémit, mon esprit, et j'ai peur. »
— « Le zéphir te paraît une plainte lointaine,
Et la feuille qui tremble est le bruit de l'arène,
Où tu crains de souffrir. Mon corps ouvre tes yeux;

Regarde autour de toi l'univers anxieux;
Dois-je donc m'arrêter vaincu par ta faiblesse?
Peux-tu donc obéir à la vaine tendresse,
Qui paraît chez le lâche au moment de mourir?
Mais tu n'entends donc pas cet immense soupir,
Qui monte de la terre et te pousse sans cesse?
Allons! laisse ta peur et marche sans faiblesse;
L'univers est-il donc si heureux maintenant,
Que son bonheur ne puisse encore être plus grand?
Regarde l'avenir, et tu pourras y lire
Les souveraines lois auxquelles l'homme aspire. »
— « Mais je vois, dit le corps, un gouffre sous mes pieds,
Et je vois les mortels marcher à pas pressés
Vers cet abîme ouvert, près duquel l'espérance
Est en pleurs sur le bord, et regarde en silence
L'esprit humain tomber. Pour sortir de la nuit
Je me heurte à la mort, et mon être gémit. »
— « Ah! tu vois le néant s'ouvrir devant ton être;
Le néant te fait peur, et tu voudrais renaître;
Mais lâche tu ne peux suivre jusqu'au néant
L'homme, qui, pour revivre, est forcé maintenant
De descendre du ciel; dans l'ombre tu préfères
T'appuyer sans soucis sur les divins mystères
Qui cachent le tombeau. Tu n'oses regarder;
Ton regard ne voit rien, et tu crois espérer.
Allons, ouvre les yeux, et, pour lire les âges,
Bannis d'un cœur ému les trompeuses images;
Car l'homme, qui ne peut envisager la mort,
Ne peut pas s'appeler le maître de son sort. »
— Ainsi semblait en moi parler avec rudesse
Mon esprit à mon corps, qui s'arrêtait sans cesse,
Et cependant poussé vers les monts s'élevait.
Je voyais dans les bois un immense reflet,

Qui venait à mes pieds indiquer le passage
Au milieu des sapins, dont le mince feuillage
S'agitait sur ma tête au souffle du zéphir
Eveillant dans les airs un immense soupir.
À la fin fatigué je parvins sur le faite,
Et je vis un fanal, qui brûlait sur la crête,
Auprès duquel pensif un homme se tenait,
Regardant à ses pieds un rayon qui fuyait,
De ses flèches d'argent illuminant la terre.
Il semblait devant lui suivre le grand mystère
Du réveil des humains au monde du couchant.
Tandis qu'il regardait je m'approchai tremblant,
Et je pus distinguer les éclairs de ses ailes,
Qui jetaient sur le roc de larges étincelles.
Mon guide! c'était lui! L'esprit de mes aïeux,
Qui m'avait fait connaître et la terre et les cieux!
« Approche, me dit-il, sur le bord de l'abîme
Où je t'ai vu pleurer auprès de la victime
Qui demandait le droit. J'ai suivi tes transports,
Quand tes yeux ont pu voir de l'homme les efforts
Pour dominer l'Eglise, et j'ai vu dans ton être
Un frisson de terreur, quand tes yeux ont vu naître
Le combat de l'esprit et de l'être divin :
Tu n'oses regarder l'infini trop lointain.
Ecoute cet écho, qui dans l'ombre t'arrive
Et te parle du ciel, s'élevant de la rive
Où reposes en ses murs la cité des Français.
Connais-tu ce mortel, qui des divins secrets
Ose peser le bien? Mon fils, peux-tu le dire,
Car un peuple l'écoute, et j'entends un sourire,
Dont le timbre strident fait frissonner les rois,
Et par-delà l'autel monte aux divines lois.
— « Esprit de mes aïeux, oui, je vois dans la plaine

Le peuple tressaillir, et d'un homme la haine
Pour atteindre l'Eglise arrive jusqu'à Dieu.
Mais si le ciel s'efface, et n'entend plus l'aveu
Des fautes des humains, où sera la justice?
Est-ce bien le sentier qui sort du précipice? »
— « Oui! c'est le seul chemin pour conquérir la paix,
Car derrière le Dieu se cache le palais.
Tes yeux en Allemagne ont vu tomber l'Eglise,
Mais l'âme reste au ciel près du divin assise,
Et le peuple est sur terre au-dessous de ses rois,
Qui maintenant sont seuls à lui donner des lois.
Plus tard dans l'avenir, fatigué de la guerre,
Sans doute il secouera sa pesante lisière ;
Mais, parce que son âme est libre de penser,
Le poids de ses soucis lui paraît plus léger.
L'Eglise en Angleterre a brisé son entrave,
Et du prince divin ne veut plus être esclave ;
Mais le peuple et le noble ont entre eux un contrat,
Qui réserve à chacun sa place dans l'Etat.
Certainement plus tard, si le malheur arrive,
Le contrat cessera brisé de force vive;
Car si le peuple un jour apprend trop à souffrir,
Aussitôt de revivre il aura le désir.
Mais ce peuple ne peut, trop loin de toute atteinte,
Que du riche oublieux éprouver quelque crainte.
Dans la France le prêtre est resté sur l'autel,
Et les rois au palais commandent sans appel ;
Mais le peuple frémit et sent sa double chaîne ;
Or pour blesser des rois la majesté sereine,
Il faut de Dieu blesser la haute majesté,
Parce que sous le Dieu le prince est abrité.
Pour atteindre les rois tu vois au sanctuaire
Sous les coups de l'esprit pénétrer la lumière;

Demain je te dirai la fin de ce duel,
Que tu redoutes tant entre l'homme et le ciel ;
Alors tu me suivras jusqu'au fond de l'abîme,
Et je te conduirai sur une haute cîme,
D'où tu verras passer toute l'humanité,
D'où tu pourras juger la loi d'éternité.
Aujourd'hui seulement je veux faire connaître
Comment le serf d'hier a reconquis son être,
Comment il est le peuple, et ce que peuple il peut,
Car le peuple en l'Etat est le roi quand il veut.
Mais avant laisse-moi remonter dans l'histoire :
La noblesse, jadis fort avide de gloire,
Afin d'avoir de l'or vendit à la cité
Le droit de se donner un peu de liberté ;
Le peuple alors naquit ; mais encor sur la terre
Personne ne troublait l'écho du sanctuaire.
Bacon alors parut apportant aux humains
Un fanal, qui devait éclairer les chemins,
Permit à la raison d'écarter son suaire,
Pour jeter sur le monde une immense lumière,
Qui soudain dévoila les mondes infinis,
D'où les anges gardiens furent d'abord bannis.
Descartes a plus tard mesuré la distance
Entre l'homme et le ciel, et sa pensée immense
A séparé d'un mot l'homme de l'idéal,
Et fait Dieu plus divin, l'homme plus social.
Les sages depuis lors ont dans les temps antiques
Cherché le souvenir des grandes Républiques,
Et ces grands souvenirs ont fait dans la cité
L'amour de la patrie et de la liberté.
Tout est prêt maintenant pour son œuvre future,
Et le peuple déjà contre les grands murmure :
Délivré du despote il flétrit en chantant

Les hontes de la cour ou le noble se vend.

Viens, mon fils, loin d'ici l'avenir nous appelle,

Et je vois dans la nuit briller une étincelle,

En la cité des rois où résonne un grand bruit :

C'est un peuple en fureur, et la France le suit ;

Enfin du jour béni l'aurore va paraître ;

La vieille France meurt, et la France va naître. »

— A ces mots dans ses bras mon ange me saisit,

Et par-dessus les bois m'emporta dans la nuit.

En passant dans les airs j'entendais sur la terre

De longs gémissements et des cris de colère ;

Mais l'esprit m'emportait, et bientôt s'arrêta

Sur une haute tour, où sa main me posa.

Je voulus du regard interroger l'espace ;

Je ne vis que la nuit et l'imposante masse

De l'immense rocher, qui semblait dans les airs

Un ilot près des flots d'où sortaient des éclairs.

Alors l'esprit me dit : « Mon fils, regarde l'ombre ;

Qu'entends-tu ? Que vois-tu passer dans la nuit sombre ? »

« Je vois des flots d'argent qui roulent à mes pieds,

Et j'entends un grand bruit de peuples entassés,

Qui, comme des flots noirs poussés par la tempête,

S'avancent écumant sans que rien les arrête ;

J'entends des cris, des pleurs, de longs gémissements ;

C'est un peuple affamé qui pleure ses tourments.

Je vois un roc fumant qu'enveloppe la foule,

Un château qui s'affaisse envahi par la houle,

Et tout ce peuple uni par un commun désir

Se hâte d'effacer un pesant souvenir.

— Mon fils, par le malheur un peuple se réveille ;

Il est las de souffrir ; mais le prince sommeille.

Que de pleurs, sombres rocs, dans vos cachots muets

Ont étouffé vos murs, que de jeunes regrets !

Les peuples délivrés ne pourront qu'avec peine
Plus tard peser des rois ce que pèse la chaîne.
Que vois-tu? » — « Dans des murs un peuple est réuni,
Les bras sont étendus et j'entends un grand cri. »
— « Mon fils, en ce saint jour c'est la France jure
De veiller elle-même a sa grandeur future.
Que vois-tu! » — « J'aperçois des peuples embrassés ;
J'entends un cri d'amour ; les droits sont effacés ;
C'est le noble qui met au front de la patrie
Sa couronne et ses droits ; il lui donne sa vie,
Lui demandant l'honneur de rester son enfant :
C'est le prêtre de Dieu qui demande en pleurant
Que l'on veuille accepter comme une faible offrande
Sa pauvre pauvreté ; sa bouche ne demande
Que le droit de prier, d'enseigner le bonheur
En montrant les vertus, en élevant le cœur.
C'est un long cri d'amour, un cri de délivrance,
C'est la fête du droit, la fête de la France. »
— « C'est le passé qui meurt, c'est l'avenir qui naît,
C'est l'orgueil qui s'éteint, c'est l'esprit qui parait ;
C'est le grand qui descend du palais sur la terre,
C'est le prêtre qui veut n'être qu'au sanctuaire,
C'est tout le peuple enfin qui, grandi par ses droits,
Monte dans le palais jusqu'au trône des rois.
Mais en donnant le noble a découvert le trône,
Et le roi voudra-t-il dépouiller sa couronne?
Mais dans le cœur du peuple il est des souvenirs,
Que l'on ne calme pas avec quelques soupirs :
Il sait qu'il est puissant, que pour rester le maître
Il ne faut que l'audace ;il a pu se connaître,
Et, comptant ses douleurs il demande à punir ;
Il veut avec du sang calmer son souvenir ;
C'est le fauve irrité qui ne voit que vengeance,

Et qui croit avoir trop payé sa délivrance :
Voudra-il s'arrêter au milieu des combats?
Il demande à parler, on ne l'écoute pas :
Le prêtre près de Dieu lui montre la prière;
Voudra-t-il de nouveau rentrer au sanctuaire,
Lui qui ne sent plus Dieu s'agiter dans son cœur,
Dans ce temple si froid, vide du Créateur?
Des hommes chaque jour lui montraient la tempête
Et le vide du ciel au-dessus de sa tête,
Afin d'armer son bras, et le noble avili
Ne montrait de l'honneur qu'un emblême sali.
Le peuple voudra-t-il revenir en arrière,
Faire taire son cœur et rentrer dans l'ornière?
Regarde, mon enfant, le vois-tu se calmer?
Un peuple malheureux pourrait-il pardonner,
Quand son cœur ne sait pas assez peser le crime,
Et qu'il peut se venger ayant été victime?
Il n'a jamais connu près du trône des rois
Que l'insulte du noble et le mépris des lois.
Que vois-tu? » — « Près d'un roi que la cour abandonne,
Tout le peuple en fureur lacère une couronne;
Le roi sort du palais et le peuple le suit;
C'est un char qui le porte. Ah! j'entends un grand bruit;
Je vois couler du sang et j'entends le carnage;
Des hurlements de mort, des pleurs, des cris de rage;
Je vois des malheureux qui s'en vont en tremblant,
Et le peuple revient sur le pavé sanglant,
Hurlant avec fureur, comme un homme en délire;
Il sourit à la mort qui paraît lui sourire,
Et de ses doigts sanglants il ouvre le tombeau,
Plongeant la liberté morte dans le caveau. »
— « Mon enfant, c'est le fils d'une puissante race,
Qui meurt pour ses aïeux, et par son sang efface

Les nombreux errements d'une suite de rois ;
Il voyait dans le ciel planer ses divins droits,
Et le peuple, troupeau sous la main qui le guide,
S'effaçait à ses yeux ; il a senti le vide
Au-dessus de son front, quand le peuple au milieu
A voulu s'imposer entre le trône et Dieu ;
Ses yeux alors n'ont plus reconnu la patrie ;
Il ne pouvait savoir ; mais pour l'avoir trahie
Le peuple l'a jeté victime sur l'autel.
Mais le sang veut du sang, l'homme devient cruel
Quand la peur le poursuit ; le crime fait le crime,
Et le vainqueur du jour demain est la victime.
Ah ! détourne tes yeux de l'échafaud sanglant,
Elève tes regards vers l'horizon plus grand ;
C'est le trône qui meurt, c'est un peuple en enfance ;
Un palais qui s'effondre, une foule en démence,
Et partout du génie un effort sans pareil ;
Si le roi disparaît, c'est la France au réveil.
Que vois-tu ? « — « Sur les monts une armée en silence
Debout devant la mort attend pour la défense
Du sol de ses aïeux. C'est la voix du canon,
C'est un sombre nuage au-dessus du vallon ;
Ce sont des cris, des pleurs, des éclats de tonnerre ;
Un souffle du zéphir emporte de la terre
Le nuage sanglant ; près du champ de la mort
C'est le soldat debout qui maîtrise le sort ;
C'est l'ennemi fuyant qui déserte l'arène,
C'est le peuple vainqueur qui regarde la plaine,
Et pousse dans les airs un long rugissement. »
— « Mon fils, c'est de l'Etat le baptême sanglant ;
C'est le peuple au combat apprenant le courage,
Il apprend la patrie au milieu de l'orage ;
La France lui sourit, et, libre de ses fers,

Il apprend en ce jour à vaincre l'univers.

Que vois-tu? » — « Sur les eaux c'est un bruit de tonnerre :
Je vois des mâts brisés, la foudre les éclaire,
Un grand vaisseau sanglant s'enfonce sous les flots,
Un long cri de douleur fait frémir les échos ;
Tout se tait, et la mort un instant assoupie
Regarde ces débris : « Mourons pour la patrie ! »
Les mourants aussitôt se dressent pour crier,
Les vivants embrassés regardent se noyer
Le vaisseau triomphant ; un homme sur leur tête
Agite l'étendard ; de la mort c'est la fête ;
Un long frémissement, comme un long cri de deuil,
Se répand sur la mer, et le mouvant linceul
Aux héros du Vengeur a donné le martyre. »

— « Mon fils, c'est au réveil un immense délire
De ce peuple nouveau, qui veut vaincre le sort ;
Il apprend des marins à mépriser la mort.

Que vois-tu? » — « Près des flots c'est un sombre carnage :
Des Français égarés par la haine sauvage
Appellent au combat un peuple obéissant ;
Mais le soldat vainqueur lui dit en pardonnant
Qu'ils sont les mêmes fils d'une commune mère.
Les frères égarés voient alors la lumière,
Et, sur le même autel, unis en ce saint jour,
Tous jurent à la France un éternel amour :
Que vois-tu? — « J'aperçois ! sitôt ! je ne puis croire !
Un homme, qui reçoit le prix de la victoire
Du peuple enthousiasmé ; tout le peuple le suit ;
Les rois sont renversés, et l'univers frémit ;
C'est le combat sanglant de l'Europe inquiète
Et du peuple vainqueur, qui montre sa conquête
Aux peuples opprimés ; il passe triomphant,
Mais l'univers ne voit qu'un triomphe sanglant,

— « Mon enfant, chaque fois que la France s'éveille
L'Europe sent en elle une douleur pareille,
Et les rois sur le trône entendent sous leurs pieds
Par un frémissement les palais ébranlés ;
Alors ils ont voulu replonger dans l'abîme
Le peuple, qui venait d'attaquer par un crime
La majesté des rois, et, toujours écrasés,
Mais toujours ennemis, des peuples épuisés
Ils ont usé le sang, pour user le courage
De ce peuple orgueilleux, qui dominait leur rage.
Vaincu par les efforts des rois coalisés
Le peuple a succombé ; ses bras se sont brisés ;
Mais sa grandeur survit au temple de la gloire ;
Il a creusé la pierre, et marqué dans l'histoire
Son immense réveil. Pour établir ses droits
Il fallait tout briser ; mais pour avoir des lois
Il faut que, dirigé par le travail austère,
Le peuple plus instruit construise un sanctuaire,
Où, maître de lui-même, à côté des enfants,
Les lois ordonneront aux petits comme aux grands.
Que vois-tu ? » — « C'est la paix qui règne à la surface,
Mais du malheur partout est restée une trace,
Et j'entends sur la terre un immense soupir ;
Le peuple réveillé ne veut pas s'endormir,
Et le prêtre paraît sortant du sanctuaire ;
Il veut, grâce au malheur, établir sur la terre
Le trône tout puissant du pontife divin,
Reniant son pays, l'égorgeant de sa main. »
— « Mon fils, auprès du roi se trouve la richesse ;
Et le peuple gémit sous la main qui l'oppresse ;
Il n'a que son travail et ce n'est pas assez ;
Aux grands il faut de l'or, les sens sont émoussés ;
Ce n'est plus par le sang qu'on obtient la noblesse ;

C'est de l'or! C'est de l'or! Place pour la richesse!
Arrière le travail, les vertus et l'honneur!
L'orgueil c'est le plaisir; l'argent c'est le bonheur;
Mais le peuple gémit, écoutant dans son âme
Une voix des vallons qui l'excite et l'enflamme;
C'est la voix du travail; il apprend le devoir,
Il laboure en silence et conserve l'espoir.
Que vois-tu? » — « Sous mes yeux je vois le précipice
Et le riche y tomber enfoncé par le vice;
Pour obtenir de l'or le riche se sâlit,
Mais le peuple, plus grand, lassé de l'interdit,
Veut des lois pour garder son travail, sa chaumière;
Dans l'ombre du palais il veut de la lumière,
Et, puisque c'est surtout lui qui donne l'argent,
Au jour de la dépense il veut être présent;
A la voix du devoir la cité se soulève,
Mais les hommes des champs lui commandent la trève. »
Que vois-tu? » — « Le mensonge, et la honte et les pleurs. »
— « France! réveille-toi sous le pied des vainqueurs!
Tout ton peuple dormait; mais le bruit du tonnerre
A retenti soudain déchirant la frontière;
Les soldats ont surgi, mais n'ont repris au sort
Que l'honneur de leur mère en payant de leur mort.
Ah! puisqu'il faut des pleurs pour combler la mesure,
Et te donner des droits à la grandeur future,
Ton peuple a trop souffert pour ne pas être grand!
France, réveille-toi, l'avenir est brillant!
Ton peuple est assez mûr pour prendre la couronne,
Et par lui le travail montera sur le trône.
Que vois-tu? » — « J'aperçois un immense palais,
Le temple du travail, le temple du progrès,
Où vient tout l'univers bégayer en silence
Du peuple libéré le chant de délivrance. »

— « Mon fils, c'est le travail qui vit dans chaque cœur,
Et dans la République enfante le bonheur. »

— « Pénible humanité, j'ai donc suivi ta peine,
Et tu peux t'abriter sous une loi sereine !
Héroïques aïeux, que vous avez gémi,
Pour conquérir le droit dont le peuple est l'ami !
Peuple, la liberté maintenant te protége ;
Songe à tes grands aïeux, dont l'immense cortége
Au moment du danger doit seul te soutenir,
Et songe à tes enfants, qui, pour ne pas mourir,
Ont besoin que ta main jamais ne s'abandonne,
Car le peuple en tombant dépose sa couronne. »

— A ces mots, je sentis mon être tressaillir,
Et soudain s'éveiller le lointain souvenir
D'un sage d'autrefois : « Mon esprit, dans l'histoire
Un homme m'a parlé, si j'en crois ma mémoire,
Du règne de la loi ; c'était près des enfers (1) ;
Sa voix m'a raconté dans des récits amers
L'histoire des dangers qui menaçaient la tête
De ses concitoyens, et j'ai vu la tempête
Hélas ! à la cité donner le coup fatal. »

— « Mon fils, me dit l'esprit, chez un peuple légal
Il faut que le plus grand devant la loi s'incline ;
Et pour qu'un citoyen jamais ne la domine,
Le peuple est le gardien qui doit veiller autour ;
C'est lui qui fait les lois, c'est lui, qui chaque jour
Peut laisser son pouvoir se courber sous un homme :
Il faut donc qu'un mortel aussi grand qu'il se nomme
Ne puisse faire naître un oubli du devoir.

---

(1) Solon était la démocratie de la cité ; aujourd'hui commence la démocratie dans l'État.

Mais pour être son roi, son maître, il faut savoir,
Et Solon, en donnant ses lois à sa patrie,
Connaissait les dangers qui menaçaient leur vie ;
Il connaissait le peuple amoureux des combats,
Et surtout il voyait qu'il ne connaissait pas
Le danger, qui toujours accompagne la gloire,
Que fait naître l'ivresse après chaque victoire.
Peuples ! instruisez-vous si voulez savoir,
Etre bien votre maître et garder le pouvoir,
La paix dans la patrie et la loi sur le trône.
Le peuple prend un roi sitôt qu'il s'abandonne.
Mon fils, je t'ai montré le peuple avec des lois
S'élevant de la glèbe et renversant les rois ;
Un Etat est formé ; c'est la loi qui dirige,
Et chacun obéit, car le peuple l'oblige :
Les princes sont vaincus, et le peuple plus grand,
Parce qu'il peut penser, se heurte maintenant
Au pouvoir idéal qui dans le ciel domine,
Derrière qui l'Eglise abrite sa doctrine.
C'est l'immortel combat qui sans cesse renaît,
Et que contre le Dieu le Titan soutenait.
Le Dieu du ciel s'efface, et l'homme dans un gouffre,
Où tout paraît manquer sous ses pieds quand il souffre,
Semble prêt à tomber pour trouver le néant.
La terre sera-t-elle un chaos mugissant ?
L'humanité doit-elle arriver jusqu'au crime,
Et les Etats déchus s'entasser dans l'abîme ?
Non ! Si le ciel s'efface, un éclatant soleil
Doit donner à la terre un éclat sans pareil ;
A la voix du devoir chacun voudra renaître ;
Chaque mortel demain, seul tuteur de son être,
Ayant vu du passé les splendides leçons,
Verra devant ses yeux s'ouvrir les horizons,

Et chaque homme demain, seul juge de lui-même,
Saura tout son devoir sans un guide suprême.
Viens, mon fils, sur mes pas, je t'ouvrirai la nuit;
Nous suivrons jusqu'au fond la chûte de l'esprit,
Qui va jusqu'au néant, le touche, pour revivre;
Il est temps que du ciel la terre se délivre. »
— A ces mots, je sentis au milieu des éclairs
Mon ange me saisir, m'emporter sur les mers.

XXVII

CHANT VINGTIÈME

Le Devoir par le Droit.

Sommaire. — L'esprit des aïeux montre au poëte l'histoire philosophique de l'esprit humain, la chûte jusqu'au scepticisme et
le réveil par la science générale, c'est-à-dire par la philosophie
du réel.

J'étais dans la forêt; une pâle lumière
Brillait à mes côtés, et l'ange tutélaire
Paraissait écouter les soupirs de mon cœur ;
Je voyais dans ses yeux un rayon de douceur,
Et le pâle sourire était sur son visage ;
J'écoutais sous le vent frissonner le feuillage,
Et devant mes regards dans l'ombre je croyais
Voir glisser des humains, comme des flots muets,
Qui passaient, s'effaçaient, portés par la tempête,
Au milieu des clameurs qui roulaient sur leur tête :
Et ces flots soulevés se pressaient se poussant
Dans un abîme noir, peut-être le *Néant.*
J'étais sur le rocher, où j'avais vu paraître
Mon ange, lorsqu'il vint pour me faire connaître
Les malheurs de la terre, et je sentis mon cœur

Se réveiller au doute et frémir de terreur.
— « Mon guide, dans ces lieux tu m'as pris à la terre,
Et j'ai vu l'univers et sa grande misère ;
Oui ! mon âme gémit, et demande le jour ;
Je veux suivre tes pas, voir renaître l'amour ;
Mais quel est cet abîme, où comme un flot rapide
L'humanité s'enfonce, et, délaissant tout guide,
Au milieu des écueils s'égare dans la nuit ?
Je n'entends que les pleurs d'un peuple qui gémit,
Et je vois des mortels accrochés au rivage,
Qui veulent s'élever au-dessus du carnage ;
Mais leur ongle sanglant ne peut les soutenir,
Et le flot les emporte, et je le vois s'ouvrir
De son rouge linceul recouvrant la victime ;
Et j'entends jusqu'à moi monter du noir abîme
Comme un rire de mort. » — « A tes pieds ce torrent,
Me répondit l'esprit, roule le flot hurlant
Qu'agite d'un remous le char de la déesse ;
Haletant, pantelant, tout le monde se presse
Pour avoir du bonheur de la vie un lambeau ;
Mais sitôt que la mort lui montre le tombeau,
Chaque homme avec terreur voit devant lui le vide ;
Car au combat de l'or Dieu n'est plus une égide,
Car l'esprit fasciné par la lutte d'argent
En face de la mort est encore ignorant.
Suis mes pas, nous allons entrer dans les ténèbres ;
Entends-tu les éclats de ces rires funèbres ? »
— Au milieu de rochers, mon ange après ces mots
Dans l'ombre s'enfonça ; j'entendis des échos
Répandre dans les airs une sombre harmonie,
Et je suivis tremblant, comme si de la vie
Je quittais le sentier pour entrer au tombeau.
Mon guide s'avançait, de son pâle flambeau

Me montrant le chemin ; je suivais en silence ;
Cependant j'écoutais un cri de l'espérance
Soutenir ma faiblesse en ce triste séjour,
Et même dans la mort me parler du retour.
— « Nous allons au néant, dis-je, pour le connaître,
Mais bientôt de la mort doit remonter mon être. »
Tout à coup sur un roc j'aperçus un vieillard,
Qui semblait à ses pieds de son triste regard
Contempler les humains s'enfonçant dans l'abîme.
« Voltaire, dit mon guide, est-ce là ta victime ?
Tu voulais arracher de Rome le puissant ;
Regarde les humains tomber vers le Néant. »
— Le vieillard à ces mots détourna son visage,
Et ne répondit pas ; mais le triste rivage
Retentit tout à coup d'un éclat infernal.
— « Eh quoi ! dis-je à mon guide, est-ce l'esprit du mal ? »
— « C'est l'esprit qui du peuple a fait tomber l'entrave,
Parce que du divin, dont il était l'esclave,
Lui-même il a voulu faire taire l'écho.
Pour les grands et pour lui le peuple était troupeau,
Qui ne pouvait penser ; mais ce peuple imbécile
A vu son bras au ciel s'élever indocile,
Et le prince, caché derrière le divin,
Est descendu du trône au regard de l'humain.
Le peuple sommeillait, et d'un bruit de tonnerre
Il fallait l'éveiller, en frappant sur la pierre
Au-dessus du cercueil pour lui montrer ses fers ;
Il fallait des accents qui vinssent des enfers,
Et l'enfer a vomi pour crier dans l'abîme
Ce mortel que tu vois regardant de la cîme
La foule dépasser le but qu'il lui montrait.
Le roi n'est déjà plus et le Dieu disparaît,
Et le peuple, pour qui sa main voulait un maître,

Est seul à célébrer celui qui l'a fait naître.
Es-tu content, Voltaire? Oui! ton rire infernal
A fait naître le bien de l'abîme du mal,
Et, dans l'humanité, qui devant toi s'affaisse
Aux portes du néant, surgira la sagesse.
Mais que de pleurs encore en ce triste séjour,
Avant que du ciel vide apparaisse l'amour! »
— « Quel est donc ce mortel sur le bord et qui pleure?
Attend-il que la mort marque sa dernière heure ?
Car je vois dans les airs des ombres s'agiter,
Des démons dans l'enfer qui veulent l'emporter! »
— « Gœthe! c'est le trépas qui dans l'ombre t'appelle;
Que fais-tu sur ce bord quand l'univers, fidèle
Aux cris du désespoir, s'enfonce dans la mort? »
— « Ah! qu'enfin au trépas j'aille trouver le port,
Répondit le mortel; j'ai creusé la nature,
Et partout j'ai trouvé la faible créature
En face du néant. Maudite humanité!
Maudite la science! Et tout est vanité!
Rien n'est vrai dans le ciel; tout est mort sur la terre;
Hélas! la vérité c'est le froid de la pierre. »
— « Entends l'humanité qui frémit de terreur
Et réponds à ce cri par un cri de douleur;
Le ciel est déjà mort pour la terre qui souffre;
C'est la pierre qui s'ouvre à la porte du gouffre;
C'est l'homme qui gémit et ne sent plus son cœur;
Gœthe, tu peux mourir, poëte du malheur. »
— Mon guide à cet instant s'arrêta sur la pente;
Je sentais de l'abîme une haleine brûlante
S'élever jusqu'à moi; j'entendais dans les airs
De longs gémissements; je voyais des éclairs,
Et le rouge torrent passait toujours dans l'ombre
Entraînant des humains au fond du gouffre sombre.

— « Mon guide, n'est-ce pas? C'est la fin des tourments;
Je ne vois que des pleurs et des débris sanglants;
C'est assez de la mort; que le peuple s'éveille!
Mon œil jamais ne vit une douleur pareille!
Ah! lève-toi, soleil, finisse ce fracas! »
— L'ange me regarda, mais ne répondit pas;
Au milieu des rochers plus avant dans le gouffre
Il entra d'un pas sûr, comme un sage qui souffre,
Et qui voit le malheur devant lui se dresser,
Mais, plus fort que le mal, ne cesse d'avancer.
— « Allons, me dit sa voix, l'humanité s'affaisse;
Ne peux-tu donc la suivre au fond de sa détresse? »
— Je suivis en tremblant; tout à coup devant moi
Je vis un homme assis et je tremblai d'effroi;
Son regard était froid, son visage de glace,
Comme si d'espérer son âme eut été lasse.
Une femme endormie était à ses côtés;
Il tenait dans sa main ses longs cheveux tressés;
Tout à coup devant lui je vis la mort paraître;
Il se leva soudain pour saluer le maître
Du repos du cercueil; la femme s'éveilla,
Voulut le retenir, mais il la délaissa
Pour embrasser la mort : « Byron, lui dit mon guide,
Arrête avant d'aller plus avant dans le vide;
Pour tes esprits blasés n'est-il plus de bonheur?
Le vide de la mort ne te fait donc pas peur? »
— Nous avancions toujours; une noire fumée
S'éleva tout à coup; ma poitrine opprimée
Respirait en sifflant. « Vois donc sur ce rocher,
Dit l'esprit, ce mortel, qui paraît diriger
La triste humanité; son œil n'a plus de larmes,
Et son cœur ne sent plus les mortelles alarmes. »
— Je voulus m'approcher, et j'étendis la main

Pour réveiller cet homme assis sur le chemin.
« Réveille-toi, mortel, c'est le peuple qui souffre ;
Pourquoi t'arrêtes-tu sur le bord de ce gouffre ? »
Son corps était glacé ; je me sentais frémir ;
« Est-ce un reste mortel qui ne doit plus souffrir ?
Homme, réveille-toi, ne peux-tu donc m'entendre ? »
Je voulus le saisir, il n'était plus que cendre.
« Regarde, dit mon guide, où va l'humanité ;
Cet homme sur le bord pleurant s'est arrêté
Pour chanter ses malheurs, demander au calvaire
De donner un rayon d'espérance à la terre ;
Mais le calvaire est sourd à son cri de douleur,
Et la main du plaisir a lacéré son cœur,
Le laissant sur le bord comme une triste épave.
Libre dans le trépas son corps n'est plus esclave,
Mais le flot des humains suit son chant du plaisir ;
Le cercueil est ouvert, un peuple va mourir. »
« Sommes-nous donc enfin dans le fond de l'abîme ?
Mais œil ne voit plus rien ; les pleurs de la victime
Me disent seulement que de sombres destins
S'agitent sous mes yeux emportant les humains. »
Une rouge lueur parut soudain dans l'ombre,
Et ses rayons d'enfer, allumant la nuit sombre,
Montrèrent à mes yeux de grands murs de rochers,
Où des lambeaux sanglants paraissaient accrochés ;
Je sentais sur le sol une fange mouvante
D'où sortaient des éclairs, et la foule haletante
Se roulait dans la boue amassant un trésor ;
Et les vieillards courbés se retournaient encor
Voulant dans le cercueil garder une parcelle
Du métal du bonheur. Mais quand la mort appelle,
Tout s'efface aux regards et fortune et plaisir,
Et l'homme devant lui voit le tombeau s'ouvrir.

Ainsi l'humanité s'avançait en délire ;

Mais je vis tout à coup s'effacer le sourire,

Et le flot s'arrêta, se mit à reculer ;

L'homme avait vu la mort qui l'avait fait trembler.

Aussitôt devant nous au milieu des ténèbres

Une main écrivit deux syllabes funèbres,

Et le flot des humains, qui marchait en chantant,

Regarda devant lui la porte du Néant.

Un homme (1) sur le seuil paraissait en silence

Arracher au mourant de son cœur l'espérance,

Et jeter son cadavre au milieu de l'oubli ;

Le Néant dans la mort l'avait enseveli.

J'entendis un frisson s'élever de la terre,

Et je vis les mourants prononcer la prière,

Appeler l'éternel et demander sa main,

Pour leur cacher la mort sous un brillant destin.

Je vis alors dans l'air apparaître une flamme

Qu'un mourant reconnut ; c'était le feu de l'âme

Qui venait ranimer la glace du tombeau,

Mettre devant la mort un avenir plus beau ;

La foule des mourants suivit le divin guide.

Je vis d'autres humains interroger le vide,

Car l'âme leur montrait ce qu'ils ne voyaient plus ;

Alors je vis les uns, tristes, irrésolus,

S'approcher en pleurant de la porte du gouffre,

Et s'élancer soudain comme un homme qui souffre,

Et demande à la mort la fin de sa douleur ;

Le néant c'est l'oubli, la mort c'est le bonheur.

Les autres regardaient, mais ne pouvaient entendre

Le bonheur éternel, ni ne voulaient se rendre

---

(1) Schopenhauer, l'apôtre du Néant.

Au Néant de la mort, perdre tout au cercueil ;
Tristes ils s'arrêtaient devant le muet seuil,
Mais n'osaient avancer ; je vis alors paraître
Un grand fantôme noir, qui fit tout disparaître
En étendant ses mains, et le bras de la mort
Emporta les mortels soumis au même sort.
Alors devant mes yeux je ne vis que le vide,
Et la porte funèbre et le sinistre guide,
Et dans un rouge éclair le terrible Néant,
Tandis que dans les cieux paraissait faiblement
Scintiller un flambeau qui veillait sur l'abîme ;
Un ange à ses côtés paraissait de sa cime
Regarder les mortels, et son visage en pleurs
Semblait être l'écho des humaines terreurs.
« Mon guide, m'écriai-je, est-il donc sur la terre
Un abîme si noir, et la rouge lumière
Qui parle du néant vient-elle de l'esprit ?
Le savoir mène-t-il vers un sentier maudit ?
Il n'est donc qu'un combat de l'esprit et de l'âme,
Du néant sur la terre et de l'immense flamme
Qui brille dans le ciel, éclaire les humains,
Montrait à nos aïeux de splendides destins,
Et qui devant l'esprit voit tomber son empire ?
Où va l'humanité ? Son esprit en délire
Près du triste passé fait un rêve plus beau,
S'essaie à déchirer les voiles du tombeau,
Mais encore hésitant ne montre que le vide :
Où le peuple ira-t-il conduit par un tel guide,
Qui veut ouvrir le ciel, mais trouve le néant,
S'enfonce dans l'abîme ou s'arrête tremblant ? »
— « Mon fils, devant tes yeux c'est la lutte éternelle
De l'homme, qui veut voir vivre son étincelle
Au-delà du cercueil ; c'est l'immense duel,

Qui n'a jamais cessé de l'homme à l'immortel.
Pour paraître plus grand chaque homme dans la vie
Veut toujours s'élever vers la voûte infinie,
Où passent dans la nuit les mondes étoilés,
Et connaître la mort et ses destins voilés;
Il voit finir son être et son âme s'éteindre,
Elle, que rien semblait ne pas pouvoir atteindre.
Alors pour se répondre il regarde les cieux,
Et le bras du divin, pour éclairer ses yeux,
Près de lui fait briller une divine flamme,
Couvre son ignorance en faisant parler l'âme.
L'esprit sans horizon voit tout dans l'infini,
Mais pour l'homme plus mûr le divin est banni;
Devant l'homme qui sait la juste connaissance
Eclaire les chemins, interroge et n'avance
Qu'en assurant ses pas, de notre humanité
Préparant ce bonheur, qui naît de la beauté
De la paix du foyer, de la loi tutélaire;
C'est l'esprit qui travaille au bonheur de la terre :
De lui dans l'univers viennent toutes les lois,
Et lui seul sous tes yeux il a brisé les rois;
Remontons dans les temps; interrogeons les âges,
Et voyons le combat sur les lointains rivages;
Les âges te diront où va l'humanité,
Ce qui vit dans la mort et dans l'éternité.
Regarde l'Orient : c'est le ciel qui domine,
Et l'esprit ne vit pas; c'est l'homme qui s'incline
Devant l'immensité sous les arrêts du sort;
C'est la foi qui gouverne et partout c'est la mort.
Regarde chez les Grecs; c'est l'esprit qui s'éveille,
Et dans l'ombre des bois l'âme d'abord sommeille :
L'esprit fait la cité; c'est lui qui fait les rois,
Il cherche le bonheur et fait naître les lois;

Mais alors l'âme naît, fille de la pensée,
Et monte vers le ciel sur son aile embrasée,
A l'infini cherchant un divin Créateur,
Qui mette sous ses yeux ce que lui dit son cœur;
Ce fut le grand combat de l'esprit de la terre
Disputant le mortel à l'âme de lumière,
Qui voulait l'emporter dans un monde nouveau;
L'esprit marchait sur terre, éclairé d'un flambeau,
Mais montait lentement; l'âme alors dans la nue
Fit voir à l'univers une main inconnue,
Et dès que du calvaire eut retenti la voix,
L'éternel apparut expirant sur la croix.
L'âme avec Dieu monta vers la voûte infinie,
Redescendit sur terre apportant l'harmonie,
Réveilla tout l'empire écrasé sous la peur,
Ranima le cadavre, et, lui donnant un cœur,
Fit renaître partout le chant de l'espérance,
Et soutint les petits au nom de la clémence;
Aurore de bonheur qui vint de l'orient,
Fit revivre la mort près du martyr mourant!
Mais alors l'âme au ciel par sa grandeur grisée
Crût que croire c'était la première pensée,
Et pour vaincre l'erreur elle fit un palais,
Où des hommes disaient les éternels décrets.
L'esprit n'était pas mort, il dormait dans le cloître ;
Mais l'Eglise éleva, pour l'empêcher de croître,
Autour de lui des murs, qui devaient au tombeau
Etouffer pour toujours son trop brillant flambeau.
Tout à coup cependant quelqu'un dans le silence,
Défendit contre Dieu la royale puissance.
Du peuple était-ce un cri? Non ! le palais des rois
Contre Rome avait seul fait entendre sa voix,
Et partout le combat des princes de la terre

Reparut acharné contre le sanctuaire.
L'Eglise fut vaincue, et le peuple tremblant
Put se mettre à genoux devant le Tout-Puissant,
Lui demandant à lui d'écouter sa prière.
Pour ces peuples Dieu seul parlait au sanctuaire,
Et remontait ensuite emportant dans ses bras
L'âme au-dessus des maux des luttes d'ici-bas.
Mais en France, aujourd'hui délivré de sa chaîne,
Le peuple, réveillé par l'esprit qui l'entraîne,
Au combat contre Dieu, Titan, veut s'élever ;
Entends-tu cette voix qui va tout soulever ?
C'est l'esprit sur les monts qui regarde l'espace,
Interroge le ciel, et veut suivre la trace
De l'âme dans les airs ; mais l'esprit trop pesant
Ne peut l'atteindre encore et retombe au néant.
Ainsi dans l'univers d'un côté c'est l'Eglise,
Sous l'effort des savants dont le pouvoir se brise,
Et l'âme avec son Dieu remonte dans le ciel ;
De l'autre c'est la science et le monde mortel.
Les rois sont dans l'abîme affaissés sous leur trône,
Et le peuple debout, maître de sa couronne,
Veut, à peine affranchi des tuteurs du palais,
Enfin se délivrer des infinis muets. »
— Alors je répondis : « Oui, je vois dans les âges
L'esprit suivre toujours de l'âme les images ;
Et fier de son savoir je le vois maintenant
Renier l'inconnu, mais rester hésitant,
Parce que le mortel devant la mort s'arrête,
Et que l'œil effrayé regarde sur sa tête,
Pour chercher dans la nuit un immuable bras
Que lui cache le vide et l'horreur du trépas.
Dans les actes humains l'esprit est déjà guide,
Mais l'homme dans la mort n'ose trouver le vide,

Et s'arrête tremblant, quand il voit au cercueil
Descendre son espoir, peut être son orgueil.
Montre-moi le chemin pour sortir des ténèbres,
Car partout je n'entends que des échos funèbres;
Chaque jour le mortel au moment de mourir
Verra-t-il le néant prêt à l'ensevelir? »
— « Mon fils, l'humanité n'est qu'une immense échelle
Où chaque homme grandit, portant une étincelle
Que chaque homme en mourant laisse près du cercueil,
Et le fils en naissant la trouve sur le seuil.
Au milieu des forêts une pâle lumière
Dirigeait tes aïeux; aujourd'hui sur la terre
Un immense flambeau, que promène l'esprit,
Dirige les Etats, partout chasse la nuit;
Chaque homme sur le mont voit le monde qui passe,
Et, s'il peut du passé suivre en un jour la trace,
Il peut voir les humains s'avancer sous ses pieds;
Et, suspendus aux flancs, les peuples entassés
Se pressent pour monter comme un remous immense,
Qui s'élance et retombe et lentement s'avance.
L'homme heureux sans songer attend son lendemain;
Or l'esprit, en donnant à l'homme le seul bien
Que ne puisse jamais lui donner la prière,
Peut conserver le cœur jusques au cimetière.
C'est alors que la peur en face du tombeau
S'éveille tout à coup; l'homme sent son flambeau
S'effacer; hésitant, l'infini le réclame,
Et son cœur effrayé s'abrite près de l'âme.
Que l'esprit sur les monts allume son fanal;
Qu'il dirige la terre en effaçant le mal;
Qu'il donne le bonheur, et laisse sa lumière
Eclairer tous les cœurs, pour qu'hors du sanctuaire
L'homme privé de Dieu, dans la vie un passant,

Connaisse le passé pour avoir le présent,
Pour que tout l'univers soit si plein de lumière,
Que la mort apparaisse un sommeil nécessaire.
Viens, mon fils, il est temps de finir ces combats,
Où la raison s'égare en stériles débats. »
— A ces mots apparut une douce lumière,
Et je vis s'éclairer la nuit de mon suaire;
Je vis devant mes yeux le néant s'effacer,
Le sol raffermir, la roche s'affaisser,
Les étoiles paraître et la voûte étoilée,
Chanter des mots d'espoir à l'âme désolée.
J'entendis dans les airs passer des airs joyeux,
Qui semblaient un écho de mondes plus heureux.
« Vous tous qui gémissez dans l'empire de l'ombre,
Emportés par le flot vers cet abime sombre
Où tout paraît mourir, soulevez vos tombeaux;
Ombres, relevez-vous, sortez des noirs caveaux;
Vous tous, frères mortels, qui voyez en arrière,
A cause des combats qui luttent sur la terre,
Les mystiques grandeurs d'un monde qui n'est plus,
Finisse votre enfer, où pleurent éperdus
L'immense souvenir de l'âme qui s'envole,
Et le mortel déchu dont l'âme se désole!
L'univers est en pleurs à côté du torrent,
Qui gronde dans l'abîme en face du néant;
Le néant vous sourit, le néant vous appelle,
Mais pour fuir le néant l'âme vous paraît belle ;
Partout sur l'horizon plane le désespoir,
Grand vautour affamé, qui dans l'abîme noir
Chante son chant du mort, et de son bec avide
Appelle le mortel vers le trépas livide.
Venez, suivez mes pas ; vous pleurez dans la nuit,
Sortez de votre abîme, une étoile reluit. »

— Aussitôt j'entendis résonner à l'oreille,

Ainsi qu'un océan que la brise réveille,

Un immense soupir, et je vis anxieux

Des peuples se lever, et s'avancer heureux

Sur le pâle sentier vers l'étoile brillante.

Ainsi je vis passer l'humanité vivante.

« Allons, me dit mon guide, allons sur le chemin

Que suit l'humanité vers son heureux destin ;

Regarde sur le mont comme un phare qui brille

La Croix, humanité, bonheur de la famille. »

« Mon esprit à ces mots marcha d'un pas léger

Sur un sentier uni ; je suivis sans trembler,

Et soudain, près de nous, nous vîmes apparaître

Un vieillard vénéré, qui paraissait le maître

Au milieu de la foule; et les peuples pressés

Près de lui pour venir accouraient empressés.

— « Vieillard, quel est ton nom, lui demanda mon guide,

Et quelle est cette foule? Es-tu donc son égide?

Quel est donc le pouvoir que possède ta main,

Pour que tant de mortels t'aient livré leur destin ? »

— « Je suis, dit le vieillard, l'homme de la prière,

Et le mortel me suit, afin qu'au sanctuaire

Je lui parle du ciel et du Dieu créateur,

Du réveil dans la mort; je ranime son cœur. »

— « Vieillard, serais-tu donc ministre de l'Eglise,

Qui veut régner sur l'homme, et, sur un trône assise,

Arrache l'âme au ciel pour la mettre aux combats;

Alors, retire-toi, je ne te connais pas! »

« Je suis, dit le vieillard, un homme de prière,

Et ma voix parle seule au fond du sanctuaire,

Enseignant la vertu, le chemin du bonheur;

Je suis prêtre des champs, j'aime le laboureur. »

— « Ministres de la foi, qui gardez dans votre âme,

Ignorés de l'Eglise, une divine flamme
Où vient se réchauffer le cœur des malheureux,
Votre nom soit béni ! Je crois voir dans les cieux
Le Christ dans un rayon descendre du calvaire,
Enflammer votre cœur de l'amour de son père ;
Votre nom soit béni, vénérables vieillards !
Vous chantez l'éternel, et vos calmes regards
Aux paysans lassés disent la confiance !
Et partout au malheur vous donnez l'espérance.
Ah ! gardez dans vos cœurs cet innocent flambeau !
Consoler les humains ! quel office plus beau !
Mais ne dépassez pas le seuil du sanctuaire ;
Attendez le malheur qui cherche la prière ;
Mais ne venez jamais au milieu des combats,
Ministres de la paix, dans les ardents débats,
Qui roulent sur la terre et font trembler le trône !
Attendez, ou sinon vous perdrez la couronne,
Et le peuple, voyant votre empire mortel,
Quittera votre temple, et, perdant l'éternel,
Se perdra dans la nuit sans lumière et sans guide.
Il faut être plus grand pour prendre pour égide
Et seul juge du bien, l'esprit et son flambeau ;
Le sombre désespoir dans le froid du tombeau
Le plongerait ; sa main soulèverait la pierre,
Et le peuple sans cœur dormirait sous la terre,
S'éveillant quelquefois d'un effort infernal,
Soulevé par la haine et ministre du mal.
Ministres du Seigneur, au-dessus de l'Eglise
Le Christ lui-même vient vous donner sa devise :
Aimez-vous ! votre amour aime l'humanité,
Vous rendrez à la Croix sa première beauté. »
Aussitôt du clocher j'entendis l'harmonie

XXVIII

Dire les longs échos d'une voix infinie,
Et je vis dans les champs le peuple se presser,
Et venir à l'autel heureux se prosterner ;
Le prêtre du Seigneur dirigeait la prière,
Bénissant les humains du seuil du sanctuaire.
— « Chaque homme, dit mon guide, en son humain séjour,
A besoin d'un soutien, qui puisse chaque jour
Au milieu des écueils réveiller sa constance ;
Le peuple du Seigneur implore la clémence,
Parce qu'il ne voit pas la loi de l'univers,
Et le ciel lui répond : la grande voix des airs
Lui parle de bonté, de vertu, de famille,
Et l'homme dans le ciel voit un phare qui brille.
Pour nous notre chemin, c'est celui de l'esprit ;
Notre but, c'est le mont où l'étoile reluit,
Où l'homme marche seul, le vrai roi de son être,
Pour la vie et la mort et son juge et son maître. »
— Mon guide après ces mots marcha silencieux ;
A la douce lueur qui descendait des cieux
Je suivais d'un pas sûr ; mais tout à coup de l'ombre
Je vis venir à nous, glissant dans la pénombre,
Une femme ; elle avait de l'or dans ses cheveux,
Et le ciel se mirait dans l'azur de ses yeux ;
Son front me paraissait courbé par la tristesse,
Et son regard baissé veillait avec tendresse
Sur l'enfant, qui marchait dirigé par sa main,
Mais regardait sa mère, et non pas le chemin.
Il semblait dans ses yeux vouloir lire sa peine ;
Son œil était humide, et parfois son haleine
Laissait dans un soupir s'échapper un sanglot.
« Mère, disait l'enfant, tu ne dis pas un mot,
Mais je vois ta douleur ; il faut dire à mon père
Ton chagrin, et sa voix te consolera, mère. »

Sa mère lui sourit, mais ne répondit rien ;
Elle semblait entendre une voix au lointain,
Qui parlait dans la nue, et je vis son visage
S'éclairer tout à coup, comme si le nuage
Avait devant ses yeux laissé voir l'éternel,
Et la femme éleva ses mains jointes au ciel.
— « Où vas-tu, dit mon guide, et pourquoi la tristesse
Est-elle sur ton front, femme, quand la jeunesse
Marche encore avec toi, lorsque ton fils joyeux
Doit t'éveiller la nuit par des songes heureux? »
« Vieillard, lui dit la femme, au fond du sanctuaire
Une voix me répète un écho du calvaire,
Et me parle d'amour; je cherche mon époux,
Mais il est loin de moi; mais le destin jaloux
L'a jeté dans l'enfer hors de notre demeure
Et du temple divin, et c'est pourquoi je pleure.
Je veux le rappeler et j'écoute mon cœur,
Qui me dit de prier le ciel pour son erreur;
Chaque jour à l'autel j'apporte mon offrande,
Et chaque jour à Dieu ma voix le redemande ;
Mais l'époux ne vient pas, et j'attends vainement.
O ciel! donne son père au cœur de cet enfant! »
— « Ma mère, dit l'enfant, ne vois-tu pas mon père
Là-bas, près de ces gens qui marchent sur la terre?
J'aperçois leur visage, ils n'ont pas l'air méchant;
Tu l'appelles toujours, jamais il ne t'entend,
Et pourtant ses regards suivent avec tendresse
Tous tes pas et les miens, et je vois sa tristesse. »
— « Femme, reprit mon guide, écoute cet enfant;
C'est la voix de son cœur qui parle maintenant,
Tandis que près de Dieu c'est ton cœur qui sommeille
Glacé; près d'un époux que ton cœur se réveille;
Amène ton enfant, place-le près de lui

Pour rappeler l'amour qui par toi s'est enfui................

....

D'un large bandeau d'or la blonde chevelure
Autour de votre front formait une parure,
Femmes de la Scythie, et votre douce voix
Chantait près du berceau de l'enfant dans les bois ;
A côté de l'époux vous marchiez sur la terre,
Et vous le souteniez, lorsque du sanctuaire,
Où dormaient vos enfants, un homme audacieux
Voulait franchir le seuil ; vous preniez vos épieux,
Ou bien vos bras tendaient un arc au trait rapide ;
Amazones ! c'est vous qui régniez en Tauride,
Et que voyaient les Grecs au milieu des combats,
Animer les guerriers, les mener au trépas ;
C'était le chant de mort, au milieu du carnage,
Et non le chant d'amour sur un riant rivage
Au cœur de votre amant que chantait votre cœur ;
Sous la neige des bois vous aviez le bonheur
En luttant pas à pas pour garder votre vie ;
Près de vos lacs d'azur vous aviez l'harmonie,
Qui chante dans les bois à l'ombre des vallons,
Qui danse sur les flots et qui descend des monts,
Et ces mâles beautés pendant votre jeunesse
Donnaient à votre cœur la force et la tendresse.
Alors dans vos regards se miraient les flots bleus,
Quand votre voix disait une chanson des cieux
Chez les peuples assis à l'ombre des grands chênes.
Allons ! à vos balcons, aimables châtelaines,
Et que l'écharpe d'or flotte au milieu des airs ;
Du milieu des tournois jaillissent des éclairs,
Le vainqueur à vos pieds, en vous donnant son âme,
Emporte la couronne et votre cœur, madame.
Ecoutez les accents qui vous chantent l'amour ;

C'est un enfant qui passe, un joyeux troubadour ;
Il s'assied à vos pieds, il voit votre sourire
Et le fond de vos yeux ; il chante sur sa lyre ;
L'amour dans le manoir à votre douce voix
A fait vibrer les murs, et des affreux exploits
Vous avez dans l'oubli relégué le carnage,
Et le sombre guerrier s'est souvenu du page.
Ah ! chantez-nous l'amour, j'écoute vos accents !
Femme, d'un même cœur, chérissez vos enfants,
Chérissez votre époux, car j'aime la ballade
Que vous dites le soir, plaintive sérénade,
En veillant votre fils qui dort dans le berceau.
Dans la nuit vous chantez, et le pâle flambeau
Scintille doucement sur votre blanc visage.
Celui que vous bercez éveille une autre image !
Non ! n'oubliez jamais l'histoire des aïeux,
Femmes, qui vous perdez en montant vers les cieux !
Elevez vos regards jusqu'à l'être suprême
Où vous porte le cœur ; placez le diadème
De la création sur le front tout-puissant,
Que vous voyez au ciel au-dessus du vivant ;
Croyez, femmes, croyez ; que la foi vous transporte
Au loin dans l'inconnu : que l'âme vous emporte
Au pied de l'éternel ; vous marchez sous la main
D'un guide, et sous vos pas vous avez un soutien ;
Que le Christ sur la croix vous donne sa maxime.
Pour que l'esprit humain vous parlât de sa cîme,
Il vous faudrait descendre au milieu du néant,
Pour remonter ensuite à côté du vivant ;
Restez, restez encor sous la main qui vous guide
Du fond de l'infini ; suivez Dieu votre égide ;
Que le Crucifié vous enseigne l'amour ;
Vous suivrez votre époux, vous élevant un jour

Par l'appui de son bras ; vous franchirez le gouffre,
Et près de sa douleur vous serez quand il souffre.
Ah ! restez près de Dieu, mais fuyez les combats
Qui rugissent sur terre avec tant de fracas !
Des hommes ont sorti le Christ du sanctuaire,
Et l'ont jeté sanglant pour lutter sur la terre,
Afin de conserver la couronne des grands ;
Femmes, aimez le ciel, mais aimez vos enfants ;
Voyez sous votre toit le bonheur si tranquille ;
Aimez votre foyer, votre douce famille.
Au temps de l'âge d'or, quand sous la main de Dieu
La Bible à vos regards montre sous un ciel bleu
Vos ancêtres unis par l'amour de leur âme,
Elle a le souvenir de la première femme
Et du premier bonheur qu'éprouva le mortel ;
Mais Dieu parut jaloux en voyant sous le ciel
Deux enfants embrassés qui voulaient se connaître,
Et, fécondant l'amour suivant la loi de l'être,
Au milieu des créés voulaient mettre un enfant.
Alors Dieu les soumit au travail incessant,
Pour montrer au mortel qu'au combat de la vie
La femme c'est l'amour et l'homme le génie,
Et que l'homme toujours doit porter le labeur
Pour la femme qui doit lui donner tout son cœur.
Femme, c'est ton amant qui doit être ton guide,
Et l'amour des enfants être ta seule égide ;
Ecoute le matin ce tumulte et ces cris
Au lever du soleil, quand les rayons chéris
Viennent les réveiller, glissent sur leur visage
En laissant des baisers, disent dans leur langage
A chacun son amour. Ton fils est ton orgueil,
Et chaque jour tu crains de le voir au cercueil ;
Tu le suis dans la vie ; il tombe ! il se relève !

Au milieu du torrent la vague le soulève !
Prends courage, mon fils, avance avec ardeur !
Femme ! quelle de vous dans le fond de son cœur,
En voyant votre fils souriant qui sommeille,
A pu ne pas sentir une douleur pareille ?
Quand la nature dort, dans l'ombre de la nuit,
Près du flambeau qui veille et scintille sans bruit,
A côté du berceau qui chantonne en cadence,
Une mère toujours voit la fée en silence
Au-dessus de son fils passer en souriant ;
Sa main couvre de fleurs le front de son enfant :
N'est-ce pas le soupir de sa mère attentive,
Que répète au réveil du fils la voix plaintive ?
« Ah ! ma fée est venue ; elle avait du chagrin ;
Regarde ! mère, elle a mis des pleurs sur ma main.
Elle pleurait, ma fée ! Et pourquoi pleurait-elle ? »
N'est-ce pas votre enfant, mère, qui vous appelle
A côté du berceau, qui dit à votre cœur
Vos larmes de la nuit, vos soupirs de douleur,
Qu'éveille l'avenir si rempli de tristesse,
Quand vous voyez vos fils loin de votre tendresse,
Au milieu des douleurs qu'éveille chaque pas ?
Mère, c'est votre amour, ne l'entendez-vous pas ?
C'est au cœur de l'enfant votre cœur qui soupire ;
C'est auprès du malheur votre amour qui l'inspire,
Et dirige ses pas, le tenant par la main,
Quand il apporte au pauvre et son cœur et du pain.
Femmes, dans votre cœur vit une douce flamme,
Amour pour votre amant ; c'est la voix de votre âme ;
Il faut que vous aimiez, et vous montez au ciel ;
Le prêtre vous emporte au pied de l'éternel ;
Aimez ! que votre amour reste dans la famille,
Et soit pour vos enfants comme un phare qui brille,

Sur le seuil de la vie éclairant le chemin.
Ne vous reste-t-il pas un assez beau destin,
Si, parmi les mortels, à côté de la gloire
Et de l'esprit, qui vit inscrivant dans l'histoire,
En aimant vos enfants vous inscrivez l'amour,
Et de l'humanité vous dorez le séjour?....
Aimez! mais sachez voir le sombre précipice
Que devant les enfants ouvre la main du vice,
Et le sombre destin du fils infortuné,
Qui marche sans appui, de tous abandonné?
Ah! plutôt que la mort au néant le rejette!
Car l'homme sans devoir, brisé par la tempête,
Est bientôt par le flot repoussé sur le bord,
Où l'attend un destin plus triste que la mort.
Femmes! de votre époux c'est la main tutélaire,
Qui doit à votre fils enseigner sur la terre
Le chemin du progrès, en montrant les aïeux,
Dans l'histoire des temps se transmettant entre eux
De la mort à la mort une flamme bénie,
Qui brille sur le front de la vaste harmonie,
Dont l'immense concert forme l'humanité.
Mères! de vous le fils a reçu la beauté;
Donnez-lui votre amour qui le rende plus sage,
Mais ne le gardez pas sur un autre rivage,
Car si vous lui devez et l'amour et le cœur,
Le père doit aussi lui parler de labeur. »
— Mon guide s'arrêta; la femme sur la pierre
Se laissa cheoir brisée, et son œil en prière
Semblait avec douleur regarder son enfant,
Qui courut dans ses bras l'embrasser en pleurant.
Les larmes de l'enfant avaient vaincu la mère;
« Viens, mon fils, viens, dit-elle; allons trouver ton père. »
Et prenant son enfant, l'emportant dans ses bras,

Elle alla vers le mont. Nous suivîmes ses pas
Sur la route, où debout et paraissant attendre
Un homme regardait. Dès qu'il put nous comprendre
Le guide l'appela : « Mortel, sur ce chemin,
Qu'attends-tu pour marcher où va le genre humain ?
Ne vois-tu pas l'éclair briller sur la montagne ? »
— « Vieillard, dit le mortel, j'ai laissé ma compagne,
Et j'attends mon enfant qu'elle porte en ses bras ;
Je suis trop seul sur terre, et je suis déjà las ;
Je ne puis plus marcher, et je n'ai plus d'haleine ;
J'ai laissé ma famille, et j'emporte ma peine. »
— « Mortel, lui dit mon guide, aperçois-tu là-bas
Cette femme qui vient, emportant dans ses bras
Ton enfant, ton bonheur ? » Soudain sur son visage
Sous un éclair joyeux s'effaça le nuage,
Et l'homme s'avança vers sa femme en courant.
Celle-ci déposa par terre son enfant,
Qui s'élança joyeux dans les bras de son père,
Et, prenant dans ses mains la tête de sa mère,
L'approcha de sa bouche, et dans un doux baiser
Leur rappela soudain le serment de s'aimer.
Le père alors joyeux s'élança dans la plaine,
Ayant à ses côtés pour partager sa peine
Sa femme et son enfant. « Vieillard, me dit sa voix,
Des malheurs des humains je ne sens plus le poids ;
J'irai vers le progrès, vers le mont de lumière,
Car mon fils maintenant fermera ma paupière. »
Mon guide s'avança ; tout à coup sous mes yeux
J'aperçus des humains, tristes, silencieux,
Qui n'osaient avancer, regardaient en arrière,
Et restaient tout en pleurs affaissés sur la pierre.
— « Mortel, leur dit mon guide, est-ce le désespoir
Qui vous tient en ces lieux ? Vous avez cru savoir

Et vous ne voyez pas; vous restez en arrière,
Dieu ne vous parle plus et vide est le Calvaire. »
— « Nous marchons, dit l'un d'eux, mais rien ne nous conduit;
Nous avons entendu sur la terre l'esprit
Nous parler d'avenir, et dans le sanctuaire
Un éclair a paru nous cachant le calvaire
Et la flamme d'en haut, et nous sommes sortis;
Mais l'esprit sur le sol nous laisse anéantis,
Attendant que la mort par son bras nous délivre,
Puisque sans un espoir nous ne pouvons pas vivre. »
— « Eh quoi! reprit mon guide, en entendant le glas
Vous avez quitté Dieu pour les lois d'ici-bas,
Mais la peur devant vous maintenant se redresse,
Et vous ne savez plus où Dieu commence et cesse;
Vous n'avez plus le ciel ni le devoir divin;
Entendez ce que dit votre devoir humain.
Mortels, relevez-vous; le grand jour va paraître;
L'homme est assez puissant pour être son seul maître,
Son juge, son tuteur. Suivez-moi sur les monts,
Où doivent resplendir les vastes horizons. »
— A ces mots, un frisson s'éleva de la foule,
Et le peuple marcha, comme un immense houle,
Qui marche vers le bord, s'avance sur les flots,
Et de sa grande voix ébranle les échos.
Mon guide précédait; je le suivais derrière,
Et derrière mes pas marchait la foule entière,
Qui montait en grondant sur le même chemin.
Tout à coup sur le mont comme un signe divin
Je vis briller la Croix, qu'éclairait la lumière
Qui traversait les airs, et debout sur la pierre
Près du trône d'amour le guide s'arrêta:
Et la foule empressée en silence écouta;
« Mortels, je vois sur vous une étoile splendide,

Le phare des humains, qui sans cesse préside
Au lointain avenir, et qui, maître des temps,
De tous les faits passé tire les faits présents.
Elle brille toujours, elle éclaire l'histoire,
Et répète aux enfants, de ce qui fut, la gloire;
Dans le ciel c'est une âme et sur terre l'esprit,
Qui traverse les ans, à l'orage survit,
Etoile de l'amour qui vint sur le calvaire
Eclairer des humains la profonde misère :
Au milieu des malheurs elle apporta le jour,
Et l'univers sanglant vit paraître l'amour.
Des hommes éblouis par sa grande lumière
Ont voulu l'enfermer au fond du sanctuaire;
Le temple s'est ouvert et l'étoile est aux cieux;
C'est elle qui paraît et brille sous vos yeux,
Et la Croix est debout au sommet du Calvaire,
Nous apportant l'écho de cet homme en prière,
Qui mourut écrasé par l'atroce fureur
D'un peuple, qu'il voulait réveiller par le cœur.
Christ! ton siècle est venu! ta semence divine
A germé sur la terre et ton cœur nous domine;
Le regard du mortel t'a mis auprès de Dieu;
Redescends sur la terre, et, passant au milieu
De tes fils prosternés, dépouillant ton image
Et ton pouvoir divin, montre-nous ton courage
Et ton immense amour, et la grande beauté
D'un homme qui succombe aimant l'humanité!
Aimez-vous! Aimez-vous! C'est ton cri du Calvaire!
C'est le cri que l'esprit veut montrer à la terre,
Et l'homme dans le monde et son maître et son roi,
Comptera sur sa force et n'aura plus d'effroi.
Mais l'homme sera seul égaré sur la terre!
Regardez le passé; la splendide lumière

Qui traverse les temps et vient de nos aïeux,
Le flambeau, que chaque homme en passant sous les cieux,
Promène dans sa vie, et cette immense chaîne
Qui saisit le mortel, vers l'avenir l'entraîne.
Regardez vos enfants; partout c'est l'avenir,
Regardez le passé; tout vit en souvenir,
Et l'homme est enchaîné, créature asservie
Et libre en l'infini, dans cette immense vie
Qui vivait en chaos, et qui mourra!!! Jamais.
Oui! le corps en mourant retombe dans la paix!
Oui! l'esprit de chacun repose au cimetière,
Mais un rayon suivit; l'âme n'est pas entière,
Au milieu du trépas; il reste un souvenir,
Et c'est l'esprit des temps qui ne peut pas mourir;
C'est l'âme des humains qui monte dans l'espace,
Et que l'histoire suit en racontant la trace
Des faits de nos aïeux; c'est l'esprit éternel,
Qui survit à la mort, et du monde réel,
En marquant chaque pas, laisse écrit dans l'histoire
Et l'immense progrès et son immense gloire.
Regardez près de vous et connaissez l'amour
Que la voix des enfants répète chaque jour!
L'homme sera-t-il seul égaré sur la terre
A côté de la Croix qui parle du Calvaire,
Dans la chaîne qui passe et va vers l'avenir,
A côté des enfants, dont le tendre soupir
Eveille son labeur? Alors, roi de l'espace,
Il verra ce devoir qui jamais ne s'efface,
Et que l'homme en naissant trouve près du berceau,
Qu'il doit avoir rempli quand il entre au tombeau;
Un jour le vent de mort le prendra sur son aile;
Mais quand il sentira que la tombe l'appelle,
A côté de son lit il verra ses enfants

Se presser tout en pleurs autour de ses vieux ans,
Et venir lui montrer ce reste de lui-même,
Afin de conserver le souvenir suprême
De celui qui n'est plus, qui leur donna le jour;
En paix il dormira bercé par leur amour.
Que peut-il demander le mortel sur la terre?
Pendant la vie un but, la paix au cimetière,
Et planant sur son front l'amour et le devoir,
Qui préservent le cœur contre le désespoir.
Vous parlez de néant! Mais où trouver le vide,
Dans ces mondes remplis, où le devoir tout guide,
Où l'homme, si petit devant l'éternité,
Ne naît que pour mourir dans cette immensité,
Où pour faire un devoir il ne fait que paraître,
Et, le devoir rempli, voit retomber son être
Dans l'immense infini du tourbillon mortel,
Laissant à ses enfants un devoir éternel!
La mort est le néant, quand un homme s'affaisse
Seul au fond du cercueil, et que dans sa détresse
Il ne voit rien survivre à son triste repos;
Mais quand la terre vit, près des puissants échos
Des êtres animés, c'est l'homme qui s'efface,
Et, quand un homme meurt, il a laissé sa trace
S'il a fait son devoir de père et de mortel.
C'est le corps qui périt, mais l'homme est immortel !
Ah! je lis sur vos fronts; vos yeux ont vu l'orage,
Et vous voulez savoir hors du simple ermitage,
Où le père est heureux à côté des enfants;
Vous voulez de la mer connaître les brisants,
Qui peuvent de l'esquif faire éclater la quille,
Quand vous quittez la rive en quittant la famille.
Il vous faut de l'espace, et sur l'immense mer
Vous voulez vous livrer au grand souffle de l'air;

Vous avez vu l'Etat brisé par la tempête,
Vous avez vu l'éclair passer sur votre tête,
Et vous voulez savoir d'où viennent ces douleurs :
Ecoutez près de vous des princes les terreurs ;
Regardez les Etats où le peuple est esclave,
Et regardez tomber du trône chaque épave,
Immense enseignement de la chûte des rois,
De la grandeur d'un peuple, où les droits sont les lois.
Le peuple avait laissé son pouvoir sur le trône,
Il ne prend que son droit en prenant la couronne.
Mon fils, me dit l'esprit, sous tes yeux tu voyais
Le doute, le malheur, je t'ai donné la paix.
Au chaos sous tes yeux j'ai fait naître la terre ;
Les mondes étoilés ont chassé le mystère
Plus loin dans l'inconnu ; les fleurs, les animaux,
Ont fait naître pour toi des mondes pleins d'échos ;
Je t'ai montré les lois où vivaient tes ancêtres ;
Je t'ai montré les dieux surveillés par les prêtres,
L'Eglise, de Jésus faisant taire la loi,
L'esprit chassant l'image et l'homme enfin son roi ;
Va donc seul dans la vie et ton juge et ton maître ;
L'avenir t'appartient ; mais que jamais ton être
Ne laisse s'effacer ce qui vit dans ton cœur,
Car avec le travail cela fait le bonheur. »
— Ayant ainsi parlé, mon guide dans l'espace
S'envola, dans les airs d'une brillante trace
Eclairant son passage, et proche de la Croix
Je me trouvai tout seul n'entendant que ma voix.
J'abaissai mon regard, et je vis sur la terre
Descendre de la nue un éclair de lumière,
Et le peuple passer, immense tourbillon,
Qui se perdait au loin sur le vaste horizon ;
Et j'écoutai l'écho d'une voix intérieure

Me parler du devoir qui commande à chaque heure ;
Devoir qui par l'histoire arrive des aïeux,
Devoir de l'avenir, que l'on doit faire heureux,
Devoir de la famille, et saint devoir du père,
Et devoir de l'époux qui doit aimer la mère ;
Devoir du citoyen qui tout entier se doit,
Et devoir du puissant qui dirige le droit,
Et n'est mis par le peuple au-dessus de sa tête,
Que pour voir ses besoins et prévoir la tempête ;
Et l'immense Devoir, qui de sa grande voix
Plane sur l'univers, grand écho de la Croix.
Tout à coup un frisson vint agiter mon être,
Et le jour, qui bientôt au ciel allait paraître,
Me réveilla soudain de mon pesant sommeil.
Je fus tout étonné de me voir au réveil
Au milieu des rochers et couché sur la pierre ;
Alors je me souvins qu'une grande lumière
Avait illuminé le ciel et mon esprit,
Qu'un ange dans ses bras au milieu de la nuit
Avait porté mon corps au milieu de l'espace,
Et je sentis en moi subsister une trace
De ce que j'avais vu partout dans l'univers ;
Je me trouvai plus grand, et partout dans les airs
J'écoutai les oiseaux qui chantaient la nature ;
Et je vis s'étaler la splendide parure
Des arbres et des fleurs : tout disait à mes yeux
Que l'homme avait jadis d'un effort orgueilleux
Asservi la nature en montant dans la nue,
Et je croyais entendre une voix inconnue
Dans ce vaste réveil chanter la liberté
De la nature entière et de l'humanité.
Le soleil se leva ; sa lumière plus belle
Me parut éclairer une terre nouvelle ;

Je descendis pensif, et j'entendis ma voix
Répéter en marchant ces échos d'autrefois :
« Père, vous m'avez dit qu'un homme dans la vie
Doit suivre un droit chemin sans qu'un jour il dévie,
Et porter son travail au grand œuvre mortel ;
Qu'il doit faire le bien sans regarder le ciel,
Qu'au milieu des humains tout mortel est un homme,
Aussi faible qu'il soit et si grand qu'il se nomme,
Je vois l'humanité, je la suis au progrès,
Père, dormez en paix sous les sombres cyprès. »

FIN

TABLE

DES MATIERES

www.ingramcontent.com/pod-product-compliance
Lightning Source LLC
Chambersburg PA
CBHW061327050726
47504CB00013B/556